程维 著

·修订版·

南昌人

南京大学出版社

图书在版编目(CIP)数据

南昌人 / 程维著. —修订本. —南京：南京大学出版社，2021.1
ISBN 978-7-305-23660-0

Ⅰ.①南… Ⅱ.①程… Ⅲ.①散文集-中国-当代 Ⅳ.①I267

中国版本图书馆 CIP 数据核字(2020)第 149259 号

出版发行　南京大学出版社
社　　址　南京市汉口路 22 号　　　邮　编　210093
出 版 人　金鑫荣

书　　名　南昌人(修订版)
著　者　程　维
责任编辑　顾舜若

照　　排　南京紫藤制版印务中心
印　　刷　徐州绪权印刷有限公司
开　　本　880×1230　1/32　印张 10.5　字数 252 千
版　　次　2021 年 1 月第 1 版　2021 年 1 月第 1 次印刷
ISBN 978-7-305-23660-0
定　　价　68.00 元

网　　址　http://www.njupco.com
官方微博　http://weibo.com/njupco
官方微信　njupress
销售咨询　025-83594756

* 版权所有，侵权必究
* 凡购买南大版图书，如有印装质量问题，请与所购
　图书销售部门联系调换

作者程维

目　录

i　　　序：你我千年的技击，轻薄如剪纸

001　　"南昌鬼子"
019　　老南昌的背影
054　　天堂般的电影院
067　　都市里的江湖：南昌罗汉小史
094　　万寿宫
118　　隐士
142　　滕王阁之殇
167　　鬼才八大的南昌断代史
189　　羊子巷：坏小子们的夏天
206　　南昌人的吃，豫章后街（蛤蟆街）
217　　双城记
224　　遍地泡王
232　　寡酒清欢
240　　老表
247　　南昌的风花雪月

252　徘徊系马桩

261　我的南昌哥们

278　书店记

282　乱雀

288　我在南昌虚度光阴

296　细雪

300　唱歌记

306　在南昌

318　后记

序：你我千年的技击，轻薄如剪纸

去年初夏，我游历欧洲诸名城，我愿意把这次"游历"称为"无知的游历"。此游也晚，过去仅是在书本与影像上对欧洲进行"游历"，对于"实物"的"亲见"，尚是空白与无知状态，感觉自是停留于表面的。这次站在罗马古老街道上的建筑跟前，我想到故国的南昌，为一座两千多年的古城没留下一点足以印证其岁月的遗迹而失落。我在巴黎左岸老街区转悠，觉得巴黎人还是令人羡慕的，他们可以生活在十九世纪留下来的古街上，坐在路边小店细细地呷一口咖啡，读一页书报，仿佛时光忽然慢了下来，像十九世纪的马车一样慢。在布拉格，我穿行在那些迷宫般的老街巷里，就好像能遇上许多不同时代的欧洲人的面影，这种感觉与我在南昌不断拆除的老街旧巷前的惆怅正好相反。

那些古建筑尤存，且得到精心保护，人们还在里面生活的城市街道，时时提醒着那里的生活者，他们是有清晰来历的人。城市带着斑驳光影的墙和磨得光滑的石子路可以做证，他们祖祖辈辈和他们自己的童年的天真、少年的不羁、青春的冲动、生命的柔情与疼痛都在那里，城市里可靠的"物"的载体，可以为他们活着的记忆做证——我发现，就人而言，这一点很重要。

农耕者的故乡,是村庄。城市人的故乡,就是街道,除此无以安顿肉身。当城市化进程不断加快之时,我们的城市几乎正在丧失"故乡"的可能性。对此,我是感伤的。

现在城市人更多变成了单元房里的动物,变成了写字楼里的肉身加班机器,变成了双休日才能在吃、玩、购一体化大屋子——"梦时代""天虹""百盛""铜锣湾"等综合体"广场"——内休闲的活物。我徜徉其中,也时时产生幻觉——这些繁华的综合体"广场",仿佛就是如今城市人的"天堂"。——不!另一个声音又总在提醒我,物质的满足——更多是视觉的享受——并不是城市人的钱袋子都能够令奢华的物品手到擒来。这也足以证明着"物品、繁华,即限制",城市人只能在"物"的世界里有限,甚而极其有限地"放纵"。某种意义上,它使城市人更加循规蹈矩,从而更自觉地回到写字楼的加班桌前去追求辛苦的"劳资"。

我们的城市也有过充满记忆与活力的老街道,"老南昌人"记忆里的翠花街、胜利路、中山路、子固路、洗马池、系马桩、洋船头、三眼井、擒龙巷、半边街、筷子巷、射步亭、蛤蟆街、羊子巷、珠宝街、嫁妆街等,哪条街道不曾是南昌人活色生香的市井记忆和生活见证?南昌人的"故乡"就曾是在这些街上,而不是在冷漠高傲的钢筋水泥里,不是在胜利路日渐空旷的步行街上。现在这些街头只看见老人和孩子,如"村庄"的留守者。

看到精美印刷的现代城市画册,那一帧帧高楼大厦的钢筋水泥丛林风景似乎把"城市人"的生活遮蔽了,城市人将城市主体的位置让给了凝固的崭新高楼,而这"崭新"把旧的、有人的温度记忆的一切干脆截然抹去了。我曾陷入假想——或许高楼大厦的钢筋水泥里还包裹着城市的灵魂,那就是它昨日的底片,即一座城市的"城市人"铸就了他的城市,无论是一线、二线,还是三线城市,无论是名城还是落后之城,它都是人的生死场,无论卑微还是显贵,它都是同样爱欲完备的血肉。

我从一出生大致就在南昌生活,大半生过去,到过不少城市,接触过众多不同城市的人,这些经历不过是一再印证着我只是一个南昌人而已。六年前(2013年6月16日)我写《南昌人》这本书时,顺带写了一首诗《在南昌》:

我不可能置身南昌之外写南昌,逢张三说北京话,见李四作鸟语。

我是个地道南昌人,在南昌我装什么也没法装我不是南昌人。

尽管这身份一般,跟遇到的大伯大妈、城管小贩、孬干部没有区别。尽管有时我恨这一身份。想自己若是上海、北京或纽约、巴黎人该多好。

可我就是南昌人,就是这里的土著身份,不用装也是。

一看模样,张一张嘴,动下脑筋,放个屁,都是。一点不像巴黎人或上海人。

在南昌,工资低,菜价高,夏天热得要命,冬天冷掉牙往肚里吞。

外地人受不了,老梁一去北京就不回来,

说做北漂,也比待南昌带劲。可我贱,就是不肯离开南昌。

哪怕外出一小会都优柔寡断。不愿旅游,不愿去庐山、北戴河疗养。

一去外地,仿佛赴虎狼之秦。南昌以外,任何一个城市我都不

愿久留,

　　哪怕十天半月,总是前脚到,后脚就往回跑。
　　我就愿待在南昌,从红谷滩到三眼井,说不出太大理由。
　　我就是长这里的一东西,挪一下都不自在。

　　六年后,同样是在六月,南京大学出版社的司增斌先生告诉我,他们决定出版《南昌人》修订版的精装本,我自然是高兴的,并且着手认真修订。删掉了原《南昌人》里《南唐国都:短暂的春秋》《从汪大渊到利玛窦》《清人的面孔:八大和他的同时代人》《孤傲的理由:八大山人的家族史》《采茶戏:乡事的狂欢》《江城之变:1648年》《水墨南昌》,增加了《天堂般的电影院》《都市里的江湖:南昌罗汉小史》《我在南昌虚度光阴》。我以为增加的内容虽然少于删去的,但分量绝对不轻,并且对原有的篇什包括顺序做了部分调整,更增加了多幅珍贵的图片。这些图片大多数是我二十年来在南昌老街旧巷中拍的,其珍贵在于图片上很多街巷(如南昌最有代表性的万寿宫老街区、三眼井老街区)都已拆除,只有这些图片保存着南昌人曾经生活过的场景。相信对读过原版《南昌人》的读者,修订版的《南昌人》绝对还有新的可读点,我也就不辱使命了。而"南昌三部曲"的另两部《南昌慢》和《南昌记》也在出版中,似可期待!
　　我一直把自己对于本土——具体到一座城市的书写,视为一个刺客对于影子的技击,尽管城市相对于个人而言如此巨大,又如此空洞。当面对电脑上虚拟的白纸时,眼前的城市由于你身在其中而无所不在,同时又是一座如卡尔维诺所说的"看不见的城市",你不可能一击必中,甚至每一击,都是空空的回响。

剑生锈了,封死在记忆里

一首远年的歌已凝固

而你的幻舞与我的击刺

仍如窗外的竹影婆娑

你我千年的技击,轻薄如剪纸

(《刺客帖》)

2019 年 7 月 2 日于墨艳山房

"南昌鬼子"

一

南昌人素被称为"南昌鬼子",意指其坏且狡黠。这肯定是极少数人败坏了南昌人的名头。近日见到对"南昌鬼子"又有新说法,说二十世纪三十年代蒋介石、宋美龄在南昌倡导的"新生活运动",南昌人一时洋派起来了,故被人称作"鬼子",此说倒令我眼睛一亮,仿佛把脏污洗白了。静而思之,又觉此说臆想成分太大。南昌人怎可能说变就变成满身洋装、满嘴英语的假洋鬼子?尤其当年,满街南昌人都不太守规矩,少年嘴上也叼根香烟,随地吐烟头,再张嘴又往地上啐一口痰。现今不同了,南昌人真的文明了,虽不是洋派说英语,但一般公共场合都说普通话,纯用南昌话交流,都土了。到地铁一号线、二号线上,还真听不到说南昌话的,在万达广场、铜锣湾、梦时代等大型商场,甚至超市收银台前,即便是夏天穿大裤衩的南昌汉子也说普通话。只有沙井刘家村卖肉的老曾,说:"格块肉吃价,全南昌就格里有卖!"才是老南昌话。

"鬼子"这词在这里出现,肯定是要打引号的,它的前缀是"南昌",

若不打上引号,仿佛就与"日本鬼子"等同了,乡亲们还不揪着俺的头发暴揍!得,让我犯嘀咕的是,"南昌鬼子"这词,我还真不是从外地人嘴里听来的,很早就听人说,"南昌鬼子"貌似忠厚,内有乾坤,肚里尽是"鬼法术",不留神,就中了他的"法"。近些年又从胖子老徐嘴里听说,老徐是丰城人,总说过去他先人受南昌人欺负,总是上南昌人"鬼法术"的当,民间便用一种点穴功"五百钱"对付南昌人。南昌人至今都言及"五百钱"而色变,老街坊闲谈中都称丰城人那手点穴功夫厉害,想必当年是有南昌人吃过"五百钱"的亏的。传闻挺神,说丰城的会家子,从仇人身边过,也不见手脚大动,只佯装客气地拍一下,仇人便中招了。起先没事,两日后便有青肿,三日便半边身子下坠。愈往后,愈不见好转,便知是中了人"五百钱"了。若不找到点穴的人,向人下跪叩头赔礼道歉,人家是不会为之解穴的,其结果可想而知。要说丰城人下手阴毒,那也是南昌人用"鬼法术"暗算在先。于是,便遭人骂作"南昌鬼子"。这是我从胖子老徐那儿听来的一家之言,未予考证。至今,我也弄不明白当年南昌人使在丰城人身上的"鬼法术"是什么。可以肯定不是点穴功。

我幼年每早上学必经南昌名拳师熊师傅家门口。每见老拳师气定神闲坐诊堂中与人把脉诊治,悬壶济世。又见他一堂子孙在空地上施展拳脚刻苦练功,尤其那少年男女,一撩脚便能搭过头顶与树干齐直,一下腰,脑袋和身子就能从裆下钻过来,令俺钦羡有加,惊艳不已。我心想,世上果有高人,真是了得,甚至异想天开,巴望有朝一日能被熊师傅收为徒,加入其少年英豪的行列,也可成就一番拳脚功业。只是直到熊师傅的伤科诊所与武场关张,我也没勇气去拜师学艺。后来熊师傅的名号在南昌消失,忽一日我想起来便向人打听,才得知,熊师傅跟人比武,被人下了"五百钱"。起因是他"暗算"过人家,不是用拳脚武功,而是为人治伤时多收了钱,人家知道后气不过,请了丰城打师,约他半夜至下沙窝木材场比武,他却中了丰城人的招儿。此传说来自坊间,未必确实,却是"南昌鬼子"遭遇丰城"五百钱"的典型事例。

从中分析,南昌人的"鬼",无非是玩了点不名誉的"心计",骗了点钱,此为缺诚信,抑或行业失德。但将人致死,是犯罪。好在那不过是一桩未经证实的传说,人也不必当真,只是为了说事。也可见当年,有时民间一点纠纷便用了私下的武事裁决,也够残酷。可见"鬼"的成分里,有骗的伎俩,故"鬼子"对南昌人而言,似乎是一个大大的不名誉的词。宁可弃之远之,而不愿重提。但我不以为然——为什么要避开呢?如果要深究南昌人,什么又是避得了的呢?若是像丰城人对熊师傅那样,毕竟还是"五百钱"比南昌人的那点鬼伎俩更深不可测,甚至更"鬼",更不名誉。你瞧,他笑着跟你打招呼,还伸手过来轻轻拍上一拍,多么友好,谁知那是要人命的鬼爪子,真正是"鬼手"。为什么偏不指责丰城人,反说南昌人是"鬼子"?没事我就坐在珠宝街"老南昌"茶楼,跟徐胖子那厮掰理,常闹得面红耳赤,好在没伤朋友和气。老徐每回圆场的那句话都是:"南昌鬼子"的说法又不是我发明的,说的人多了,谁不知道?

确实,这事跟胖子老徐无关。

二

回过神来想想,"南昌鬼子"这顶帽不小,非一丁点伎俩所能名副其实地撑起来。"鬼子"一词过去多为贬义。当今也有人不把"鬼子"这词完全钉死是贬义,也有新解,或回到其本义的"鬼"的层面,也衍生出"小鬼""鬼才""鬼机灵""鬼名堂"等昵称,或泛指有另类才华智慧的人。但,人称南昌人"鬼子",南昌人自是不舒服。

其实,南昌人心里是装不得一点事的,尤其别人说了让你听来不舒服的话,总是耿耿于怀,心里放不下,这跟中国人普遍好面子有关。但多少也让人觉出些狭窄的气量来。二十世纪九十年代,上海人余秋雨在《收获》开了个"山居随笔"专栏,写了好多各地的事,南昌人也读得欲罢不能,读着读着突然蹦出一篇有关南昌的《青云谱随想》来,余先生开篇头一句就是:"恕我直言,在我到过的省会中,南昌算是不太好玩的一个。"这话读得南昌人一惊,继而跳起来愤愤不平,尤其当时南昌主政官员正在考虑开发旅游、扩大影响,没想在全国文化界大有话语权的老余竟爆出这么句话来。尽管作为南昌人,咱当时心里也确实觉得南昌没什么好玩,但你不能这样写到《收获》上去嚷嚷,不然怎么开发旅游、招商引资?省会的《南昌晚报》为此还专门辟了文化版面,邀上几个本土学者专家来"侃",好像硬要把余秋雨那句话堵回去。我当时也忝在受"邀"之列,但借故不去,只是写了几篇文章,意在说明一种看法:让人家去说,别太在意人家不好听的话,自己干出几桩漂亮事来让人看看岂不更好?余秋雨在爆出《青云谱随想》之前,南昌人是很推崇他的,但那文字一出之后,不论官员还是文人,似乎人人唯恐避之不及。但也有个例外,倒是青云谱八大山人纪念馆悄悄在院门口砌了一面墙,专门把全文刻在上面,仿佛成了宣传青云谱八大山人的最大免费广告。因为余秋雨在"南昌不好玩"那话背后,有句精彩之语,那就是"幸好它的郊外还有个青云谱"。这是先抑后扬,还是考虑到南昌人接受程度的。只是这"抑"的一棍子打得不轻,让南昌人一时缓不过神来。偷偷缓过来且窃喜的当然是青云谱,但青云谱毕竟是南昌的一个区,大哥挨棍子,小弟岂能窃喜?过不久,我去八大山人纪念馆,见那墙不见了。若干年后,南昌已不比过去的南昌,有了摩天轮、秋水广场,开发了象湖,建了大型傩园。据说有领导传出话,请余秋雨先生来南昌看看,当然话不生硬,是很客气的那种,当时的市长是南昌进贤人,人也幽默,更能干事,爱文化。他是真心想结识余先生这样的大文化人,自然也希望老余说句"南昌现在不同了",把原来那话做个修正,或收回去。领导毕竟有领导的难处。只是余秋雨一直不见再来南昌,前年到江西,似乎没在南昌露面,直接去了宜春明月山。

我至今仍然认为,余秋雨那句话并不那么重要,是南昌人把那话看得太重,太当回事了。他也就随口那么一说,分明一根飘着的羽毛,南昌人就将它看成是关公抡过来的青龙偃月刀了,那还了得!你还怎么招架?

三

对于"南昌鬼子"之说,南昌人表面不正视,心里不可谓不在乎,一提"鬼子",准没好。这是大多数南昌人的想法,我早先想写本书,就叫《南昌鬼子》,后来也被人劝回去。但总放不下,我是南昌人,我就想好歹正视一下"南昌鬼子"这个词。

南昌人究竟"鬼"在哪里了?我一直嘀咕,一直觉得不可思议,南昌人"鬼"吗?我一直觉得南昌人挺老实、挺本分、挺安分守己的。不是历史上出了那么多一心"宅"在本地的"隐士",出了那么多只知就着红薯啃书本的读书人吗?南昌人经商不出名,打架不出名,胆小怕事,谨小慎微,不敢沾事惹事,没有强悍刁滑的民风,没有出运筹帷幄的统帅和跃马挥刀的勇士,没有大商大贾,倒是靠读书入仕,出过翰林,出过学士、首辅,出过不少文人,出过不少一流大画家。南昌人不像湖北武汉人侠义好斗,不像湖南长沙人敢为人先,更不似浙江温州人商业脑瓜灵敏。南昌人很少闹事,古代没有奔京城告御状的,明代宁王朱宸濠在南昌叛乱,不是南昌人的作用,朱宸濠是朱元璋的后人,老朱家是安徽人。南昌起义也不是南昌人领的头,几乎都是外地人。南昌人在干什么?据《南昌文史资料》中南昌人赵昌蓉的回忆文章《我所知道关于南昌起义的几件事》记载,起义是头天晚上发生的,八月一日晨"打开门一看,路上行人不断来往,菜贩照常挑菜上市,卖早点的照常叫卖……我沿着大街到洗马池,街上店铺照常营业……"当一场历史大变局到来的时候,南昌人还在本分地过着"老日子"。若说南昌也有过敢在历史中明火执仗的人物,那就得把在南昌友竹巷隐居过的奉新人张勋算上。这位"辫帅"率一干辫子军入京闹复辟,动静不小,也算招摇了一回。说到"鬼",有时,我还真想把宁王朱权的"善谋",与他在南昌由一个威震天下的王者,而转为专心戏曲琴谱茶事的世外者的功夫,看成是"鬼谷子"的遗授。他的这份智慧在其后的朱耷身上多少也能看到。但这算是"鬼"吗?要说南昌人是"鬼子",那是指对他人有侵害的表现,比如胖子老徐说的欺负丰城人。至少"鬼"是一种厉害的大脑中的"软实力",南昌人有这么厉害吗?对此,我是怀疑的。

南昌人性格不鲜明,但不排外,甚至还羡慕外地人,这自然是有点不自信,也难怪,南昌历史上没出过皇帝,中国古代很少拿南昌当回事。有一次当了南唐小朝廷的国都,不到三个月,小朝廷就觉得南昌太狭窄,又退回了南京。南昌不仅没因此增光,反而愈发沮丧,尤其,那还是个没用的朝廷,南唐中主李璟(李后主的父亲)死在南昌,他留言葬在南昌西山,李后主不管,硬是将父亲"还葬金陵"。所以,南昌人绝口不提南昌也曾做过"国都"的事。南昌人知道这里成不了首都,北伐时蒋介石一心想在南昌建都,却被左右劝说,还是打消了念头。但南昌人对外地人、外面的城市有热情。外地人来南昌做官也罢、做生意也罢、做工也罢,南昌人不反感,还希望外地人给当地带来变化。不管是大城市还是一般城市来南昌做事的人,二十世纪七十年代的福建民工、山东转业军人、上海知青,八九十年代的温州商人、东北客商,南昌人都能接受,不像有的城市嫌外地人抢了本地人的饭碗、赚走了当地人的钱。南昌人大度,还向人学习,学上海人的时髦,福建人的吃苦,温州人的赚钱,东北人的豪爽。南昌人羡慕上海人时髦会过日子,喜欢上海的收音机、手表、自行车、缝纫机、大白兔糖果,却鄙夷上海人的小市民气,尤其瞧不起皮肤雪白又爱精打细算、琐琐碎碎的上海"小男人"。南昌男人对早晨起来倒痰盂、刷马桶的上海男人习气尤为不屑。八十年代,我邻居一女的,叫黑皮,竟找了个瘦高白净的上海老公。那时住射步亭巷,都是一门而入深约几进的老式大屋,黑皮家住门口那房,总是见她闲闲的,嗑着瓜子,或打着毛线拦住进出大门的邻居,有的是聊不完的天。她家上海男人却不吱声,一任老婆跟人闲扯,他只闷头忙家务,锅头菜橱、门里门外都收拾得井井有条,星期天还自己动手做点木匠活,打个小床头柜,做对小沙发,钉个音箱什么的。南昌男人闲着,先是当热闹站一边瞧,继而啧啧赞几句,慢慢觉着上海男人聪明、手巧,便也跟着学,借来刨锯,混在人家里头有模有样跟着干。一来二去,射步亭一条巷的人家里坐的大小沙发,几乎没谁家是花钱买的,全是男人砰砰哐哐自制的,虽然坐起来不似店里的结实,却还舒适。靠跟上海人学,南昌人"自力更生"提前进入了"沙发时代"。须知,那时候家有沙发不是富裕的体现,而是"级别"的体现,十三级"高干"家才有公家配备的沙发啊!

四

有个叫金宇澄的上海人,干过农民、泥瓦匠、马夫、工人,二十年来,没写小说,一直在杂志社当小说编辑,没想到快退休了,在网上用上海话写上海人的故事,火了,推出一本写上海人的书叫《繁花》。几年前,我买过一本香港人叶锦添以图片和文字片段记述他搞影视美术设计的书,也叫《繁花》。上海人和香港人内心都是有"繁花"的,这不奇怪,两座城市都是属于洋派的。叶锦添是搞美术的自不必说,像金宇澄这般的"老爷叔",也不忘"繁花"一把,因为他是上海人。南昌从来没有繁华过,即便当年做国都,也是因为繁华不起,又撤了。南昌人过去叫洋气时髦的女人为"洋盘"。老人们提醒子女:"洋盘"货不能要,是"秋白梨",好看不好吃。南昌人说的"洋盘",多是指学上海人的穿着打扮,女的烫大波浪,男的留飞机头,都穿擦得锃亮的尖头皮鞋,上海人又是学外国人的。那时,南昌人出差上海,心里挂着的一桩事就是到锦江饭店门口看"外国佬"。南昌八一大道有座江西宾馆,偶有"外国佬",当年都是亚非拉朋友,没想象中的洋气。南昌的"洋盘",是三道贩子,何"洋"之有?"洋"又能"洋"到哪里去?我对上海人最初的羡慕,来自上海芭蕾舞学校的学员。当时我年方十四,家住瑞金北路140号市委招待所,正有些胡思乱想的年龄,就碰上院子里住进来一批同龄的上海芭蕾舞学校的少男少女,个个身材修长,气质非凡,男的长发,女的盘头,颈脖子细又白,如天鹅。每天起来在院子里练功,男孩子端女孩子的腰,蹦上蹦下,这些长腿细腰的妖精和小子三五成群,在院子里叽叽喳喳,仿佛走访凡间的天国仙人。是时,我跟几个左近的小哥们儿,得空便坐在井栏的抽水管上,如同一溜傻鸟,土头土脑瞅人家,一帮南昌土鳖少年,对上海芭蕾少男少女,那可是打心眼里艳羡,又满心自惭形秽啊!

跟外地人比,南昌人往往气短。这也造成了南昌人总想骂南昌人的心理,甚或形成了一种习惯,几个南昌人聚一起,有时没来由反会骂南昌人来发泄。推而广之,就像咱中国人有时会骂中国人一样,骂得狠且果决,好像他是鲁迅,人家是阿Q,他颇具优越感地"哀其不幸,怒其不争",仿佛他自己不是中国人。这说明人对自己有不满且愤怒的地方。殊不知,在南昌,哪个南昌人不是另一个南昌人的镜子,南昌人的优缺点你又何尝没有?南昌人骂南昌人的习惯,是一种自信心缺失的表现。好像他是以骂南昌人来证明自己是个优越的"非南昌人",这当然是非理性的"批判",与鲁迅对国人劣根性解剖刀式锋利的批判无关。

虽说南昌人羡慕外地人,进而学外地人,但往往小农意识,瞻前顾后,穿着打扮不说,干起事来,更怕打破本不值钱的一点坛坛罐罐,不敢越雷池一步,终是胆小,往往错过机遇。人家干的时候,南昌人观望,自己不敢下决心,怕吃亏,怕亏本,不敢赌,不敢拼,缺乏闯劲和冒险精神。人家成了,南昌人再动手,已然晚了一步,有时就那么一步,机遇全失。南昌人窝在本地是一条虫,跑到外头是一条龙。主观能动性往往被激发,顾虑不在身边,反而获得解放,南昌人有倔劲,认准的事,哪怕不是做官赚钱,也硬磕。纵是头破血流也不回头,这股倔劲很可贵。我一老哥二十世纪八十年代去海南,不是淘金,是写作,海南潮起潮落,他也几经浮沉,老婆离婚跟有钱人跑了,多少人去了又走,干这不行又干别的,他终是没丢一支笔,终是在写着。有人改行做了酒店,有人干了广告,有人做了房地产,他仍写他的文学,一头黑发写成了白发,写成了海口市文研所所长,不是官,还是个文人,我佩服他。而今老哥著作等身,根据他作品拍的电影都有十几部,仿佛他的笔已是戳在天南的一柱。另一批大学同学开始在南昌混得稀松平常,一跑出去,十几年后,竟个个都是人物,有的是上海上市公司老总,有的在外省重要部门坐上了相当位置,有的成了报业界的"巨子"。外地人不由得叫:"'南昌鬼子'进村了!"

这种"南昌鬼子",是叫人提气上劲的,我看好。

也有人认为"南昌鬼子"心胸狭窄,不能容人,嫉妒心强,暗地里好相互拆台。没有必要否认,不只是南昌人,世界各地的人都存在嫉妒心理,《圣经》中明确把嫉妒列为七宗罪之一。南昌人的嫉妒心如果是体现在暗地相互拆台上,那当然是容不得他人,尤其是容不得"人才"。南昌当地确有这种情况,对本地人才视而不见,却从外地"引进人才"。由不得本地人冒尖出头,宁可将好处和位子让给外地人,这叫"外来的和尚会念经"。所以南昌市的头,多是外地人。南昌人只服服帖帖让人管。

南昌桃花巷有个现今举国公认的大画家黄秋园,但他极具绘画才能的一生,几乎是被同行嫉妒和打压的一生,所以生前寂寂无闻,只是一个不起眼的和和善善的南昌小老头,谁也不把他当回事。连女儿也小看他,女儿出嫁,他认认真真画了一幅画给女儿陪嫁。女儿挖苦他:"人家女儿出嫁,父母都是用缝纫机、电视机作陪嫁,你却陪一幅破画。"黄秋园无奈,却对女儿说:"将来我的画,每一寸都要用金子来量。"如今果真应验。可据说南昌本地的同行又起了另一重嫉妒:黄秋园画价高么!弗洛伊德讲,人的嫉妒心是天生就有的,但是西方文化克制这个东西,《圣经》中说嫉妒是"凶眼"。嫉妒杀人。每个人都是嫉妒者,每个人又都是被嫉妒者,由此形成一个可怕的怪圈,人可悲地在怪圈里游戏着,使的都是负能量,"南昌鬼子"难免要遭些恶名。

过去有"随波逐流"一词,有点警世意味,现在没人说了,因为大家都在随波逐流,唯恐被"波流"拍上岸。那么,另一个词"遗世独立"反指那跟不上趟的,既没人脉也不被谁待见的伙计,碰上这么个时代,不合时宜,近乎遭冷遇。八大山人如果活在当下,其境遇可想而知。南昌人喜欢捧不在世者,而对当下活人不待见。几年前我参加在南昌举办的一个省级文化单位研讨会,主持者就说:"我们从不给活人开研讨会。"

南昌人的性格不鲜明、保守,是本土文化造成的。江西古称"吴头楚尾,粤户闽庭",除北部较为平坦外,东西南部三面环山,中部丘陵起伏,成为一个整体向鄱阳湖倾斜而往北开口的巨大盆地。盆地环境自给自足,自然饿不死,也是小农经济思想的温床,不思进取,缺乏闯劲,没有从盆地突围的冒险性。

摩崖石刻

江西的本土宗教是道教,江西是道教重要发祥地之一。中国道教创始人张陵在东汉永元二年(90年)到江西龙虎山等地从事创教活动之后,江西有组织的道教发端,龙虎山遂成为道教发源地。宗教地理学所说的"三十六洞天、七十二福地"中,江西就有五个洞天和九个福地,现存道教分为正一派与全真派两大派别。正一派之源即在江西龙虎山。江西名山大川,风景殊胜,是神仙方士和黄老道们出没之地。传说黄帝的乐官伶伦曾隐居于南昌西山修道炼丹。西山,古称洪崖山,因伶伦或曰洪崖先生而得名。南昌又名"洪都",亦来于此。西山还被称过逍遥山、散原山、南昌山等。西汉末年的南昌尉梅福(子真),因为王凤、王莽等奸臣专权误国,不愿为官,一朝弃官、弃妻,入西山学道修真。在东汉有组织的道教形成之前,像上述神仙道士的传说在江西还有很多。道教在江西的形成和发展有着沃土,在民间有很强的生命力。晋代产生了儒道融合的新道派——净明道。该派创始人许逊生于南昌,祖籍河南汝南,年轻时虽有学问,但不求功名,而专事修道,希望用仙道法术,针砭人间时弊。南昌人对许逊的信仰历久不衰,每年农历八月到西山万寿宫朝拜许真君的人络绎不绝。

上山修道,下山捉"鬼",入世做风水师。过去南昌民间常见道士的身影。

道家的力量就是"消解",不仅能消解妖魔鬼怪的法力,也能消解外来文化,使外来的文化无法"落地",不能与本土相融,难以形成一种更有入世精神的文化。道家文化作为南昌文化乃至江西文化的一种基调,与佛教禅宗、儒家理学在江西相遇,形成了一个更具"消解力"的本土文化形态,我姑且称之"磨盘文化"。"磨盘文化"一方面对外来文化造成顽固的"消解",另一方面直接"消磨"了自身的锋芒与锐气,造成了本土江西人的"豆腐化"人格。千百年来只有跳出江西本土"磨盘"的碾磨,逃出"磨盘文化"的江西人,才能成大器。所以有人说江西出人才,但人才只有离开江西才能成才,这就是说要逃脱那只"磨盘",留在本地可能就会磨成"豆腐",跳出去却成了人物。故又有人说,江西仅仅是人才的"摇篮",如果一直在"摇篮"里,便也无法成长,永远是婴儿。到了外地,逃出了相互倾轧、拆台、嫉妒、打压的另一重"磨盘"的磨蚀,到另一个环境,异地文化的优势不仅不会使江西人自卑,反而激发了江西人的优异潜质,从而使他们得以超越自我、爆发能量,这恰恰造就了江西人"置之死地而后生"的文化个性。这种个性使江西人在外面的世界成了一条真正的"龙"。

而南昌人的个性不鲜明、思想保守,是江西"磨盘文化"的直接结果。它磨光了人的头角和轮廓,磨平了人的思想,磨得人世故圆滑、诡谲了起来。它使一种消极情绪固化为顽固的文化心理,甚至可怕的堡垒。

据说蒋经国赴台带去的赣南老兵,几十年来没有什么变化,江浙老兵通过经商或其他途径都有钱了,唯独他们仍是守着一点老兵费,日子过得艰难。

五

不是说"三个南昌人,抵不过一个九江人。三个九江人,抵不过一个湖北佬"吗!天上九头鸟,地上湖北佬,这一比,似乎就把南昌人比到桌子底下去了。"湖北佬,九头鸟",这还了得,"南昌鬼子"算几头鸟?一头鸟,头脑里有多少"鬼名堂"也看得见,不足以给稍强势者带来威胁,也不足以对他人造成伤害,而是绞尽脑汁求"自保",以防受外人欺负。所以好歹就可把明末清初朱耷,也就是画界名号响当当的"八大山人"拎出来,作为"南昌鬼子"的典型来说事。山人的"鬼",是作为明皇室后裔逢清兵入关、家国变易,为求保命的生存智慧。这智慧也是"苦肉计"。无非为僧为道、装疯卖傻、装聋作哑。有研究者将八大说成是"圣洁的狂僧",我对其"圣洁"存疑。一个伏窜山林、出家避祸的人,你说他向佛求道之心是"圣洁"的吗?我说"保命"在八大身上大于"圣洁"。然其由生存智慧、人生立场、精神思想而形成艺术智慧,形成"鬼怪"的大写意艺术风格,这就了不起了。不是几头鸟的问题,硬是许多头鸟凑一起,也抵不过八大一个头的。我们称这种人为"鬼才"。过去称唐朝的李贺是"鬼才",现在也有人称诗人洛夫是鬼才,还这么叫贾平凹、范曾。我想,他们不会反感,这是对他们才能的肯定,是褒奖的意思。

朱耷当然是隐士,"隐"当然有神秘的一面,有点飘忽不定,不露形迹。至少,像人说的"真人不露相,露相不真人"。也可说这是"鬼"的特性。南昌人做事低调,隐而不显,绝对与历代南昌的隐士之风有关。尤其在二十世纪六七十年代有多少人成了"牛、鬼、蛇、神",今天读着马原写的长篇《牛鬼蛇神》,却觉得魔幻,当年竟是真实存在的生存境况。记得当年外祖父身为旧军官被划为"鬼类",劳改后回到羊子巷,每早天不亮起来扫大街,那是没有分文报酬的,我尚年幼,总受外祖母差使到街上叫外祖父回来吃饭。街上有人走动了,外祖父和隔壁也是"鬼类"的老头一起,会分别自觉挂上"我是牛鬼蛇神"的硬壳大纸牌,戴上小丑般纸糊的高帽子,不约而同站在街头去向行人低头谢罪,接受来往众人的任意挖苦、斥骂和嘲笑——因为他们不是"人",是"鬼类"。这南昌街头的一幕,仿佛悲剧,却以人间喜剧的形式每天上演着。相信那时不仅南昌,在全国各城市都有这样奇怪的"景观"。那么多"鬼类"站在光天化

八大山人纪念馆

八大山人纪念馆

日之下,也仿佛人人都可扮演驱鬼的"道士"了。

我曾跟一老人学画,我叫他秀清叔。秀清叔是个整日担挑子的剃头匠,鳏夫一个。我在他家墙壁上胡乱画小人(现在想来,那画的哪是人,分明是鬼),他不怪,反而喜欢得很,总是龇着牙先称赞一番,然后再点化我,人物的比例、结构该怎样画得更好。有时,他一边看着我画,一边给人剃头,同样龇着牙唱南昌采茶戏:"人往高来,水往低,深山树木长不齐,荷花流水有高低。"人理一个头,五分钱。他有时拖着我,一把按在摇摇晃晃的破旧理发椅上,剃头剪子在我头顶咔嚓咔嚓一阵,然后让我一拍屁股走人,分文不取。有个雨天,他没担挑子出去,便在家为我捏了个泥人,其实是件精美的雕塑作品,一个背上长翅膀的孩子,他送给我。当时我不知道,那是天使,或者说,那是秀清叔心中的天使。许多年后,我早已把我童年中遇到的这样一个人物淡忘。当我长大成人后,尤其是画起画来时,不觉想到给过我绘画启蒙与引领的人,便向长辈问起秀清叔的事。人皆嘘唏,说秀清叔可惜了。隐约得知秀清叔早年就读过刘海粟的上海美专,跟后来成名的一批大画家都有过从,还拜过名师习武事,做过青帮的堂主一类角色。我试着去找他,外祖父说,他过世了。这个秀清叔,就这样和他的剃头挑子,他的泥塑天使,他的吱吱呀呀龇牙咧嘴的戏文一起默默无闻地隐约存在过,又默默无闻地消失,他的传奇经历,此刻也仿佛从未存在过。他没有亲人,我外祖父去世后,甚至没有一个更了解他的人了。我不知道他姓什么,秀清二字我也只是按读音写的,外祖父当初只让我叫那个住在对门的剃头匠为"秀清叔",他叫对方"秀清",是哪个"秀",哪个"清",也不清楚。我的印象中,这个受过良好美术训练,甚或有可能成为一代大师的人物,他不能从事他所热爱的绘事,只能以剃头为生,他消瘦,脸部凹陷,但面目清秀、慈和,他就是我说的秀清叔。与八大的境遇相比,秀清叔算不得什么,但以其"行藏"来看,总觉得他也是个"南昌鬼子"。并非说他是"鬼才",而是说他过的生活。他当然像个隐士,汉朝的大隐、南昌人梅福,为躲避迫害,从南昌跑到当时的吴县(苏州)当城门卫,穿一身号衣,满面风尘,也不过是为了掩藏自己的光芒。我总是对外地人说,别小看南昌,说这里"人杰地灵"并非虚言,不是王勃一味恭维说着玩的。南昌市井中貌不惊人、拢着袖子在墙角椅上打盹的老者,说不定就是个满腹经纶之士。什么是"南昌鬼子"?这才是真正的"南昌鬼子"呢!

日前,导演熊相仔兄邀我去他的公司看片,看后大家都热闹地聊着,老熊却一个人坐在角落里眺望窗外哼着戏。那腔儿煞是熟,哪儿听过,有点悲怆,有点落寞。我一问,是南昌老采茶戏《方卿戏姑》。我听得极熟,却唱不得,叫老熊把戏词写下来,分明是:人往高来,水往低,深山树木长不齐,荷花出水有高低。龙游浅水遭虾吃,虎落平川被犬欺。门前系着高头马,不是亲来也是亲,门前披着破草席,亲生骨肉也是陌生人……

老熊刚拍完电影《八大山人》,真应了那句话:他唱得悲凉,我听得心头猛地一热,险些下泪。像八大山人一样,那些能被称作"南昌鬼子"的人,是肚里有故事了,那故事仿佛难言之隐,不可与外人道,他便多半"隐"而不显,人再怎么看他,也似个影子,后来一打听,都是不一般的人物啊!

老南昌的背影

现在和将来都不会有终点,
恰如太阳信使自古至今的奔忙。

——阿赫玛托娃

一

我出生至今,几乎都生活在向老南昌告别的背影里。尤其这三十年来,新城市几乎把老南昌彻底取代,将它的老背影也推进了岁月深处,仿佛轰隆隆一堵墙般倒塌。

老南昌的背影,便是一堵墙。它最后倒塌时,甚至没有发出令我震惊的声响,但这并不意味着老时代的结束。几年前,开发红谷滩新区,拆除老昌北,赣江八一桥北的一栋老楼让部队工兵爆破,当时市长在对面一栋楼窗口用步话机下令起爆,只听轰隆一声,楼脚崩断,楼身像个失足巨人委顿而下,灰色且呛人的尘埃四起,多架高压水枪骤射灭尘。那场面有电视转播,煞是壮观,只是一段城市的记忆,也似乎在那一刻坍塌。但更多老背影的坍塌,我们听不见任何声响。仅是我行走在城里,常常突然在一老街名前站住,望着立在路边的喷着白底蓝字新漆的"孺子路""船山路""系马桩""羊子巷""都司前街",乃至"上谕亭街""三眼井街""天灯下街"的路牌,呆立发愣。看着一栋栋新楼,装修热闹的店面,我恍如置身一个完全陌生之地,心里不禁问:这是我熟悉的老南昌吗?当然与老南昌建筑、街道、带天井的旧式"土库屋"一块儿消失的,是原汁原味的老南昌人的生活现场、生活方式和生活习惯,甚至从地域文化的意义上说,"南昌人"也由此改写。

意大利作家卡尔维诺有言在先:"我们住的房子越是明亮和豪华,房子的墙上就越有鬼影;因为进步和理性的梦中往往掺杂着鬼影。"

我当然不留恋穷街陋巷、阴暗潮湿旧房屋的生活,我当然喜欢当下南昌繁华现代的都市霓虹、花园楼盘、街上走动的时髦男女,但也对消失的"老南昌"怅然若失。

抚河清污的时候,水抽干了,烂泥里竟能看到不知什么时候掉下去的大头工作皮鞋,很结实顽固的样子,不肯烂成污泥。它是谁穿过的?那人早不在了吧,抑或还居住在南昌的哪条街巷里。

当年南昌人一天的生活,几乎是从排队上公厕开始的。人一起床,连衣服也不及穿足,便扯半张旧报纸,冲往公厕。那时南昌公厕一般都设在巷口和巷尾,早起小便的队伍相比进展较快,一个粘一个,见缝插针,交替进行。而大便内急的男女同胞尽管个个状似"十万火急",仍自觉排队,男的披灰色干部装或褪色蓝工作服,斜立在寒风中像发黄的破报纸一样瑟瑟发抖,女的或穿睡衣或梳着乱蓬蓬的头发,再怎么急,也耐着性子,循序渐进。多么难以置信,转瞬上班挤公交乱糟糟不要命的南昌人,此时却如此自觉而有序,亲朋好友也无人插队,仿佛排队上"天堂"——厕所在当年便仿佛是南昌人早起必排队"朝拜"的"天堂"。

我记得南昌胜利路射步亭巷口公厕，早晨是极为繁忙且热闹的，一条巷子的人，大多早上要往这里跑一趟。那是二十世纪七十年代末，射步亭这条老巷也不简单，是藏龙卧虎的，那几进的老式住宅，过去多是有钱人的公馆，现在统一归公由房管所管着，成了五花八门的大杂院。居民各行各业，有工厂工人、医生、小摊贩、搬运工、留城知青、待业人员、环卫人员、殡仪馆职工、商店职工，也有知识分子，有出版社编辑、市科技情报研究所研究人员、中学教师之类，还有老资本家、旧军官破落户等，甚至后来火遍北京城的摇滚歌手罗琦，也是在这里长大并走出去的。那时我当然没注意罗琦，一条巷子的人也没想到她会成著名摇滚歌手，只是后来听说她在外面打架，被人刺伤一目，其余便不清楚，就是现今还在射步亭的老住户，对摇滚有所了解的人也不多，毕竟是市井嘛。但是邻居发现射步亭二号楼角耳房深居简出的老头，一年到头沉默寡言，脸色阴沉，人偶尔朝那旧的镂花窗里瞥一眼，会看见老头在发黄的纸上用毛笔写字。一日老头突然站在天井，用刮胡刀割静脉，邻居赶忙过去把刀从他手上抢下来，老人整洁的白衬衣上却洇着斑斑血红。还有一回他跳八一桥自杀未遂，湿漉漉地被人抬了回来。老头非一般人物，是入过黄埔军校的人，据说追随过李烈钧，也加入过国民党，风光之后，余下的日子便不好过，虽然已在高龄，身如朽木，却还要接受有关部门派来的"保姆"的监督，每周还得主动交代思想，写回忆材料，但这一切，颇不为邻居所知。

射步亭二号住过一个名叫曾德柳的旧军官，这人平凡，亦属凡尘里的传奇人物，他躲过了战争的枪弹，甚至自己也一枪未放，却没有躲过特殊年代的牢房、改造、唾骂、糟践，但又赢得一个美丽南昌女人至死不渝的爱情。此人生于二十年代，死于八十年代，中间六十年，他的身份是生米街少爷、半吊子商人、赣州军官训练团学员、庐山蒋中正近卫军军官、训斥兵痞的宪兵、逃亡者、不法商人、历史反革命、朝阳劳改农场业余会计、肝癌病人。他有一张斯巴达人的脸和一副角斗士的身板,五官如刀劈斧削而成,仿佛转世投胎中国的古希腊士兵。那年赣州冬训,一条毛巾从赣江拎起来就是一根冰棍,他吃不了这个苦,尝试过逃跑、装病、谎称家父过世等,仍然被拎着耳朵训得比冰棍还直。数月之后上庐山,为蒋中正发表抗日宣言守大门。南昌街头,两个散兵调戏女学生,遭他训斥,一担梨瓜被抢,让他兜头截了回来,老表千恩万谢,回到生米街,街坊们把一身呢子军服、腰别手枪、脚蹬皮靴的曾德柳吹成关帝庙的神。他曾带过一个女人还乡,要休掉家中为他养儿行孝的发妻。土里的老父用噩梦敲打了他的脑门。有人卷带细软和小老婆逃往台湾的时候,他逃回了生米镇。一杆枪把他顶进牢房,一顶历史反革命帽子使他和全家上下八口人都抬不起头。妻子拖儿带女从生米街过赣江落户射步亭。曾家三个女儿如花似玉却贴上了有毒标签,两个儿子仿佛是天生的苦力,一个在朝阳农场种菜,一个在城里拉板车,活得辛苦。妻子出身贫寒,好日子没过过,穷困与受压的日子却没完没了。街坊劝她改嫁,她说死也是曾德柳的人。曾德柳,好不容易熬到摘了帽子,却得了癌症。他算着劳改农场给他补发工资,也算着自己的命。他回忆前尘往事如数家珍。女儿说:"你当初为什么不去台湾!"他苦涩一笑:"那一去就不能死在家门。"女儿说:"你真会算,难怪人家让你做了会计!"只是他算到了自己不幸的命,却没算准农场扣着不给他补发的钱。人生,从无到有,先做加法后做减法。有的人总想一辈子做加法,最终下坠到低处。有人知道做减法,生命通透空灵。

  当年我是个文学青年,对出版社编辑自然敬畏,住射步亭一编辑,上海人,复旦中文系出身,姓孟,个儿高,背略弯,一望而知是长期伏案的职业所造成的。他不苟言笑,几乎从不跟邻居搭讪,人自然觉得他知识高深,也不理他。他便有些"曲高和寡",我内心对这种人是很尊敬的,每次也只是早晨在上公厕的队伍中见到他,他总是边排队等候边读一本书,且面孔严肃,任身前身后的人大呼小叫、叽叽喳喳地聒噪,他只低头专注于书,我想和他说话,也仿佛针插不进,水泼不入。若干年后我成了他的作者,也交为朋友,是时,我们都搬离了射步亭,谈及那一幕,各自惊奇,又开怀大笑,原来他也有言笑的一面。

被上海人称"爷叔"的金宇澄,近年以沪语叙事上海,得《繁花》一部,大火。他说:"在我记忆里,城市一直显现出它与乡村不同的种种风景与魅力,包容了种种不灭的内涵,饱含熟人的根脉,保存了个人、家族的感情与历史,上一代、几代亲戚朋友的讯息,蛛网一样布满某个街区,徘徊于某一块空气甚至灰尘之中,城市同样储存了祖辈自别地迁来的痛史。"

二

如果用他人的思想替代了真实的感知,生活便沦为伪知与虚妄。外地人看南昌人似乎以为南昌人永远是颓废的,这是因为他不是南昌人,他看到的或许仅仅是宴乐的滕王阁,无为的没落王孙朱耷,暮卷西山雨的辞赋。南昌人骨子里的自傲与清高便注定了其不妥协性,也抽掉了任由其颓废的垫脚石,南昌人的草根性自觉废除了颓废的奢侈,尽管这座城市曾潜藏着明王府的金粉气息,但它间巷中散逸的是古朴而纯正的布衣精神。

由此想到更久远的南昌人,东汉徐稚,便是布衣加书卷的典型。他不做官,不是颓废,恰是有着对世事的清醒洞察力。南昌人往往是以静制动,以不变应万变的。这里面深含南昌的智慧与对世界的态度。外人不能参透。

南昌毕竟是座古城,有两千多年历史,这么长的时间仿佛哗啦啦过去,城不断变,由灌婴土城变石头城,至今尚遗城西石头街一条,说是石达开当年率太平军也在那儿驻扎过,后来就走向了败北的路径,由石头城变木板城。我查阅太平军转战江西的史料,未找到石达开驻南昌。过去南昌人绝大多数住的是木板房,滕王阁也是木头建的,被火烧毁多次,最后一次重建,索性选择了钢筋水泥,南昌人也就住进了类似材料建的房子。当然,我要说的,不是城市的变化,而是在两千多年的时间里,这城市赋予南昌人怎样的生活状态。此命题显然过大,它涉及人的城市生活史。而搜寻我对南昌的所知,最鲜明的莫过于六眼井,南昌人的生活状态,亦即所谓"市井"生活,离不开"井","井"是市民文化,也是草根文化的一个关键点。

南昌临江,一条赣江,仿佛南昌人的生死书。它哺育了这座古城,又有多少性命在江里溺亡,有多少财产被洪水拿走,在千年城市史上,这似乎寻常。城内城外湖泊众多,只是这些年开发房地产、填湖造地,确实弄消失了不少。但城里许多老地名,都与这沿袭水脉的"井"相关,如六眼井、三眼井,都是著名的老城区,也是老南昌市民聚集的地方。六眼井至今仍在象山南路与干家前巷相交的地方,十几米处便是省赣剧团。现今井口用钢筋水泥板封死,人走在上面尚不知道这就是南昌有名的六眼井,只是不远处有一公交站牌叫"六眼井",提示着这里是六眼井地段,也提示着过去没有自来水时南昌人的生活。在城里巷中,一口井的地方很多,我住过的棕帽巷、芭茅巷、羊子巷,都有过单口井,只是井圈大小有区别而已,就一处同时有六个井眼的地方,南昌独此一处。过去南昌人在这里汲水、捣衣、淘米、冲澡、洗菜、聊天、嬉笑,热腾腾的场景似乎可以画一幅生动的市井图。我父母至今还住在与六眼井相隔的三眼井街,每周日去看父母,必过六眼井而至三眼井,这其中要路经的干家前巷,我认为是当下南昌最陈旧也最有烟火气息的老街旧巷,它使我想到美国导演马丁·西科塞斯导演的电影《穷街陋巷》。这里几乎数十年未变,尚保留着二十世纪六七十年代的街貌,有老剃头店、花圈店、馆子铺、金角铺、废品店、食品店、香辣板栗店、猪血粉面馆、熊氏诊所、鸿基房屋中介以及烟熏火燎的小酒家,巷口有卖烧饼的,巷里街边有一台旧缝纫机等着做零活。走在干家前巷,尤其在夏日午后或初春傍晚灯火初上时分,真不知今夕何夕。仿佛老南昌人生活的场景丝毫未变,街头还依稀有端着蓝边瓷碗为父亲打一角水酒的顽皮男孩,以及慢悠悠补着橡胶车胎有一搭没一搭跟人聊天的汉子,远处传来呼孩子回家吃饭的悠长声调。从中也可感知到南昌人的生活是慢节奏的,而这种"慢"又不似成都人那样泡茶馆、搓麻将、摆龙门阵般"消费"生活,享受"安逸"。

南昌不是成都那样富庶的"天府之国",南昌人的"慢",不是慢在享乐上,而是"虚度"当中,那种老庄的无为、闲散与淡泊,一杯茶可以品一个下午,直至寡淡。它是平民化的,无期于"振衣而起",便无关乎"沉溺颓迷"。这种茶铺过去在豫章后街最为集中,我的祖父就是一个典型泡茶铺的南昌人,他是南昌采茶剧团的首席二胡,南昌人称二胡为"锯弓",像把弓似的锯子拉来拉去,这叫法生动有趣之极。

祖父晚间有戏,白天便几乎是挟一把二胡在茶铺度过的,他内敛,话不多,我不知道和他同桌的"茶友"是如何与他相处的。他好读史及各种书籍,应该是有思想和满肚子话的人,但他不说,会平和地听别人聊天,他不插话,只以点头、微笑乃至呷茶一口来应对他人话语的碎片。他显然比周围的人有学问,早年就从艺,抗战随省政府迁泰和,再回南昌,还无师自通地做过古董生意。他老人家可以说有见识,他不自诩清高,偶尔说几句,还会把话说得让他人可以接受。南昌的淡泊低调乃至意气的"消磨",在祖父身上体现得彻底。从他身上我甚至能体会到八大山人式的"哑默"。

祖父几乎没跟家人谈过他的家世,我只从父亲口中得知,祖父有四兄弟,他排行第四,上有一个哥哥和两个姐姐,都在南昌过活。他的大姐按南昌话说,是个"辣子",意即能干的女人,其丈夫刘青山,在二十世纪三四十年代的南昌算个人物。刘青山和他的把兄弟胡云龙皆是老南昌的青帮中人。胡是南昌地界的老大,另一家位于钟鼓楼的"新兴舞台"老板苏维坤也是青帮头子。胡、刘二人在今渊明北路地段曾开出南昌首家最具规模的娱乐场所"江西大舞台",且有自己的演出班子,当年曾邀请周信芳、梅兰芳来南昌演出。我外祖父当时看了梅兰芳的演出,便决意打了铺盖要跟戏班子学戏去,被他三哥死活拦了下来。他后来才从了军。刘、胡二人虽是把兄弟,但由于刘青山死得早,胡云龙便独占了"江西大舞台",刘妻(祖父的大姐)上门找胡云龙讨要胡欠刘的六百大洋,胡却不认账。此前,有个颇有名的武生王虎辰来"大舞台"演出,人家的一出"周瑜归天"是拿手绝活,令南昌票友着迷,胡云龙也是扣住人家的包银不给,弄得王虎辰在章江门跳河。后来胡云龙被政府枪毙了。

三

二十世纪三十年代南昌人就迷京剧,不仅我外祖父迷得要死要活去学戏。步行街(胜利路)真真照相馆,南昌人都知道,蒋介石和宋美龄来南昌与地方要员的合影,就是真真拍的。它的老板陈菡舟更是个老票友,除了开照相馆,还有两条轮船在赣江做生意。他是有钱的南昌人,对艺人常施以帮助。有个广东剧团来南昌,演了两天,那时不似现在,南昌人听粤剧如鸟语,一点不懂,没人看。人家亏得连回去的路费都没有,票友陈菡舟便免费让他们乘他的轮船,一路包吃住到赣州,再为之买车票返回广东。陈菡舟不仅自己带头唱老生,他的老婆及三个儿子,也都玩这个。长子娶的是著名花旦童秋芳,他们家够得一个"陈家班",还真像模像样排演过《御碑亭》《审头刺头》,当然演出是自己掏钱请客捧场,图一乐。其实陈菡舟非一般商人,他是保定军校二期出身,获少将军衔,在南昌属军政要员,南昌军政的拍照业务自然非真真莫属。

真真照相馆有老板的上层关系,其技术设备也是一流,现在查阅到的不少有史料价值的南昌老照片,多是出自真真照相馆。乃至后来北京凡有大首长来昌,合影之事都是真真照相馆出马。小时候,在胜利路,有几家商店的橱窗是吸引我要停步的,一是射步亭巷口花木店的金鱼,二是江西瓷器店的各种造型的瓷雕,再就是真真照相馆橱窗里的大幅长形的百人千人合影,我从那合影中间认出过端坐的毛泽东,认出过周恩来,还有朱德,以及后来中央视察赣地的大人物。真真照相馆开办于1920年,略晚于南昌另一家开办于1908年的鹤记照相馆。这两家照相馆,是南昌人拍小孩周岁纪念照、毕业照、情人合影、结婚照、全家福的首选。翻一翻每户南昌人家的老相册,都能找到出自这两家相馆的老照片,这两家照相馆在南昌人的记忆中留下了显著标记。而且,如果真真照相馆有相对完备的重要照片存档的话,拿出来应该是可以编一册近百年南昌影像志的,一代代南昌人的面孔、衣饰、仪态、表情,都在上面,那些影响中国、影响这座城市的大人物,他们在南昌的身影,也在上面定格。

是的,一座城市的历史,事无巨细,都会留下影子,关键在于我们是否有心去留住,是否有心去收藏,是否有心去珍惜。

祖父晚年一直住在杨家厂桂旺巷,冬天常笼着手在建德观踽踽独行。那时,我随父母住在象山北路的市委招待所,窗子正对建德观街道。我偶尔就见祖父经过的身影,在夕阳中拉长了半条街。我写过一首诗《二胡程》:

  祖父程玉华
  南昌剧院老艺人
  半个世纪前的胡琴圣手
  人称二胡程
  老一辈都知道
  先祖程咬金之后
  程氏家谱应添的名人
  可是没有谁提起
  仿佛他的名字
  随他的琴声消失
  一座戏台从此荒凉
  而他作为孝子的美名
  依然在老街坊流传
  夜深散戏 他总出现在巷口小店
  买两只包子用荷叶卷着
  焐在怀里回家 老母上床了
  也要伺候着让她吃下

数年如一日
仿佛他就在那一日
获得轮回的资格

我每年清明扫墓
就会看见他的身影
单薄　瘦削　空谷有音
我没有听过他的琴声
唯有此刻好像能够听见
他在与我对话
祖父话语不多
激烈的情怀想必也有过
只是早年通过琴声交给了戏台
一腔禅语机锋
留在了豫章老茶铺
史记　虞初近志　镜花缘
他晚年读过的书目
缄默的姿势　假牙
笼着藏在冬天里的手
退休以后不再靠近二胡
惊世的琴艺　宁作绝响
不传给家里任何人
只有酒杯　书卷　替代胡琴
谦恭　淡泊　内敛
是他的本色当行

仿佛他前世是圣人
暮年又还原到了本身

他的二胡
像一个神秘的梦
和那一代伶人谢世
仿佛从未存在过
作为程玉华的长孙
我不可能让他的琴声复活
但有义务让他的名字
与我的诗歌共存

  祖父的影子斜过新马路中间的一段,是小金台巷。清代与袁枚、赵翼并称"江右三大家"的文学家蒋士铨,原先隐居的藏园就在此巷内。蒋士铨也算是南昌人,他于清雍正三年(1725年)出生在小金台的旧宅中。由于父亲长期在外游历,蒋士铨从小便随母亲寄居新干外祖父家,但只要其父一回来,举家便又回南昌老宅。蒋士铨是在小金台结的婚,三十几岁考中进士,进京做了几年编修官,后来寓居南京,跟袁枚混得烂熟,又是喝酒,又是作诗。乾隆四十二年(1777年),蒋士铨回到南昌,下了本钱将小金台的旧宅修建成一座颇具规模的藏园。这"藏"字好,我当年在小金台这巷子里初次踏进藏园废址时,确曾吃了一惊,谁也没想到在逼仄且房屋密集的老居民区里竟有这么大一个园子。

四

1784年，袁枚游庐山后，过访藏园，蒋士铨以病体作陪，嘱其为藏园诗作序。次年蒋士铨逝于南昌。二十世纪七十年代末藏园大体还在，只是园林变成了一个居民大杂院，那些清式的有廊道的精致建筑隔成了一家一户居住的平房。院里的花园也破损不堪，倒着一堆堆的煤球灰，墙边竖立着一溜板车，几个顽皮少年只坐在卸下的板车双轮上，在花丛上碾来碾去。院子当中有一汪一年四季都存在的黑乎乎的污水，住户的垃圾、腐烂的鼠尸及常年不散的蚊蝇萦绕其上。我一位老姨金娥一家就住在这座院落里面。

老姨的丈夫是"红小鬼"出身，从部队转到地方，职位也不低，此前是住在老省委大院的，说话有些南腔北调，让你根本听不出他是哪里人，是时我曾与母亲去拜访过，老姨居然也说着别扭的南昌腔普通话，令我们极不自在。而后来老姨父一再犯生活作风问题，也就是"男女关系"问题。那年头，一个干部有"男女关系"问题往往影响前途，老姨父仕途自然受影响，官位一降再降，后来竟一降到底，到南昌郊区的罗家集电影院当"经理"。可他原先的下属都升为"首长"了，偶尔拜访已迁居破烂不堪小金台藏园的"老战友"，那已成为院里居民哄传与议论的"大事件"了。想想一辆军用吉普车停破院门口，从车上下来两位穿呢子军服的"首长"，一头钻进老姨家的破屋，且对老姨父敬重有加的样子，让人摸不清底细，身处下层市井的众邻居，自然很是大惊小怪。老姨父当年也是有件旧军呢大衣的，肩上分别有精致的洞眼，那是昔日挂军衔肩章的，使我们这班屁孩有好一番威武想象。我印象里，老姨父的样子类似电影《英雄儿女》里王芳的父亲王文清,清瘦冷峻中有些那个年代"老革命"的矜持。只是穿军呢大衣的老姨父愈发不威武,他在罗家集电影院经理的位子上时,也出了"男女关系"问题,且是严重到判刑坐牢的程度,罪名是"诱奸幼女"。遗下三个顽劣异常的儿子,老姨根本管不住,不是跟人斗殴打架,就是吸烟赌博,三天两头有人来告状,不是赔医药费,就是还钱,闹得老姨家鸡犬不宁。老姨便经常从小金台到我家来找我母亲和老舅商量,怎么把三个儿子,尤其是大儿子管住。老舅出的主意是把他暴揍一顿,打得老实听话了再说。老姨有些不忍,母亲也恻隐,老舅便道:"这是挽救他,别让这小子步他爹的后尘进班房!"老姨一咬牙,便做了决定。"整治"我这个表哥那日,我揣着瞅热闹的心理,尾随两个舅舅去"围观"。老舅允许我去"围观",是为了让我受"教育",毕竟是"杀鸡给猴看"嘛,是时两个舅舅皆二三十岁,加上老姨一个妹夫,三条精壮汉子,教训我那顽劣表哥是绰绰有余。三人发力将表哥捆到蒋士铨当年植的老树上,这小子就撒泼似的哭骂大吼,弄得来"围观"的邻居,大大超乎预计。搞得老舅们绕着俺那表哥打转,十分不好下手。这教训没开始,似乎便收了场。次日就听说,表哥又把"街办"的一块门板偷了卖钱,被捉进派出所,要老姨去领人,老姨不去,"街办"来人硬要她去,她一到派出所,便被人狠狠教训一顿,那小子却没事般放了出来,继续在小金台、后墙路、建德观一带老南昌的街巷里神出鬼没。南昌人的痞性莫过于此。不久前查寻资料,竟翻到一册线装木刻版复印本的蒋士铨戏剧《一片石》,我想到的不是剧中所写的娄妃,而是藏园的苦命且无奈的老姨。《一片石》和《香祖楼》《雪中人》《空谷香》《第二碑》《冬青树》《桂林霜》《临川梦》《四弦秋》九种,合称蒋士铨"藏园九种曲",亦称"红雪楼九种曲"。

蒋士铨在《一片石》自序中提及"上饶娄氏裔""因避逆藩祸,易姓钟,旋徙居隔江沙井"。蒋士铨所言的沙井,即今南昌昌北红谷滩新区的沙井小区,我现今即住在这里。晚上散步,环顾高楼林立,你会怀疑这里是纽约,就是不像有着两千多年历史的老南昌。正如南昌老城区小金台的原藏园所在地,我日前去看了一下,早已密集地建着水泥住房,还有谁知道一百多年前这里是江右大文豪蒋士铨的藏园呢!

五

南昌人是低调的,低得逢着该唱高调的时候,都不知怎么唱。这些年官场流行"高调做事,低调做人",能说能干的江浙官员调派到南昌主政,南昌人便也学着"高调"了一些。不过乡土气极浓的市长每试着"高调"一下,往往沦为坊间笑料。菜农出身的市长说,要把南昌建成新加坡那样的花园城市,别人就觉得是要建成进贤县那样的菜园城市。好像南昌人不习惯高调,也不会高调。

这风气由来已久,南昌即便有让坊间竖大拇指传颂的人物,也都是市井人物。比如民间某种特别厉害的角色,不是武师,却是"刮痧"高手。

南昌天热,是"四大火炉"之一,过去常有人路上中暑,南昌人谓之"闭痧"。也少不得有人在大太阳下,面色苍白,浑身乏力,身子一软就坐在地上,此时若不及时"刮痧",是有性命之虞的。民间便有着传奇般侠义的"刮痧"高手,偶尔及时出现,搭救人性命。这种大侠似的江湖人物往往传得神奇,南昌人对此是有大虔敬的,我小时候心中常把这类侠士想象成仙风道骨,出没在东湖边。只是有一回我竟然"闭痧",大热天不出汗,提不起精神,身上软绵绵,像中了邪一般,茶饭皆不进,拿指甲一掐,见不得血色。有人提醒此时千万别吃冷开水泡饭,那时热天南昌人晚饭多是吃这种。母亲打听到东湖边苏圃路老邮电宿舍有一人懂得"刮痧",便托人帮忙引见。

记得母亲领我从棕帽巷经子固路、后墙路、建德观,过观音桥,一路找到那"刮痧"高手人家,时已黄昏,有人让我坐在一小竹交椅上等,熟人便去说情,母亲一脸焦意,怕人不肯出手搭救。不久,熟人从邮电宿舍旧平房一头的公共厨房里出来,满脸高兴地引过来一位腰围围兜布的极不起眼的老年妇女,一点没我想象的"高人"样子,显然她还在为家人做晚饭。她用还湿着的手指掐了一下我的人中,见我仍萎靡,便道"闭痧"不轻。她将双手在黑乎乎的满是油盐气息的围兜布上揩净,便施展其功夫,分别在我颈部穴位、手的穴位拎着肉拉动起来。我只觉这看似羸弱的老妇手指间竟是出奇地有力,经过她一番狠命的拉动,我的颈部和手上几处地方明显出现了紫痕,这一般是"刮痧"后的突出标志,浑身感觉有所松动。她让我吃了数十粒人丹,再灌下一瓶"十滴水","十滴水"是我平生第一次喝,没想冲劲那么大,仿佛一下将身上毛孔都冲开了,背上隐约沁出汗珠,老妇人方道,没事了。我也就站了起来,感觉活力又回到了体内。母亲拿出十元钱塞给老妇,说着千恩万谢的话。老妇人怎么也不收,只让好好带我回去,说些注意事项。此时,我才感觉到什么是"侠义"。

南昌人是有侠义的,这侠义不是拔刀而起,跟人干戈大动,而恰恰是在寻常的助人解危里,那种低调、平易间施予的援手,绝不下于刀下救人的凛然气概。

曾看电视一档《今风·细雨·江湖》节目,记者到沧州一带武术之乡,寻找隐居民间的武者,没想到有个貌不惊人的老者,竟是八卦刀的传人,舞起家伙来,虎虎生风,判若两人。我有过人生的懵懂期,年少轻

东湖垂柳,烟波轻诉

狂,也想投身武林,找寻名师讨个一招半式,在象山公园翻跟斗、打沙包、舞木棍,跟都司前街的混混开战,到处惹祸,是想找到大侠样人物习武的。在南昌街巷遍寻不着,不是没有,而是当年我与人家无缘。谁料年过半百,却在南昌闾巷里结识了武林中人老万,他也有个好名字,叫明群,乃陈照奎宗师太极正宗传人马虹大师嫡传弟子、陈氏太极拳第十二代传人、太极名师、武术七段。这些名头抖出来就能给我壮胆。老万说他可以教我,可我早已腿脚生硬,垂胸鼓腹,对武者敬慕未变,却再没有习武之心。老万是拳师,往那儿一坐,巍巍有山岳之势,让我肃然起敬,这样的人物,若我当年碰上,那会纳头便拜的。但老万反而敬我是个读书人,每每请我吃饭饮酒,谈书法、气功、禅宗、八段锦,这就有了旧武林之风。我自视双手仅仅是能缚住一只鸡的人,而十年前他一掌就能在深圳擂台上击倒三百多斤的俄罗斯大力士。老万是传说中黄飞鸿霍元甲一类的人物啊!可他从传说里走出来,坐在我对面,气定神闲如一座小山。像我这样的,即使加上一起聊天的圣兴兄、书僧养空,也扳不动他敦实的身板。他的拳术让对手绝望。然而他是一个仁厚的人,言笑晏晏,不见一点杀气。我跟他开玩笑地说,哪一日我在江湖走动,若遭人挡道:"来者何人?"我定会赶忙报出老万的大名:"江右豫章万明群!"皆喷酒大笑。

六

我注意到余秋雨当年来南昌写的一篇《青云谱随想》,近期在他新出版的集子《摩挲大地》中改成了《青云谱》,且开头那段令南昌人老大不痛快的"恕我直言,在我到过的省会中,南昌算是不太好玩的一个"也改为:"在中华文化史上,江西的地位比较奇特。初一看,它既不响亮,也不耀眼,似乎从来没有成为全国向往的文化中心或文化热土,就像河南、陕西、山东、江苏、浙江、北京、上海等地承当过的那样。但是如果细细寻访,就会发现它是多重文化经络的归置之地。儒家的朱熹和白鹿洞书院自不必说,即使是道家和佛家,江西都有领先全国的道场。在文学戏剧上,从陶渊明到汤显祖,皆是顶级气象。"这一改,把"南昌"置换为"江西"来说事,便可狠捧到"顶级气象"了。网上有人说:估计南昌人找过他谈话。改版后"顺人情说好话",得中国文化之"温柔敦厚"精髓。引起我注意的是余秋雨接下来的一段文字:"江西在文化上呈现出一种低调的厚实,平静的富有,不事张扬的完备。这种姿态,让我尊敬。南昌郊外的青云谱,又为江西的蕴藏增加了一个例证。"

至于是不是"低调的厚实,平静的富有,不事张扬的完备",有待商榷。但作为江西南昌人,我以为南昌除了郊外的青云谱之外,还有隐藏在寻常巷陌里的书院街,皆可佐证南昌人的那份低调。至于"厚实""富有"抑或"完备",我倒以为未必。

据我所知,南昌人"低调"的好处之一是会死读书,射步亭破巷子里一家人当年穷得叮当响,五姊妹竟读出了四个重点大学生。所以按南昌话说,会读书的"迂子"很多。我高考那年,一同学看榜被财院录取了,回家吃饭,竟吃了一碗又一碗,停不下来,硬是撑病了。可见南昌经济方面不够发达,加上传统保守风气的延续,年轻人出路不多,唯有读书是条光明正大的好出路。利玛窦四百年前来南昌,看到南昌举行乡试系马桩街老贡院人山人海的场景,不由感叹"南昌人好读书",其读书考试的热情近乎南昌夏日疯狂的毒太阳,"街道为之充塞,连走路也不可能"(《利玛窦书信集》)。这似乎又有悖于南昌人惯有的"低调"。也可见南昌人是低调读书,高调考试,在明代考出过做到宰辅的张位。现今东湖的杏花楼是他的别业，里面的闲云馆，曾是他的藏书楼。万历三十二年（1604年）阳春，五十五岁的汤显祖与官场失意的老师张位，以及被权贵陷害削职为民的丁此吕，在南昌东湖之畔的杏花楼煮酒联诗。有趣的是，当年汤显祖曾在肇庆偶遇意大利传教士利玛窦，品尝到西方的红葡萄酒，交流了中西方文化和欧洲人文思潮与科技，受益良多。

此前杏花楼曾是宁王朱宸濠的正妃娄素贞的梳妆楼，"江南第一才子"唐寅曾受王府礼聘在那里授娄妃绘画。当洞悉宁王可能谋反时，为避祸，他装疯卖傻，屁滚尿流逃出了南昌。后来汤显祖、吴应秋一班文士，清代罗牧、朱耷等墨客陆续混迹其间，乃至现今市文化局把南昌画院设在里面，也是不错的。我途经附近总会有意绕过来看看。"杏花楼"，启功的瘦金书，有没落颓靡的皇家气，是合适的。门前冷清，几乎不见游人，却有几铺字画装裱店开在一旁，我上前问册页的价，店主一开口，吓，比滕王阁前榕门路安徽人开的四宝堂价格还高。建德观街横在杏花楼正对门，汪氏蜂蜜、老五烫店、重庆火锅、豫章烧菜馆、粥家、粉铺、江湖味道等一家挨一家，即便正午，人也少，生意似乎寡淡。这些店家多半白天半开，不正经营业，晚上才热闹，主要是夜宵。

南昌人仿佛真不知道这里还有过一个女神般的人物娄妃。蒋士铨当年的戏曲《一片石》就是写娄妃的。据说台湾作家高阳有一本小说《百花洲》，也是写那段历史，我不知道他是怎么写娄妃的。我几年前出版的长篇小说《戈乱：皇帝不在的秋天》几乎是把娄妃作为一个叙述视角来写的。娄妃不是南昌人，南昌却为她提供了历史的舞台。她当然不愿充当历史里的什么角色，但那段历史，或者说那历史事件直接牵涉其家庭、其命运。她的夫君就是事端制造者。她避无可避，只有登场。她当然是从一个女人的角度，而且是一个才女——以诗劝，以书劝（用头发书"翰屏"二字，劝身为宁王的夫君朱宸濠守本分，好好做臣子。

朱宸濠不听，一意要叛乱，结果朝廷派江西巡抚王阳明出马，一举剿灭了朱宸濠。娄妃美丽、明大义，是上饶理学家娄谅之女，王阳明曾奉其父为师，他对娄妃是敬重的。只是这位悲剧式的女性在南昌登场，也在南昌谢幕，像美艳的虞姬，而宁王却不是项羽，他失败的难堪使娄妃的收场更加不堪。据说娄妃投水自尽，尸身不沉，逆流而上，漂至黄家渡，被老表捞起，竟遭奸尸。多么可怕，丑陋的人性加重了这个女人的悲剧，这悲剧让南昌人也感到不堪。是美之罪吗？如果美真是有罪的话，那么丑陋会是无辜的吗？！

我那部小说出来，当年有多家影视机构和导演跟我接洽，有意拍成影视。我不无天真地一口咬定要我自己改剧本，要陈凯歌导演，我的一个重要原因是陈凯歌不仅是我敬重的导演，而且是江西女婿，其妻子著名演员陈红是上饶人，上饶和南昌都出美女，看看陈红，就知道同是上饶人的娄妃有多美。上海影视集团一代理人当初还真放言他们可以请陈凯歌来拍。可忽然历史剧降温，也就没了下文。我写《戈乱：皇帝不在的秋天》的另一个动因，还真是想探寻一下南昌人在中国大历史中究竟产生过什么影响。

城外西山，是南昌人的文化人格和精神塑造的渊薮，儒释道皆使西山的云彩与草木有了独特气象。这里是道教净明派创始人许真君的祖庭所在，这里是临济宗参禅悟道之处，这里是宋明理学家格物究理之地。夸张一点说，这里是静心息虑的隐者天堂，亦不为过。西山文化是南昌人文化人格形成的关键，西山文化就是道家文化，这注定了传统南昌人相对低调的处世态度。南昌人宁信奉许真君得道成仙"鸡犬升天"，也不愿"揭竿而起"，哪怕揭开锅盖看见里面仅是红薯。所以外地人说："南昌人不吵，不闹，不要，特别听话老实。"南昌人也乐得做老实人，懒得去跟人争，有这种心态的南昌人还没开始争，已先落下风。若遇上事，便躲进山里炼丹悟道。山里藏不住，就坐家里与世无争，求得一份清净自在。南昌人也有骚动的时候，南昌的宁王朱宸濠是安徽人朱元璋的后裔，其父宁献王朱权是朱皇帝的第十七子，先封大宁，后被兄朱棣改封南昌，朱宸濠是朱权在南昌的第五代孙，也算是南昌人了。他的上几代宁王都是受压制的，像朱权那么个会带兵打仗的人被皇兄贬到南昌，也低调到西山修道的境地，朱宸濠再也受不了，是要爆发一下的。于是有了历史上的"宸濠之乱"。当然这"乱"由，还是与他朱氏皇室血液有关。南昌人似乎对几代都待在这里的朱家人，骨子里并不待见。南昌有道家的土壤，有佛家的土壤，有儒家的土壤，道家可以在这里创净明派，禅宗临济宗（黄龙宗）可以在这里开道场，儒家可以在这里兴书院，南昌人都潜移默化，融入精神骨血当中，唯独皇气，甚是绝缘。但争天下的人都到这里来起事，南昌只给外地人提供场子。南昌人不出这头，即便被裹挟进去，也不起关键作用。由于历史上南昌的边缘化，南昌人不来事，人家只是在这里兴事，但目标不在此，也只是兴了事便走。南昌人照样开门卖米粉，挑桶担水过日子。南昌人遁世，不好出头，求自存，皆与本土宗教文化及地域相关。关于朱元璋在南昌决战定江山、宸濠之乱，乃至南昌起义，南昌人当时的态度和位置，似乎早已注定。南昌本土宗教就是道教的净明派，到西山看看万寿宫的香火之盛，就明白道家思想早浸润到南昌人的骨子里去了。南昌夏冬季长，春秋季短，是典型的"夏炎冬寒"型城市，矛盾的两极，南昌人也矛盾，但南昌人对待矛盾的态度也是一个字：藏。极热则"卧夏"，极冷则"猫冬"，极冷极热，使南昌人忘了春秋。

七

南昌城西的书院街符合南昌人会读书的个性。精打细算比不过上海人，做生意比不过温州人，吃辣椒比不过长沙人，玩脑浆比不过武汉人，但论起读书来可是南昌人的长项了。但书院街不是南昌独有，我在成都、广州都发现老城区有书院街，却还只觉得南昌的书院街更牛一些。可我不久前经过那一带，大为沮丧。一条书院街本是南昌人会读书的脸面，甚至也是读书圣地。它穿象山路而过，以象山路为界分东、西书院街。而今西书院街几乎拆除成了房地产工地，正在建一座几十层高的商品房。东书院街是一条宽不足五米的小巷，破旧、杂乱，铝合金门窗店、家电维修店、垃圾站、烟酒店、废收站等五花八门的招牌错落其间。闲散的住户三五扎堆聊天或索性在门前当街支张麻将桌打得欢腾。若不是南昌十八中设在这里，墙头还嵌着"豫章书院"的牌子，别人还真不明白，这里就是名动一时的豫章书院所在地。

豫章书院始建于南宋时期，先后以理学祠、孝廉堂、书院等形式出现，而这期间，诸多蜚声海内外的理学名家（如陆九渊等人），曾经都贤聚于此。经过明清两代的修复后，豫章书院显得更加宏伟，装其表也不忘修其内，在清朝康熙年间，皇帝御书"章水文渊"四字悬挂书院讲堂，还请了能文学士到书院来听学交流。后来雍正皇帝还为书院提供了大量经费办学。在当时朝廷的"庇护"之下，书院一时名声大震，闻名遐迩，自然也成了南昌文人墨客读书会友的聚集地。晚清以后，由于受到西方观念和当时政治环境的影响，豫章书院先后不断更名，其定位也日渐模糊。二十世纪七十年代末，我无意间撞见一处老屋，竟然看见"章

书院旧址

水文渊"的老匾,那匾上明显抹过水泥,剥落后现出文字,后来似乎也就不见了。

　　书院街在南昌城的历史上,曾经是大户聚集之地。东西两条相连的几百米小巷,布满了门上铜环、门前石狮的深宅大院。一幢门楼,走进去就是另一番天地。绕过木屏风,只见天井高大宽敞,客厅可以抬轿进入,幽静的厢房门窗、梁柱都用料考究,雕花精细。书院街最深的府第有六进之多。俗话说"天子九进,宰相七进",书院街上那些年代久远的书香门第,昔日主人的荣耀可想而知了。南昌古代三大书院之一的豫章书院坐落于此而使此街得名。南昌另两大书院是东湖书院和友教书院。东湖书院始创于宋嘉定四年(1211年),宋宁宗曾赐书"东湖书院";友教书院也创建于宋朝,是与庐山白鹿洞书院、铅山鹅湖书院、吉安白鹭洲书院齐名的江西四大书院之一。此外南昌还有十多所规模较小的书院。正是这一座座大大小小遍布于南昌大街小巷的书院，为这块土地留下了深厚的文脉，为南昌人埋下了读书的种子。

清代的许振祎算是在书院街居住过的达官贵人，他与李鸿章同出曾国藩门下，做过广东巡抚、河道总督，写得一手好文章。他的府第后来成了书院街上第四粮库所在地。江西奉新人"辫帅"张勋曾是他的门人。张勋出道得益于他，是许振祎将张勋引荐给李鸿章。张勋发达了，回来拜见恩师，据说投了门敕后许振祎不允见。直到张勋脱了官服，换上便衣，自称门人求见才得以进去。张勋倒台回乡建的公馆就在南接书院街、北连三眼井的友竹花园。北洋政府通缉张勋，新任大总统徐世昌发布命令："免于追究。"张勋晚年投资工商、金融业，生意颇火；在家乡对贫苦学生体恤有加，赈济灾民和孤儿。孙中山说："叛国之罪当诛，恋主之情可悯。虽以为敌，未尝不敬也。"孙中山毕竟大智大明者，对一个人下结论，可以把政治立场和人格区分开，不是非黑即白。

八

我在三眼井校厂西1号居住多年，父母仍住在那里，我也一直在这一带转悠。友竹花园现在是"新四军军部旧址陈列馆"，我儿子小时候在里面上幼儿园。三眼井另一端通到系马桩，生前甘于隐居埋名的大画家黄秋园就住在左近的桃花巷里，而另一位同样有隐士风的南昌藏书家王咨臣的藏书楼也隐逸在旁边。南昌人的古雅和烟火气，在这些间巷里潜移默化着。这一带是如今相对落后的南昌老城区，尚留存一些老街旧巷，南昌人在这样的居住环境里也相对完整地保存着一些城

张勋故居局部

市传统的生活习惯。逢年过节,小巷一路走过去家家门口红烛高照,爆竹的红色碎屑铺街,时不时还能看见门楣上悬挂的一面红木框的辟邪镜。推三轮小贩的吆喝声与居民搓麻将骨牌的哗啦声此起彼伏。人在现代大都市化的步行街转了一圈后踅进这些街巷,发现老南昌似乎还在。我每周六下午从现住的红谷滩新区,经八一桥过赣江入老城阳明路,转象山路,穿过东万年巷、豫章后街、叠山路、下水巷、建德观、后墙路、赐福巷、民德路、瓦子角、嫁妆街、孺子路,至六眼井下车,踅入干家前巷。这一条老电影般的街道,发黑的老屋看似东倒西歪,却店铺密集,人声鼎沸,烟熏火燎,南昌人在这条街似乎更本真,不拘小节且有些大大咧咧,完全可以在这里拍中国式的《教父》,拍马丁·西科塞斯的《穷街陋巷》。这里依然是南昌人百年不变的市井生活,是草根南昌的原生态。由此横竖贯通的校厂东、三眼井、友竹巷、书院街、象山路、天灯下、石头街、都司前、筷子巷、系马桩、永叔路、十字街等,依旧是南昌最市井化的老城。

　　南昌的"出国潮",始于二十世纪九十年代初的劳务输出。不再是去伊拉克赚回电视、录音机、冰箱"三大件",而是去发达国家日本,赚东芝大彩电、音响、空调、录像机、索尼相机,出国两年还可以带回几十万元人民币。这等诱惑给南昌人以极大冲击,到处都是想找门路出国"打工"的人,个个毛焦火燎,把这当作"发洋财"的捷径。那时,二轻系统下的服装厂,每年都有"出国"名额,那些厂的厂长一时尾巴都翘上了天。系马桩有家集体制衣厂,厂长李大头,检修工出身,个儿矮,头大,一脸麻子,年轻时找老婆都是"困难户",好在有个姐夫在二轻局当科长,李大头托姐夫的"福",当上了这个大集体单位的服装厂厂长。服装厂女工多,男工少,且多是干缝纫机维修的"二等残废",女工心灵手巧,大多瞧不起他们。李大头当上了厂长,讨上了老婆,从车间调到楼上坐办公桌子了,轻松快活。家住绳金塔下的老董,个儿大,对家人蛮横,人叫他"脑膜炎"。"脑膜炎"在繁华的洗马池租店面做生意,亏了老本。债主穷追猛打,"脑膜炎"只恨上天无梯、入地无门,就动了送老婆兰花出国赚钱的念头。他便托人找李大头"造角"(送财物疏通关节),事成了,当然把老婆也搭上了。兰花出国两年,"脑膜炎"夜晚在系马桩街口摆了两年猪血摊子,有时见人坐到板凳上喝猪血汤,桌上放着"大哥大",他就涎着脸说:"朋友,借我给家里打个电话。"人家把"大哥大"推给他,"脑膜炎"手快,转身一按号码就打到日本去了,问兰花赚了多少,让她赶紧汇钱回来。"大哥大"的主人被猪血汤辣得半晕,却不知"脑膜炎"趁人喝一碗汤的工夫,国际长途加漫游,花了一大笔通话费。两年后,兰花回来,"脑膜炎"还清了债。一个冬夜,他用围巾蒙脸跟踪了李大头,在沐英巷的公厕里用一条凳子腿打断了李大头的腰。服装厂后来倒闭了,系马桩夜晚的路灯下,有个弯如大虾的影子在摆猪血摊。当了时装店老板的"脑膜炎"十天半月就会踱到那儿去,熟悉的气息——葱花、姜丝、麻油、胡椒、干辣椒混合的香味,在空中浮动。"脑膜炎"神气活现地叫一声:"李大头,来一碗猪血汤,多加辣椒哈!"那个大虾般的影子忙应不迭,伺候大爷一般。

"天灯下",城西的一条街。这么大名目,其实难副,也就一条路,两边有几幢老屋,灰墙黑瓦,几根木头电线杆,晚上路灯昏暗,有积水,大块的暗影。夜猫叫春,女同志深夜下班要小心,走夜路别穿白的确良短袖衫、丁字形皮鞋、连衣裙,容易引流氓盯梢,没准行至破墙边,他就下手了。治安不可靠,联防队的烂警棍管不住天灯下的暗影,几个打靶的强奸犯,当年都是在这儿作案。青工老七见义勇为,被天灯下的罗汉打断了腿,至今拄着双拐。厂里说他为女人争风吃醋通报处分,不报销医药费。恋爱一年的对象告吹,从此就没跟女人好过,仿佛有仇。人到中年,守着街口的一只水果店,旧城改建,政府要强拆,老七红了眼攥一把西瓜刀要跟城管拼命。派出所想铐他,没有人敢上前,众人在街中围了好大一个圈。老七挥舞雪亮的西瓜刀,口里嚷:你们谁也别想逼我,别——想!所长说:"先缴了他的拐棍,看他还能飞天!"老七瞪着狗血似的眼睛,咒道:"狗日的,老子死也不会放过你们!"谁也没料到老七的西瓜刀竟砍向自己的脖颈。

多年后,天灯下改成了一个菜市场,上半条街满是鸭屎臭,下半条街弥漫着鱼腥,地上一年到头不干不净。博林烤禽店在这里出了名,煌上煌烤鸭在对面叫阵,南昌食客闻风而动,谁没有尝过这两家店的鲜,谁又会留意那个拄着双拐的沉重身影在天灯下踽踽独行……

但南昌人,包括这些老街巷的老住户已感到现代化的进程随时有可能让三眼井、书院街、友竹花园、干家前巷、天灯下改头换面甚至荡然无存。

日前,朋友来电话,说张恨水的长孙张纪来南昌寻访其祖父的故迹。遗憾的是张恨水居住的旧址早已无从寻找,所幸的是当朋友把张纪领到老城区南关口十字街时,张恨水曾经就读的南昌甲种农业学校的旧址还在,即今南昌育英学校。过去我是很入迷地读过一段张恨水的《啼笑因缘》的,那是一部颇具"京味"的通俗小说,其影响之大,恐怕是可以作为一个时代的"消遣文化"标志的,连鲁迅这样的严肃作家和大学者陈寅恪也都找张恨水的书来读。在没有电视和电视剧的年头,很多人几乎就是将张恨水的连载小说,像今日人们看电视连续剧般,一日看一节,很是上瘾。这位鸳鸯蝴蝶派的大师无疑是个很受欢迎的人物,蒋介石和宋美龄夫妇曾登门拜访他,毛泽东也在北京接见他。不论这些人地位多高,都是心甘情愿做他的读者。张恨水不是南昌人,他出生在上饶,其祖父是行伍出身,由于在江西任职时间长,后来就落户南昌。1910年,张恨水考入由庚子赔款所建的南昌甲种农业学校,此时张恨水不到十六岁,却冒充十九岁报考。张纪说,张恨水在南昌读了《小说月报》和大量文学书籍,从翻译的短篇小说里了解了许多描写手法,特别是心理描写,这在中国小说中寡有。甲种农业学校里学到的新知识给了他启发,奠定了他的文学基础和以后对章回小说的改良。可以说南昌对张恨水是有很深影响的,十字街的老房子旧院子,都留在他的记忆中。他半世辗转流离于潜山、南昌、苏州、重庆、北京,至二十世纪六十年代进入生命的最后一段时光,他开口说的只是地地道道的南昌方言。前不久,十字街棚户区低洼地带改造,数十上百年的老屋一拆,历史往往也就片瓦无存。

南昌人一方面渴望老街区的居住条件得到改善,一方面又惋惜或担心粗暴的改建与开发可能把南昌的历史文化摧毁。但南昌人毕竟温驯且低调,一切似乎随之任之。偶尔拆房拆痛了,也会上访,却绝不敢闹事,不过是多补几个钱就了事。一般而言,南昌人是不生事、不多事、不惹事,"只扫自家门前雪,不管别人瓦上霜"的。

南昌人尽管低调,不事张扬,骨子里却有的是执着和对一些事物的不屑。南昌人一旦倔起来,也像斗架的公鸡,为捍卫自尊血战到底,但仅仅是伤及自尊的一己之利而已。南昌人的这种性格在市民身上体现尤为彻底。我有个住下水巷的亲戚,街坊只唤他绰号"叫鸡公",他人瘦,干巴,嗓音干燥且脆厉,像一早从鸡笼里钻出来的瘦鸡公,一身的鸡屎未抖落,就朝着灰蒙蒙的天叫开来。他脾气倔,常梗着脖子跟人争些鸡毛蒜皮。有时我觉得人家给他取的绰号真没错。"叫鸡公"其实是我四姨的丈夫,我该叫他四姨父,父母姨舅都唤他"叫鸡公",背地里我也跟着这么称呼,每叫一次,心里就发笑,每笑着就叫得越多,没事便找些笑话往他身上扯,让人跟着笑。母亲问:"笑谁呢?""'叫鸡公'。"母亲跟着说:"很久没见到他。""叫鸡公"原先在城郊做民办教师,教龄四十年,教出的学生都吃上了清华北大的饭。他退休了,找到亲戚来翠花街游戏室守门。南昌岁末天寒,他穿着破军大衣笼着手蜷在门边发愣,进进出出的少年把他看成一坨屎。他一开腔满嘴胡楂似的土话和嗓音,就惹起一堆讪笑,笑得"叫鸡公"皮塌毛落,不敢开口,笑得他细长的脖子如遇大雪,缩在衣领里打战。那些青皮后生哪里知道,这个不起眼的小人物曾是郊区优秀民办教师,大儿子是洪都飞机制造公司高级工程师,三儿子是法学院的高才生,二儿子,咳,那年高考落榜,喝了半瓶"乐果"死在厕所,是他终生的痛。他从来没想做个富人,退休也不肯当闲人。游戏室老板是他妻弟,我五舅,也没怎么把他当姐夫看,充其量也只"叫鸡公"长"叫鸡公"短地叫他,一次终于把"叫鸡公"叫火了。他梗直脖颈顶撞:"'叫鸡公',难道就不是人?!"五舅没弄明白他为什么发这么大火,"叫鸡公"一甩袖子,走人。过年也不走动,仿佛一生一世这路亲戚就断了。母亲每提及,总感叹。南昌人说这种人还真狼犺,也就是倔得很。

九

有人说南昌是座"草根"性的城市,过去南昌的"七门九洲十八坡"及相关的"七门谣",把老南昌概括得既全面又生动:"挑桶卖菜进贤门,千船万帆惠民门,推进涌出广润门,接官送府章江门,杀人放火德胜门,冷坛社庙永和门,刀枪剑戟顺化门。"

七座城门每一座都存在过数百年,而今已废毁殆尽,好像南昌是一座既没有城门也没有城墙的城市。南昌城墙拆于二十世纪三十年代初,主政江西的熊式辉提出了"赣人治赣"和"建设新江西"的设想。据说熊式辉有着一张关公式的红脸膛,是个美男,却是个跛子。他的妻子顾竹筠是宋美龄母亲的义女,蒋介石对其十分赞赏。熊式辉是南昌安义人,他任淞沪司令时,应蒋电召赴南昌,在上海乘飞机,飞机起飞向送行人答礼,触及盐船桅杆,坠落泥淖,机上共六人,四人罹难,熊右腿折断,修养半年。他于次年夏再赴南昌,任南昌行营参谋长,再任江西省政府主席,兼行营办公厅主任。

应该说熊式辉在国民党主政江西的官员中算是有作为的一位,别的不说,就南昌的城市建设和教育而言,他所做的事影响至今。熊式辉从上海请来一批工程学士,成立专门技术室,推进南昌的旧城改造,将城门城墙推倒填城濠,修起了赣江及抚河边的沿江路,由此城墙包围的城市有了向外扩大的可能。他同时拨巨款整治城内的"三湖"——东湖、西湖、北湖;改建"两桥"——灵应桥、状元桥;在东湖东岸开辟了南昌第一个公园——"湖滨公园",即现在的八一公园;创办了江西第一所综合性大学——"中正大学",即现在的江西师大;在赣江兴建"中正大桥",即现今八一桥;在城里修起了八条大马路——八大乡贤路,即今天还存在的南昌人无不知道的阳明路(王阳明)、象山路(陆九渊)、叠山路(谢枋得)、孺子路(徐稚)、船山路(王夫之)、永叔路(欧阳修)、子固路(曾巩)、榕门路(陈宏谋)。熊式辉于1974年病逝于中国台湾地区,此前曾写过怀乡诗。1992年,其夫人顾竹筠还乡寻亲访友,面对老南昌一定感慨万端。我在《老南昌》一诗中写过:老南昌/这古城令人陶醉也困苦失落,/七门九洲十八坡/多少代人在里面痛且快乐地活过/多少历史/不会随风湮灭……

然而"老南昌"毕竟永远过去了,今日南昌与过去一比,南昌人自己就会惊一跳。仅汽车而言,二十世纪三十年代的南昌仅两辆,一辆是熊式辉坐的。据说熊式辉每日早晚乘坐汽车出入府门,事前由随身副官电话通知卫队,立即组成一小仪仗队,附以乐队,静候门前,等熊的汽车驶抵后,门卫班长高呼敬礼,乐队随之齐鸣,响彻重门。可见当时汽车出现的隆重及其象征的地位。另一辆车是老外的,是美国在南昌的圣公会牧师的专车。那时南昌人见到这两辆车绝对都会大呼小叫好一阵,稀罕得很。现在怎样?在南昌注册的小型汽车便有 39.7 万辆,还不含外地牌照的小车。南昌人拥有的小车如果首尾相接可达 1800 公里(按平均 4.5 米长计算),差不多可以排到成都或两车道排到广州。但南昌公共车位仅有 3.2 万余个(按 40 万辆计算,8 辆小车争一个公共车位)。每日城里车阵堵得慌,时间好像又在汽车的拥堵爬行中放慢了速度。看看车窗外,高楼大厦把阳光和阴影从这面墙转移到那面墙,那墙面立体玻璃里的苍茫天空,仿佛无字的岁月之书。

岁月之书固然写着南昌的繁荣与兴盛,但也隐约透露着一丝神秘和诡异。记得有一回我到香港,从地铁出来就是很现代的商店,在欧式风格的装修环境里,一个大红灯笼垂下来,我随滚动电梯上楼,回头却见一满面胡须穿马褂儿的中年男子站在灯笼下,仿佛是隔世而来的清朝人,说不出地诡异。坊间传说,南昌有三栋"鬼楼"。一处是当年南昌的首座五星级酒店。另两处是位于南昌繁华地段的两栋商厦。关于前者,坊间传闻有不少入住者看见过"不干净的东西",后来这酒店便拆了。后两栋楼虽在商业中心的黄金地段,生意却都做不起来。商家解释不清,便推说是"鬼楼"。所谓"鬼"是不存在的,无非是心存不顺,借"鬼"之名排解而已。南昌人确是不信那一套的,鬼文化在南昌没有市场。

山东高密人莫言说:"一个人可以热爱故乡,也可以恨故乡里很多落后的东西,是爱恨交加的情绪。"这才是一个人对故乡的正常情绪。如果一个人一味说爱他的故乡,那绝对是假的,如同为讨好一个女人说的假话。若是又爱又恨,那才是真的,因为我们太了解故乡,太知道它的优点与缺点。对故乡爱屋及乌是一种感情,但你说爱故乡的一口痰一坨狗屎,那就完全是虚伪。

普通的南昌人大多不会去翻历史,后来的南昌人更是凭直观提示,只是在南昌有直观提示意义和文化价值的老街老建筑已愈发稀少了。原先一条相对完整保留二十世纪三十年代西式风格建筑的翠花街也在八十年代初被拆除,当时街头位于洗马池的原宝庆金号的老店面,是典型的高大、精美的老建筑遗存,如同澳门的"大三巴",有识之士皆呼吁保留下来,1998年我写《豫章遗韵》一书时,还特地催人拍了照用在书上。不想书还在出版前的校对中,市政方不顾保留的声浪硬是一夜之间把那带有南昌历史记忆的老店面强行拆毁。事后我接到自称是宝庆金号老房主的女儿左女士的电话,想跟我谈点拆除的"内幕",后欲言又止。

罗伯特·贝文说:"摧毁一个人身处的环境,对一个人来说可能就意味着从熟悉的环境所唤起的记忆中被流放并迷失方向。"

我有一段时间读书就是在翠花街,那时精致的老洋房都在。在洋房的影子下多是卖鱼线鱼钩和各种小百货的摊子。对面一溜几乎清一色的白铁铺子,叮叮当当的敲打声不绝于耳,仿佛一路敲打着老南昌的背影。至宝庆金号高大门面被拆除,那影子似乎并没有消失,我感觉它依然固执地映在某一堵老墙上——"静静谛听着移动的光阴"(何大草)。

翠花街

天堂般的电影院

一

二十世纪七十年代末、八十年代初,在南昌人眼里是有天堂的,这"天堂",一是早上的公厕,再是晚上的电影院。巷子里的居民若是早能排队抢占到公厕里一个蹲位,那是快活无比的事。而晚上能有一张七点半钟的电影票,坐在胜利路或中山路的电影院里看电影,那就是活神仙。

我在南昌最早看电影的地方应该是市委礼堂,父亲带着,坐在最后一排有靠背的木板长椅上,位子背后有白漆座号,位子与位子之间无扶手分隔,简单如条凳。电影开演后,就有人站起来,坐后排的就只看人后脑勺了,父亲也站起来,把我扛在肩上看。我只看到白色的银幕上黑色的影子乱晃,银幕上的影子乱放枪,砰砰之声不绝于耳,根本看不明白什么,却对一张留小胡子的、满面灰尘似的、气急败坏的脸,留有印象。后来得知乱放枪的叫双枪李向阳,小胡子叫松井。这电影是《平原游击队》,想来那会儿我三四岁吧。父亲当时上班在一幢民国时期遗下的二层小楼里，那时南昌有很多这样精致的小楼，尤其阳明路附近经纬路，这与三十年代蒋介石在南昌设海陆空三军指挥行营有关，民国首脑几乎都在这里，小楼也就多，南昌几乎替代南京而行首都之事。市委里那幢小楼是民国年间江西省政府主席熊式辉的，红漆木板楼梯，腰墙绿色，门窗的木制部分是清一色米黄。记得我儿时在那里午睡过，父亲在办公桌上写公文，我躺在长沙发上，被窗外的鸟叫得心猿意马，哪里睡得着。后来市委搬迁红谷滩，老市委院子拆了，改为阳明公园对外开放，那幢楼因与熊式辉有关，得以完好保留下来。市委礼堂是拆了。七十年代末、八十年代初，许多好电影涌来，南昌电影院未及公映，周末晚上市委礼堂必先演，票当然是内部的。后来电影院上映的片子多了，观众更多，供不应求，市委礼堂、市政府礼堂、省政府八一礼堂，都渐渐公开对外售票了。

1977年南斯拉夫总统铁托访华时，原先的内部片《瓦尔特保卫萨拉热窝》全国正式上映。在"文革"十年文化沙漠之后，影片一经公映立刻在国内掀起观影高潮，连小孩打架都要耍一番"瓦尔特拳"，片中的台词至今仍为广大观众所津津乐道。南斯拉夫电影《瓦尔特保卫萨拉热窝》在南昌公映，几乎引起全民狂欢，一片"瓦尔特热"，尽管一票难求，但很多年轻人看一场还觉不过瘾，都是连看数场。我竟疯狂地在市委礼堂一连看了七场，以致满脑子都是瓦尔特的拳头和扫射德国兵的子弹。而南昌大街小巷都响着电影里地下抵抗组织的接头暗语：

——空气在颤抖，仿佛天空在燃烧。

——暴风雨就要来了。

这是一部惊险、激烈、紧张而残酷的电影里诗一般的语言，使南昌街头的二混也仿佛一下成了诗人般的地下接头人，既雅致又高尚。日前，跟一帮老友在湖坊路"九大碗"酒店小聚，回首当年，竟有人手执一杯,摇头晃脑吟出《瓦尔特保卫萨拉热窝》里的台词,众人听来仍觉津津有味。

位于八一大道的工人文化宫电影院,六七十年代是个热闹去处,地理位置使然,左邻主席台、八一广场、万岁馆,右邻江西艺术剧院、中苏友好馆、革命烈士纪念堂,正对市图书馆、百货大楼、江西饭店、江西宾馆。1967年,阿尔巴尼亚电影《海岸风雷》在南昌上映,那是我平生所看的第一部外国电影,跟小舅舅从羊子巷钻墙洞,抄近路,再沿寂静的墙根一路假装扭着方向盘开车跑去的。进去,已开演了,银幕上大胡子深眼眶的外国汉子在打鱼,喝酒,又在黑夜弓着身子蹑手蹑脚干着什么,音乐紧促,好像大家都在影院偷偷摸摸干地下工作。这片子我似乎看明白了一些,紧张出一身汗,是时我五岁吧。文化宫电影院门口有块空地,由于是在院子里,每放电影前后人就多,晚上有灯,白炽如昼,令人流连忘返。后来旁边开了溜冰场,八十年代也是红男绿女趋之若鹜之处,我去过,一穿上溜冰鞋,连摔几个屁股蹲儿,皆重重落于水泥地上,屁股似乎摔裂了,自此再未去过。

二

平生第一次看露天电影,是1969年在松湖街,人民公社门前的场地上。那块场地平时是有积水的,那晚放电影了,左右村镇的人脚前脚后赶来,哪顾得许多,干的湿的地面上都挤满了人,树上、屋顶也爬着看客。电影放的是《收租院》,整部电影里没一个活人,都是泥塑,外加苦大仇深的解说词,乡下七里八村的大人小孩老头老太远远近近屁颠屁颠地赶来,懵懵懂懂黑灯瞎火受了一顿教育,又高一脚低一脚踏上曲折归程。我跟一队乡人，来回都走在人字形逼仄的河堤上，两边是水，掉下去，影子也捞不着。堤埂上只能一人跟着一人，低头走，手电筒的一束光在脚前晃。电影看了什么都不记得，眼里、脑子里只是乱晃的白光与光照外的黑影。意大利导演托纳多雷有部电影《天堂电影院》。影片最令我感动的一个情节，是放映师将许多不同年代电影中的接吻镜头剪辑到一起，在电影院放给主人公一个人看，电影中的人物感动了，我也看得满脸泪花。这是一部有童真的电影，会唤起很多人有关电影院与露天电影院的记忆。

百花洲电影院上映国产片《玉碎宫倾》，我是同女朋友看的，是在1983年，都年少，一个十七岁，一个二十岁，皆无正式工作，皆单纯且开心。那是3月初春时节，南昌倒春寒，雨又下得漫天漫地，我仍穿一件仿日本电影《生死恋》男主人公野岛的藏青色卡其布猎装，她穿一件轻盈的红色滑雪衫，那是个身心俱飞的轻盈的年代。五年后，这个女孩成了我的妻子。我们共同看第一部电影是在百花洲电影院。那些年某个热天，我还跟同学老朱在那里看了一场英国老黑白片《抗暴记》，电影枯燥，当时电影院没空调，只有有限的几台吊扇悬在很高的地方干巴巴地旋转，又热又闷。此前人民电影院有一台吊扇在运转时掉了下来，据说刀一般的扇叶在旋转中削掉了观众的脑袋。于是所有影院在整改中立马减少了吊扇，人观影，几乎热晕。我跟老朱坐不住，电影中场即满头大汗地跑出来。想到湖边坐坐，发现每十几步都有人在烧纸钱，原来是七月半，我们围湖边绕了大半圈，又被烧纸钱的炙热、烟熏味逼得躲开了。那一晚整个南昌都热浪滚滚，无处可逃，我们赤着上身在中山路、胜利路晃荡，最后只想把身上的牛仔裤脱了，跳进赣江游一场才舒服。

洗马池西头的井冈山剧场是原采茶剧团的剧院，祖父原是该剧团的老琴师。幼年时，祖父带我和姐姐坐在剧场后台看过戏，印象是《红色娘子军》。读中学时,同学老朱的父母是该剧团台柱子。毕业后老朱一度做剧场验票员,可把哥们乐坏了。一次剧场上映法国宽银幕历史片《拿破仑在奥斯特里兹》,影片上下两集,三个多小时。老朱通知我去看,自然免票,从上午十一点演到下午两点多,中间老朱从家里端来一大碗饭菜,供我边吃边看,同学情重可见。后来我突然想,那碗饭菜也可能是老朱的午餐,他没吃,给了我,这份厚谊令我感动至今,心里温热不已。

位于胜利路中段的胜利剧场,原是市文工团的演出场地,后来改成放电影。二十世纪八十年代初由于女朋友家住射步亭,我住瑞金北路(象山北路),距胜利剧场都近,在这里看电影就不少。有一年冬天,大雪之夜,我们和很多观众闹哄哄进到胜利剧场,兴致勃勃地看美国科幻巨片《超人》,片子演到一半,烧了胶片,放映机出了故障,全场起哄,观众拼命摇打座椅,那椅子是可上下翻动的。天冷,本身就凉,再加上坐的是光滑滑的板,就更难熬,好在有电影吸引。电影在兴头上中断,大伙儿不由怒火顿起,全把愤怒发在座椅上,噼噼啪啪翻打椅子的声音响彻全场,惊天动地,最终仍是无果,放映员一时解决不了机子故障,观众只能心有不甘,沮丧散去。

南昌剧场是南昌最早的剧场之一,它的前身应该就是过去青帮头子胡云龙开的"南昌大舞台",我父亲小时候就住在附近的桂园试馆。父亲的姑父是"大舞台"的股东之一。七十年代这里经常演出革命样板戏,锣鼓,戏腔,狂热的人群,加上处于民德路与象山路口的位置,旁边有回民的清真万花楼。近老城中心的地带,一度热闹非凡,那时演戏都是灯火通明,简直像个火场,带有革命的、狂飙突进式的激情。那火热与红彤彤的光焰几乎把剧场都烤得炙热、通红。进入八十年代,老剧场冷寂如冰窖,没有戏演了,市民只对外国电影和电视感兴趣。一个冬天,我买票到南昌剧场看了一场电影,记不得片名。偌大的剧场没几个人,都拥着军大衣,蜷缩着,像露营者,整个剧场又大又破,四处冒寒风进来,我冷得直哆嗦,电影没看完就跑了。

在翠花街老万寿宫原址读中学时,常在中山路的人民电影院看包场电影,多半是受教育的,连一场像样的故事片也没看过。顶替进妇儿商店站柜台,单位才在爱国电影院包场过几场像样的电影,和一伙女售货员莺莺燕燕、叽叽喳喳在电影院等候电影开演,莫名亢奋、期待与放松,也别有意趣。印象中人民电影院门口海报宣传画是城里几家电影院中画得最好的。我在南昌三中读初中时约在1976—1977年,狂热地画画,对各电影院海报绘画水平了如指掌。新片上映前,影院门口必挂出一面墙大的巨型宣传画海报。人民电影院初次引起我注意的是电影《海霞》,演女主角女民兵的吴海燕是当时年轻人私下认为国内女演员中最丰满、漂亮和性感的。其次是《南海长城》和《侦察兵》,两部片子都由进入中年的王心刚主演。这些演员大家都熟,普通观众也能看出,画得像不像,一目了然。而给我留下深刻印象的,是《甲午风云》海报里的邓世昌,人民电影院的几幅海报,我站街对面的八一纪念馆进行过临摹。还有《大浪淘沙》电影剧照里的赵教官和《洪湖赤卫队》剧照里的张副官,我夜里都在剧照窗前临摹过,可见我当年对电影的热爱与对英雄的崇拜。

春寒料峭,雨夹雪,想起七十年代一部阿尔巴尼亚电影《初春》,不知还有人记得否?彩色,宽银幕,上映时,天也冷,银幕上有只鹰在飞,然后是花朵在瑟瑟抖动,让人看见风,冷洌的。我从后墙路儿童电影院(曾名"红少年电影院")出来,风里仿佛有鹰在飞,从山顶下来的。那个号称"山鹰之国"的电影,当年总是吸引我们,严峻的游击队员,面色上时刻都有与死亡搏斗的痕迹。转过区法院的红墙,拐入小金台巷,一伙顽童手举木头枪喧哗而过。1975年的南昌潮湿，阴冷，街巷呈铁灰色。

三

二十世纪七十年代初，意大利导演米开朗琪罗·安东尼奥尼受邀访问中国，他拍了一部纪录片《中国》，国内没放映，我们知道，是因为被定性为"反华"影片，从北京到地方，都要批判。电影拍了什么，南昌人几乎都没看，只从传达的文件里晓得，安导把"雄伟的天安门拍得歪歪斜斜"，"不拍中国人民意气风发的光辉形象，却拍北京老胡同里走路的小脚老太太"，严重扭曲了中国形象。这还行？得批判！我当时正读初中，也觉得这安导太不仗义，不地道，怒火填膺。那时还发生了一起震动全国的事：苏联驻北京大使馆人员在从事间谍活动时被抓了。全国人民都摩拳擦掌，恨不得把那个叫"谢苗诺夫"的间谍揍死。

南昌街头大字报栏贴出了根据新华社通稿改编的漫画《苏联间谍落网记》。画上月黑风高，一辆伏尔加牌轿车驶向苏联使馆，东开西开，偷偷停在一根木头路灯柱下，"谢苗诺夫"贼头贼脑下车在干坏事，立马冲出几个浓眉大眼的公安战士，擒获了间谍。大字报栏上往往有很多画得好的漫画，很是吸引我，那时没什么画展，这几乎就替代了画展，且是原作。画得好的漫画，我常去看几遍。那时八一大道原中苏友好馆（现省文联）外墙漫画极佳，想必出自专业之手。抓苏联间谍的漫画把"谢苗诺夫"画得肥胖，是个秃子，一脸蠢相。而那辆黑色伏尔加轿车却画得逼真、写实。大概苏联间谍长什么样，画家不知道。

伏尔加轿车，南昌街上是有几辆总会经过的，那时省里一把手程世清就坐伏尔加。我也常在作业本上画汽车，除了画解放牌军卡、美式吉普,就是苏式伏尔加。我从那些漫画上学会了画黑色伏尔加。美式吉普,而且是中吉普(中等大的),我是坐过的。那时父亲上班的湾里指挥部也有一部,旧的,隐约的绿漆外糊满了红色泥浆。我等屁孩逢司机心情好会捞上去兜风。更多时,是车停在露天,这种吉普又是敞篷的,我等一伙屁孩就爬上去,在上面冒充"美国佬",而"美国佬"的形象则来自抗美援朝电影《奇袭》和《打击侵略者》,这辆中吉普自然是战场上遗留下来的。记得指挥部还有辆黑色大屁股的美国吉姆轿车,又老又旧,一直处于修理中,漆却好,贼亮。我家邻居胡师傅是八级修理工,一般汽车抛锚,他一修就能跑起来。那时汽车少,能把汽车摆弄得出神入化的人,我等屁孩是有些崇拜的,常用手比画八字,以示对胡师傅八级大神的敬仰。只是那辆老吉姆颇令胡师傅劳神费力,每天修一身油污,都不见动静,偶然发动,冒起一阵烟,我等围观屁孩就要群起欢呼了。到了晚上,我们就摸进简易车篷,一拉车门,老吉姆应声而开,我们钻进去,一提挡,车竟动起来,不由暗喜。好在那挡仅令车一颠一颠往前动,一放下就停。起初一兴奋直接把吉姆的车头开到顶,撞在了车篷的竹篱门上,皆吓出一身冷汗。还好没惊动大人,我等屁孩在车里七弄八弄,又摸清了倒车挡,便能乐颠颠在车篷里让老吉姆轿车前进后退,很是过瘾。

那年的夏天,犹记午间十二点半,赤膊躺在竹床上收听《艳阳天》小说广播,仿佛贫乏岁月里的点滴奢侈。富农与老地主的算计和密谋,在炎日树叶间漏下闪烁的光斑,如同阴险的眼光,对年幼的听众却形成奇特的吸引,我家那台绿塑料外壳的红灯牌收音机,由此显得魅力非凡,如同异宝。

七十年代也有几部黑白老电影让人在想象的生活中过得有张有弛,老国产片《铁道卫士》《英雄儿女》《地道战》《地雷战》反复演,主要是在工厂车间、露天和礼堂。阿尔巴尼亚的《地下游击队》《宁死不屈》《伏击战》。尤其是罗马尼亚的《多瑙河之波》,既革命又浪漫,那几乎是1975年之前尺度最大的电影,男女主人公又搂又抱,把大伙都看傻眼了。那时国产片里根本没爱情这回事。何况《多瑙河之波》的女主角美得不可方物,她穿的新娘白纱裙给年轻人提供了最大的黑白想象空间。

1972年尼克松访华,意义之大,自不必说。南昌人眼尖,却从瑞金北路《南昌晚报》社外墙的读报窗里发现报纸上尼克松的夫人很年轻,而老尼年岁要大多了。坊间便议论尼克松有几个老婆,大老婆自然老些,不似小老婆好看。尼克松访华要面子,自然带小老婆来。我闻之,赶忙跑到报窗栏去仔细看,报上黑白新闻图片印在粗糙新闻纸上本不清晰,颗粒又大,但还是能看出尼克松下飞机时身后年轻夫人穿细长时髦大衣的高挑身材和一张狐媚的脸。

若干年后我看到了安东尼奥尼拍的《中国》,里面完整保留了七十年代初中期的中国影像,与现在的中国相比,仿佛是另一个世界,但那是我少年时熟悉的世界。那些影像现在看,太珍贵了。里面很多镜头他该是用手提摄影机拍的,这样更贴近人群,更真实地呈现主观视角,人拿机器边走边拍,镜头便晃动,这也是拍出来的物体会有歪斜感的原因。现在看,那时镜头里天安门广场上的普通人和士兵的脸上都纯朴而生机勃勃,摄影机更多时候是不会撒谎的。我还看到不少安东的片子,如《放大》《蚀》等,他无疑是大师。其成就显然超过了七十年代国内官方推崇的"中国人民的老朋友"、荷兰纪录片导演伊文思,尽管我看过一些伊文思的片子,不可否认这也是一位有艺术追求、在当时西方很前卫激进的导演。

四

1978年,日本电影《望乡》《追捕》《生死恋》来了,都在南昌引起巨大轰动。那时候电影院就如同天堂,即便电影院把门验票的,也如同天堂守门人,是有些令人仰望的,因为黑漆漆的电影院里藏着一个神奇而美妙的世界,它能让我们见识逐渐打开的人生与天地。尤其《追捕》上映,男观众出了电影院,都把衣领竖了起来,双手插兜里,学高仓健,一时间街上都是故作深沉的、戴墨镜的男人。我也很不要脸地亦步亦趋,把近视眼镜换成变色的,在暗处是白的,在亮处又变深色,仿佛自己一下深沉得很,男人得很。冬天,南昌贼冷,就把衣领竖得更高,头往领子里钻,其实很狗屁的!高仓健饰演的检察官杜丘冬人受黑社会陷害而逃亡。牧场主女儿真由美从感激杜丘的救命之恩,到义无反顾地相助杜丘。在东京街头的围捕中,真由美的马队及时赶到,杜丘跳上马背,问真由美:"你为什么要帮助我?"长发飘飘的真由美大声回答:"因为我喜欢你!"观众为这样大胆的爱情表白惊得目瞪口呆,继而如痴如醉。《生死恋》上映,我们才发现日本鬼子也会有抒情诗一样的电影,女主角夏子的扮演者栗原小卷那时多美呀!她的一笑一颦,就是倾国倾城。我和同学阿永从儿童电影院散场出来,阿永直咂嘴唇,仿佛还在回味,口水还没咽回去。那些年重映的印度老片《流浪者》,小偷拉兹与上流社会小姐丽达的缠绵爱情,街头小青年看得欲罢不能。我中学一位同班同学因此常常旷课,在街头溜达,结交了不三不四的朋友,上流社会的小姐没遇上,却是被"保兄"(当时南昌对保卫组人员的专称,现便衣公安)铐了进去。法国电影《佐罗》在儿童电影院上映,阿兰·德龙俊美灿烂的面孔那么夺目,南昌人惊呼,男人也能美成那样。只是阿兰·德龙的美像冰山,美得太有距离感了。此后我还找到他的不少片子,有《独行杀手》《红圈》《豹》等,皆美得不可方物,我由此认为法国男人都该有阿兰·德龙般俊美的外形和优雅的举止。直到不久前,我去巴黎,乘船游塞纳河,听见前面一个游客惊叫,原来是因为一个法国男人往前挤,有意踩一个中国女人的脚。那人有一双锃亮的尖头皮鞋和怪诞的面部线条,像个怪物。但他对身边的金发女人一脸谄笑。法国男人的形象在我眼里似乎全被这个怪物糟蹋了,我有些为法国惋惜。在协和广场散步,有人指着街边一幢顶层是灰色外墙的房子说,阿兰·德龙住在那儿。我一惊,当年那几乎是太阳神般的人物啊!算来已八十多岁,和我老父亲差不多年纪了!佐罗老矣!但在观众内心他是不老的优美传奇。

那些年伴随《佐罗》登陆南昌影院的是一大波欧美电影——《卡桑德拉大桥》《叶塞尼亚》《巴黎圣母院》等,这些电影尤以嬉皮士、吉卜赛女郎等(对国人来说是全新的)形象和浪漫气息揪住观众的心。住射步亭的小王两口子在儿童电影院看《卡桑德拉大桥》,片中火车上一批嬉皮士乘客放荡不羁,镜头中闪过一女子正穿牛仔裤,屁股上的三角裤还露在外面。小王说此前她肯定跟人亲热过,小王老婆说不可能。两人争执不下又看一场,岂知镜头还是一闪而过,没容细看,只见那女子有个拉裤动作,小王还是激动不已,认为抓住了证据。老婆不屑,再看一场,仍是草草而过。小王猛然醒悟:"他妈的,最精彩的地方全被剪了!"不错,刚开禁过来的西方电影,上映前都是动过剪子的,凡拥抱、接吻、亲热的镜头与台词都剪了,所以观众常看得摸不着头脑,得知真相后方破口大骂。骂也没用,官方担心观众觉悟不高,怕中毒。而此前机关小礼堂常常以"内部片""审查片""参考片"的名义,一直不停地放各种西方影片,皆一刀未剪,那小部分上层观众带家属看得不亦乐乎。省里有关文艺单位会有少量的票,我混迹其中看了一回,暗呼过瘾,三日不绝于口。看了什么,现在记不起来。想必从禁片时代过来的人,逢着大开放年代,都恶补西方电影。当年苏联电影《这里的黎明静悄悄》在电视上播出,引起不小轰动,那时我们看的是黑白电视,电影却是有彩色部分的,这部诗一样美、铁一样残酷的电影,美好的回忆是彩色,残酷的战争是黑白。一段女兵在湖里洗澡的镜头是彩色的,且裸体,是为了映衬战争的残酷,皆剪了。

少年时,深觉我生也晚,不似二十世纪五十年代那批人,他们看过那么多老电影,那些"毒草"、西方资产阶级及"苏修"的"禁片",从舅舅那代人口中讲出来的电影故事,令我羡慕有加,他老人家如数家珍不无炫耀,少小如我者总觉自卑得很。好在有了八十年代的黄金岁月,改革开放了,皆大喜过望,凡俗如我者,老电影也不放过,列入恶补范畴。这才发现国外那些很革命的电影,如《保尔·柯察金》《牛虻》《复活》《战争与和平》,因为里面有很美的女人,有美好的爱情,曾经都成了禁片。"开放"了,精神与审美长期饥饿的人们,无不恶补。我就是拼命买影碟,将吃饭买书所余的钱全用在上面,十五元一张的VCD,不便宜,到九元一张的DVD,足买了上万张。不可谓不疯狂。记得九十年代写电视片,第一次拿几万稿费,就直扑"新大地"碟市(原"万岁馆",后改为江西展览馆),一口气买了一堆,喜滋滋抱回家,日看夜看,不亦乐乎。

几年就把数十年间的世界名片都看遍了,又每年追新片看,这种快乐,无以替代。我从"新大地"转战科技大市场,从"枪版"到碟版、蓝光版,书架上除了书就是影碟。后来互联网上什么片都有了,便不再淘碟了,十几年淘碟史,算告一段落。

电影的好,使我们在不短的时期内把电影院视为天堂。我凭票而入,在一两个小时里,把庸常的生活抛开,可以出古入今而到未来,都是鲜活的场景和人物,可以直抵古希腊,见到海伦,可以领略激烈残酷的战争,却始终为自己处于安全的状态而庆幸。曾有人这么形容希腊美女海伦:一张使一千艘战舰出海的脸。《特洛伊》电影里有千舰齐发的壮阔奇观,却少一张会使千舰齐发、有说服力的脸,那个扮海伦的女演员美得太弱了,海伦应该有一种强势的美,由意大利演员贝鲁奇来扮演才有力量。有人形容比亚兹莱的画:从黑暗中透出来的繁密的层叠的花朵,有黑暗的艺术和美好的事物,有男女的情和性,有伟岸的城堡与明亮的池塘。

1978年在国内上映的电影《巴黎圣母院》的女主人公吉卜赛女郎艾丝美娜达最后有一句台词说得好:活着是美好的。确实,电影还让活着多了一个美好的理由。

都市里的江湖：南昌罗汉小史

马尔克斯在《百年孤独》里说："我来是为了王的下葬。"

南昌曾有过地下盘古乐队，录过专辑《南昌才是首都》，而在这之前还录过另一张专辑，名字颇凶狠，就叫《南昌市的罗汉是杀不完的》。此语出自艾细罗之口。1972年，南昌最出名的罗汉艾细罗在押往刑场打靶时，据说留下了一句话："南昌市的罗汉是杀不完的。"他以反英雄的姿态，完成了那个年代罗汉形象的自我塑造。

一

当年的南昌罗汉（流氓），随着时光流逝，已渐式微。老城区穷街陋巷的破事本是流年碎影，越久越支离。那些不堪的都市江湖，尽管是一种光怪陆离的生态，却在金钱、权力、情色、文化与娱乐中变得隐晦和暧昧。过去青帮论师徒，洪门论兄弟，袍哥论上下。南昌地界的过去是青帮天下，青帮老大胡云龙在火神庙对面开了"南昌大舞台"（原南昌剧场处），是江西首演"文明戏"的，我姑婆的丈夫是青帮中人，乃"大舞台"二当家。日前，我跟卧龙山瓷板画中心的一画师小酌，无意间谈到"江湖",那哥们说他爹当年也入过青帮。这不是什么光彩事,但当年也只是为了混饭吃。南昌码头过去还有杆子帮、扁担帮、板车帮等,都是苦力,抱团为了占码头上的活干,还是为糊口。不抢饭碗,谁也不肯动拳脚。码头各帮争地盘,也不动手打杀,而是一双铁鞋定谋食地盘范围。铁鞋要命,在火上烧热,两派各出一人,穿上铁鞋,能走多少步,所到之处,都是贵帮的。穿铁鞋人一趟走下来,必残废,家人由全帮供养。这与后来南昌的罗汉,有大区别。我所知道的七十年代南昌最有名的罗汉艾细罗,据说是一个个头不高、貌不惊人的家伙,在南昌江湖却有大影响。他被枪毙,布告贴满了大街小巷,一时为坊间所热议。我当时坐在八一桥公交车上,听人说,艾细罗打了靶,他的哥们为他烧纸钱,烧的是一沓沓的真钱。这把我惊了,当时人赚钱少,有几人能拿得出一沓沓的票子啊!还有人在布告的白纸空隙用蓝圆珠笔写悼文,那些歪歪的字迹,是城市记忆也不肯收的脚印。

有人说南昌人把流氓地痞叫作"罗汉",相当于香港电影里面的"古惑仔"。民国年间南昌罗汉多属于帮派,我父亲的姑父原是青帮头子胡云龙拜把子兄弟,两人合伙开了"南昌大舞台",除演传统戏外,最大的特点是率先在南昌引进上海的歌舞表演,兼演文明戏,火爆一时。父亲的姑父因病早逝,胡云龙欠他六百根金条不还,姑婆独闯"大舞台",怒斥胡云龙不仗义,胡云龙知理亏,只借口手头紧,仍是铁公鸡一个。此前胡云龙也欠演艺人的包银,弄得人家跳赣江。新中国成立后,胡云龙因有血债被枪毙了。据"老南昌"回忆,南昌青帮还有个头子,名叫艾铁坡,曾担任什么游击司令,新中国成立初也枪决了!民国时,南昌罗汉最著名的是"三亭一坡",这一坡,就是艾铁坡!

追溯"罗汉"一词,应是外来词,为阿罗汉(梵语 Arhat)简称,佛教称断绝一切欲念、解脱一切烦恼的僧人为罗汉。佛教经典称五百比丘、五百弟子、五百阿罗汉,这个"五百"与中国古代的"三、九、十二"相似,意为众多,非实指。南昌人称黑道中人为"罗汉",概因罗汉往往道行高,不受世俗的法律约束,只听如来佛的,这点也与黑道近似。所以南昌人称金盆洗手的罗汉为"修道"。在南昌人眼里,混黑社会属于"打罗",由此衍生出"罗里罗气",意为一个人有江湖气,说话不正经,喜欢搞笑,这种人又叫作"罗角"。有人说当年南昌的"老罗汉"(有影响的罗汉)一要有义气,能服众,才能有一批追随者;二要懂"活手",即会武术,干倒几个人不在话下;三要有女崽子"作兴",有年轻女子崇拜;四要有"席子",会耍酷,发型是寸头,有棱有角,俗称"顿头",标准装束是军装和布鞋;五要懂"江口",江湖黑话,例如偷衣服叫"收江"之类。我倒觉得这类标准固然是一些罗汉特征,但又有将罗汉理想化之嫌。仿佛是七十年代不谙世事少年的想象。

在我印象里,当年有的罗汉就是"一战成名",我熟悉的七十年代末在翠花街一带有影响的罗汉马卵糟就是,不少小罗汉和"雀子"(女流氓)都"作兴"他。我亲眼见马卵糟手执马刀(东洋刀)在翠花街人堆里追得斗殴对手屁滚尿流,跑得辣叫①。他亲口对我说,他也不是打得过人家,会"活手",别人怕他,就是打架猛、狠,不怕死。所以他杀伤过几次对手,公安局几次捉拿,都逃脱,风头过后,又在街头晃,一般罗汉都畏其三分。马卵糟精瘦,留鬓角,穿喇叭裤和三节包皮鞋,人长得像一吊钱,传说他床上功夫了得,老少通吃,故得"马卵糟"诨号。我知道并见过他身边的几个"钵子"(女朋友),都还有姿色。马卵糟得意地告诉我,她们都很"吃"(黏)他。据我所知,"罗汉"打得出打不出,一要看这人有量没量,即胆大不大,怕不怕死;二要看讲不讲义气;三要看有没有

---

① 南昌方言,指吃到辣的发出尖叫。

能耐,搞不搞得定地面上的小罗汉,让人服气。

南昌过去的罗汉多以打架斗殴著称,而这多半又是为了争些不明所以的"地盘"和"雀子"。其实南昌罗汉的兴盛期是在六十年代末至八十年代初,那时谈不上黑道,公安严厉,街道管理部门乃至戴袖标的小脚老太太居民代表等,在民间都有威慑力。以"武"犯"禁"的罗汉,实是古代"游侠"转变而来,只是"侠气"少了,"游"变为"流",他们游离在秩序的薄弱环节,成为"氓"者。这就是社会的灰色地带或空间,所谓的城市"江湖"。那个年代的城市虽然破旧凋敝,流氓却往往在街巷里享有"名声",被不谙世事又有非分之想的少年所崇拜。南昌罗汉过去打群架,叫摆场子,有时大罗汉出面,双方立马摆平。南昌俗话说,"新棍子上街,老棍子劈开",罗汉也有新老接替的情况,此起彼伏,风云际会,时势英雄,用"江口"(黑话)说,罗汉打出来了,那就需要摆场子,双方说定地点,一较高下。这高下也有"文摆"和"武摆"之分。文讲规矩,派出代表较量,比试摔跤或拳击,一般三打两胜,输了认栽;武就是打群架,打到哪里算哪里!

二

二十世纪七八十年代的南昌,穷街陋巷曲里拐弯,棚户屋绵延起伏。每至夏夜降临,老木头电灯杆下,一圈昏黄光晕,总有三两青皮后生聚一起,聊着哪儿又打了群架,哪儿又有可能要"摆场子"。人聊得眉飞色舞,唾沫横飞,仿佛"江湖"都在他舌头上。

当年游走于江湖的也不只是罗汉,还有扒手、潜逃者、流窜犯。泛言之,还有另一种更大的相对流动的人群:单位采购员、长途司机、跑单帮的、小贩子、铁路线上人员等。相对于长期固定、几乎没有走动空间的绝大多数按部就班的国人来说,他们身上有风尘气息,见多识广,阅历丰富,眼眨眉毛动,一看就是"老江湖"。

"罗汉"则特指社会的边缘人物,他们是恶棍、赌徒、亡命者,也是灰色地带的"灰色秩序""维护者"与社会秩序的"越轨者",又是缥缈江湖里的"义气大哥",近乎博尔赫斯《恶棍列传》里的人物,晃荡于城里老街旧巷。七十年代初期,南昌的冬天特别漫长,尤其凋敝而阴冷,街道破落得毫无尊严,街头的返城青年找不到出路,懒散而悲观,像破街巷一般自暴自弃——吊儿郎当的游荡少年挥刀刺人,这不是传说。传说是,有的街头杀手根本就是看似弱小且不起眼的小人物,他经过人身边时,轻轻用刀片往人颈部一划,人来不及喊叫,喉咙就割断了。听到这话时,我正坐在当下珠宝街的"老南昌"茶楼,别人说得轻描淡写,我却觉得足够锋利。珠宝街居中一段,是现今南昌尚存的具有七十年代遗风的街道,一栋栋低矮的老建筑里仍开着口味地道的炒粉、猪血旺、肉饼汤铺子,日前和妻专门去其中一家吃过,铺子局促,却干净,七块钱,一碗粉下肚,打个饱嗝,还是正宗的老味道。斜出店门,冷风如刃。有人说,香港最迷人的部分为"明明置身国际大都市中,却无处不涌动着一股江湖草莽气"。"江湖,固然意味着粗粝的鲜活,意味着跃动的生机,意味着英雄不问出处,可也意味着泥沙俱下,意味着鱼龙混杂,意味着丛林法则,意味着契约和保障的缺失,意味着胜者为王的暴力逻辑,尤其是,意味着很多陈旧的、倒错的观念,意味在这些观念里,位高权重者理所当然地拥有和支配着一切资源。""都市里的江湖"这句自带反差感的描述,落到影视故事里供人观看,当然有种别样的过瘾和带入感;可落到现实中供人体验,就未免伏下了许多生杀予夺,许多风刀霜剑、雨露天寒。被人艳羡的香港明星们,其实就置身在一个前现代与后现代杂糅的吊诡欢场。"最新的"和"最旧的",一直等量共舞、互为表里。内地城市南昌也少不得都市的光怪陆离,朋友在顺外邀饭局,到酒店门口,一抬头,店名"九大碗",好家伙,江湖气顿显,仿佛上得酒楼来的哥们个个是好汉,南昌市井从来不乏草莽的生猛气息。香港的"江湖",我们还只是从电影里看到,南昌的"江湖"我们有切身感受。

南昌罗汉遍地的时期要数二十世纪"严打"前一段的七八十年代,尤以绳金塔、下沙窝、八一桥和青云谱的罗汉最为有名。八一桥头塘子河一带就是一个江湖码头,陆路汽车过桥进城的车站、水路港口都在那里,出出进进,外地人、本地人、跑运输的、拉板车的、蹬三轮儿的、搬运的、扒手、流窜犯、公安便衣、卖狗皮膏药的、乞丐、耍猴的、出差人员,鱼龙混杂。在八一桥南端与塘子河之间有桥头公园,过去,凡城市公园处,皆有"江湖人"的身影,练打的,授徒的,较身手的,我七十年代去人民公园、八一公园,都见过民间武人的身影。不像当下锻炼身体的老头,多是黑壮的年轻人,有年纪稍大授徒的,也总是在僻静地方,不显山不露水的。年轻人又叫"练壮"。那时社会上也暗中流行一些带江湖气息的"黑话",其实这些"黑话"大多还是土语,只有"腥水"等少量词语来自"黑话"。南昌人说"黑话"一般称"江口",上海人称"切口",它是一种江湖语言,在某些圈子或行业里流行,外人一般不懂。如摆摊称"当相",逃跑称"揭地",睡觉称"拖篷",乘火车称"跑轮子",鱼称"摆尾子",扒手称"旋生",眼睛称"招子",钱称"难头"或"水",如此等等。关于一至九数目,据我所知,南昌黑话就有两种说法,如"一文,二窝,三石,四翠,五典,六泰,七造,八穴,九洋"……南昌人称二道贩子为"窝罐哩",即来源于此。

南昌有些"江口"无法说出其准确的来源,但不少还是有迹可循,如"拖篷"来源于船家,晚上睡觉便将收拢的篷拖过来;又如姓熊的称"燃仙",姓万的称"多仙",姓杨的称"骚仙"等,一探源,也便明白。

三

从小在南昌市井坊巷长大,对坊间情况比较熟悉的"老南昌"褚赣生(东方出版中心资深编辑、学者)先生回忆道,八一桥头,路中间有喷水池,俗称"花台子"。左边的桥头公园,二十世纪六十年代初是个很大的黑市,我陪邻居去过,人山人海,几乎什么都有,主要以物易物,用现金交易的也有。右边那个桥头公园主要还是休闲,其中一条路通南昌纺织器材厂(上海内迁的),我认识一个姓徐的老技师,他带我进厂去看过,纺织器材厂与下正街电车之间,据说就是过去的娄妃墓。褚赣生先生谈道:"桥头公园那里经常发生打架斗殴,一次,我邻居(住象山北路)邬海有与几个朋友在那里练壮,结果与八一桥的一伙罗汉打起来了。徒手打还占了点上风,但后来为首的罗汉(绰号'牛屎')用尖嘴钳,只得落荒而逃……一次在洪都电影院遇上牛屎,他还让我看了随身带的六寸刮刀。"

褚赣生先生告诉我:"八一桥塘子河出名的罗汉是两兄弟,老大闵伟,老二闵俊,'文革'时南昌最早出来'玩'('混',又称'打罗')的,后来才是船山路的谢军,杨家厂的金龙金虎两兄弟,绳金塔的健干、全儿、圆弟、墩子塘的大毛,还有大众商场的一个,以及西湖区的毛崽等。'文革'初改名一阵风,很多人都改了。如住圜丘街的罗汉王银生,后改名王东彪,我一个邻居万大毛(曾获南昌环城跑两届冠军),就凭着体育好进了南昌二中(六八届高中),后来改名为万洪文……"朋友老 K 告诉我:"那年月轮船码头的'稍稍子''金根''美国佬'等人跟我很熟。那时我们管三眼井十八中、天灯下一带都叫轮船码头,现象山南路的那个商场不在了。赣剧院往北一点的那个商场,像轮船的建筑,叫高桥商场,又叫洋船头。当时代表大众商场的人物现在想起来了,叫老勒,叫勒公恭,八十年代初在儿童电影院看电影时旧伤发了吐血而亡。"我七十年代住棕帽巷45号,常听院里人谈南昌罗汉的事,巷里有名的罗汉叫十根,膀大腰圆。

当年南昌,男的在外面"玩"的称为罗汉,女的就叫"雀子"。"雀子"一词似乎流行于七十年代,八十年代初还有,改革开放后就消失了。"雀子"名声一向不太好,有人认为近于娼妓。褚赣生先生告诉我说,"雀子"不一定是娼妓,但一定是混过江湖的,用南昌话说,那就是在外面玩的。此说我以为靠谱。也有"老南昌"对此有自己的看法,认为女生与男生不一样:男的心野,好交游,南昌城里到处跑,认的路或路标也就很多;女的就不能野了,多孵在家里,南昌俗话"女崽子家家哩",说的就是这情况。一野,人家说是"雀子",那就很不中听了!当然,所谓"雀子"也不都学坏了,其中有一些品性还是不错的!例如当年(七十年代)南昌照相器材商店(亨得利隔壁)有个售货员焦月娥,长得很漂亮,社会上说她是"雀子",而且很著名。其实,她人很好,只是因为长得太漂亮,经常有流氓骚扰她,让她不得安生!无可奈何之下,她只得结识几个名气大的罗汉保护她……

南昌"雀子"最出名的有"五朵金花",我一个也没见过,我个人推论,"五朵金花"之名肯定出自1959年长春电影制片厂的电影《五朵金花》,影片里杨丽坤、王苏娅、朱一锦等扮演五位美丽的白族姑娘,给观众印象深刻。当时很多单位都将相貌出众的女子称作"金花"。偌大的南昌,能作为"五朵金花"扬名于"江湖"的女子,总有非同寻常之处:起码相貌是一条,"风流"也总该是第二条。过去南昌街巷的罗汉往往为

"雀子"争风吃醋,大打出手,尤其以能占有某街巷出名的"雀子"为本事与"荣耀"。而南昌最出名的"雀子""五朵金花",当年就是"江湖"(街巷)传说般的人物。褚先生告诉我,"五朵金花"的名字是何金玉、熊金霞、徐金兰、张艺芝、王淑萍(由于年代久远,可能有出入),"她们都是在外面玩的,与八一桥、塘子河的大罗汉混在一起,后来也有嫁给罗汉的"。何金玉就嫁给墩子塘叠山路口的徐晓生(晓生车祸遇难后,改嫁西湖的"咕咕")!老少年宫那里,是南昌市工人武装指挥部的总部,"南昌行营"的一部分,"南昌行营"的主体建筑在百花洲电影院隔壁的老江西图书馆内!工武部总部之外,各个区有分部,如中山纪念堂内是二分部,属胜利区。六十年代末七十年代初,徐金兰嫁给了闵俊,一度分手。几年前闵俊中风了,徐金兰又回来照应他。褚赣生先生说,闵俊是墩子塘的罗汉,但名气更大的是他哥哥闵伟(后以流氓罪判刑,在成新农场服刑),其父亲闵谦是民国罗汉,南昌国术馆的武师。闵伟刑满释放后,穷困潦倒,后来死在八一桥附近的一个小旅馆里。也有人说到"文革"初八一桥的大罗汉是谢骏,后来也判刑,在高安八景那里的新华煤矿服刑。

有关"五朵金花"及她们的命运轨迹,我还采访了曾经下放在鲤鱼洲农场的"老知青"、与她们有过交往的老K。他说,"五朵金花"全出在东湖,认识两个,老大叫金玉,住汤家园现叠山路胸科医院的后面,嫁给了墩子塘的大毛(徐晓生小名),后大毛在沪回南昌的货车上被机器压死后,金玉又改嫁他人,可见其命运也堪唏嘘。

他们所说的闵俊、谢骏,不知是不是同一个人,毕竟时隔多年,回忆者年纪都大了,可能会有混淆。对于我而言,在社会阅历、人生经验方面,他们都堪称"老江湖",这样的"老江湖"对一个城市乃至地域来说,就是"看不见的博物馆",其中储存的就是"接地气"的东西,就是真实。

尤其那些城市边缘与灰色地带的记忆，看似人人都有，但不说、不记，就带入坟墓，城市就缺了一块，可见，他们的记忆弥足珍贵。我依据他们的回忆写，仅作那些特殊年代边缘人物的岁月钩沉。

四

有人统计过："当年南昌城区罗汉聚集出没之地，约有十个，大致可见以前的南昌的江湖概貌。其一是朝阳洲，此地为南昌市与新建县的结合处，管理混乱，城乡居民混杂，以农村刚转城市户口人员居多，而且素质普遍低下，故罗汉聚集如山。其二是绳金塔，此地为南昌市著名景点，绳金塔周围多平房与破街陋巷，也是周边县乡来南昌谋生人员的聚集地，无所事事的人员比比皆是。其三为三经路，军区大院聚集之地，此地罗汉以部队大院子弟居多，罗汉斗殴武器多是枪刺。其四是罗家集，和朝阳洲遥遥相对，朝阳洲在南昌市西，罗家集在市东，性质却一样，也是城乡接合部，区别是朝阳洲靠近抚河，所以朝阳洲罗汉的斗殴武器多是鱼叉、斧头，而罗家集罗汉则多使用锄头、柴刀。其五是洪都大道，此地一是当年农村较多（湖坊乡所在地），后来城市扩建，把农村城市化了，但农村聚集的习性没有变化；其次这里有很多大工厂（洪都摩托车厂、南钢、手表厂等），工厂里面也有很多混混。斗殴武器为锉刀、榔头、自制匕首等，一看就是技工出身。1983年'严打'，警车晚上围着转，几乎每两三家就有一个被抓，有的甚至一家被抓了三四个。"这是我在网络上看到的资料，所指应该是八十年代初的情形，有外来人口进城务工的成分与城乡接合部的特性，不似七十年代名动"江湖"市井的老罗汉的聚集地都以老城区为主。其实当城乡接合部变为"江湖"场的时候，真正的老罗汉已"江湖"洗手，"修道"上岸了。

过去南昌罗汉也有"文罗汉"和"武罗汉"之分。"武罗汉"较直接，就是赤膊罗汉。江湖名声是打出来的，或一语不合即动拳脚，当然更多是为钱、为女人、为面子、为义气。这类罗汉坐班房吃牢饭是常事，公安局都挂了号的，杀人了就毙命，亦在此类。滑头的是"文罗汉"，亦即我们称的"花罗汉"。编辑家、文化学者褚赣生兄一语道破：所谓"花罗汉"，就是流氓加才子。以我读书的经验，国内最大的花罗汉，要数年轻时的沫若先生了。而在南昌，即便七八十年代罗汉的鼎盛期，也没有大到那种程度的花罗汉，只有些小罗汉，其"花才"也颇有限。那些有点艺术细胞的，会打扮的，长相好的，会招惹女孩的小白脸〔当然主要招惹的是不正经的在外面（即社会上）玩的女孩〕，人称此类经常出入舞会、不断变换舞伴或女朋友而惹人注目的家伙，为"花脚"。

我一哥们父母是剧团的，自己也生来一副好面目，年轻时，确是粉面朱唇。早年与三五兄弟好时髦，到处找女孩子，在胜利路晃荡，因不得法，人还腼腆，斩获甚微，见他人每有勾搭，颇艳羡且自卑。后入舞场，如鱼得水，不仅三步五步一学即会，且能带女子跳，迪斯科蹦起来，更能黏女人，顿时显出花脚本色，每天跑舞会，俨然有了花罗汉名气，反被女子追逐，惹得一些硬罗汉不满。一次把八一桥一罗汉的"钵子"（马子）拐得颠三倒四，就被人打废了一条腿，变成了拐子。他后来一心画画，参加了"星星画会"，竟成了小有名气的画家。另一朋友老九，年轻时人虽长得孬，但活泼、善搞笑，是个罗脚，八面玲珑，舞艺好，在地面地下舞会也吃得开，老少女人通吃，都喜欢让他带着跳舞，一时也成为风流场上的"抢手货"，有花名在外。如今年过六旬，双目眼屎，满头灰白发，尚拿当年与美女跳舞的照片给人看，见彩照上一留大鬓角、穿花衬衫和大喇叭裤的丑少年跟俗艳女子扭着身子蹦迪的样子，仍有"惊艳"

感。那时老九赶舞会场子,看"毛片",搓慢(泡妞),是一把好手。也被派出所撸过,数度让老婆提款捞出,每脱厄,皆作感大恩状,却积习难改,仍旧返场。1983年"严打",险些因跳"黑舞"被抓进"老福山",好在机灵逃脱,其他多个在地下舞会混的被逮进去,判了,侥幸出来,就成了拔掉毛的鸡。老九后来则成了南昌治性病名医兼"人体彩绘"画家。日前,在省艺展中心巴巴(罗马尼亚油画家)画展上遇见,忆往事,感慨尤深。巴巴是当年对我等有艺术启蒙性深刻影响的画家,那年代正是不少人一边"打罗",一边瞻顾艺术的花样年华。

当年的花罗汉,虽有夭折,修成正果的也不在少数。谁没年轻过?谁没有冲动与鲁莽过呢?只不过是胆大或胆小的拿捏各异,青春悔也罢,无悔也罢,只要过来了,就是难忘的经历。戛纳获奖电影《霸王别姬》的编剧芦苇,近有《我的"花案"》一文,写当年跳舞被拎入"号子"的旧事。虽事发在西安,对了解当时社会,亦不失史料价值。耶鲁大学东亚语文系教授康正果亦有《诗舞祭》,在那时,按南昌说法,他们都是"花罗汉",且由此犯案,并都修得正果,故有勇气书写往日的不堪与少年不羁。碌碌我辈,又有几人够格以过来者身份,历数"江湖"往事。未敢开嘴,半边脸不被耳刮扇得发青才怪。

1983年,西安"特大流氓团伙"案告破,判刑二十多人,枪毙了两男一女。参与人员涉及西安市当时的诗人、画家和地下文学刊物编辑等一百多人。女首犯是舞会的组织者马燕秦,其中有后来成为"中国第一编剧"的芦苇(《霸王别姬》《活着》的编剧)、耶鲁大学教授康正果、雕塑家耿某某——他被判无期,画家妻子奔走呼告,最后改为七年。

当时"花罗汉"遭殃一大片,各城市都有吃"花案"罪的。这其中尤以参加地下舞会被拘者为多,我的朋友老何一伙属此列。而最重的是一种"贴面舞",南昌还少有。西安"特大流氓团伙"就是因"贴面舞"罹祸。

五

什么叫贴面舞？那时也听朋友说，就拎一录音机，几盘翻录香港卡带，几个男女闪进大院深宅一黑屋，蒙窗遮户，音乐一放，黑灯瞎火，男女乱摸乱舞，又称"黑面舞"。外面名声恶，有伤风化，公安是要抓的。康正果《诗舞祭》里，写到1982年跟后来名动一时的马燕秦跳贴面舞的情状："女士中我只认识老马，就先由她给我启蒙。她穿着高跟鞋，足有一米七〇以上，一伸双臂，一下就勾住了我的脖子。我跟着箍住了她的腰。两个人的身体立刻便拉得贴近了一些。老马当老师，所以各方面都很主动，始终边跳边给我发指令。舞曲是缓慢的，说不上什么节奏，那撕绸子一样的声音依稀散发出把我们的动作尽量向慢拖的力量。老马的头埋在我肩上，卷发挨在我脸上，我们几乎是原地踏步一样扭摆起双腿。应该说再没有比这更好学的舞了，我想，只要是不反对和异性搂抱的人，都会很快掌握它的要领。我毕竟最高，还是能看清我们和他们跳舞的姿态，也因此有了从局外反观的视角。我有点觉得自己好笑地想，我们这些虚拟的拥抱岂不像是温柔僵持着的摔跤。其实谁也不会摔倒谁，做出这样的姿态，只是为了通过跳舞把身体的贴近公开为群体参与的仪式。这样，对舞的双方也就有了可以接受的拥抱方式，也就得以缓慢地往下厮磨，让模糊的性感渗入彼此的乐感。我不由得闭上了眼睛。这时老马教练一样在我的耳根说着'慢……慢……'她的催眠似的声调把我的动作引向不断的减缓，我已经不是在随舞曲的节奏弓腿，而是随她的屈伸而反应了。这时，她的双臂像渐渐上紧的二胡弦，上得我们越贴越紧，几乎快把她自己吊到了我的身上，我甚至可以感到她的腹部的轻微抽动。她的香水味与我们的汗味混在一起,令人感到黏糊糊的腻味,跳到我实在闷热得透不过气来的时候,我们才松开手,中断了这场温柔僵持的'摔跤'。"康老师这段描叙细致入微,文字精准,丝丝入扣。也就由此,"老马"付出了生命代价,老康也陷牢狱,所幸劫后还能把文字技艺玩得这般风生水起,这就是"才子"底色。谁还这么写着:"曾经唱歌跳舞的女人,要长得极媚艳极拔萃的,裙幅下的肉露出来要滑爽得惊悚,大不似我们现在印象中的巫婆。"真是让人惊艳。南昌当年似乎没有这等文字精湛的"才子",却有胆子不弱的"罗汉"。

  我中学同学"花罗汉"马卵糟以打架、搓慢(泡妞)为乐事,身上不离一把刮刀,人见他都怕,像遇鬼一般。他打架,每动刀,多为"雀子",跟别的罗汉争风吃醋,曾刺伤对手,却专拣大腿下手,一刀刺下,血溅当场。公安抓捕,马卵糟却躲过了。他说,一天夏夜,正躺在楼上地板上睡觉,公安敲门,无处藏身,唯四楼阳台一途,跳下去,必摔死。他双手扣住阳台边,整个身子悬空吊在那里,夜黑,公安到阳台搜查,竟没发现,让他逃过此劫,否则抓拿去了,必判刑的。说这些时,马卵糟脸上不无得意。马卵糟身边从不缺女孩,我见到的,多是打扮艳俗有点邪气的貌似不正派的"雀子"。后来马卵糟开始修道(收手)了,跟一高个女子在殡仪馆对面的花圈店旁开了间洗相馆,一个小窗口后面是一张竹床,马卵糟经常疏懒地躺在那儿,他女朋友坐窗前接冲洗胶卷、照片生意。后来再碰到他,已在"小香港"渊明南路贩卖牛仔裤了,一副"锅罐里"(个体户)模样,开口闭口都是"货"和"钱"。曾经炽热的眼神与挣扎时身上留下的血痕已荡然无存。商品时代的到来使侥幸躲过"严打"一劫的南昌的罗汉,仿佛一夜之间金盆洗手,皆到"小香港"占一摊位,做起了生意。当时南昌第一批"万元户"里,不乏他们的影子。

我倒觉得康正果的《诗舞祭》与芦苇的《我的"花案"》，真正是祭献给那个年代的"江湖"挽歌。

六

七十年代初，南昌最有名的罗汉艾细罗被处决了。与此同时，未成名的南昌民间诗人刘亚东在恒湖农场自缢。两人都是知青，前者是因流氓杀人罪而丢了性命，后者暗恋一个女孩写了大量情诗，因此被扣上罪名，不堪屈辱而自尽。

他们的死，四十余年后让我想起，是因为我尚在欧洲游历时收到大学老师（原江西师大校长）傅修延教授发来的短信，邀请我参加在江西饭店文化中心举办的"那一颗星星下——刘亚东诗歌朗诵研讨会"。刘亚东，一位名不见经传的南昌民间诗人的名字初次进入我的眼帘。回昌后，我和好友姚雪雪一块儿来到会场时，才发现这是一场很特别的朗诵和研讨会，主办者和与会者几乎都是当年的知青，他们是在挖掘一位特殊年代追求纯粹爱情而被黑暗吞噬的诗人，也是在凭吊被葬送的愤怒青春。那场朗诵会是令人动容的，台下有人发言提到当年发生的一桩震动南昌的事，有个知青在广场举着一幅山水画，公开谴责"不用人才用奴才"而当场被捕并将被从速枪决，幸好被一位领导拦了下来，才得以存活。这时会场中冒出一人，自报家门，他就是当年那位因高诵"反诗"，险些被枪毙的知青。这一幕使我深为震撼。主持者傅修延教授点名要我上台发言，我有感而发，说："今晚能在'同一颗星星下'聚会的我们，都是'幸存者'。那时我虽年幼，但同样伴随你们，牵着你们的手，从那个年代走过来，走进今晚的江西饭店，走进文化中心，我们都应该庆幸。"

那个年代究竟发生了什么,凡过来人,都不言自明。那一代人现在都已年逾花甲,仍不忘当年刻在他们身上的历史印记——知青。

当年的知青,鱼龙混杂,罗汉艾细罗便是下放在晨星农场的知青,他被枪毙时,南昌引起很大轰动,因为他的江湖名声,因为他所犯下的流氓罪和杀人罪行。据说他押赴刑场环城游街时,居然扬言"砍头不过碗大的疤,二十年后老子又是一条好汉","南昌的罗汉是杀不完的"。此说可能性不大,我少时经常见到体育馆万人大会公审宣判后的犯人押上卡车游街,有的死刑犯游完街就直接由卡车拉过八一桥执行枪决了。所以最后的游行,虽是一种震慑,在犯人却是与城市的永别。当年坊间传说,游街的死刑犯是被卸了下巴的,下巴跟嘴脱了节,根本没法发声,不知此说是否科学,总之为防犯人喊反动口号,是有措施的。我看见游街的死刑犯胸前挂着写明罪名的大牌子,五花大绑,左右被武装民兵押着,苍白如纸的脸上极力挤出笑容,强作电影中烈士的视死如归状,车头迎面吹来的风把他的脸吹得不成形状,显得异常怪异。也见过挂流氓罪牌子的年轻女子,随车押往刑场游街,穿着新的花衣裳,短辫子上扎着蝴蝶结,显然是刻意打扮的,头却低得要到胸里去,想必街道旁观看游街的人众里有替她默默送行的亲友吧,他们心里又作何想呢。艾细罗枪毙前游街的囚车驶过后,从街道上回到家的一个女子心中却不能平静。四十余年后,我竟然在网上查到一篇有关当时情形的文字,叙述者是一个孩子的视角,文中写的那个女子叫"小朱阿姨"。小朱现在也总该有七十来岁了。当年她对南昌大罗汉艾细罗被处决的反应是另一番模样。我在网上查到的匿名文章《我所知道的艾细罗》描述:"年轻漂亮的小朱阿姨脸上泛着红晕,激动、急促,带着失落和无奈,叙述着上午发生的一幕。她说,押赴刑场的路上,市民围观者众,许多姑娘为之动容落泪,且听说有数百罗汉密谋劫法场营救艾细罗,因公安事先有所防范,出动了大批警力,计划终无法实施。临刑时,艾细罗高喊口号:'南昌市的罗汉是杀不完的!'枪声响起,一代枭雄画上句号。"此文还写道:"1990年在德胜门某老总手下做事,问起过有关艾细罗的故事,他说到了艾细罗英俊豪气,一生重义,社会上没有人不服膺于他的……"至今南昌不少老知青对艾细罗仍有印象。就此,我专门询问过当年与艾细罗下放在一起的老知青。

七

对南昌"江湖"颇知底细的老徐说:"艾细罗小个子,喜欢吹吹牛,在绳金塔名声不是很大,下放到鲤鱼洲后几次伙同人在南昌强奸妇女,抢劫并杀了人,才被枪决。"强奸,杀人!已退休的绳金塔老居民、原市立医院性病科刘主任说,艾细罗强奸女性后,将阴毛塞入人家下身,以为女性还会来找他。卑劣得很!我问及艾细罗外表,老徐说,普普通通。枪毙艾细罗的法院布告张贴在大街小巷时,居然还有匿名者在布告空白处用蓝色圆珠笔写悼词。然而就是这么一个强奸、杀人的大罗汉,在公安抓到他时,他却对自己的罪行闭口不谈。还是"狱友"套出了口供,由此定罪。

艾细罗算得上是二十世纪六七十年代南昌最大的罗汉。老知青坚子回忆当年知青经历:"我们一月份去的鄱阳湖畔,看见有几个老知青还挂着蚊帐,就很奇怪。他们就笑笑,说到时候你就知道了。四月初,蚊子就成群结队而来。我们备有蚊帐,当即就挂了起来,可怜没备蚊帐的都让蚊子饱餐了好几天。蚊帐后来成了我一方自由的空间。我选择睡上铺。睡我下铺的是艾细罗,就是后来犯流氓罪被枪毙的那个人……那些日子,在空闲时,我可躲在蚊帐里睡懒觉、看书、偷偷写日记。只是我们男知青很懒,蚊帐大都是从四月份挂到十一月份不曾洗一遍。更懒的就是那种一年四季都挂蚊帐的人,臭咸菜似的,看都看不得。"

陶艺家黄秀乾先生回忆自己七十年代初在"老福山"的一段特殊经历:"老福山看守所算是正式的监狱,我被关在看一七号监室,进门后里面已有十五六个人,我被一个姓周的拉了过去,安排在他的身边。我不知道什么缘故他如此看得起我,时间久了才知道他颇爱文学和戏剧,或许是他看到我的书生模样才特意亲近我。他问过我的一番情况之后,劝慰我不要担心,总会有出头之日。后来的日子里,我给他也是给大伙儿讲历史故事,他教我唱京剧,小生、花旦、老生他都能唱,虽不是很专业,但作为一个二十来岁的小青年能有如此雅兴,倒是不多见的。他也给我讲述混迹江湖的故事,他也是在'一打三反'运动中被抓进来的,由于他父亲没有随军行动,后来与组织脱离了关系,现在是个平头百姓,儿子也得不到什么政治庇护。""'一打三反'运动,南昌抓了大批流氓罪犯,其中有一位赫赫有名的大流氓艾细罗,专事嫖娼扰乱活动和组织偷盗行为,并用多种不人道的手段摧残卖淫女的人身健康,慑于他的淫威,涉事人都不敢揭发举报他的罪行,无法掌握他的犯罪证据。当时看一关押了一位经济罪犯,姓雷,此人在看守所已关押两年多,在监内表现良好,屡有揭发他人的立功表现。管理员便把雷某调到艾细罗的监室,交给他的任务是套出艾细罗的口供,可以不择手段,甚至授意可以说些最反动的话来取得艾细罗的信任。这一招果然奏效,艾细罗便得意扬扬地将自己的犯罪经历告诉雷某,人物时间地点十分详尽。而管理员则要每天与雷某表演一番苦肉计,提审雷某,实则是让他把探得的口供及时汇报。办案人员根据这些口供一一落实取证,一个月以后,艾细罗被执行枪决。"

与艾细罗同为南昌知青的刘亚东,因为暗恋一个女孩,写了不少诗。就诗质而言,刘亚东的诗尚青涩,艺术上远没有成熟,但他表达的对于所爱之人的追求与失意的两难情境,又是那么纯净、真诚与忧愁。他暗恋着一个大眼睛、扎着辫子、穿的确良短袖衣的女孩。他在朋友留存的遗稿上,写明了那些情诗都是"给斐"的。斐,她现在也六十多了,当人找到她问,你知道当年有个叫刘亚东的人吗?她说,哦,好像是哥哥的一位同学吧。人又问,你知道刘亚东写了很多给你的诗吗?她摇摇头说,不知道。如果再问下去——你知道他深爱着你吗?

不用再问了,诗人是暗恋着斐,人家根本就不知道。诗人却因为写诗被罗织了罪名,情诗,应该是人类多么美好与高尚之物啊,在那个年代却被视为不洁之物,与爱情一道被划为禁区,视为"黄色"……可刘亚东连他暗恋之人的手和衣角也没沾过,他是把内心所爱的女子视为女神和星辰的,那么高高在上,可望而不可即。在刘亚东内心云端上的斐怎么会知道他呢,刘亚东在诗稿上写着是"给斐"的——仅是因她而写,写出来了,却没有勇气直接把诗交到斐手上,让斐读到。在那个年代,每一个暗恋者,内心都是胆怯的。即使写一个示爱的小纸条递出去,也要成吨的勇气。多少爱慕之情,因胆怯而失去,而遗憾终生。但也正是那种胆怯,使那些在精神上释放却没有在现实中实施的爱情,变得圣洁。以至于刘亚东朗诵研讨会举行前答应来露面的斐,也望而却步了。那是一个爱的祭坛,它太神圣了,当年二十一岁的刘亚东已永远停留在二十一岁,我们看着台上背景映现的他年轻的面容,青春洋溢。而斐已不再年轻,或许已面带六十余年人世的风霜,她不忍露面,以惊破年轻诗人当年的梦,此时,斐的退却,就是美好的成全。即便她仍然有着那么大的眼睛,风韵犹存,但毕竟她有着她的爱情与人生。刘亚东只是不为斐所知的人生"意外",这种"意外",虽没有惊扰到她的生活,却付出了刘亚东全部的生命和诗情。

而艾细罗是一个反例,他活着的时候肯定不知道腼腆的刘亚东,在街巷中长大的刘亚东却很有可能从伙伴嘴里听过艾细罗的名字,那个年代一个罗汉比一个诗人更有名。

八

若以都市江湖论,南昌"江湖"里扒手也是不可或缺的角色,当年的广外派出所就以抓扒手闻名。翠花街及万寿宫周边地带,是老南昌的中心,相当于上海的城隍庙、南京的夫子庙,五方杂处,商贾云集,自然也藏污纳垢,扒手特别多,"雀子"也不少。广外派出所以抓扒手出名,这是因为广外扒手多,在江湖上颇有名气。褚赣生先生告诉我:"当年被三中'前卫连'打死的'二矮',就住在铁街。但真正有名气的是'41''42',这是'文革'前两处少管所的邮箱代号。他们的扒手生涯开始于那三年大饥荒,后被抓集中教养,'文革'初砸烂公检法,他们重新杀回社会,成为南昌江湖的一大势力。但过去抓扒手最出名的有两个人,一为'胜利老头',一为'东湖老妈',分别隶属胜利公安分局、东湖公安分局,扒手特别忌惮这两人,从大饥荒时开始,直到'文革'中期,闻风丧胆,避之犹恐不及!之后南昌成立了工人武装指挥部(简称工武部),他俩才隐退了……"

工武部当年设在紧靠中山路东湖畔的老少年宫,有高大水泥门,应是当年"南昌行营"大门,过去有穿蓝制服的武装人员持枪把门,常有解放牌和井冈山牌大货车上"工武"人员押人出入。工武部人员用刺刀可折叠的半自动步枪,那刺刀就有些像罗汉用的三角刮刀,开血槽的,我小时候常见。但罗汉用的三角刮刀,多是工厂工具,我七十年代在南昌电子器材厂见过,工人用来刮漆、刮电线皮。

我了解到一位"七〇后"对罗汉的看法,他说:"罗汉,是南昌对厉害的流氓的统称(在北京叫顽主),在1990年以前,社会经济尚未像现在这般繁荣昌盛,社会上多游手好闲之徒,其显著特点之一是凶狠好斗,并经常以伤害其他无辜者为乐趣。当时我们尚年幼,对此颇为畏惧,更有甚者,以认识罗汉为荣。""不打架的罗汉基本属于老罗汉了,他们或者退居幕后指挥,或者回归正常生活,偶尔,从他们凌厉的眼神、隐现的刀疤,你还能窥视到他们的过去。"

1983年8月17日,全国范围内展开了"严厉打击刑事犯罪活动",对流氓罪、故意伤害罪、拐卖人口罪等六种罪予以严惩,"严打"历时三年。"严打"之后,南昌罗汉几乎没了。罗汉们的"英雄时代"终于"严打","小香港"出现,罗汉们改行做起了生意。

九

然而不管什么年代,民间总有身怀传统技击之术的武师,他们沉潜、忍让,如同生活在月亮背面,不与人争,轻易不出手,街坊邻居间都和气相处,但他们似乎又与生活的时代保持一定距离,甚至有所"脱节",因为他们是恪守传统的人,这甚至影响到他们的生活方式。多年前,我在电视上看过一个系列纪录片《今风·细雨·江湖》,即是走访各地民间武师的,他们太民间了,以至于有人所用技击之术的器械都是上百年前的老物件,又旧又破。他们耍出来的招数,不像武术比赛那些夺冠高手那么矫健漂亮,而恰恰是不中看,甚至难看;不是表演性的花活,若真与人交手,一击必中。这些人有的就是驼背小老头,仿佛病猫,耍起功夫来,粗看笨拙,但既狠且准,都是几百上千年前的功夫。这种人物我小时候听说过,后来看武侠小说,能对上号的,应该是他们。

南昌叠山路与阳明路之间,夹着一条东西向的小街,小街虽然不起眼,但也是很有来头的。街前有"中山堂",在豫章公园里,该公园曾是唐代的豫章府所在。三十年代蒋介石和宋美龄在南昌发起"新生活运动",总会就设在中山堂。八十年代中山堂对外营业放电影,我和女朋友在里面看了一场阿兰·德龙主演的《警官的诺言》,发现里面破旧不堪,后来拆了盖了省政协大厦。那条小街位于原豫章府后面,自然也就称作"豫章府后街",到清代,简称"府后街",自民国起,就叫"豫章后街"。二十世纪八十年代,我家住在豫章后街的芭茅二巷,巷头紧邻南昌剧场(七十年代,我在这里看过话剧《年轻的一代》)。剧场拐角有一家专治跌打损伤的私人诊所,馆主刘师父,河北人,南昌人叫北方人"侉子",他个头在一米八以上,堂堂仪表,俨然三国时期武将。刘武师对外人都称刘大夫,江湖中人都知其有名,出身武术世家,早年就是江湖武师。(南昌人习惯把练武叫作"练打",故而"武师"就成了"打师"。)刘师父的一大家子也住在诊所后面,他家旁边是个公共厕所,附近居民及过路行人流量不断,刘师父诊所虽处拐弯抹角,由于行人上公厕,也算旺码头。我家所住的那座红砖老楼里的人,也必去那里上公厕,所以我也经常路过其诊所门口。那年头,公共厕所是潜在江湖的一部分,里面乌七八糟、藏污纳垢,是有许多不堪之事的。就有过遭警察追捕的人躲在昏暗的公厕里,用一张报纸遮住脸,屁股也没揩,硬是被拖了出来。我常见厕所尿池上方贴着红纸,上面有歪歪斜斜的毛笔字:"天惶惶,地惶惶,我家有个夜哭郎。过路君子念一遍,一觉睡到大天光。"这是哪户人家的婴儿睡倒了头,大人用古法抄录的顺口溜。公厕的粪便气息在那个拐角经年不散,尤其春夏,人经过偶尔要捂鼻子,住在公厕旁边的人家虽厌恶,却不得不安之若素。天热,我就见刘师父一家人将桌子放在门口吃饭。那时刘武师春秋尚盛,上身赤膊,身子发红,扇蒲扇,往那儿一坐,就有大马金刀架势。我知他是民间武林人物,坊间也少不得刘师父与人比武的故事流传。可我每天经过他家门口,见到的只是一家人的寻常生活,与街坊无异。七十年代末,我家尚住在瑞金北路市委招待所,我每早到小金台约同学去上课,再从包家巷至大众剧场,绕道芭茅巷、豫章后街至豫章路学校。几乎天天早上都能在大众剧场门口看见刘家子弟穿灯笼裤扎宽腰带练功,主要见到下腰、踢腿、腰功和腿功好得令人咂舌。坊间传说刘师父的弟弟被江湖上的人暗算了,侄子之后来南昌投奔他,并与其儿子一起练武。

十

刘师父开了私人诊所,房子简陋,屋顶和墙一度都是用黑色油毛毡为主要材料,后来有所改善。屋子一隔为二,前面看病,后面作睡房,店门两扇玻璃,上写朱红漆字:左边"专治跌打损伤";右边"名医师刘师父"。据在豫章后街住了二十六年的老街坊曹建国先生回忆:"刘师父诊所进门只是十二三平方米。诊所正面设一张桌子、两个太师椅,两侧又各安两张大椅,满座可容六个人。迎面墙上有两幅巨大的人体经络图。图右一扇门,蓝色布帘挡着,那是内寝。图左贴墙有一木架,架上插着青龙偃月刀、钢制长矛、实木长棍,边上挂两把钢朴刀。"这不像诊所,俨然就是一家武馆。

那把青龙偃月刀,曹先生说,纯铜的,重五十八斤。我当时真没看见,可我希望这是真的,只有这样才符合武人身份。曹先生早年跟刘师父的长子是同学,他到过刘师父家,所以他对刘家的了解与所见远超过我。可他说他敬畏这位同学的父亲,对同学的家有些发怵。曹先生觉得原因有三:"一是那里常有病人就诊;二是那里平时坐着的都是陌生江湖人;三是在那儿闲聊的多是玩伴们的长辈,拘束,怕被管,所以很少进门。"

曹先生自己虽不进门,但对那插着的一排兵器特好奇。他听人说那把五十八斤重的青龙偃月刀只有两个人玩得动,一个是"打师"本人,还有一个是住豫章后街18号对面市采茶剧团的名武生"黑崽俚"。这"黑崽俚"也属江湖上说的"会家子",当年已四十多岁,妻子是剧团的花旦。曹先生没看过刘师父舞兵器,却见过"黑崽俚"玩青龙偃月刀。

"那是1966年冬天,我早晨跑步(是住庙堂养成的习惯,从来不睡懒觉),在大众商场见着刘师父训练他的三个儿子:马步、蹲桩、冲拳、推掌……我立住,好奇地观望。刘师父手一招:'来,跟到一起练!'就这样我跟他儿子站到了一排。结束的时候,他又专门对我说:'记得,明天早上六点,准时到这儿来,你们比赛,看谁练得好!'……第二天,第三天,刘师父天天都准时来。先检查昨日课目,再教几个新动作就离开,待结束时才会再来。刘师父一走,三个儿子就偷懒,都在玩,唯有我老老实实还在练。有几天他只叫我们练,自己有事没来……大概半个月后,他大检查,一阵拉膀下腰踢腿之后,他要每个人单练给他看。第一个就叫我,第二个、第三个是其他的玩伴,最后轮到自己的儿子。长子一套拳没打完,他大喝:'停!妈的,你打的什么拳,手都不直,腰也是弯的,给我立一边去!'转头又向我:'来,你来,再打一遍给他们看!'……等我一套拳打完,刘师父点点头挥手叫我靠边,又大喝一声:'你们三个,过来!'当三个儿子一排站好,刘师父二话不说地捡起长棍,照每人屁股上就是狠狠一棍。老二叫了一声'哎哟'。'妈的,你还叫,加一棍!'老二立即趴下了。他指着老二:'站起来!'随后用棍子点着三个儿子的脸说:'妈的,你们吃得比人家好,穿得比人家好,练得比人家早,这套拳我还没教过他,他是跟在你们屁股后面学的,你们他妈的打得还不如陪练!'转而指向老大:'你是老大,根本没有带好头,今天得多挨一下!'说着又往长子屁股上重重一棍。恰此时'黑崽俚'扛把青龙偃月刀来,大家方解脱。'黑崽俚'真的武功高强,他把枪、棍先练了一遍,而后耍大刀。路人围了一大圈,都在看。那刀我也跟着其他人上前试了试,可以提,但举不起。'黑崽俚'却能左砍右削旋转飞舞。当时我看得一愣一愣的,很是佩服。只可惜收势时他失手没收住,刀尖划破了大脚趾,立时流了好多血,刘师父架着他回诊所,亲自给他包扎,敷上自制的药……那是我第一次进诊所。"

曹先生的记忆几乎还原了当年南昌民间武人的一幕生活场景。我想,当年我背着个破书包匆匆而过,见到的刘家练武众人中,说不定就有他。后来曹先生又邀同学每天去民德路公园"偷拳":"手搁口袋里旁观一姓陈的拳师教拳,等他们走后,两人再回忆比画凑成套路。据说那拳师曾是蒋介石的侍卫,打得一手好南拳。"他练了近两年,先后学会了八字南拳、小洪拳、大洪拳、单刀、长棍等。过去,江湖人须有"平地抠饼,对面拿贼"的本事。平地画个圈,立其中,仅凭一张嘴,即可得饼充饥。若盗贼经过,一眼之下,出手即拿。这得有胆有识,口艺和手艺兼具。只会好勇斗狠,是混不了江湖的。

十一

刘师父在街坊中因其武师身份自有一番威望。一次,警察来豫章后街捉人,被捉的是住芭茅巷口的"铜皮"(绰号)。劳动教养的"铜皮"从昌北采石场逃跑回来,他身穿满是污垢、发黑的破棉袄,手里挥舞着两把刀(一把菜刀、一把柴刀),一副要拼命的架势,与警察僵持着,街坊密匝匝围了几层,空气紧张。突然人群蠕动,有人说刘师父来了!众人自动让道,刘师父过来,凑到警察跟前说了些话,径直走向"铜皮","铜皮"竟乖乖交了刀。交刀时"铜皮"哭着说,我肚子饿,只想回来吃碗饱饭。警察这时想冲过来把"铜皮"带走,刘师父用手一挡说"不忙,让人先吃饭",就将"铜皮"领到自己家,叫家人盛来饭。刘师父对"铜皮"说:"慢慢吃,吃完再跟他们走。"这一回是刘师父拿刀站在大门口,像个门神,所有人都肃穆地看着。当时尚处少年的曹先生在现场,亲眼看见"铜皮"吃完饭。刘师父还提醒他"再喝口水吧",而后才丢下刀,牵着"铜皮"的手把他交给警察。

曹先生所经历和看见的,还不是江湖,而是老南昌的街坊邻里与一位同学令人心怀敬畏的父亲。而同学家,那间他不敢接近的诊所,里面经常出没的人物和同学父亲之间才有着一个深深的江湖。据说,刘师父后来因与人比武,中了丰城的"五百钱"(一种厉害的点穴功夫),不治身亡。过去比武,尤其生死之搏,肯定事关江湖仇怨,这种打斗是严禁的。传说刘师父是与人秘密约定在荒凉僻静的下沙窝,时间是深夜,月黑风高,身中致命之伤后让人用一张竹床板抬回家,最后留给后代的遗言是:不要报仇。一代民间武林人物悄然退场,居然走得无声无息。

过去南昌多是老屋旧巷,破板壁房,颓垣断壁,凹凸不平的路面,龟裂的柏油马路,歪斜的木头电线杆子,行人踽踽,只有胜利路与中山路才有一些二十世纪二三十年代遗留下来的巴洛克建筑。南昌人看似隐忍、内敛,实则内心也藏着狂放与凶悍。民间市井的罗汉和武林人中,都市的江湖一直都在,只是在现今高楼大厦钢筋水泥的丛林中转换成不同形态,也抽空了本义,更加趋于利益,已不是简单为了谋生、义气与仇怨的拳脚相斗。入夜了,哪家饭馆酒店不是大酒当前,酒碗里激荡的俨然还是古老的江湖,酒碗边上仍是喧哗之声,仿佛须臾未停。

我出去开笔会,场子上一坐,环顾左右,过去的青年诗人,现今都是一帮几十岁的老家伙。过去打过架,也泡过妞,如今余勇可贾,江湖还在呢!四川帮的、江浙帮的、广东帮的、北京帮的,喝起酒来,不遑多让,皆牛翻了天,几杯下肚,仍可拿下中原。会散了,余醉未了,皆相约下个山头见。如此笔会不断,以诗之名,一年到头,打"飞的"频繁飞往各地喝大酒。四海之内皆兄弟,江湖豪气都在诗人酒桌上。我酒力薄,也每每激荡起瞬间热血,仿佛梁山好汉现今都成诗人了。环顾酒桌,谁又不是罗汉?兄弟们就在诗酒中老去,我也封上宝刀,周围酒气,浩然弥哀。辛波斯卡在诗中写道:

> 我们通晓地球到星辰
> 的广袤空间,
> 却在地面到头骨之间
> 迷失了方向。

万寿宫

> 待至英雄们在铁铸的摇篮中长成勇敢的心灵
> 像从前一样去造访万能的神祇。
>
> ——荷尔德林

一

南昌人说起万寿宫来,就像北京人说紫禁城,绝对神采飞扬,摇头晃脑,如数家珍。只是老的紫禁城仍在,而南昌城里的万寿宫早被人砸了。这又确实让南昌人沮丧,好在市政方面不久前又在象湖新建了一座,起码让南昌人的说法有了个着落,面子上也就过得去。

与南昌象湖的万寿宫的邂逅,缘于一次文人雅集,时在一个天气阴郁的午后,太阳偶尔露出脸来似塑料花般苍白,灰调子的云像画家一笔一笔涂上去的,空气中挤着密匝匝的湿热。刚从灌婴城市博物馆出来,象湖管理处的朋友就把我们引到柳堤下登船。有风拂来,湖面为之一阔,天阴欲雨,小船还是犁开水面在湖上绕了一圈,便在毛毛细雨中系缆湖心岛。仿佛巨树落花,轻舟泊岸,轻轻快快登岛。朋友介绍,翠花街铁柱万寿宫移建岛上,内部尚在装修,你们是文人,算万寿宫迎来的第一批客人。这话竟让我的心轻微触动了一下,隐约觉得我与早年印象中的一位神祇接近了。

我早年居住过的章江门边的棕帽巷与这位神祇有关,我曾经就读过的学校就是祭祀这位神祇的万寿宫原址所在地,冥冥中似乎自有安排,今天我又与之在象湖邂逅。

许真君,镇水之神,江西的福主,南昌人对这位神祇是深有感情的。过去,城里香火最旺的,就是万寿宫。洗马池、翠花街因铁柱万寿宫而成为千年来古城最为繁华热闹的地段,在南昌,没有人不知道万寿宫。万寿宫拆毁以后,南昌人的心无处安顿,仍叫原址地为万寿宫,只是叫出"万寿宫"的同时,内心是空落的,声音是苦涩的。好在当下象湖万寿宫落成了,更多南昌人定然和我一样,会有一番奇妙的邂逅。四百年前利玛窦初到南昌时,跟他发生联系的第一个地方就是万寿宫,利玛窦是在落暮时分抵达南昌的,他落脚投宿的第一夜就在铁柱万寿宫。当时万寿宫在这位西方传教士的眼里是神奇的,更让他觉得神奇的是那些膜拜万寿宫的香客。

我敢说在南昌找不出比万寿宫更有名的宗教建筑物,或许有人会说佑民寺,然而我敢说万寿宫之于南昌相当于圣保罗大教堂之于伦敦、圣彼得大教堂之于罗马,其存在的历史长达一千六百年,它对南昌不仅是个庇护神的隐喻,它对江右乃至更广的空间和时间都具有血缘般的暗示。这座在利玛窦札记和众多文字中被提及的南昌铁柱万寿宫毁于二十世纪六十年代,代之而起的是现今位于一大片水域中心岛上的象湖万寿宫。水,在此刻既充当了时间的代言,又充当了叙事的指称,把千年的镜像收藏并投映在眼前。

有人问:古代中国是什么样子?同样有人答:古代中国的轮廓,也许是在月光下，古代中国不在北京，它的剪影在中原大地，在西安，在黄河两岸，在长江的头与尾。古代中国这样迷人，它留在墓中，留在古建筑的门廊雕琢中，留在乡间的方言中。越古的中国，越让人向往。始建于晋朝永嘉六年（312年）的铁柱万寿宫，距今约一千七百年，那是唐宋元明清之前的古代，没有人能从那时活过来，只有神，借助宗教和信仰的力量，只有文化，只有艺术，才能抵抗时间的销蚀，和我们相遇。

当万寿宫以其特有的建筑样式出现在我们面前时，它的红色、蓝色、黄色的装饰，以及塑像、石刻、门联、未完工的壁画、香鼎、镇蛟井等，无不像是一种启示录般的语言在昭示伟大而静穆的神性，把我们的感官编织到不朽的时间河流之中。

万寿宫的存在似乎早已是一种千年不变的事实，无论它是否拆毁或重建，都已融入了南昌人的日常生活，像油盐柴米，像步行街、洪客隆超市、太平洋百货一样不容置疑。即使是翠花街万寿宫，也已于二十世纪八十年代就建成了一座红红火火的商城——这又对应了万寿宫作为各地商人会馆的传统。而象湖万寿宫与净明教道统已有了完美对接。于是，南昌人说到"万寿宫"一词时，不仅是指宗教的象湖万寿宫，也指商业的翠花街万寿宫。一个名词同时包容了两个含义，这在世界宗教建筑如教堂、寺庙、宫殿、佛塔、庵观中都是少有的，万寿宫也因此获得了更多人的青睐。

万寿宫出现在各地甚至海外，它是江右文化具有普适性的结果，标志着江右商人的行迹与内心对乡情和美德的固守。也许宗教与商业功能各为一半。除了祭祀或重要节日，更多是商业用途，但万寿宫的精神向度仍是江右商人在外面的世界打拼时内心的最大支撑与力量之源。万寿宫作为一种道教建筑，永远对江右人具有不容置疑的庇护价值，就像罗兰·巴特所说："建筑物永远既是梦想又是功能的体现者，既是某种空想的表现，又是一种使用工具。"

二

万寿宫出现在象湖,仿佛是它所供奉的神灵复制了自己的神迹,有一种不容置疑的存在感,似乎它原本就在这里,它不是对翠花街铁柱宫的追摹与仿写,更非异地复原——神的居所本身就像风一样无处不在,神经过的地方都是带有原初意义的后世奉祀的遗址。一般来说,我们不可能通过落成看清结局,透过遗址看到开始,只是遗址的空缺恰恰意味着返回原初。所以从象湖万寿宫,我们看到了千年前铁柱宫的落成再现,仿佛与神共在,看到一切事物的结局与开始。

罗兰·巴特认为,对旅游者来说(我想对朝圣者也一样),每一目标通常都首先是一个内部地区,因为一切观光活动都涉及对一处封闭空间的探索。访问一座教堂、一家博物馆、一座皇宫,首先就是把自己关入其内,"巡视"其内部。"纪念建筑是一个谜语,走进去就是为了解谜"——那么,走进万寿宫,就是在走入漫长而古远的时间,它吐出的每一处物象,都具有时间和神赋予的品质(道家的色彩和暗示):宫门、仪门、戏台、真君殿、铁柱井、玉皇殿、钟楼、鼓楼、谌母殿("谌母"亦作"谌姆")、斗姥殿、玉册阁。雕画,仙境。神像、浮雕、壁画、木雕、石刻、瓷绘。视觉的观瞻、内心的体悟,以及气场的渲染造境,都是一种对"谜"的解答,始于其所崇祀和纪念的许真君,直至留有余地的结束——由万寿宫相对有限的建筑形态和固定空间而引向更大的时间与空间,神性叙事在这里因宗教的敬畏而被允许,甚至是放大每一个人的在场感的重要手段。万寿宫也就由纯建筑而过渡为一种久远(万寿——时光中的不败者)、宏大(宫殿——绝对威仪的存在)的象征物。观光者在这一

"巡视"过程中,"透过壮丽的空间景象沉浸于时间的神秘性中去,情不自禁陶醉在往昔云烟之中,结果,时间绵延本身成为全景式了"(罗兰·巴特),因此,观光者很可能在内心产生角色转换,由游客而变为参拜者。

万寿宫奉祀的许真君是南昌人心中的大神,如同山西人供奉的关公。他姓许名逊,字敬之,为晋代著名道家人物。许逊曾任蜀郡旌阳(今四川德阳市旌阳区)县令,所以又称旌阳先生。他居官清廉,为民兴利除害,后弃官东归故里,在南昌新建县西山修身炼丹。许逊精于医道,为人治病,药到病除,妙手回春,蜚声远近。时值南昌洪水泛滥,据说当时有一条蛟龙经常翻云覆雨、兴风作浪、为害人民。许逊用神剑将蛟龙擒住锁于八角井中,从此风平浪静,风调雨顺,五谷丰登。相传许逊活到一百三十六岁时,在西山得道,"举家四十余口,拔宅飞升",连家禽家畜都带去了。"一人得道,鸡犬升天"的典故,便出于此。后人为纪念许逊,遂在其飞升遗址处修建道观,最终形成万寿宫,后成道教净明忠孝道发祥地。

南昌城里城外各有一处万寿宫,城里翠花街万寿宫是许真君铁柱镇蛟之地,城外西山万寿宫是真君得道飞升之地。这两处万寿宫我以为应该这样看,铁柱宫记录着许真君为保南昌人不受洪水侵害而率人抗洪救灾、力挽狂澜的功业,他是一千六百年前一位有科学治理能力的水利专家。传说中他手里挥舞的擒蛟的五花剑就是铲土垒泥的铁锹的升级版,那时没有铁锹,还是木制的,手挥桃木剑也符合道教人物镇邪除妖的做派。那条兴风作浪的大蛟就是桀骜不驯的赣江了。过去南昌老百姓没少受洪水欺害。唯一的期望就是有位大神能让这条江老实一点,大神也是人,许真君和关公一样,都是实打实地干,疏河道、填沙袋、堵泡泉、分洪流,这些事他绝对都干过。我当年曾居住过的棕帽巷,据说就是许真君冒雨上堤时被风刮落棕帽而得名。许先生治水有功,南昌人就"作兴"他,信赖他,夸他,出于感激和内心的依赖便极尽添油加醋之能事,放大许先生的本领,最有效的民间叙事莫过于把他升格到神的层面,这样既有了无限放大的自由,又可以无限抒发由衷的敬意。古代很多由人而神者皆源于此类叙事。奈保尔说过,一条街道的成名归根结底要靠它的神话,不是它的商业或人文景观,而神话都是人创造的。这些创造,或可称为虚构。西山万寿宫记录的是许真君的道教修为,它坐落于南昌市西南方三十公里外的西山逍遥山下。道教认为除了凡人居住的世界外,还有神仙的处所三十六洞天、七十二福地。许真君栖身修炼的西山则为第四十福地。许真君在此仙逝,故又称"飞升福地"。两处万寿宫都被称为道教净明派祖庭,许真君自是以净明派创始人的身份名列中国道教史。

三

可以说许真君之所以为民间所顶礼膜拜,是因为他绝对接通了南昌的"地气",他是江河与大地造就出来的排难济世的英雄。

万寿宫和象湖(水域)的关系在它建成之前就已经存在,它不是象征性地保留至今,而是暗喻着许真君与水的整个搏斗史。象湖万寿宫也被旅游的民俗学所认同,后者可以把它纳入端午、艾、龙舟、雄黄酒的范畴。而水——大面积的象湖,比杭州西湖更大的城内湖,足以把当代人创造的历史——城市建筑——主要是物质堆积史(玻璃、钢筋、水泥、马赛克、不锈钢、塑钢)隔在适当距离外,以便人们在进入带有道教仪式性的万寿宫之前,有一种不被现行世界(科技、信息、经济)所干扰的保证,让人在水的清凉与幽静中过滤掉浮躁的尘垢,接受道家的施洗。

关于万寿宫，南昌居民应该是尽人皆知的，谈到许真君也可以说是知晓的，但在这个消解和解构的时代，若深谈一堆相对于当下无用的知识与记忆，人们只能以"不知道"来回应。诗人于坚说，"不知道是一个人最真实的身份，存在就是不知道"，而相对于那些千年来早已烟逝的过往，人们或许有足够的理由将其视作"不存在"，但过去的"存在"难道在今天就真的不是存在吗？对此，我是同样怀疑的。对南昌，对青云谱，我也是越写越不知道，越对过去与当下的存在怀有疑惑。我只有不断补充、翻书、查资料，跑一些地方去核对文字里的记载，不断打听，不断收集、留意；走路，吃饭，上班，睡觉，都在消化，都在思考，都在酝酿，都在拼接。我想，关于一座我们生活在此并将它的一切都视作常态的城市，"不知道"绝对没错。所谓"历史"和"过去"，不是油盐柴米，而是隐藏在事物内部，看似与日常无关，但正是由无数个"日常"组成。这样一个奇妙的链子，我们视而不见，却连缀着我们城市的今天，连缀着我们每天碰到的一个个"日常"。

四

这几天，我像年少时读还珠楼主的《蜀山剑侠传》一样，饶有兴致地阅读白玉蟾道人所撰写的《晋旌阳令许真君实录正传》。既然言明是"实录"，那么内容一定是真实的，但我读来分明像晚清和民国初年的剑仙小说。此传的书写也绝对是一流剑仙小说家的笔法，让人读之欲罢不能，精彩纷呈。文中是将许真君当作一位道教剑仙绝顶高手，即净明派领袖来书写的——许真君在文中"尤嗜神仙修炼之术"，有"以灵丹点瓦砾为金"的本事，他为民斩蛟除邪的神剑也得自美妙奇遇："真君尝至新吴,憩于柏林。忽有女童五人,各持宝剑来献,真君异而受之(文中小字注:其地今为柏林观)。既而偕至真君之第,惟日击剑自娱,人莫能测。真君识其剑仙也,常礼遇之,卒获神剑之用(小字注:真君飞升之后,遂隐于手植柏之下,因号柏树仙童)。"

我在西山万寿宫里亲见到了那株据说是许真君手植的千年古柏,此柏名字就叫"瘗剑柏"。古柏身上的纹理如时光贯流而成,有着优美而遒劲的线条,抚摸柏树的纹理仿佛抚摸岁月,而那岁月之流在它身上像是固态化了,但柏仍有着生命,它似乎是现今整个万寿宫唯一与许真君有过真切勾连的实证,我把这株古柏看作有神性。和剑仙小说一样,许真君获得了神剑,便投拜名师:"既而与吴君游于嵩阳,闻镇江府丹阳县黄堂靖有女师谌姆多道术,遂同往致敬,叩以道妙。"

与许真君同游的吴君,不是别人,正是道教仙家、给许真君传授"神方"的老师吴猛——而此刻许真君遇到了道法比吴猛更高级别的老师,谌姆对他们说,"君等皆凤禀灵骨,仙名在天",称"昔孝悌王自上清下降","留下金丹、宝经、铜符、铁券令,使吾掌之以俟子,积有年矣"。你看,上界大仙早留下了宝贝,专门指派人守在这儿,等着传授给你呢!于是乎,谌姆"出铜符铁券、金丹宝经,并一斩邪之法、三五飞步诸秘要,悉以传许君(小字注:今净明法、五雷法之类、皆姆所授也)"。谌姆只把这些本事传给了许真君,没传给同来的吴猛,并且明确了许真君在道派中的地位:"许君位高明大使,总领仙籍,品秩相辽,又所主十二辰配十二国之分,许君玄枵之野,于辰为子,统摄十二分野。"又交代吴猛:"君领星纪之邦,于辰为丑耳。"且特别指出"自今宜以许君为长也",意思就是许真君是上界越级提拔的,你老吴过去虽是许真君的老师,现在他的地位比你高,你得听他的。

许真君一生在俗世只是当过旌阳县区区一个小县令,也就是现行的处级干部吧,在古代是七品,七品芝麻官,乌纱虽小,但上了七品勉强才算官,但他在道界,仙名在天,影响太大,一下就成了仙家的领袖人物,道教净明派的总把头。接下来,他的作为与业绩,完全是在施展他的仙家本领和法术中完成的。许真君的"法术"究竟神奇到了什么地步呢?《晋旌阳令许真君实录正传》中叙述,一次,许真君遇到一个做小生意的朱氏,朱氏虽贫但对许真君既热情又尊敬,许真君心情大好,临走前随手在他家店子的墙壁上涂涂点点画了一棵松树,朱氏的生意立即"跑火"起来——"市利加倍"。不仅如此,没多久,洪水暴发,江堤垮了,店家、市场都成了水沼泽国,偏偏水就淹不了那面许真君画了松的墙壁——"惟松壁不坏"。

"实录"中着墨最多,也最出彩的,是许真君屡次斩蛟。先是许真君"过西安,有迎告者曰:此有蛟孽害民",以及"真君仗剑叱之,蛟惊,奔入江,匿于渊。乃敕吏兵驱之,蛟从上流奔出,遂诛之"。接着又是"真君闻新吴有蛟,因持剑捕逐之①,蛟惧,窜入溪穴,真君乃以巨石书符,及作镇蛟文以镇之②。"许真君在"实录"中也跟《西游记》里的孙悟空一般,有一双"识蛟"的火眼金睛——真君"周览城邑,适有一少年美风度衣冠甚伟",自称卢慎,待人斯文有礼,许真君一打面,回头便告诉弟子"适者非人,老蛟之精故来见试也。体貌虽是,而腥风袭人",便追踪过去,老蛟"化为黄牛,卧郡城沙碛之上③。真君乃剪纸化为黑牛斗之",终是被真君师徒挥剑伤其左股,"牛奔城南之井中,潜至长沙,从贾谊井中出,化为人,抵贾玉使君家"。原来这老蛟早就以翩翩美少年的面目出现在这里,因看中贾玉的女儿貌美,便讨得贾玉的欢心,娶了他的女

---

① 故所经由处曰龙泉观,今改曰仙游。
② 至今号藏溪。
③ 今名黄牛洲。

儿,还生了两个孩子。春夏之交,老蛟便独自出去,说是做生意,到秋天总是满载而归,其实都是"春夏大水覆舟所获也"。这次让许真君打得遁井而逃,空手而回,只能瞒老丈人说是遇到强盗了,不但财货没了,左股还受了伤。好心贾玉自是疼惜,赶紧着人请医生。医生来了,贾玉忙叫"女婿"出来让人医治。"女婿"不敢出来,他知道来人不是为他治伤的医生,而是要他命的许真君。没想到这老道竟跟到这儿来了!许真君的厉害老蛟是领教过的,正寻思想逃,就听一声呵斥:"江湖蛟精,害物非一,吾寻踪至此,岂容更遁耶?"于是"蛟计穷,与二子皆现本行,蜿蜒堂下,并诛之"。

许真君除蛟的大名一时间如雷贯耳,百姓快活,蛟精胆寒。当时的豫章(南昌)一带,是蛟精出没最多的地方,一蛟精因害怕遭"真君诛之,心自不安,乃化为人,散游城市",拜访真君弟子,谎称:"俺家在长安,积德崇善,久闻许大师神剑盖世,愿闻其功。"弟子回说:"俺师父的神剑那可不一般,真个是指天天裂,指地地坼……正所谓'万邪莫敢当,神圣之宝也'。"蛟精怯生生地问:"那,那有啥伤不到的不?"弟子顽皮一笑,戏之曰:"惟不能伤冬瓜、葫芦耳。"这下好了,不几日但见江水上漂的尽是连枝带蔓的冬瓜、葫芦,蛟精都试图这般漂出境,逃过被许真君神剑诛杀的命运。没想,这倒轻快了,不消真君亲自动手,只以剑授弟子,履水斩之。一时间,直杀得"江流为之变色"。真君说:"豫章这地方是蛟魑的巢穴,不有以镇之,以后还会复出害人,人就制它不得了。"于是便费大力气,"乃役鬼神,于牙城南井铸铁为柱。出井外数尺,下施八索,钩锁地脉①,祝之曰:铁柱若斜,其妖再兴,吾当复出;铁柱若正,其妖永除。由是水妖屏迹,城邑无虞"。

---

① 铁柱宫井是也。

万寿宫商铺,灯火初上

五

城市是有性别的,南昌临水,是座阴性之城。水的神话、水的传说、水的故事,就是这座城市的传奇,其中最有代表性的,就是许真君和蛟的传说。我父母所住的南昌老城区三眼井、六眼井一带是与许真君锁蛟的故事颇有关联的,那一口口千年老井至今被坚固的水泥板封住,里面幽深而黑暗,仿佛通向神魔世界。我现今所住的沙井,也跟许真君的传说相关,有时雨夜在灯影朦胧和反射着水光的巷落中穿行,我会有置身魔幻之境的感觉。南昌的潮湿感,时时唤醒我另一种阴柔的书写欲望。

我正在构思的一部许真君与蛟纠缠的小说,就是由这些感觉而产生的灵感,也许这本书写完后就动笔。从几年前开始,英国一家出版公司就发起了一个"重述神话"的写作出版项目,由全球英、美、中、法、德、日、韩等三十多个国家和地区的知名出版社加盟,约请优秀作家,包括诺贝尔奖、布克奖获得者,如大江健三郎、玛格丽特·阿特伍德、齐诺瓦·阿切比、托妮·莫里森、翁贝托·艾柯等,以当代视角将本国本民族的神话经典进行小说式的"重述",国内有几位作家也加入了。从陆续出来的作品来看,我以为写得最好的是意大利作家、《海上钢琴师》的作者亚历山德罗·巴里科对荷马史诗《伊利亚特》的"重述",中国山西作家李锐夫妇对许仙与白蛇故事的"重述"——《人间》也颇值一读,"重述"出了新意。如果没有新意,其"重述"也是无效的。

"许真君实录"再度触发了我无比广阔的联想和"重述"欲望,我想我会贡献出一本具有世界性意味的有特别意义的"新小说"。我当然喜欢法国"新小说"派的那批作家,他们的叙述视角和叙事方式为二十世纪以来的小说提供了新鲜经验,如果对许真君"重述",我会从"新小说"中吸取经验。《晋旌阳令许真君实录正传》已经以超级精彩的故事叙述了许真君的"神迹"及南昌铁柱万寿宫的由来,这些故事固然很民间、很传统、很让人着迷,但许真君更让人着迷,难怪他会成为南昌人的精神偶像、江西人的福主。而"实录"中一再出现的道教法器——神剑、金丹、宝经、铜符、铁券令等符码,以及许真君的"神迹"——"松壁""镇石""铁柱"等,在我们对文本的解读中都成了极其鲜明而让人难以释怀的传奇意象。

祭祀这位神人的万寿宫,自然千年香火不断,他太有本领,而他的本领都是为民除害的,谁不希望得到他的庇护?他与西方的上帝教人忍耐、受难、赎罪不同,上帝见子民受苦是沉默的,许真君则是仗剑出手援救的,他是"救星"式的人物,与普通人的感觉、气息、血肉,是相连的。这个"实录"带有极浓的虚构神话色彩,其叙述也具有老百姓喜闻乐见的情节紧凑、环环相扣、一波未平一波又起的话本性质,而每一处事迹,虽仿佛都是凌空高蹈,却又都有"迹"可循。文里处处皆有小字注明该事发生的实处,即今某地所在,而且据我在南昌周边转过的一些地方来看,确实都对应得天衣无缝,使人疑惑间又隐约觉得这仿佛是一篇"实录",我想这不仅是地域文化的传奇性,而且是生活本身就具有的魔幻色彩。

千年万寿宫由此更是一座神奇的宫殿。

六

时间概念的直观呈现是空间物体的变换、位移、陈旧、退化、衰微、遗址,然后仅仅依赖语言的指陈。正如我们常说的"千年万寿宫",它尽管远远超过了千年,但作为"指陈",它代表时空中相对久远的存在物。然而,谁能说出"千年"是什么样子?只有文字,没有回忆——回忆是要用有限的生命来承载的,而它已然被千年的时间截断。看似臃肿矮壮却极具智慧的云南诗人、《老昆明》一书的作者、我的老朋友于坚说:"回忆是一座语言的遗址。"

现在有多少南昌人还保留着翠花街万寿宫的回忆,而诗人又说:"回忆是以遗忘为代价的,他说出的更多是虚构。"我信这话。日前看电视台对民国高级将领白崇禧之子、台湾作家白先勇的访谈,正好谈到"故乡"的话题,白先勇说自己六岁离开故乡桂林,四十几年后重临,走在街上,过去的一切"都回来了",作为述说者,他也觉得奇怪。现在的桂林与四十年前相比,绝对不是一回事,白先勇说"过去的一切"是指感觉——自觉和不自觉的想象与虚构,即"回忆",所以只是在他自己的内心"都回来了"。然而,一个故乡之地,对于那些"少小离家"的人来说,当他"老大"而回,几乎面目全非,这绝对是残酷的,他不得不接受这种"残酷",正如他的生命不可能永远停留在"少小",而"少小"的经验其实已不适应当下的"故乡"。故乡是在改变甚至拆毁我们"少小"的经验和记忆的。因此,故乡的陌生如同时空的置换,这是必然,它使过去的回忆像一千种谎言那样不可信。也许没有比"记忆"更大而且更堂而皇之存在的谎言,但我们就是喜欢并且愿意接受他人的"记忆",哪怕它只存在百分之一的真实,也是带有生命体征的历史,尽管它在说出时已改写了过去,但唯其能说出,"过去"仍在——那些消失的城市细节仿佛还活在人们心里,尽管它是一座遗址。

我们的城市有很多遗址,尽管没有在原地标明,但确实是"著名"的遗址,包括现在仍作为停车场空地的翠花街原铁柱万寿宫遗址,再比如原滕王阁遗址的凤凰坡小学所在地,原长春殿遗址的南昌二中所在地,原宁王府遗址的省京剧团所在地,原豫章书院遗址、原利玛窦旧居遗址、原城隍庙遗址、原东湖书院遗址、原乌遮塔遗址、原洪恩桥遗址、原娄妃墓遗址等,这些遗址本来是城市历史和文化的重要部分,但由于它们不复存在,抑或在现代都市的拆建中迷失,城市地理也就无以标明,它们只存在于所谓的记忆里。

看不见的存在,不等于不存在。它可能在等待一次"说出",而这次"说出",如同一次"重命名",仿佛一次再生。而一旦真正面对我们将要说出的"存在",如果不是在茶余饭后的闲谈中那么津津有味、感喟万千,谁又有充足的底气去面对如同法庭般的万千人? 如果他认为他说出的记忆——看不见的存在——都千真万确如同真理,那么他绝对是个说谎者。不可靠的记忆往往是说谎的动因,它飘浮而恍惚的影像替代了久远的存在,而语词的不确定与表情的"彼时性"改写了"原在"的真相。每座城市的"过去"对人的大脑记忆而言,都是隐隐约约的浮动印象,如同风吹过的水面倒影,它会变形、歪曲,甚至吹弹即碎,异常脆弱。

我接触过不少被"公认"为城市活字典的老人,他们乐于跟我聊"老南昌",一打开话匣子往往兴致高昂,收不住嘴,好像每一位老人都在证明自己是最有资格回忆南昌"过去"的人,每一个人手里都握着唯一一把打开南昌老城门的金钥匙。我自信是一个还算有耐心的倾听者,当然也发问,不过,听来听去,由于各自记忆的偏差和老人的固执,我经常发现他们对具体一地一人或一事的回忆各执一词,互不相让。这不能怪他们,这些可爱的老人没有错,是时光弄人,记忆毕竟不是照相机与摄影机,它不具备科学性的精准功能。但他们的回忆仍然珍贵,因为离开了他们的回忆,"过去"就仿佛真的不存在了,就因为他们是数十年前"过去"的在场者。他们同时具有"博物馆"的性质,这往往比展示"时间的遗物"的博物馆尤有可贵之处。对于南昌万寿宫,我不可能回忆,因为当我回忆它时,它仅仅是一座学校所在地,仅仅是物理意义上的遗址,对于一个遗址的回忆如同考古。我记得二十世纪七十年代我所在的学校教师宿舍、食堂的外墙砖石大小长短不一,质地不一,显然是拆万寿宫时留下的砖石所建,砖石上有或凸或凹的文字,那是当年捐资修建万寿宫的香客的名字,所谓勒石留名的传统在一方方老砖石上体现得清清楚楚。相较于木头和纸张,民间似乎相信坚固的石头更靠得住。

时至今日,尽管那些人绝大多数早已逝去,但毕竟证明着曾有那么多人与老万寿宫的存在密切相关。

七

当象湖万寿宫重新出现在南昌,它恰好与一千六百年前的万寿宫形成了对接,尽管适当的时候在翠花街原址还可以建一座万寿宫,但它们并不相悖,而是相通的,它的内涵与道家气场绝对是一致的。

据统计,遍布海内外的万寿宫有一千四百五十多座,江西境内有五百八十多座,南昌地区有六十三座。明清时期的北京、天津、上海、南京、武汉、广州、贵阳、昆明、重庆、成都、西安、兰州等各大城市都有规模宏大的万寿宫会馆,两湖、云、贵、川一带,万寿宫几乎遍布城乡。随着历史上的几次江西大移民和江右商的足迹,万寿宫或以旌阳宫、许真君庙、豫章会馆、江西会馆的名义传到台湾地区、东南亚。

在沈从文的故乡湖南凤凰,我乘船游资水时,看见了水雾中露出万寿宫熟悉的轮廓,一种家乡的亲切感油然而生。我和同伴随即登岸,进到里面,正宗供着许真君,侧殿陈列着一些明清江西会馆的牌匾故物,我们出来便在他乡的万寿宫前合影留念。不久前,我还两度到了进贤李渡老街的万寿宫。这些万寿宫虽然大小不一,建筑装饰档次有别,但都有香火缭绕,那是延续千年、连绵不绝的祈愿与崇拜,也是江右文化的薪火相传。

如果仅仅从宗教角度看万寿宫,似乎视角还狭窄了。万寿宫确是净明派的圣殿,也是南昌祈祷精神安慰的福地,然而,散建在南昌以外、江西以外、中国以外的万寿宫——它们是江右商帮的"会馆"、朝拜祭祀场所、精神纽带、故乡、亲情寄托、共济会、馆驿、议事处、商业中介地等,怎么说都不为过,在江右商人心目中的位置无可取代。

提到万寿宫,就不能回避一个崇仰与推广万寿宫的群体——江右商帮,提到江右商帮就不能绕开他们的灵魂支柱——万寿宫。

明末清初散文家魏禧《日录杂说》载:"江东称江左,江西称江右。盖自江北视之,江东在左,江西在右耳。"赣商在历史上被称为"江右商帮",由此得名。

江右商帮是明清时期中国十大商帮——山西商帮、徽州商帮、陕西商帮、山东商帮、福建商帮、洞庭商帮、广东(珠三角和潮汕)商帮、江右商帮、龙游商帮、宁波商帮——之一。近些年自从写晋商的电视剧《乔家大院》热播后,各地都在飙着劲搞这类题材的影视作品,我想如果要拍一部反映江右商帮的电视剧,莫过于从万寿宫找到切入口。只有通过万寿宫的镜像才能看到江右商的灵魂。

江右商帮作为十大商帮之一,之所以盛极一时,是因为他们奉行许真君所推崇的忠、孝、仁、慈、忍、慎、勤、俭八个字。勤而守信既是江右商帮的"德"之所在,也是江右商帮存在的灵魂,尽管它是以赚钱为己任,但因其崇"德",便又成为许真君价值观的传播者。世人这样谈晋商:有麻雀的地方就有山西商人。而徽商则是:无徽不成镇。浙商:四象八牛七十二金狗;无宁不成市。粤商:太阳无时无刻不照在粤人身上。而谈到江右商时称:江右商强因贾德。如果不以"货利"论,我以为这个评价是最高的,它承载的是一种江右精神。

江右商帮在当年是挺"牛"的,不是它在"十大商帮"中最有钱,论钱,它"牛"不过晋商、徽商。江右商帮"牛"就"牛"在有万寿宫!他们把生意做到哪儿,就把万寿宫戳在哪儿,或者说哪里有万寿宫,哪里就有江右商人。

江右商"牛"在有景德镇的陶瓷,有浮梁的茶叶,有"药不过樟树不灵"的樟树品牌,有可向外地推销的粮食、纸张、布匹和木材。在当时江苏一带,市传"三日不见赣粮船,市上就要闹粮荒"。这些得天独厚的条件,是江右商帮"牛"起来的基础,而当时"江西填湖广""湖广填四川"的几次大移民带来了前所未有的"大机遇"。从明太祖洪武二十四年至明神宗万历六年(1391—1578年),从全国户口统计来看,人口基本稳定,变化不大。但江西在这一时期减少了22万户,224万人口,户均人口由5.17口减至4.36口。如果考虑人类的自然繁养生殖等因素,我们有理由估计:在这一时期,有过百万江西人口流向外省,形成了江西历史上一次大规模的流民潮。"精明的江西人,在较为有利的经济基础之上,利用良好的地理经济环境,得益于当时明朝的海禁政策;江西明代的流民运动实质上就是一种经济扩张,使江右商帮在当时能够发展起来。"于是,在湖广才有了"无江西商人不成市",在云贵川才有了"非江右商贾侨居之,则不成其地"。

八

十九世纪德国地质学家利希霍芬在中国游历时发现:江西人与邻省的湖南人明显不同,几乎没有军事倾向,在小商业方面有很高的天分和偏爱,掌握长江中下游地区的大部分小商业。湖南没有商人,而军事思想十分突出,江西人则缺乏军事精神,取而代之的是对计算的浓厚兴趣和追求利益的发达念头。

此说颇值玩味,细究之,"小商业"和"计算"的天分纵然再高,也难出胡雪岩、盛宣怀那样的大商人。胡雪岩、盛宣怀一个被人叫商父,就是商人里头的教父,一个让人叫商圣,那样一种级别,恐怕是江右商的"短板"。

胡雪岩,原名胡光墉(1823—1885),字雪岩,幼名顺官,徽州绩溪人,中国近代著名红顶商人,富可敌国的晚清企业家、政治家,著名徽商。初开办胡庆馀堂中药店,后入浙江巡抚幕,为清军筹运饷械。1866年协助左宗棠创办福州船政局,在左宗棠调任陕甘总督后,主持上海采运局局务,为左大借外债,筹供军饷和订购军火,又依仗湘军权势,在各省设立阜康银号二十余处,并经营中药、丝茶业务,操纵江浙商业,资金最高达二千万两以上,是当时的"中国首富"。

盛宣怀(1844—1916),江苏武进人,字杏荪,幼勖,号次沂、补楼,清末官员,官办商人,中国近代著名的政治家、企业家和慈善家。作为商人,他借督办实业之便,聚敛大量财富;作为企业家,他建纺织厂、开办银行、投资矿业等;作为慈善家,他在天津创立广仁堂,在上海开创万国红十字会等慈善机构;作为官员,1911年盛宣怀任邮传部大臣期间,下令铁路收归国有,引发四川保路运动,导致辛亥革命爆发。

江右商里拿不出这么有分量的角色,或许这正是江西人"在小商业方面有很高的天分和偏爱"与"对计算的浓厚兴趣和追求利益的发达念头"使然。而"军事思想十分突出"的湖南人,则有曾国藩、左宗棠这样的湘军统帅。

江右商赚钱是肯定的,但赚钱赚到什么程度,钱都去哪儿了?怀着这个疑问,若干年前我和朋友去了一趟乐安流坑,才得到了一些解答。到了流坑才可领略到当年江右商"牛"的另一面。当年的流坑尚未开发旅游,尚"养在深闺人未识",它在宋明时的影响几乎被群山所阻隔,被外界的喧嚣所湮没,省城南昌只有少数人知道这个地方。我们开车下乐安,七拐八绕摸进山坳里去,车也停在很远的地方,因为没有路可以把车开进流坑。进去一看,我们莫不大开眼界且大吃一惊,其村庄的建制俨然中世纪英格兰的王室城堡,气派的门楼、祠堂、大夫第、牌坊、廊楼,合理规划的古老街道,皆大气、雄豪而又秩序井然,这哪像山坳中的一个村落?分明是遗世独立、顾盼自雄的一个山城。难怪令跋山涉水而来走得脚底生脓的明代旅行家徐霞客精神为之一振,疼也忘了,累也忘了,惊呼他在山里找到了"万家之市"。他一拐一瘸地跑到流坑一坐,精神又起来了,小住十天半月,人又可以行万里路了。

过去人轻商,有钱也不敢大肆张扬,不似现在的富豪——随便一"暴发户"也有"老子天下第一"的劲儿。宋明时不敢说有钱,就算是"大款",以当时价值观而论,恐怕也是"贩夫走卒者流",即便躲在没人的地方而自称一声"老子",也是自认"老子天下第末"。为什么?怕人说俗呀!"钱",多臭多俗一个字,怎能跟"读书"相比?有钱,没错!但要想让人瞧得起、有地位，还得读书、科考，弄块"大夫第""理学世家"之类的匾抬回来，那才有面子。所以过去流坑董氏家族人知道读书"牛"，儒家世第、理学"牛"，经商"牛"却少见人提起。现在看看，一目了然。流坑那些自宋明保存至今的"豪宅"，都是这里贩木材顺乌江运出的江右商的雄厚财力垒起来的，流坑人在外面赚了大钱不声张，却悄悄把钱带回来，硬是把山坳里的一个乡村，建成了"万家之市"。这些"豪宅"都见证着江右商的成功，一如见证晋商成功的王家大院群落。

然而江右商的成功还是来源于他们的诚信，来源于他们信奉的经商处世的保护神许真君。他们到一地经商就建一处万寿宫，竖起他们以德为本的招牌，这招牌倒真是金字的，闪闪发光。在江右商身上自然有不少讲德守信的故事。比如新城人吴大栋，父母死时生意上欠别人债务，十几年后他回家还债，债主已经去世，其家属拿不出借据，甚至从未听说此事，吴大栋却坚持偿还。还有位浮梁商人朱文炽经营茶叶时，每当出售的茶过期后，他在与人交易的契约上均注明了"陈茶"二字，以示不欺。而清江商人杨俊之，"贸易吴越闽粤诸地二十余年，虽童叟不欺，遇急难不异捐赀排解"。"细伢子不要懒，大了可以做老板"，这早已是一句至今流传在赣鄱的口头语。后人总结，江右商人勤勉，不畏艰苦，从大漠孤烟直的塞外边陲到烟柳画桥的江南古镇，从茶马古道上的铃声阵阵到出海航船边的波涛声声，都有他们的足迹。东乡商人，"牵车者遍都大邑，远逾黔滇不惮"；丰城商人，"无论秦蜀齐楚闽粤，视若比邻"；临川商人，"行旅达四裔，有弃妻子老不归者"。因此，抚州人艾英南不无自豪地说："随阳之雁犹不能至，而吾乡之人都成聚于其所。"

九

万寿宫伴随着江右商,既是精神的图腾、福祉,又是流动的会所。万寿宫的影响力由南昌祖庭扩散到外省各地,乃至海外。这直接与江西移民相关,历史上江西出现的三大移民,一是官宦移民,二是军事移民,三是自发性移民。身在"他乡"的"老乡"们,为了让大家有一个聚会的场所,便建起了会馆,会馆供着的神就是许真君。早期会馆皆以各家乡命名,临江同乡就建"临江会馆",吉安同乡就设"吉安会馆"。而这些会馆另有一个统一的对外形象建制,那便是万寿宫。万寿宫里设有商会性的组织:"处理和协调江西人与当地官员的关系、与当地居民的关系,以及江西移民自身的关系,并开始有了商会章程和规范,发挥着联系乡谊、调解纠纷、商业中介和融资场所四大功能。"

据资料介绍:"万寿宫一般设有总会首一人,下设首士若干。总会首一般由当地同乡公推的德高望重之人担任,首士则由当地有声望的江西商人轮流担任。但凡同乡之间有什么商业纠纷,一般都由万寿宫的管事调解裁决。""久而久之,江西商人在遇到租赁店铺、合股拆伙、买卖房屋及典押房产等重大商业活动时,都会请会首到场做证,以避免不必要的商业纠纷。走南闯北的江西商人,初到一个地方,一定会先找到当地的万寿宫落脚,寻求帮助,交流信息。对于商人来说,信息往往就是金钱。除了信息中介外,万寿宫往往还具有职业中介、商业担保等功能。初到异乡闯荡的江西人找不到工作,可以找万寿宫帮忙介绍,在当地还没有声望的江西商人要在当地做生意,也可以找万寿宫帮忙担保。""万寿宫还是江西商人的重要融资场所。在当地有笔大生意但手头资金不够,可以找万寿宫帮忙,在同乡间发起'摇会''抬会'集资,待生意做成之后按原先议定的利率归还。有好项目但是一个人吃不下来,也可以通过万寿宫寻找有实力的同乡共同集资入股,共担风险,共享利润。"在这里,我们很奇妙地看到万寿宫惯常的道教法器——符券、丹经、木剑、龙虎旗、拂尘、朝简、圣卦等,已然转换为算盘、账本、合同、担保书、花押等。那些带有隐喻与暗示的宗教符码,在此刻都被最直接、最明确、具有实用性与功利性的工具和符码所替代。

十

有人说:"江右商帮从业者虽然身在商海,但骨子里还是存在着赣儒家文化的因子。许真君成为赣商文化偶像,实际上正是当时的精神文化对经济影响巨大的结果。"此说甚准。想一想,一座纯宗教式的建筑祭祀场所竟然如此巧妙与合拍地和商业相融,这在中外宗教文化和商业文化中都是不太多见的,但江右人就以这种开拓性的方式造就了具有特殊内涵的万寿宫文化,这不得不引人瞩目。

也许在当下,由于开放和经济的发展,不仅江西,全国各地流动人口在中国历史上应该是达到前所未有的高峰,"生活在别处""他乡""异乡人",这几乎是每座城市都存在的现象。不断有当地人出去,不断有外地人进来,读书也罢,做生意也罢,谋职也罢,购房迁居也罢,寻求异地的陌生化生活方式也罢,这的的确确是个相对活跃而有选择空间的时代。也许万寿宫在今天,在南昌之外的"他乡",已失去了商业"会馆"的功能,其宗教信仰的功能也大为减弱。在南昌当地,它在宗教信仰之外,更是一种游观建筑,而在"他乡",它作为一种"乡愁"的纪念物,将一切实用与精神性功能降到最低点,我觉得万寿宫反而更为可爱,更为真实起来。它就是象湖风景区一个特别的景点,撇开我所说的——万寿宫之于南昌相当于圣保罗大教堂之于伦敦、圣彼得大教堂之于罗马,它可能会更平实有趣。但是我还是想说,早已融入我们骨子里的传统文化血液、精神力量,在注重"实用价值"的今天,看似"无用",然而在一个精神与躯体可以大面积游走的时代,我们难道不要为抵抗随之而来的空虚苍白而"安魂"?!

或者在当下通过置身"他乡"来书写"故乡",是比较可靠而能超越"日常化"的鲜活途径——它既是一种状态,又是一种方式。正如写出过《尤利西斯》的爱尔兰都柏林人詹姆斯·乔伊斯,尽管他很早就离开了故乡——生活在别处——但他终其一生写的都是自己的故乡。

其实"生活在别处"的人,内心往往会守着一个精神高地的故乡。我以为万寿宫当年在江右商帮那段历史中是做了很鲜明的"他乡"与"故乡"的置换。

面对千年万寿宫,我想起德国诗人荷尔德林所言:"待至英雄们在铁铸的摇篮中长成勇敢的心灵,像从前一样去造访万能的神祇。"

隐　士

> 波光粼粼的水面，
> 印着古桥的清晰倒影。
>
> ——赫尔曼·黑塞

一

南昌过去是出隐士的地方。隐士，并非一个名誉的词，过去多是不得已，今人却见高雅。说到底，南昌的历史文化中有一种可以贯穿南昌建城约二千二百年历史，甚至更远的文化形态，就是隐士文化。

南昌至今已经形成了一条隐士文化的清晰的历史线条，沿着这条线，可以毫不迟疑地列出各个时代的代表性隐逸人物，由此可见，南昌是个以隐士文化著称的地方。而在南昌的历史上，隐士的首选隐逸之处，城西是西山，城东是青云谱，当然城中的巷间、寺观、府第、洲汀、古桥畔，都有隐者的影子。这其中，几位隐士本身就大有来头或在南昌隐逸期间有着闲云野鹤似的做派，给此地留下了厚重的历史文化积淀，使西山不仅在全省,乃至全国甚至海外,都成了一块令人向往的文化净土。从传说中的萧史弄玉驾凤飞来西山,降栖于萧峰开始,历代名士大隐络绎不绝,先有黄帝乐臣伶伦炼丹洪崖,再有郭璞、许真君等一路下来,蔚为壮观的隐士队伍让人咂舌。

现今南昌的房地产开发商也抓住了南昌的文脉,宣传其别墅式洋楼,到处可见"隐于市,藏于墅"的广告语,这是在催开着奔驰宝马的富人再掏一把钱出来过现代的隐士生活。这种隐士生活显然是物质主义的伪隐士做派,与守着一方净土的精神和肉身上双重归隐的隐士无关。

为什么说过去的南昌是一块文化净土呢?这是由隐士的情操决定的。看看历史,我们便知道,南昌的隐士几乎都是高洁之士,有一种不趋俗、不媚世、不事权贵、白眼朝天的文化人格,有一种正直、干净、向善的美好心灵,有一种追慕自然、云卷云舒般超脱世俗功利的独特灵魂。正是因为他们大致都具备了这三种特征,南昌的隐士在人们的印象中白衣飘飘——来去捐时俗,超然辞世伪(张载《招隐诗》)。可以说,隐士文化与地域特点影响了南昌人的深层文化心理。当然,真实的隐士不是轻松飘逸的,那是人们的天真想象和制造的语词幻象。肉身沉重,缁衣破帽,草屋茅舍,面孔沧桑,手头拮据,让人忽视且不受待见,甚至被视为异类,这可能更接近隐士的常态。古代的南昌隐士我没亲眼见过,但在云居山云居寺见到虚云的照片时,我一惊,有些像今日南昌街头见的流浪乞丐。且过去的僧道云游,是要持钵行乞的,只是人多了一份庄敬。

南昌两千多年的历史上,出现过很多隐士,从伶伦、澹台灭明、梅福、徐稚、许逊、郭璞、贯休、施肩吾、苏云卿、朱权、张位、朱耷、牛石慧、蒋士铨、陈宝箴,乃至后来的黄秋园、陶博吾……甚至有学者大胆提出,二十世纪七十年代邓小平也曾隐居在西山步兵学校。这样说的话,如果真要列一个完整的名单,恐怕会很长。这是出了名的隐士,没有出名亦怀抱珠玉之才,在古代老死山中茅庐、城里穷街陋巷的隐者绝对还大而有之。几年前,我写了一本书谈及南昌隐士,而后便接到电话,人说在扁担巷有位早年大有经历的书画老者,不为人知,希望我去看看。时至岁末,忙得很,又下了一场雪,一拖就过了几个月,等我约好记者朋友准备去拜访那位老者,电话那头说:不用来了,老人没挨过那场冬雪。这事让我心里一直不安。反之,我又想,老者应该是不想让更多人知道他的书画,知道他的名字的。他这辈子到死只甘愿做个隐者,这是在当今这个逐名求利的时代,很多人不理解的一件事,也许他还真不愿与这个名利的世界发生太多关系。所以他无声无息地走了,也可以这样想,庆幸我们没有惊扰他。他是当代真正的隐士。

若是要研究中国的隐士文化,恐怕绕不开南昌,别的地方或许以隐居闻名,比如南阳,那也不过是历史上隐居过一个大名鼎鼎的诸葛亮,而南昌历史上出现的这一大批隐士,足以佐证历史上的南昌是一座名副其实的隐逸之城。

南昌未必是隐逸之风的发端之地,南昌最早的一位隐士伶伦,却出现在黄帝时代。关于伶伦,《中国人名大辞典·洪崖》载:"上古仙人,世称洪崖先生。或曰:即黄帝之臣伶伦。或曰:帝尧时已三千岁,居西山洪崖,有炼丹井。"受帝命,"取竹以为黄钟为管"。这位上古时代高寿的伶伦先生,若以当今人的眼光看,绝对是位仙人,不错,伶伦正是传说里中国远古的一位音乐之神。他是黄帝专司音乐的大臣,"昔黄帝令伶伦作为律。伶伦自大夏之西,乃之阮隃之阴,取竹于嶰溪之谷,以生空窍厚钧者,断两节间,其长三寸九分,而吹之以为黄钟之宫"(《吕氏春秋·古乐》)。伶伦创制吹奏乐器的这番作为,虽不惊天动地,却使人们的耳朵在听过鸟鸣风嘶雷吼等声音之后,终于听到了音乐,而这音乐的第一声,来自一节青翠嫩绿的竹管,这竹管来自南昌的西山,亦即伶伦当时的隐居之地。

也就是说南昌最早的一位隐士是一位半神半人的音乐家,他既受命于黄帝,又能以三千岁的高龄飘然世外,躲在南昌的西山炼丹,伐竹制乐。想象一下这位老人家白眉白须仙风道骨,在山里忙乎着,一定有副好身板,说不定就跟现今三十岁的男子差不多。但是且慢,也许当时的伶伦就是三十岁,只是由于上古时代人类社会属于草创时期,没有文字记载,只有口耳相传,山里的事一来二去,添油加醋,一个普通人干出了不普通的事,让人佩服得不行,就被说成了神仙。但有一点可以肯定,伶伦作为我们的先祖之一,他的隐逸之姿无疑影响了后世南昌乃至各地的隐逸之士,因此,在某种意义上,南昌是中国隐士出现最早的地方。

二

南昌西山梅岭,不是真有梅花,而是因一个姓梅的隐士而得名。他叫梅福,我想,他不可能天生就是个隐士,其隐居或成为隐士,肯定事出有因。

我们今天已很难知道梅福具体长什么样子,个子是高是矮,身材是胖是瘦,气质风度如何,他的脸就像汉代砖雕壁画一样模糊不清。当然你可以凭想象为他画像,古人,尤其是已经归为某种类型的古人,用国画的笔墨,也不难将其归类到那一种符号型的脸谱,更可以用几根简洁的线条画出他的某种仪态。但我对古人像一直存疑,疑就疑在它的笔墨符号化,它抹杀了人物个性,其实也就抹杀了那个曾经昂扬的生命。

如果以此为认识的基点,后人如何能从中找到相隔千百年的先人的生命信息?在这种时候,文字的叙事或许更能还原哪怕一点点生命的本真存在,乃至复活一个不凡人物的某些故事情境。

梅福,字子真,这个西汉末年的南昌人,他的祖籍是安徽凤阳府寿州,也就是当今的安徽寿县。梅福所处的时代正是中国历史上两汉的过渡时期,上层朝廷虽权力斗争从来没有消停过,但好在没有大的战乱,梅福也就能少年求学于长安,像所有的儒生一样,读书的目的明确得很,就是"学而优则仕",学了一肚子学问,啃了一车子书本,就是为了当官。但官有三六九等,未必一当便是大官。南昌人梅福官是做到了,不过只是个县尉,还是个候补的南昌县尉。但是梅福还是把这个官做得有模有样,认认真真。那年头能把官做好不容易,朝廷里最大的"官儿"汉成帝刘骜,不仅没有领导才能,致使外戚当道,大权都落到了佞臣王凤、王莽手里,而且是个生活作风有大问题的腐败分子。在这种皇帝的领导下做县尉,梅福硬是不走后门,不拉关系,不贪污受贿,不养情妇,也不搞"面子工程",可以说是个作风正派、为人正直的难得的"好干部"。他正直干净,朝廷却一塌糊涂,梅福为汉朝忧心,为天下忧心,每日干着小官的事,竟操着汉室的心。

正直的人在不正直的官场混,难。

难在哪里?你眼里看不惯的事一出现,便会不顾一切拍案而起,跟人家顶着干,结果准碰一大包,或把你撞回南墙去。更糟的是,弄不好,还会丢了性命。当时有个京兆尹王章,也是个秉性忠直的人,他官做得不小,京兆尹是京城的第一把手。这个位置的官最难当,虽说你是京城的行政长官,但上面还有那么多更高的官呢,再上面还有皇帝在那儿戳着呢!谁都比你大,谁都可以对你指手画脚。

可王章不孬,他偏对比他大的权贵指手画脚。当时汉成帝封太后的侄儿王莽做了新都侯,这王莽不是省油灯,他阳奉阴违、野心勃勃,借助外戚的势力一时权倾朝野。王章看出了这班家伙居心叵测,于国不利,便出语讥刺,得罪了权贵,被当权者寻个借口杀了。由此出现了"天下灾异数见,群臣莫敢正言"的局面。此时,南昌候补县尉梅福,怒发冲冠,气冲牛斗。我们可以清楚地看到梅福的表情从汉砖壁画上凸现出来:一张涨得通红的脸,青筋暴起,眉头倒钩、紧皱,眼睛瞪得很大,十足一个脾气来了的南昌汉子的执拗模样。梅福不管自己头上戴着的是一顶芝麻般大小的乌纱,也不怕会像京兆尹王章一样罹难,毅然提笔向皇帝上书进谏。

他应该写得一手不错的汉隶,那一个个优雅的汉隶在竹简上都吹胡子瞪眼,一腔正义,义正词严!弄得刘骜拿在手上仿佛针刺,他不得不扔到内侍手中:"念念看!"他问内侍:"这篇奏简里是啥意思?"内侍很快看了一遍,并快速做出了回答:"这个县尉请求削除外戚之权。"刘骜脖子一拧:"他怎么说?"内侍说:"梅福上书言,'士者,国之重器。得士则重,失士则轻'。"刘骜冷笑道:"这种狗屁道理还用他来教朕!他是在表示对王章之死的不满吧!"

梅福上书言,"今陛下既不纳天下之言,又加戮焉!夫鸢鹊遭害,则仁鸟增逝,愚者蒙戮,则知士深退","折直士之节,结谏臣之舌,群臣皆知其非,然不敢争,天下以言为戒,是国家之大患也"。梅福进谏道:"愿陛下循高祖之轨,杜亡秦之路。数御十月之歌,留意亡逸之戒,除不急之法,下亡讳之诏。"希望皇帝能够"博览兼听,谋及疏贱,令深者不隐,远者不塞,所谓辟四门,明四目也"。梅福铮铮忠言,一片丹心,他多么渴望皇帝刘骜可以听进去,他想以此唤醒皇帝对人才的重视、对京兆尹王章这样忠心耿耿之人的重视。他直陈甚至是悲愤地抨击皇帝不纳忠言带来的恶果——他希望今日的汉室天下能像当初高祖皇帝刘邦那样稳步前行,不步亡秦的后尘。梅福想让高高在上的皇帝放下架子来多关心一下亡逸的贫民,多考虑一些法治的完备,多打开一些言路的渠道,兼听则明,英明决断,让国家拥有向心力和凝聚力。这些话不仅体现了进谏者的真知灼见,也证明了一个汉臣在满朝腐败当中的孤胆忠心。这原本是刘骜黑夜里打着灯笼都难找的人才,可刘骜哪里会把一个候补县尉的逆耳忠言听进耳朵里。

没等人把梅福的上书念完,刘骜就不耐烦了,他觉得这个狗屁县尉不知天高地厚,连自己是吃几碗干饭的都不知道。他从内侍手上一把抓过那篇奏简,狠狠摔在地上,大骂:"边鄙小吏,妄议朝政!"梅福的忠心让皇帝当了驴肝肺,梅福的一腔热血换回来的是一盆冷水。

而接下来坐上皇帝金交椅的更不是个善辈,他就是前京兆尹王章提醒刘骜要防一手的野心家王莽,梅福自然知道王莽不是好鸟,干脆,这破乌纱咱不戴了,赶紧撤!撤回到一个干干净净没有污浊腐败与堕落气息的地方,撤回到一处有水可以濯身,有鸟可以歌唱,有云可以当衣,有道可以修炼的地方。

那个地方只能是南昌西山,后又落户青云谱。唐朝末年诗人罗隐路过青云谱,他钦佩梅福的忠直,心有所感,立碑作文以吊先贤。其文言:"汉成帝时,纲纽颓圮,先生以书谏天子者再三,夫火政虽去,而剑履间,健者犹数百位,尚不能为国家出力以断佞臣头,复何南昌故吏愤愤于其下,得非南昌远地也,尉下僚也!……呜呼!宠禄所以劝功,而位大者不语朝廷事。是知天下有道则正人在上,天下无道则正人在下。余读先生书,未尝不为汉朝公卿恨。今南游,复过先生里,吁!何为道之多也!遂碑以吊之。"

罗隐的碑文成了梅福留在南昌的一个生动的脚印。这个脚印诠释了梅福身为卑微小吏而能声闻朝野、振聋发聩的人生意义。

也许从另一个角度说当初不是梅福选择了青云谱,而是青云谱选择了梅福。因为相对于浊世,青云谱是净土,它永远选择和庇护一些心地圣洁之士。

梅福归隐青云谱,追慕王子乔,潜心修道,被人称为梅真人。他的修道之所后来也被称为梅仙祠。

一个县尉小官是怎么变成仙的,中间的桥梁就是"道",官场的事不干了,咱一心求仙问道,内外都脱离了世俗之尘,把生命中不能承受之重都减轻,人就获得了提升,也就由凡入仙了。这就是道家所谓的由"入世"而"出世"。

但千万别以为你"出世"了,就万事大吉,没有的事。梅福离了官场隐居到了青云谱,可麻烦还没断呢,官场上还要追究你,捕快还要捉拿你。怎么办?梅福不禁哀叹:"生为我酷,身为我梏,形为我辱,妻为我毒。"此话表述了他无可奈何而又低回不已的痛楚和悲哀。

你说他羽化成仙,我说他肉身沉重。

梅福不得不背着沉重的肉身逃离故土。他躲进过南昌西山的飞鸿山,以期学道,遁避红尘。那山后来也被人称为梅岭。可红尘是一路撵着梅福跑,此后他的行迹几度变换,从西山梅岭到抚州梅山、丰城、新淦玉笥山、瑞州梅墩等地,又游于会稽,谒吴县。表面上看他是在拜访名山,求仙问道,实质上他是在逃避追杀。这种情节我们今天只能从电视剧中看到。此前我们还很难准确地描摹他的形象,他的仪表与风度。因他在逃,现在我们可以看到一个敏捷的身影,他不敏捷不行,跑不快会被捕快逮着。你看他改名换姓,行踪飘忽,像一个典型的逃亡者。他甚至改头换面不惜屈身做江苏吴县(今苏州)的守城门卫。

从城门出出进进的行人,谁能想到一个满面风霜、表情漠然的门卫曾经竟是个声惊朝野的"刺儿头"?他像个做地下工作的"潜伏者"一样

青云谱

看上去沉静如渊,很可能有追捕他的马队从面前呼啸而过,卷起的黄尘使他眯起了眼睛,使他觉察到此地不宜久留,还是撤!他撤到海昏(今江西永修),他撤到了生命的底线。他的足迹并不像后世以为的潇洒如仙,他毕竟是因忠正刚烈触犯权贵而不得已以肉身逃亡——逃避权力的追杀。

如果他的内心已然是个得道者或修仙者,也最多使他的逃亡仿佛暗夜流水,不至于有仓皇之态。但他还是在出逃,直到他的灵魂逃出他的身体——他最后没有死在故乡南昌,没有死在青云谱,而是死在吴门(今永修吴城)。

也许正是从怒向皇帝上书到归隐亦即逃亡的过程中,梅福的面目形象才越来越清晰,他的表情、声音、动作和呼吸,让我们隔着漫长的年月也仿佛一清二楚。

正因为如此,后人从他的身上感受到一种气节,这种气节使人肃然起敬。南宋绍兴二年(1132年),宋高宗赵构赐封他为"吏隐真人"。明万仁三十五年(1607年),南昌西湖南岸建起了一座吏隐亭,又名梅仙亭。南昌知府卢廷选在亭上题联:疏草孤忠扶赤汉,湖云千载拥丹青。

在很多人的眼里,梅福是雪白的云,高洁的象征;是闲逸的云,隐者的象征。其实梅福的一生在貌似闲云流水中隐藏着惊心动魄。这是忠直之士的苦衷,我们重温一遍他的痛苦之言——生为我酷,身为我梏,形为我辱,妻为我毒——便能懂得他灵魂的痛楚。他为什么想要学道修仙?他的灵魂渴望逃脱肉身的桎梏!

他女儿的丈夫是严光——大名鼎鼎的严子陵先生,严先生的形象在中国历史上比他的老丈人梅福要清晰得多。严是深懂老丈人梅福的,他干脆不沾官场的边,遗世而独立,隐居浙江富春江。纵使老同学刘秀做了皇帝,多次邀请他出山,许以高官厚禄,严子陵只摆摆手,头也不回。他的眼睛只注视着富春江的烟波。

他的老丈人梅福当年隐居青云谱时,也喜欢坐在湖边,那湖今日叫梅湖。满天的白云倒映在青色的湖水上,梅福看见了一条鱼在天上飞翔,那是他的灵魂。

三

隐士不是好当的,一个"隐"字后面,做的尽是减法,要抛掉现世的功名利禄,受得起清贫寂寞,如勃莱诗里写的:"贫穷,而能听见风声也是好的。"这不容易,但南昌人偏有这等不容易的人。南昌一条有名的大街,叫孺子路,是纪念一个"老南昌"的,他叫徐稚,徐孺子(97—168)。

徐稚恐怕是中国文化史上身份最简单的名人之一,如果按现在的方式填履历表,徐稚的身份一栏只能填:平民。

在已有的资料里你几乎无法找到他的第二个身份,他固然有学问,有名气,但他什么头衔与职位都没有。就是这么干干净净、清清爽爽、洁身自好,所以人尊称他为"高士"。

东汉桓帝、灵帝时,凡德行高洁而又有学问者可举孝廉,从而通向仕途。于是社会上就出现了许多为了当官而先炒作出自己名声的"伪高洁"者,当时闾里小儿就拍掌唱出了这样的童谣:"举秀才,不知书;举孝廉,父别居;寒素清白浊如泥,高第良将怯如鸡。"你没有文化偏要装秀才,一星半点孝顺也没有还称孝廉,这与后世某些功利的炒作者没什么两样。

徐稚并不是没有当官的机会,跟很多做梦都想往上爬的人相比,徐稚当官的机会太多了,官帽找到他头上戴,他也一再推拒了。

公元159年,时任尚书令的陈蕃与仆射胡广在一张送交汉桓帝的推荐表上,写下了五个名字。这五个人都是当时的高士,拟推荐给皇帝作为辅佐朝廷的大臣。他们分别是:豫章人徐稚、彭城人姜肱、汝南人袁闳、京兆人韦著、颍川人李昙。汉桓帝看过这张名单后问陈蕃:"卿等所荐五人,哪位为首呢?"

陈蕃答道:"袁闳、韦著等四人出身贵族,受学条件优越,熟悉社会上层礼仪风俗,所谓'不扶自直,不镂自雕',唯独徐稚生长在江南穷乡僻壤之处,环境艰苦,竟自成材,角立杰出,名闻天下,因此,堪为五人之首。"

汉桓帝在陈蕃简短有力的推荐语中已然看清了一个"高士之首"的形象,他当即下旨以"安车""玄丝"备礼去豫章征聘徐稚为官。"安车"是当时舒适度很高也很华丽气派的马车,"玄丝"也是极为贵重的币帛,这绝对是天子礼聘贤士的最高待遇。但马车带着重礼来到豫章郡徐稚简陋的家门前时,居然碰了钉子。徐稚伸出手掌,五根指头一晃,说出了他的"五不",弄得来人先是一头雾水,后又肃然起敬,称徐稚是真正的隐士高人。

徐稚说出的"五不"是:不出仕,不为官,不入浊流,不离故土,不舍百姓。这"五不"不仅表明了这位南昌老表的隐士操守,还流露了他对家乡的一往情深。换作别人,哪有这样的定力!君不见多少人恨不能削尖脑袋混个一官半职,求之不得在官场的浊流里摸爬滚打。所以说,隐士不是好当的,一个"隐"字后面,要抛得掉很多现世的功名利禄,而不是像贪官那样隐藏很多非法财物。

徐稚心不在官场,而朝廷一直惦着他,想让他出来做官,甚至在他死的那一年,朝廷征聘他的马车又停到了徐家的门口。只是这一次他没有伸出那只手,但来人的眼里又分明看着那五根手指在空气中晃了

隐士

一下,便永远消失了……

徐稚当然是钦佩老表梅福先生的,也知道梅先生的遭遇,但与梅福不同的是,他生来就是心甘情愿做隐士的。他当然讨厌官场的腐败,怕弄脏了自己,他是个有道德洁癖的人。有洁癖的人总是喜欢简单的。而大凡做隐士的人都须有板凳功,亦即坐得住,坐得住的人多半是读书人。徐稚广学博览,精通"五经""六艺",尤其对《颜氏春秋》《欧阳尚书》《京氏易》造诣独到。江夏名流大儒黄琼对他欣赏之余,欣然纳为得意弟子,经常带他外出游学。很快徐便成了一位既有知名度又受人尊重的儒家学者。他开办学堂,以拥有弟子三千的孔子为榜样,尽所能地广收门徒,让更多的人能有从学的机会。一时起,豫章学子以身为徐老师的弟子为荣。徐由此更加勤勉,黎明即起,打开木雕轩窗,沐着晨风朝阳,给弟子们讲天文地理,《诗经》《周易》。当暮色渐阑,星月在天,便夜步户外,仰观天象,默察世事,然后回到书房秉烛夜读。这样一个视读书、授学、耕稼为三乐的布衣学者,是一个纯粹得透明的人。他讲学传经居然从不收礼金,还不遗余力地帮助贫寒学子,使之读书成才。数年之后,徐孺子门下俊彦辈出,乡中父老皆效儒家之仁,皆习儒家之礼,使豫章出现了"道不拾遗,夜不闭户"的景象,天下人称这是一座仁人君子之郡。人们仰慕徐老师的才学,从四面八方而来聆听他讲学,由于学生急骤增多,书籍需求量大,已有的竹书和帛书逐渐损坏,传抄不便,徐孺子便请石匠凿石立碑于东湖草堂内,在石碑上篆刻《尚书》《春秋》等经文,碑中文字以隶书为体,字大两寸见方,是为范本,供人传抄阅读,被称为"石经"。在石上刻经,一时成为创举,远近学子闻风而至,豫章儒学风气从此大振,仿佛出了个孔子的齐鲁。

那年河南汝阳人陈蕃来南昌出任"市长",担任豫章太守。徐稚尽管低调,但并不是个迂腐的书呆子,他游学林下,可以说还是有交际能力的。那时读书人与读书人之间并不隔膜,即便不似现在有飞机火车千里路途夕发朝至,但读书人百里千里之间的彼此拜访与切磋也跟武侠小说里所写的武林中人行走江湖差不多,没有沟通能力是行不通的,学不到别人的东西,成不了学术气候,也扩大不了知名度。徐稚有游学经历,他的知名度不是来于游学,但游学肯定也让他在南昌以外打开了一些名气,陈蕃来自外地,显然他对徐稚已是久仰。

这一"久仰"之下,就有了相互交往。"陈市长"特地在自己的办公室里为这位令他尊敬的朋友弄了一张榻椅,徐稚每次来,陈都亲手为之扫榻,客客气气地请他落座。然后两人就打开了话匣子,从天道国运、三韬六略谈到星官算历、河图七纬,彼此之间有请教,有礼让,有直陈,有聆听,有欣赏。徐告辞,陈绝不让那张徐兄坐的榻椅被他人碰。为了保持这张榻椅只有徐一个人的纯粹温度,陈蕃想了个办法,干脆用绳子把它吊起来,等到下回徐来时再放下来。

公元675年秋,才高八斗的山西小伙子王勃路过南昌,恰逢滕王阁上热闹非凡,当地官员、富绅、名流,以及不少试图投机巴结上层的暴发户、古董商、诗歌和字画作者都众星捧月般围着"行政长官"阎都督转。王勃虽内心有所鄙夷,但他更希望得到当时的南昌领导人阎都督的赏识,也向往着阎能像过去的陈蕃"市长"一样礼贤下士,给他一张榻椅坐坐。为此他以一个外来者的视角写下了《滕王阁序》,呈给阎都督。

王勃以称赞南昌的方式入手,在处处设典的大量华辞丽句的铺排中,既显示了他对南昌人文的熟悉,又炫耀了自己的才气。最关键的是狠拍了阎都督的马屁。诸如"人杰地灵,徐孺下陈蕃之榻",表面看这完全是一句拍南昌马屁的话,但实质上隐藏了王勃渴望像徐被陈看重那样得到阎的青睐。可在更大程度上和更远的时间里,这句话让世人觉得徐是一位坐在榻椅上的谈笑风生者。好像徐稚的屁股跟官员的榻椅密不可分,这很不严肃。真实的徐稚,与他的很多颇善辞令崇尚清谈的同时代人相比,可能相对内向,不一定是个很爱说话的人。但他的交际能力并不逊色于他的学问与人品。所以陈蕃才会在他的"市长办公室"专门为他准备一张榻椅。徐来了他快乐而又隆重地放下来,徐走后他旋即用绳子把榻吊到墙上。陈蕃的这个动作当时或许没有太多寓意,简单到人性,他只是喜欢徐这个人,徐是他合得来的朋友。问题在于陈是个官,是豫章地方上的一把手,而徐是一介布衣,一个地方长官为一个小民将一张榻弄下弄上,这里面若无炒作之嫌,只能是人性。然而就是陈长官这么个动作,千年来便成了"礼贤下士"的符号,也成了老徐同志在高士中享有特殊地位的佐证。所以人们不难以为徐具有话痨的特点,喜欢发表一番不懂装懂的高论。其实徐稚绝不是这么一个人。太守陈蕃在《世说新语》里也是个潇洒任诞之士,他不会那么俗。两个行为方式都有些不类于常人的家伙在一起,肯定会有火花,这种火花乃是生命的精彩!

  长期以来徐稚在世人心目中的声誉,不仅在于他的学问美德,还在于他作为一个智者与他所处的不智时代保持了一种精彩的脱节。从现在所能掌握的资料来看,我们可以认识到他是一个处于混乱时期的头脑极为冷静的洞察者。他拒官,也劝别人守住心智。一次徐稚拜访大儒郭林宗先生,还没进郭府院门,就听到"嘎吱嘎吱"拉锯的声音。见郭大儒在院中央满头大汗两手拉锯跟一棵大树过不去,那双摆弄经书的手此时操纵着大锯怎么也使不上劲,徐哈哈大笑:"郭兄你这是为哪般,这树在院里不挺好么,锯它何来?"郭沮丧地叹口气,说:"你不见俺这是四合院,中间却生着这么棵树——夫四合者,口也,树者,木也。这好端端口里有一木,不是一困字么?俺好歹要把它锯了也解了这困。"徐稚闻言,更笑。郭问:"笑啥?"徐止笑道:"郭兄锯掉院中之木,人却住在院中,岂不成个因字?郭兄愿做因徒么!"郭一拍大脑壳哎呀一声,赶忙扔了锯子站起来:"徐兄说得对,俺险些成因了。"两人执手相视呵呵大笑。郭回头吩咐家人:"摆酒摆酒!俺要和徐兄好好唠唠。"徐一点也不怀疑朋友老郭的智商,他甚至对郭在儒学上达到的造诣极为佩服,只是对老郭热衷于功名官场颇不为意。郭反对宦官专权,也跟官场腐败展开斗争,却屡屡败下阵来,他心有不甘,借院中树撒气,老徐怎会看不出来?二人推杯换盏之际,徐开导郭林宗说:"当今朝政已陷入宦官与外戚之争的臭泥潭,无可救药,好比大厦将倾,靠你一绳之力哪能挽之于不倒!在这腐败的时代,你我一两个书生徒劳无益,还不如将咱的学问传播于民,实实在在地办些学堂。"此后不久,朝廷便发生了李膺、陈蕃被宦官谋害之事。郭林宗不得不认为徐稚有预见力,自叹不如。

从徐稚在东汉时期南昌的一系列行为来看,他确实像个圣人,换言之,他就是南昌的孔子。当他听到恩师黄琼在江夏去世的消息时悲恸无比——黄琼是汉章帝授匾为"江夏黄香忠孝双全,天下无双"的二十四孝子之一的黄香之子,不仅知识渊博、才华出众,还是位忧国忧民的好官员。徐决定从南昌步行千里赴江夏去吊唁。只是这时的徐已年过花甲,面对遥远艰辛的旅途,朋友们都劝他在家乡遥祭即可。徐矢志不移,以每天走四十里计,四五十天到达。长路孤旅,其苦可想而知。身无旅资,他便以为人磨铜镜的手艺赚得温饱,走了一半,人病倒了,多亏好心人搭救,养病七日,又继续前行。一个花甲老人为吊唁恩师,千里奔丧,人瘦了,脸黑了,背弯了,脚破了,直走得人又老又瘦,衣衫褴褛;直走得人面目全非,亲友不识。然而墓里的恩师从那一声嘶哑的哭喊声中知道,是他的弟子来了,是他曾经看重的门生徐孺子不远千里吊唁他来了!徐稚用颤抖的手,恭恭敬敬地在恩师的墓碑前献上一束生刍(青草),表达对恩师洁白无瑕的人品的崇高敬意。《诗经》有云:"生刍一束,其人如玉。"后人也用这句话来评价徐的一生。

自王勃开吹捧之滥觞,后世赞美徐先生的诗句很多,但多清虚高蹈颇不着调,在赞美诗中让人对徐稚先生愈发云里雾里。而一位法国诗人雅姆,他当然不知道一千多年前中国的徐先生,但他有首题为《为活得简单而祈祷》的诗,对认识徐稚这类人而言比较靠谱:"蝴蝶听从每一股风,像温柔的孩子们,掷向仪式队伍的那些花瓣。"其实老徐的生活就这么简单。不管是过去、现在,还是将来,生活上做减法的人是高人,简单是境界。

四

过去南昌民间对隐士高人常有夸饰之词,或讥之为怪,或赞之为仙。其实这种民间读法只是对不同于普通人的一批另类者做出的一种简单区分,于是仙怪之属便成了非寻常者的特殊称谓。青云谱道观在历史上肯定是与符箓、法咒、道坛、桃木剑相关的。异香缥缈中,人们很难把画符念咒、手执桃木剑的道士形象与传说中的神仙区分开来。你看,那道人口中念念有词,手挥木剑,登坛作法,桃木剑所指——妖鬼立现原形。这分明是仙人的形象!而且道家的终极追求也就是长生不老、得道成仙。然而有意思的是,道家的仙人又往往是以残缺者的面目在世人中出现的。比如传说中八仙之首的铁拐李,得道成仙后,由一个仪表堂堂的美男子变成了一个蓬头卷须、黑脸巨眼并且跛了一只右脚的丑八怪。又比如我们要说到的这位大约于1322年至1399年间出没在南昌的仙人周颠,就是个眼斜嘴歪、语无伦次的家伙。他身穿一件黑乎乎又破又烂的道服,整天疯疯癫癫在南昌街头晃悠,人叫他周颠,以致把他的本名都忘了。

周颠,对,就是这个家伙。在所有南昌人都以鄙夷的眼光把他看成一个癫子,甚至嘴上拖鼻涕的屁孩都厌恶地朝他吐口水时,他仅仅是个癫子。忽一日,一支军队过来,领头是名震天下的朱元璋,癫子的表现就似癫非癫,让人有些摸不着头脑了。就连叱咤风云的朱元璋也对他定眼观瞧,说实话,周颠当时样子实在"无足观",后人有句诗形容朱元璋初次看到的周颠的形象:"眼开青白复歪斜,口角流涎一似蜗。"也许这就是周颠在成仙前潦倒的样子。

但就是这么个十分令人恶心的家伙,居然跑到正在绞尽脑汁跟对手陈友谅与张士诚打仗争夺天下的朱元璋面前"预告太平,天下将定"。朱元璋不得不咦的一声对这个癫子有些惊讶。更令他讶异的是——这家伙竟然酒灌不醉,把他置于缸里猛火烧蒸而不死,让他半个月不吃不喝也一点事没有。你再看他,他就不是个癫子,而是个装疯卖傻的高人隐士啊!

关于周颠的神奇表现,《明史·方技传》载,太祖"命覆以巨缸,积薪煅之。薪尽启视,则无恙,顶上出微汗而已。太祖异之","颠与沙弥争饭,怒而不食且半月。太祖往视颠,颠无饥色。乃赐盛馔,食已闭空室中,绝其粒一月,比往视,如故"。

自身相貌就让人不敢恭维且是小和尚出身的朱元璋,胸怀打江山坐天下的志向,他绝不会错过一个可以为其所用的高人。此时正当朱元璋与陈友谅鄱湖大战前夕,朱元璋打算把这个非同寻常的癫子请到总指挥部来,听听他会有什么高论。在民国初年文人蔡东藩所著的卷帙浩繁的《中国历史通俗演义》明清史卷第十一回里,蔡先生用传统演义小说笔法生动描写了这么一个段落:"……只有一个僧装的释子(应是道服的癫子),形容古峭,服色离奇,素与元璋未识。至是与元璋晤着,方由刘基替他报名,叫作周颠,系建昌(今江西永修)人氏……博通术数,能识未来事,刘基尝奉若师友,因亦邀他偕行。不没周颠。元璋大喜,忙问破敌的法儿。刘基道:'主公且暂收兵,自有良策。'元璋依言,便招兵返舾,退走十里,方才停泊,于是复议战事。刘基也主张火攻,元璋道:'徐达、郭兴等,统有是说,奈敌船有数百号,哪里烧得净尽?况纵火全仗风势,江上风又不定,未必即能顺手,前次已试验过了。'说至此,铁冠道人忽大笑起来,元璋惊问何因,铁冠答道:'真人出世,神鬼效灵,怕不有顺风相助么?'元璋道:'何时有风?'周颠插入道:'今日黄昏便有东北风。'……元璋道:'高人既知天象,究竟陈氏兴亡如何?'周颠仰天凝视,约半晌,把手摇着道:'上面没他的坐位。'元璋复道:'我军有无灾祸?'周颠道:'紫微垣中,亦有黑气相犯,但旁有解星,当可无虑。'……元璋道:'既如此,即劳诸君定计,以便明日破敌。'周颠与铁冠道人齐声道:'刘先生应变如神,尽足了事,某等云游四方,倏来倏往,只能观贺大捷……'"

蔡东藩先生的笔下,周颠何来癫相,完全是一副诸葛孔明神机妙算借东风的样子,朱元璋和陈友谅决战的重要时刻,周颠发表的意见帮助了他做出关键决策,果然一战而胜,把陈友谅置于死地,回头朱元璋要感谢出谋划策者——"周颠二人,不知去向"。这令朱元璋更信此乃仙人相助。

他原先在南昌城里的癫态可以说是一种隐藏真实面目的伪装,他装疯卖傻就是不愿使人一眼看破他有不凡的才能,否则被他不看好的人——陈友谅之类——胁迫而去,要他帮忙打朱元璋怎么办?那绝对比他装疯卖傻还难受,没准你不给老子出力便白刀子进红刀子出,将命丢了也有可能。

但把他完全看作健康人也不是事实。有文字记载,周颠这个人小时候还是患有癫疾的,或许没那么严重,是他将错就错将癫病变成了自己的保护外衣。抑或他的癫疾与其智商及超凡的本领同步发展到了极致,于是在常人眼里他便成了仙人。如果用现代科学的眼光看,周颠显然还是个气象专家,他能准确做出天气预报,让朱元璋打胜仗,至于说他仰天看人的星座如何如何,自然有些故作高深之态,好在后来发生的一切都被他言中了。朱元璋对这个预言家更是奉若神明,他开创了明朝基业后对周颠难以忘怀,居然亲笔为周颠作了一篇传记文字。

若是我们看看朱元璋写的所谓《周颠仙传》,说不定还真会把这位隐居南昌的癫道人看成是比杭州的济公还济公的人物。朱元璋以帝王的身份且以亲历者的口吻,动用了不算小的篇幅描述了"朕"与一个看似极不正常的"颠者"的过从。通篇叙事看似平实又无处不神奇魔幻,很有看头。其关于周颠的信息资料恐怕是至今为止最为全面的,仿佛周颠是他从小一块穿开裆裤长大的哥们,只是他们之间的交往远非普通打交道的方式——毕竟一个是皇帝,一个是皇帝眼里的仙家。

在这篇据说是出自明太祖朱元璋御笔的不算短的传记之中,朱皇帝将一个公开身份是癫道人,实质是潜伏于世俗中的神仙的人物刻画得绝妙传神。此文完全算得上是篇笔力老到、文学水平不低的通俗传奇故事,乍一看仿佛出自当今一个专业畅销书作家之手。正因为如此,我怀疑此文是伪作,抑或出自朱皇帝帐下枪手之手。由此,朱能得个慧眼识异才之名,又能捞个作家的头衔。其实出身于穷苦人家的朱元璋从小忙于放牛,当讨饭的和尚,后来又忙上加忙,起来造反打仗,根本没读过什么书,肚里那点墨水也是靠他在百忙中自学得来的,依他真实的文化水平,绝对写不出洋洋洒洒的《周颠仙传》来。但《四库全书总目提要》明确记载:"明太祖高皇帝御制,纪周颠仙事迹。颠仙,建昌人。少得狂病,其踪迹甚怪。初谒太祖于南昌,随至金陵。后从征陈友谅,旋即辞去。友谅既平,太祖遣使往庐山求之不得。洪武二十六年,太祖亲制此传,命中书舍人詹希庾书之,勒石庐山。后人录出别行,并附以太祖御制祭天眼尊者文一首,群仙诗及赤脚僧诗各一首。《明史·方技传》叙周颠事,即据此文也。"

周颠道人的仙踪起于南昌而消失于云深不知处的匡庐。谁说这不是中国版的"绿野仙踪"呢!

五

德国诗人赫尔曼·黑塞在一首题为《中国的诗翁》的诗中吟道:

> 月光透过白云的空隙,
> 把根根竹梢辉映,
> 波光粼粼的水面,
> 印着古桥的清晰倒影。
> 景致幽雅,愉悦人心,
> 夜色苍茫,万物一新……

不错,在一个二十世纪的老外的想象里,古代的中国隐士肯定是出现在自然生态环境如此幽雅而安静的地方。1946年的诺贝尔文学奖获得者黑塞肯定没有到过南昌,他写中国隐士出现的地方,完全是出于诗意的想象,但他的想象又对应了南昌的生态和地理特征。

南昌位于中国的东部,青山、绿水、古桥。不说古代,当今南昌的最大财富就是青山绿水,由于历来经济欠发达,反而免受了污染,"落后"

成了"优势",这"优势"好像不是"干"出来的,却是"不干"出来的,当政者没什么可炫耀,然而南昌人还是可以夸下口的。而桥,拥有历史文化记忆的古桥依然保留着它们的身影,虽然高士桥、洪恩桥、算子桥等已经成为一个个名词,但灵应桥、状元桥、定山桥、妙济桥仍在。

想飘然出世做隐士的人,大都要找一个风景不错,多少能令人心旷神怡而不至于厌倦的地方来结庐归隐,否则环境吵嚷,噪音盈耳,满目都是有损视觉的景象,哥们拔腿跑都来不及,哪有心思在那里做神仙般的隐士?人说"大隐隐于朝,中隐隐于市,小隐隐于野",并非全无道理,但"隐于朝"的隐士虽是大隐,到底不是名副其实的隐士,头上戴着乌纱,身上穿着官服,心里却打着"身在曹营心在汉"的主意,这样的隐士多是城府深得可怕的角色,有点像"卧底"或"潜伏"的特务。"中隐隐于市"的哥们特别可爱,他可能操持着在街头屠狗或卖水豆腐的营生,卸下担子来则满腹经纶,笔走龙蛇;也可能本是经世大才却看破世事,甘于寂寞,辟一私塾,课五六学生,传道授业,布衣终生。而"小隐隐于野"者,大抵可分三类人物:一类是避世的人,这类人多半是为了避祸或在热闹的名利场遭受了挫折,不得不找到僻静的地方躲起来,那地或是山野或是郊野庙观之类;而另一种则是真心向往自然,冀求隐居潜修以达天人合一之境的人物,这类人物是吃了铁秤砣的,你用五匹马也拉不动他出山;再有一种人就是为了出名,为了捞取世上的好处,事先到处张扬来"隐居"的家伙,这类人绝对是找有名的地方隐居,待价而沽,以"隐世"之名谋取"出世"之道,这类隐士历史上不乏其人,但南昌几乎没有。

隐士当然喜欢过一种慢生活,追求"道法自然""天人合一"之境,其实没有比自然更慢的,如果我们跟着它的节奏走,不逆"自然"而行,这世界至少不会破坏得太厉害。隐士的处世态度当然有消极的一面,闲散、自在,看似少了一些积极进取心,更多是"独善其身"的做派,这一点,南昌人身上绝对还存留着影子。说得好听些是不过于热衷名利,其实是不善抓机遇,不求进取,不愿炒作,甚至真正的南昌人鄙夷那种太会"来事"的人,对善巧取钻营者,很是不屑。所以南昌人在市场经济年代到来时,总会比别的城市人慢一拍,或半拍。由于传统观念的固守,脑子转得没别人快,所以而今南昌人也开始嘲笑脑子"不得转"的人,见人当官发财了,也开始焦急,恨不能把自己也像陀螺一样抽得"转"起来。但不是南昌人不"来事"就全然不好,我近年愈发觉得,南昌比外地要少些浮躁、喧嚣,这当然是指对于人头脑和内心的影响,它的节奏可以稍微比一线大城市慢一些,人倒可以静下心来,略微沉潜地干些事,比如写作、画画。你大可以把手机一关,"宅"在书房写一本自己想写的书,却也没有"手机关一日,世上已千年"的感觉,书写好了,书出版了,南昌还是南昌,南昌人还是那么活着。但话又说回来,出过那么多隐士的南昌却没有获得隐士的定力,所以南昌人难免心浮气躁,说话狠、刻薄,甚至不无尖利,人也不得从容,便也更难行止有度,大气雍容,还是遗留着过去地"偏"而"寂"的外省人的特点。去了一趟国外或北京乃至上海回来,就觉得自己"活着跟没活一样",却又找不到"活"得更"翻身"的法儿,只有一边埋怨,一边苛求,一旦"小富",必然显摆,一朝大阔,必然露"暴发户"嘴脸。所以南昌人"拼"房、"拼"车,一点不比大城市弱,收入不高,房价却比同类城市高,街上跑的豪车也不比发达城市少。没事我寻思,南昌人还是有疯劲的,只是这股"疯劲"没使对,是逆着南昌的气质和性格的。

  我想,南昌人的状态按理应该是成都人的状态,可以不求太多的钱,可以开着小排量的车,可以吃吃麻辣,可以打打麻将,可以心安理得、有滋有味地调理生活,可以在慢节奏中找到合乎自然的东西,经营我们的城市,经营我们的生活。可南昌人偏沉不住气,这与过去的"欠发达""穷"有关,因此,面对当今世界,难免乱了些方寸。我楼上的邻居,先是跟对门比谁家买的肉类多,吃得阔气;又比谁家先买了车子;再比谁家除了现有的几套房之外,又在新区买了几套房子……这么比下去,气短的,就埋怨,就嫉妒,仿佛被人压着,活得比谁都累;气壮或领一时之先乃得须臾之胜者,便扬眉吐气,顾盼自雄。也许,这就是生活,这就是活在当下的南昌人的某种状态。面对高楼大厦,面对地铁银行超市品牌店,你没法像先人一样修道炼丹,面对同事提拔加薪,你不可能挂冠归隐而去。不管怎么着,你还真没法把自个儿装成一个什么现代"隐士"。

也许过去的南昌隐士是以一种超尘脱俗之态,成就历史上的一座隐逸文化之城。但今天这座"隐逸之城"的南昌人与其说是遭受考验,不如说是遭遇挑战。

滕王阁之殇

影子像在睡眠中移动,光在它的额上恬静地来去。
然则静根本不存在,就是死也没有。

——里尔克

一

如果以绳金塔为视角,在南昌,文化意义上能与之相对的只有滕王阁。老南昌人有种说法:南昌有"两支笔",一是"旱笔",一是"水笔"。"旱笔"是立在居民密集的老城区用以"镇火"的绳金塔。"水笔"是立在赣江边"镇水"的滕王阁。过去,这两处建筑无论从哪方面说,绝对都是南昌的地标。时至今日,高层建筑早远远超过它们。我们只能从历史和文化地标的意义上来说,滕王阁之于南昌,仍相当于埃菲尔铁塔之于巴黎。但是,有人就不这样认为。为什么?谁都知道滕王阁是死去的建筑,现在的滕王阁是一堆钢筋水泥,是一个空壳,然而它的存在价值在于世人对已往文化发生或流逝的某种追忆。也就是说,它尚能帮助人们在想象中完成对往昔文化的重返与凭吊,从而令它具有超越纪念碑的意义。罗兰·巴特在谈到埃菲尔铁塔的存在意义时说,这铁塔不是一个遗迹,不是一个纪念品,简而言之,不是一种文化,倒更像是一种快速消费——一种对人造自然的快速消费,而这一消费又将埃菲尔铁塔带入重塑后的空间之中。

当然没有必要将南昌家门口的滕王阁,与远在法国巴黎的埃菲尔铁塔相提并论,其实没有可比性,埃菲尔铁塔是欧洲工业革命的产物,已存世一百多年。据资料载,埃菲尔铁塔是1889年建成的位于法国巴黎战神广场上的一座镂空结构铁塔,高300米,天线高24米,总高324米。埃菲尔铁塔得名于设计它的桥梁工程师居斯塔夫·埃菲尔。铁塔设计新颖独特,是世界建筑史上的技术杰作,因而成为法国和巴黎的一个重要景点与突出标志。

1889年对于法兰西而言是个什么年份?法国大革命一百周年,巴黎举办大型国际博览会庆祝。博览会最引人注目的展品便是埃菲尔铁塔,它成为当时席卷世界的工业革命的象征。埃菲尔铁塔的设计者居斯塔夫·埃菲尔,早年以旱桥专家而闻名。他一生中杰作累累,遍布世界,但使他名扬四海的还是这座以他名字命名的铁塔。用他自己的话说,埃菲尔铁塔"把我淹没了,好像我一生只是建造了她"。

滕王阁是中国农耕文明相对发达时期的产物。让我在此引相关资料:该阁始建于唐永徽四年(653年),为唐高祖李渊之子李元婴任洪州都督时所创建。李元婴出身于帝王之家,受到宫廷生活熏陶,"工书画,妙音律,喜蝴蝶,选芳渚游,乘青雀舸,极亭榭歌舞之盛"(明陈文烛《重修滕王阁记》)。据史书记载,永徽三年(652年),李元婴迁苏州刺史,调任洪州都督时,从苏州带来一班歌舞乐伎,终日在都督府里盛宴歌舞。后来又临江建此楼阁为别居,实乃歌舞之地。李元婴在贞观年间曾被封于山东滕州,故为滕王,且于滕州筑一阁楼名"滕王阁"。后滕王李元婴调任江南洪州,又筑豪阁,仍冠名"滕王阁",此阁便是后来人所熟知的南昌滕王阁。"时来风送滕王阁",滕王阁因"初唐四杰"之首王勃的一篇骈文——《秋日登洪府滕王阁饯别序》(简称《滕王阁序》)而得以名贯古今,誉满天下。历史上的滕王阁先后重建达 29 次之多,屡毁屡建,今日之滕王阁为 1989 年重建。

滕王阁似乎有一种超强的叙事功能,无论阁存阁毁,它都在叙事,在水天相接的空白里虚构着忧郁的辉煌。如果恰巧有孤鹜划过,那或许是神的笔在书写无字之书。

也就是说,南昌滕王阁的历史长达一千三百多年,巴黎埃菲尔铁塔的历史还不如它的零头。但是现存的滕王阁建于 1989 年,仅仅存世二三十年,勉勉强强也只相当于埃菲尔铁塔的一个零头。所以它们之间若按存世的年头来形成一种对话,将是无比奇妙,且充满趣味的。谁都可以高谁一头,谁也都比对方矮一截。话语里面充满反讽与悖论。然而,它们确确实实都是名胜,纵向看,滕王阁远比巴黎埃菲尔铁塔的时间要长,横向看,必须承认埃菲尔铁塔在全世界名声远比滕王阁要大。世界各地的游人去巴黎的理由之一就是登埃菲尔铁塔,这是必须身体力行的,除此,他们与该塔不会发生任何关系。因此,人们会把巴黎埃菲尔铁塔当作幽会的情人。而滕王阁则不能,其历时虽久,但远没有世界闻名,远在非洲的人很少也想来南昌登滕王阁。其知名范围大都限在华人以内,前提是他们读过唐人王勃的《滕王阁序》。与埃菲尔铁塔不同,滕王阁可以通过那篇"序"的文本传播,帮助人们完成精神上的一次饶有兴致的游历,而未必非得像登埃菲尔铁塔那样现场亲临。

从中不难看出中国传统文化的输出能力存在普遍性缺陷。而且关键是,纵然有人慕名来了,他们面对的是一座落成才二三十年的钢筋水泥仿古建筑,还是滕王阁一千三百多年的历史?也就是说这种亲身的

夕照滕王阁

游历本身,就存在着抉择。人们必须事先割裂一千三百多年历史,进入一座新建筑物,由此使滕王阁的游历本身变成一种巨大缺失。反之,埃菲尔铁塔只向人们提供一次性消费式的游历经验,其存世价值便可宣告完成。

我们面对在阳光和文辞作用下熠熠散发出异样光彩的滕王阁,不能不想到当下的滕王阁是怎样与其应该拥有的一千三百多年历史割裂的。这不能不说是滕王阁之殇。

二

近日阅览八大山人诗画资料,令我突然惊讶起来的是,几乎找不到八大山人触及滕王阁的丁点笔墨,哪怕一首诗、一幅画。我们自然知道当年唐寅来南昌还画过一幅《落霞孤鹜图》,留存至今,亦见唐寅与该阁发生了某种关联。八大山人虽为王室后裔却是土生土长于斯,南昌名物,不用看,料他也烂熟于胸。他和朋友在一起游戏笔墨,画过东湖边的草树,画过在青云谱随处能见到的荷,以及我们寻常能吃到的鳜鱼等,对于南昌城偌大的滕王阁却恍如未见。今人编注的滕王阁历代诗选上没有他的诗,八大书画全集里也没见到他笔涉该阁的一幅画。他以写意山水花鸟见长,楼台、亭阁、草庐是山水中不可或缺的重要意象,他是在有意规避故乡的这座楼阁吗?他是有心不让自己的笔墨在宣纸上与滕王阁相遇?若是如此,我们必然会感到一种遗憾。那么,究竟为什么?!

也许我们没有必要,甚至也不会要求在巴黎生活和写作的让-保罗·萨特去写埃菲尔铁塔,更不能强求莫奈在画布上不放过它。只要罗兰·巴特写了《埃菲尔铁塔》便已足够，人们的文化审美欲望就已得到满足。可是，南昌毕竟不是巴黎，在文化和艺术地理上，两个城市还真无法等量齐观。我们固然希望南昌是一座大都市，即便不可能成为世界之都，但是在历史上，南昌确曾有过一小段时光是一座局促的都城。公元961年，南昌成了南唐李璟的短暂国都，且南唐宫廷由于李璟、李煜父子对艺术的偏好，又确实养了一批画家。南昌当时也仿佛是外省艺术家意欲出名必来之的"艺术之都"，如同十九世纪的巴黎，只是时光太短，仅仅三个月，南昌这个短命国都就被废弃了。此后，我们不可能想象会有大批艺术家出于某种功利目的汇聚南昌，相反，他们不过是偶尔路过、出于非功利的避祸乃至隐居的考虑，在这里待一会儿。因此后世看来，一生绝大多数时光都待在南昌的本土大画家八大山人，在南昌历史上几乎绝无仅有，于是人们不难对他怀有不同于别人的艺术奢望：他何不画一画滕王阁，抑或滕王阁怎么会在他诗画笔墨里缺失呢？也许这不该是一个谜，但我们可以追问！

从八大的境遇和内心出发，可以做出这样的解释：身为南昌宁献王朱权的九世孙，一个沦落的王孙，八大在城里见到滕王阁时，应是低头而过的。他如何能将当年另一个王族世子建造的莺歌燕舞的场所接纳入怀？虽然他与滕王李元婴相隔千年，但毕竟二人在斯地处境悬殊，心理落差巨大。纵使王勃曾在阁上一遣感伤诗怀，使该阁仿佛由曾与高级青楼会馆等量之地一跃而升格为文化圣所，可这又怎能提起心事浩茫的八大山人吟诗作画的兴致？我想，由于他内心伤痛，他的画笔会有意规避它。

如莫言所说，旧宫殿就像精心设置的一个历史迷宫，它华丽而苍凉，妩媚而毒辣，庄严而污秽。它诱惑我们走进去，让我们陶醉其中，浑然不觉，所有通向历史暗角的路径都尽在宫殿的掌握之中。它像一个老谋深算的巫师，在不为人知的角落里窥视着历史，也占卜着我们的将来。我们现在的城市规划者往往就少了一种历史的毒辣眼光，缺乏朝前看三百到五百年的眼光，也没有向后回望三百到五百年的眼光，所以建出来的东西是即时性的，不会想得长远，百年后在文化意义上有可能是一堆垃圾。

而滕王阁的始建者李元婴乃何许人也？

据《旧唐书》记载："李元婴，唐高祖李渊之二十二子也，唐贞观十三年受封为滕王，食禄山东滕县。"李元婴初到山东封邑时，骄奢淫逸，横征暴敛，大兴土木，在当地民愤极大。无奈之下，太宗李世民只好将他贬至苏州。李元婴先为苏州刺史，后转任洪州（今南昌）都督。永徽四年，他又选址赣江之滨，广聘能工巧匠，修建起供其歌舞宴乐的滕王阁。应该说李元婴不是为南昌的城市史而建的滕王阁，也不是为后来的一位外省诗人而建的诗词中的楼阁，只是出于个人感官享乐的需要，无意间为一场即将发生的文化盛事做了准备。我们不能说他有什么眼光，而是滕王阁的设计者和一帮能工巧匠成全了滕王之名。

八大当然知道对方与自己有同好，都善画。出身王族的相同经历，使他们都受到过良好的宗室教育。只是李元婴画的是散发着富贵脂粉气息的翩翩蝴蝶，仿佛滕王纸醉金迷的铜臭岁月；而八大画的是辛酸的残山剩水，仿佛江山岁月抛下的丑陋遗骸。在八大眼里，李元婴只能是他生活的反面——一个荒淫无度的王爷。

当然，并不是不可以有另一种解释：八大山人诗画中滕王阁的空缺，或许是由于一场大变故，那就是其时滕王阁已经不存。我翻阅史料，确实找到相关内容。清兵与南昌金声桓部激战，城陷，南昌不仅遭到血屠，滕王阁也毁了，一场血腥冲天的大变局，在清人范文宣的《重建滕王阁记》中只是八个字——"金逆播乱，阁毁于兵"。也许是时八大在赣江边滕王阁的遗址处见到的正如范文宣所述:"昔之飞云卷雨,瑰伟绝特者,空余颓垣败瓦,与江流共凄咽,不可复识已。"

明滕王阁遭清毁,这正成了八大山人人生逆转的惨痛见证! 他不画滕王阁的理由变得很简单:滕王阁已死!

三

那个令滕王阁出名的书生早已先它而死,其死于探父途中的海溺,时年二十七岁。这是真正的早逝。王勃,字子安,出身望族,为隋大儒王通的孙子。未成年即被司刑太常伯刘祥道赞为神童,向朝廷表荐,对策高第,授朝散郎。乾封元年(666年)被沛王李贤征为王府侍读,两年后,因戏作《檄英王鸡》,被高宗怒逐出府,随即出游巴蜀。咸亨三年(672年),补虢州参军,因擅杀官奴当诛,遇赦除名。其父亦受累贬为交趾令。上元三年(676年),王勃南下探亲,渡海溺水,惊悸而死,时年二十七岁。

西方有谚语:"为神所爱的人死得年轻。"此谚语用在不少早逝的天才身上似乎很确切。而八大山人则倔倔强强、半疯半癫地活到了一大把岁数。康熙二十七年(1688年),石涛致书八大山人云:"闻先生七十四五登山如飞,真神仙中人也……"这是对高寿的八大山人生命活力的写照。直至将近八十,他才在黑暗中摸进了一个大门,在空旷的大厅里,突然发现了自己的牌位,他没想到自己一不小心进入了神的殿堂,诸神已在各自的牌座上归位,他带着一世的沧桑告别这个世界。在他眼里,王勃不过是一个早逝且好卖弄文采的书呆子。

一个无用的王,加上一个早逝的书生,造就了滕王阁。

从历史上说,滕王阁的出现,就是一个"无用"的隐喻。而促成滕王阁闻名的书生的早逝,自然也为滕王阁埋下了不祥的暗疾。

所谓"阁",都是相对小、狭窄或者仅仅搁置物品的地方,充其量也只是小楼房。滕王阁仿佛是一个人极尽其"无用"的想象,把本义上的"阁"无限地放大,由此而使之"层峦耸翠,上出重霄;飞阁流丹,下临无地"。它不可以比阿房宫,但它也绝对是皇宫格局之外的"阁"的极致,好在它所昭示的不是权力野心,而是感官的放纵。

然而无论它怎么在想象中放纵它的建构,火总是它无法逃脱的宿命与劫数。有文字记载,滕王阁遭火焚(尚不包括战火)的次数是惊人的。

唐大中二年(848年)夏夜,毁于火。

明景泰三年(1452年),毁于火。

明万历四十四年(1616年),毁于火。

清康熙十八年(1679年)十二月,章江门外民房失火,被殃及,阁毁。时八大山人五十三岁。

清康熙二十一年(1682年),毁于火。时八大山人五十六岁。

清康熙二十四年(1685年),毁于火。时八大山人五十九岁。

清康熙四十五年(1706年),毁于火。八大山人刚去世一年。

清雍正九年(1731年),毁于火。仅御书亭幸存。

清道光二十六年(1846年),章江门外民房失火,被殃及,阁大部被毁。

清道光二十八年(1848年),毁于火。

清光绪末年(1908年),毁于火。

这份记录是否完整?我以为尚有很大疑点,它应该是民国初期的一份档案,故对时代较近的清代滕王阁火灾的记录相对细致、无遗漏,而明代仅记了两次,宋代完全空缺,唐朝一次。也就是说滕王阁在立于赣江边漫长的千年时光里,毁于火灾十一次,尚不包括战乱兵燹,亦不包括唐宋明时代较远而没记录到的。其中清代最为频繁,达八次。从这份记录上就可以看出,八大山人在世时,滕王阁就三次毁于火。也许清代滕王阁乃至周边建筑最不规范,对于火的防范能力最为薄弱。这一点从难得的几帧老照片里就可以看到,尤其是日本人山根倬三摄于1916年的滕王阁照片:阁仅两层高,前半部塌毁,露出横竖支撑的木头和简易门板,几乎与民房混在一起,赤膊闲逛和挑桶的市民漠然行于阁前。另一帧是1926年滕王阁被毁前,由南昌鹤记照相馆拍的风景照片,说是风景照,也只看见滕王阁的残破与狼藉,歇山顶和翘角飞檐尚见古风,而支撑屋顶的木头梁柱总觉瘦弱,防洪堤竟像一道密集的木栅栏似的,后面垒着高高的土。可见那时滕王阁的最大克星是火。

四

滕王阁虽然建在江边,水能克火,但近在滕王阁下的赣江之水又仿佛永远是个浩大的历史隐喻——槛外长江空自流(王勃)。

好一个"空"字。

它似乎早就隐喻着这江水在滕王阁遇火时漠然置之的姿态。

关于王勃当年咏滕王阁诗句中留下的这个"空"字,坊间尚有"一字千金"之说。据传王勃作赋题诗后即扬长而去,时南昌都督阎伯屿对王勃之才赞叹有加,突然发现"滕王阁"诗末一句原本是七言的,竟写为六言,止句"阁中帝子今何在",下句却是"槛外长江自流",显然是少了一字。阎都督及身边文人再怎么搜肠刮肚想补上一字都不恰当,只有着人带上千金润笔赶上王勃请他补一字。王勃一笑说,那字早已在那儿,在"长江"与"自流"之间"空"着呢！阎都督得知，一拍脑瓜，妙。

当然，此类故事是坊间惯传的文字游戏，是对于名人某种夸大其词的附会。但无论哪个朝代，从滕王阁朝外一看，着实都会与广大的时空轰然相撞，使你感觉到浩渺时空对于弱小生命的无情漠视。

一条赣江与立于江边的滕王阁的关系就是空间关系，说白了也就是距离的关系，所以我们几乎没有发现滕王阁在遭遇火灾时，一江悠悠流水对它起过拯救作用。哪怕一点火星在阁上燃起，也会导致毁灭的结局。

我们不难想象在那样一个星斗满天的南昌夏夜，火在滕王阁上燃起，"其声如雷霆，火光烛半空，但见千万红鱼奋迅跳跃于云海内"。如此关于火灾的描述，因其文辞的华丽，如同伤口撒盐，"千万红鱼奋迅跳跃于云海内"又真切地描绘出火焰烛空而不见施水扑救的场景。能对火灾写出这般绚烂文字者，必定是个抱着与己无关的想法的隔岸观火者，他是安全的，因为置身灾难之外，他完全可以成为一场突发事故的"奇遇者"，从欣赏的视角来看待这一切。事实上，我引述的那节文字是十八世纪一位历史学家关于圆明园大火的描述。从中也可见古典中国木质建筑之殇，多少次毁于火，既是一个劫数，也确实是历史上不可回避的一个命题。

宏巨的雕梁画栋在火中焚烧，使隐藏在木头里的声音发出噼里啪啦的痛苦惨叫。火焰释放出木头里隐藏已久的死亡黑天使，它们一旦从里面呼啸地扇翼而出，炙人的热浪便会令空气颤动、扭曲、破碎。精美雅致的门窗、屏风、卷帘在焚烧中散发出焦煳难闻的刺鼻气味，多少根木头在焚烧过程中突然睁开炽烈喷血的眼眸——仿佛高烧的病人在离世前的诀别——目睹木质的躯体烧焦、转黑、化为轻浮的白灰。黑色木头上一只只喷血吐火的眼睛睁开的时候，看见了地狱的黑暗和虚无的空白之色。

可以说木质的滕王阁从建成之时就隐藏它一再难逃的劫数,无论它拥有如何精美浮华而又温良敦厚的禀性,死亡的黑天使早就藏在它的每一根木头里,这是滕王阁的宿命。

古希腊神庙存在了数千年,依然屹立不倒。古罗马建筑历经多少岁月,仍昂然于世。它们的石质建材与古典中国的木质建材有本质的区别。

东西方建筑对两种自然材质的选择有天然客观的地理因素,也反映了两种不同的人生态度与文化价值取向。西方传统认为,宇宙是由神创造和控制着的,人和宇宙是两个独立的实体,因此,宇宙自然法则必须遵守。这样的宇宙观形成了后来的二元论世界观。他们认为人和世界是各自独立的,彼此是对立的关系,而人处在支配和改造自然的位置上。人的任务就是要发现超自然创造者所设置的真理,其生命目标就是征服自然。变化被认为是进步,对待生命的态度倾向客观理性。中国人认为人与自然共为一体,做事讲究天时、地利、人和,顺从自然规律,注重天人合一、道法自然。

石头。无情物,无生命体征,然而它坚硬,耐久,不腐,不烂,不畏水冲火烧,甚至对外力的挤压和击打也是具有超常承受力的。

木头。天然生长,吸收日月雨露精华,成长于深山大岭,丰盛茂挺,人类和木头仿佛有与生俱来的亲近感与归属感。但是它在向人类提供庇护的同时,也暴露极易腐烂、断裂,甚至以身殉火的自然属性。

1595年西方传教士利玛窦来到南昌,他用一个外来者的眼光观察:"从房屋的风格和耐久性看,中国建筑在各方面都逊于欧洲。事实上,究竟这两者中哪个更差一些,还很难说。在他们着手建造时,他们似乎是用人生一世的久暂来衡量事物的,是为自己盖房而不是为子孙后代。而欧洲人则遵循他们文明的要求,似乎力求永世不朽。"当然,1595年的利玛窦还没有吃透吃准中国文化,他的观察还完全是一个"老外"的视角,所以他在《中国札记》里谈到中国建筑时尽管不乏科学的比较,也流露了西方科技的优越感:"中国人的这种性格使得他们不可能欣赏我们公私建筑中的那种富丽堂皇,甚至不相信我们告诉他们的有关情况。我们告诉他们,我们有很多建筑已经承受风雨达百年之久,有的甚至达一两千年,他们听了完全是一副茫然不解的表情。"利玛窦还谈到建筑的地基。童年时我随父母下放乡村,最使我兴高采烈的一桩事,就是看村人盖房。二十世纪六十年代的中国乡村,盖的房屋与中国古代无别,也就是说,中国古代的建筑方法在中国乡村得到了朴素而又经验性的传承。我见村里盖房中起关键作用的主要是木匠师傅。如果看到谁家门口堆有几根粗大结实的木材,就可以肯定这家人要盖房了,而盖房几乎就是在空地上竖起四梁八柱的屋架,这些活计全赖木匠师傅的绳墨斧锯来完成。从木匠开始量木头起,我目光就追着他粗糙干练的手指,斧子的粗削释放木材内部的酽香,墨斗弹画的黑线浓淡深浅不一,但房屋的整体乃至细节木匠都了然于胸。我好奇的就是他如何把木头变成一座房屋,而同时我也注意到这些木头落脚的地基,利玛窦的叙述几乎印证了我童年的所见。作为一个外国人,他当年来中国看事物定然也有着一个童年人看事物般的"好奇"。利玛窦发现"他们自己从不挖掘地基,而只是在一片不裂开的地面放上一些大石头;或者如果他们挖地基,深度也不会超过一码或两码,即使墙壁或楼台要造得很高。结果他们的房屋城堡甚至不能经受百年的风雨,而不得不经常修缮"。此话分析得很准。我有位亲戚退休前是城建房屋修缮队的头儿,二十世纪七八十年代一逢雨季,南昌街巷的板壁居民房就有漏水倒塌之危,他总是忙得很,像秋燥天气的消防队员,那时南昌民居多是所谓的"棚户",木建老旧,春夏怕雨淋,秋冬怕起火。后来随旧城改造,城市板壁房多变砖房,我那亲戚日见清闲优哉,我竟很羡慕起他那份自在来。利玛窦几百年前看出的情景我深有认同:"他们的房屋大多是木结构,或者如果是砖石建筑,它们也由木柱支撑的房顶所遮盖。后面这种建造方法的优点是墙壁可以随时翻修,而房屋的其余部分保持原样不动,因为房顶是用柱子支撑的而不是架在墙上。"

公元前600年奥林匹亚古老的赫拉神庙的柱子选用石料之前,我们的先人就义无反顾地选择以木头作为建筑的主要材料,尤其是在古代黄河中游,森林茂密,木材较之砖石更便于加工制作。后来发展到从寻常百姓的民居到精雅的亭台楼阁、高深府第,乃至宏巨的宫殿,无一例外,都以木头作为主要建材。

中国古代建筑主要是木构架结构,即采用木柱、木梁构成房屋的框架,屋顶与房檐的重量通过梁架传递到立柱上,墙壁只起隔断的作用,而不承担房屋的重量。"墙倒屋不塌"这句古老的谚语,概括地指出了中国建筑这种框架结构最重要的特点。这种结构,可以使房屋在不同气候条件下,满足生活和生产所提出的千变万化的功能要求。同时,由于房屋的墙壁不负荷重量,门窗设置有极大的灵活性。此外,这种框架式木结构形成了过去宫殿、寺庙及其他高级建筑才有的一种独特构件,即屋檐下的一束束的"斗拱"。斗拱由斗形木块和弓形的横木组成,纵横交错,逐层向外挑出,形成上大下小的托座。这种构件既有支撑荷载梁的作用,又有装饰作用。只是到了明清以后,结构简化,将梁直接放在柱上,致使斗拱的结构作用几乎完全消失,变成纯粹的装饰品。

历史上的滕王阁是木质建筑谱系里的一个典型范例,然而因为缺乏对于风火的防范,它成了中国建筑史上遭火劫次数最多的一个。

古希腊以石质的廊柱式建筑给人类留下了不朽的艺术经典,深深地影响着后人的建筑风格。古希腊建筑艺术的影响几乎贯穿欧洲整个两千年的建筑活动,无论是文艺复兴时期、巴洛克时期、洛可可时期,还是集体主义时期,都可见到希腊风格的再现。古罗马的建筑受古希腊建筑影响最深,罗马时期还发展出了自己的一种混合柱式,来源于希腊柱式。古希腊建筑风格特点主要是和谐、单纯、庄重和布局清晰。而神庙建筑则是这些风格特点的集中体现,同时也是古希腊乃至整个欧洲影响最深远的建筑。古希腊建筑史上产生了帕特农神殿、宙斯祭坛(帕加马)这样的艺术经典,给世界留下了宝贵的艺术遗产,同时对世界建筑艺术有着重大且深远的影响。古希腊建筑通过它的尺度感、体量感、材料的质感、造型、色彩,以及建筑自身所载的绘画与雕刻艺术,给人以强烈的震撼,强大的艺术生命力令其经久不衰。古希腊建筑的梁柱结构、建筑构件特定的组合方式及艺术修饰手法,影响欧洲建筑达两千年之久。古希腊的建筑是西欧建筑的开拓者。古罗马建筑继承古希腊建筑成就,是在建筑形制、技术和艺术方面广泛创新的一种建筑风格。它一般以厚实的砖石墙、半圆形拱圈、逐层挑出的门框装饰和交叉拱顶结构为主要特点。建筑类型有罗马万神庙等宗教建筑,也有皇宫、剧场、角斗场、浴场、广场和巴西利卡(长方形会堂)等公共建筑。古罗马建筑在公元一世纪至三世纪为极盛时期,达到西方古代建筑的高峰。公元四世纪下半叶起,古罗马建筑渐趋衰落。十五世纪后,古罗马建筑在欧洲重新成为学习的范例。这种现象一直持续到二十世纪二三十年代。有关古罗马建筑的书籍和图画在明代末年开始传入中国。传教士利玛窦从意大利带来《罗马古城舆图》画册三卷,存放于北京耶稣会图书馆。1672年,意大利传教士阿莱尼带了两册《广舆图说》到中国。这些书里有罗马角斗场、浴场、神庙和街市的图画。此外,十七世纪初,北京耶稣会图书馆里有过三册维特鲁威的《建筑十书》,但古罗马建筑对中国建筑没有产生实际影响。

也许比较历史上的东西方建筑孰优孰劣,不是本文的主旨,它们各自的营造方式都有其存在的合理性。然而,几乎找不到一处已存在两千多年的中国古建筑,而历经两千多年的古希腊帕特农神庙等建筑仍在——无意间一场石头和木头与岁月的拔河,让木头的宫殿、庙宇、楼阁在两千多年的岁月里灰飞烟灭,而不畏火噬战乱的石头神庙、斗兽场的残躯却巍然不倒。

五

木头对于火而言,是脆弱的,由木而派生的纸更脆弱,它不仅畏火,也畏火的反面:水。此外,稍有外力的作用,它便会粉碎。用木质建材营构屋宇的中国匠人,如鲁班,绝对是聪明智慧的,但发明造纸术的蔡伦的伟大不会低于鲁班。

我们不能说石头对火是绝对有免疫力的,只能说在火的焚烧中它有着比木头更强的忍耐力,有着比木头在同样的时间内更强的抗侵蚀性,仅此而已。但我们无法避免战乱,这在东西方几千年的历史中都是无法避免的。只是我们少有发现,西方人会毁自己的文明。他们可能践踏和毁灭他人的文明,但对自己的文明,即使在战乱中也表示了一定的尊重。

而在一千三百年的历史中,滕王阁除遭受火灾外,每次波及南昌或发生在南昌的战乱,都使它遭殃。

历史上有文字记载的著名战乱中,滕王阁屡次"中标"。明正德十四年(1519年)夏,明代宗室、世袭南昌宁王朱宸濠以"清君侧"立名起兵,出鄱湖,趋安庆,直薄金陵。时任佥都御史、巡抚南赣及提督学务的王守仁檄调高安、安义兵力,趁南昌城里虚空先行攻占,迫使宁王回师与之交战,仅四十三天,宁王兵败。滕王阁在这场战乱中遭到破坏。

清顺治五年(1648年),清军围攻南昌,明将金声桓、王得仁为守城计,放火毁民房一千余家,滕王阁亦付之一炬。

清咸丰三年(1853年),驻守南昌的清军为了抵御太平天国军队的进攻,放火焚烧城外民房建筑,捎带着烧毁了滕王阁。

民国十五年(1926年)秋,国民革命军程潜第六军所属王伯龄师王永西团攻克了南昌,之后又被北洋军阀邓如琢的部队反扑,不得不撤出南昌。10月,军阀孙传芳派邓俊彦接替邓如琢,任赣军总司令。赣军怕北伐军以滕王阁为依托,居高临下攻打南昌城,守军师长岳思寅决定焚烧滕王阁。他组织了四百多名士兵,每人悬赏五块大洋,让他们将城中大批煤油集中在德胜、章江、广润和惠民四座城楼上,然后利用消防水龙和水枪喷油放火。沿城街巷——惠民门外禾草街、广润门外附城街、章江门外瓷器街及德胜门外的正街,赣水之滨顿时成了一片火海。大火烧了三天,长达十几里的街巷,成了焦土。百姓哭喊哀号,拼命逃生,章江门外的滕王阁在大火中化为灰烬。据说焚阁之前,南昌士绅学商数十人跪于省长公署前请手下留情,想保住千年胜迹。但唐福山以不能让滕王阁留作"南军"的炮架子为名表示拒绝。北伐军攻克南昌后,罪犯被悉数捉拿归案,1927年1月12日在贡院大空场召开宣判大会,张凤岐、唐福山、岳思寅、白家骏、侯本全五名主犯被绑在囚架上,听候处决。时任北伐军政治部副主任的郭沫若以"江西人民裁判逆犯委员会"主任的身份,朗声宣读裁判书:"……其对民众历年之摧残与压迫,施痛甚深,为害甚巨,姑不具论。即以数月来之残害论,南昌一隅,焚烧商店民房计万余户,杀害民家逾二千名,掳掠财物达一万元以上。

其如滕王阁胜迹，同付一炬，事实显然。……实触犯新刑律一八六条第一项之罪，处以死刑……"宣读完毕，罪犯即被押赴刑场处决。

与滕王阁毁亡相对的是世人对它不屈不挠的一次又一次的修建，仿佛希腊神话西西弗斯的传说：当西西弗斯把巨石推上山时，石头又从山上滚下来，他不得不重新推石上山，循环往复。而中国神话中斫桂的吴刚也几乎是相同的命运。

让我们来看看滕王阁兴废的记录。

历经宋、元、明、清，滕王阁历次兴废，先后修葺达 28 次之多，唐代 5 次、宋代 1 次、元代 2 次、明代 7 次、清代 13 次，建筑规制也多有变化。上元二年（675 年），洪州都督阎公重修此阁，王勃写成《秋日登洪府滕王阁饯别序》。贞元六年（790 年）和元和十五年（820 年），御史中丞洪都观察使王仲舒两次重修，韩愈为之作《重修滕王阁记》。宣宗大中二年（848 年）夏，滕王阁毁于大火，江西观察使纥干息于次日在原址上重建，同年八月竣工。宋朝大观二年（1108 年），江西洪州知府范坦重建滕王阁，丞相范致虚为之作《重建滕王阁记》曰，阁"崇三十有八尺，广旧基四十尺，增高十之一。南北因城以为庑，夹以二亭：南溯大江之雄曰'压江'，北擅西山之秀曰'挹翠'"。元代姚遂《新修滕王阁记》称宋阁"其基城为阁……大抵非唐屋矣"。元代滕王阁几经战乱而破败不堪，至元三十一年（1294 年），第一次重修滕王阁，阁高五丈六尺。元统二年（1334 年），江南行台御史大夫塔夫帖木儿游登滕王阁，下令重修，第二年七月竣工。明代洪武初年（1368 年），朱元璋击败陈友谅，在滕王阁上大宴文武群臣。正统元年（1436 年），江西布政使吴润重建，改阁名"迎恩馆"。景泰三年（1452 年），都御史韩雍巡抚江西，重建之，"堂高逾二十尺，而楼又逾其半，宏深富丽"。成化二年（1466 年），布政使翁世资重建"西江第一楼"，同年十月落成，工部尚书谢一夔作《重修滕王阁记》。

正德十四年（1519年），滕王阁亦毁于宁王朱宸濠兵乱。嘉靖五年（1526年），都御史陈洪谟重建，次年二月落成，吏部尚书罗钦顺撰《重建滕王阁记》曰："阁凡七间，高四十有二尺，视旧有加。"万历二十七年（1599年），江西巡抚王佐重修。万历四十四年（1616年）又一次毁于火，江西左布政使王在晋、大中丞王佐发起募资重建，再由王在晋撰《重建滕王阁碑记》，捐款人"皆得列名于右"。崇祯六年（1633年），江西巡抚解石帆捐款重修滕王阁，由邹维琏撰《重造滕王阁记》。清代顺治五年（1648年），清军围攻南昌，滕王阁付之一炬，十一年（1654年），由巡抚蔡士英重建。康熙十八年（1679年），滕王阁毁于大火，由安世鼎重建之。康熙二十四年（1685年），阁又遭火焚，由中丞宋荦重建。康熙四十一年（1702年），阁又大火，江西巡抚张志栋重建滕王阁落成，立即飞奏朝廷，康熙大喜，亲书董其昌之《滕王阁序》以赠。康熙四十五年（1706年）又被大火烧毁，唯"御碑亭"幸存，巡抚郎廷极随即重建。雍正九年（1731年）阁毁于火。乾隆元年（1736年），江西总督赵宏恩、巡抚俞兆岳重建。乾隆五十四年（1789年），江西巡抚何裕成重建。嘉庆年间，滕王阁年久失修，江西巡抚秦承恩、江西巡抚先福先后重修。道光二十七年（1847年），阁遭火毁，不久修复；道光二十八年，阁又遭火毁，江西巡抚傅绳勋重建。咸丰三年（1853年）四月，太平天国翼王石达开奉命出镇安庆，赖汉英、胡以晃率军进攻南昌，围城三月，清军方面由安徽巡抚江忠源稳守南昌，把总李光宽被太平军乱枪轰毙，滕王阁烧成一片灰烬。同治十一年（1872年），江西巡抚刘坤一主持集资重建。光绪末年（1908年），阁又遭火焚，于宣统元年（1909年）重建，此时清廷内外交困，民穷财尽，修阁规模大不如前。1926年，滕王阁毁于军阀混战，此后五十多年一直没有重修。直到1985年动工重建，1989年新滕王阁落成。

在写此文时,我不得不大量引用与滕王阁兴废相关的资料,不如此,绝不能让人看到一座楼阁在千年的时光里是如何断裂的,又如何努力在做出它与时光的拼接。从中看出的与其说是一座楼阁之殇,倒不如说是时间之殇。正是滕王阁的屡毁屡建暴露了时间的破绽,让我们似乎从虚无中发现了存在的某种隐秘真相。

六

现在让我们来登楼阁,在钢筋水泥之外的彼时。从唐永徽四年(653年)开始,迈上会发出嘎吱声响的木板楼梯,楼高只有二层,但我们登楼的步子要从唐上元二年(675年)走到贞元六年(790年)与元和十五年(820年),走到宣宗大中二年(848年),走到宋朝大观二年(1108年),走到至元三十一年(1294年),走到元统二年(1334年),走到明代洪武元年(1368年),走到景泰三年(1452年),走到成化二年(1466年),走到嘉靖五年(1526年),走到万历二十七年(1599年),走到崇祯六年(1633年),走到清代顺治十一年(1654年),走到康熙十八年(1679年),走到乾隆元年(1736年),走到道光二十七年(1847年),走到同治十一年(1872年),走到宣统元年(1909年),直至1926年。历史上每一次重新修建的年份,都是时光留下的清晰脚印,都会在木质楼梯上发出回声,就这样一步一级,嘎吱过唐宋元明清,嘎吱过唐宣宗,明洪武、嘉靖、万历、崇祯、清顺治、康熙、乾隆、道光、同治、宣统。时光如水,槛外赣江如镜,唯能看见滕王阁魔术般的时隐时现。它吸收了木质楼阁上的所有脚步声,以及那些储存于木质结构里的陈年旧事,终于付之一炬,而那脚步的声音也在水泥中悲哀地板结,其身体看似再生,抑或超越原有的高度而至宏巨,然具有质感的脚步声再难复活——以后的历史如何发出回声?!

在深邃的时光里,滕王阁不过是一种幻象。人们把自己的臆测与想象,还有在现世无以言表的悲哀倾注其中,使它演绎为一座精神上的楼阁,而现实中赣江边的滕王阁指向的仅仅是虚无。它是历来文人精神谱系上的一个时光驿站。

滕王阁的屡毁屡建使它获得了不死之身,它的复活能力仿佛成了它的魔法——有了在时光中时隐时现的特质,如同海市蜃楼,它时而隐匿在时光背后,时而突然将其古老的镜像呈现,由此化为一座迷宫,而时间的复仇者隐身其中。滕王阁于是一再成为幻想家意图构建的时光摹影,它总是在追摹前朝的背影,以此来实现自身对于时间的有限阻挡,并试图通过"赋"或"记"的形式把自己的影子加入滕王阁的巨大幻影里去。

滕王阁完成了一个殇者的使命——他的死让楼阁一次次找到了复活的理由,殇者的魂魄寄托于绚烂工整的文辞而仿佛一再升华为神,滕王阁在他生前便让他完成了自己的造神工程。《滕王阁序》既是殇者提前为自己、为他所赞美的楼阁写就的悼词,也是他向上天签下的死而复生之约,仿佛时间也对其无可奈何!"关山难越,谁悲失路之人?"纵使滕王阁一再在时间里迷失——火烧兵焚,纵然躲藏在时间里的纵火者一再出现,把它付之一炬,它也总能自我超度。而一千三百年来最后一个纵火者岳思寅,竟又死于另一位诗人郭沫若之手,这仿佛是上天精心安排的一次复仇。1927年在郭沫若宣判岳思寅死刑时,他已于六年前一场如火如荼的五四运动中完成了火山喷发似的白话诗《女神》——作为五四运动狂飙突进的歌者,他将由此而进入中国文学史。如果用一种颜色来为之定性的话,它是红色的,因为这五四运动对于封建传统有着火的杀伤力。同年3月,郭沫若又在南昌花园角二号朱德住处作《请看今日之蒋介石》,而四十一年后(1968年),他的儿子郭世英将死于另一场火山爆发般的运动——"文革"。郭世英是郭沫若与于立群生的第二个儿子。现在所能见到的最早涉及郭世英的文字,是陈明远提供的郭沫若1960年11月18日致他的信:"您跟世英、民英的通信,他们两人拿给我看了。近年以来,你们交了好朋友,推心置腹,相互切磋学问,探讨文艺与哲理的问题,我很欣慰……但是世英提出要整理你们的通信,搞出一本《新三叶集》送去公开出版,我觉得没有必要。"这封信,不但透露出世英和民英(主要是世英)的思想情趣,更重要的是提供了了解郭沫若当年心境的有意味的材料。《三叶集》是五四时期郭沫若与田汉、宗白华的通信集。才华横溢的郭世英对于父亲当年性情率真、汪洋恣肆的文字及其文学上的实绩,无疑有着极大的向往。不到二十岁的他,想要弄出一部《新三叶集》。饱经沧桑的郭沫若对此事的反应颇为复杂,作为过来人,他完全理解青年的渴求,但他强调:"现在早已不是五四时期","尚未成熟的东西,万不可冒失地拿出去发表"。郭世英在读了父亲五四时期的文论和诗歌之后,对父亲后来,特别是中华人民共和国成立以来的文字大不以为然。1968年3月,许多高校的造反派大揪"反动学生"。郭世英就读的北京农业大学的一伙人绑架了他,并私设公堂,刑讯逼供。这伙人要他招供五年前的旧案——X诗社事件。他们要追究的是:"谁包庇了反动学生郭世英?"谁都知道,郭沫若当时虽为副委员长,却无权决定此案的审理判决。这位当年在南昌理直气壮秉承古老公义和先进正义的诗人兼革命者,审判滕王阁的纵火犯岳思寅时何等毅然决然。如今,他也摊上事儿了。

于立群要他以爱子遭绑架一事向周恩来求助,但他见到周恩来时只字不提。4月22日上午,在征得军代表的同意后,郭沫若让秘书和世英的妹妹去农大了解关押他的情况。然而，就在他们赶到学校的三小时前，郭世英从三楼关押他的房间里破窗而出，以死抗争，死时年仅二十六岁，比英年早逝的王勃还小一岁。王勃已凭借《滕王阁序》留下不朽才名，空有才识的郭世英除了死亡的恐惧与惨痛，什么也没留下。悲愤难忍的于立群责备丈夫何以不及时向总理反映，郭称"我也是为了祖国好"。晚年郭沫若悲痛思儿，用狼毫在宣纸上抄爱子日记八大本！

历史往往在时间的镜像里就这样看似无意而又有意地出现了重叠、映衬、反照，滕王阁作为一座时光的迷宫，其中幻化出的影像光怪陆离，仿佛世界上发生的任何事都不是没有关联、没有来由的。而死亡也不可能把曾经的存在抹平，让其消失，这就使死亡获得了另一种意义。当年郭不可能亲手开枪杀死军人岳思寅，他只能用语词宣判，而岳在接受郭的宣判时已死，刑场的枪声只是在他身体被语词处决后的仇恨回响。

更为有意思的是，在一千多年岁月里屡遭火焚的滕王阁的第二十九度重建放弃了木质材料而选择向石质靠拢，采用了钢筋水泥，这在另一种意义上宣布了历史上木质滕王阁屡毁屡建的无效，同时证实了滕王阁作为古典存在的死亡。

而钢筋水泥体滕王阁的出现，只是为已逝的滕王阁立起了一座纪念物，里面更多是新鲜的悼词与过去的遗证。换句话说，与历史上的滕王阁相比，它确实如我的朋友、文史学家、重建滕王阁的总指挥、诗人宗九奇所说的那样，只是一座"滕王壳"。

八大山人在诗画中对滕王阁的放弃，完全可以看作文化意义上的留白。

而这个"留白"在我的记忆里是无法填空的。十几年前，我在《豫章遗韵》一书中写了一次真实的回忆："当年，我曾在滕王阁原址附近的一所学校读书,上学或放学的路上常会遇到慕名前来寻找滕王阁的外地人。记得一个雨天的下午,我和一位同学回家,路经沿江路口,一位戴眼镜的外地年轻人撑着伞,在风雨中苦苦寻找着什么。我们经过他身旁时,他问我们滕王阁在哪儿。我没有回答,我的同学摇摇头。看着他失望的眼神,转过落寞的身影,我的内心仿佛猛地被什么刺痛了。其实我和同学都清楚,我们所站立的地方就是滕王阁的原址,也就是说外地人已经找到了滕王阁,只是这座滕王阁不在它应该站立的土地上,而是仍藏在他的心中。"我又怎能让他看到滕王阁空白的事实,抹去他心中的滕王阁呢!耐人寻味的是,《豫章遗韵》出版后,市里有位文化方面的负责人给我打电话,说广州来了一位文化局局长,说是我书中写到的当年那个寻找滕王阁的"外地人",他想见见我。我正在外地出差,而此时钢筋水泥体的滕王阁已"重建",我想即使我见到他也没什么好说的。而电影《阿诗玛》的作者、我的南昌同乡、一直定居合肥的诗人公刘先生在去世前的病榻上给我来信,说《豫章遗韵》唤起了他儿时的记忆,他提及我书中写到的滕王阁、射步亭、西大街……那些珍贵而神奇的"老时光"似乎永远是有魔力的,那些古老而已成稀有物的建筑及回忆仿佛也永远属于那特别的时段,非此则何存?

　　我个人以为,多少年来滕王阁仅真正存在于那一次次修改过的江边的原址,存在于最初一次亡毁后它所隐匿的虚空里。时光一开始就将它接纳到自己的怀抱,后来人们所看见的一次复一次重新修建的楼阁,仅仅是滕王阁的幻影——是滕王阁死亡后留在人心里的幻象,其原初意义乃是对文字中的滕王阁的臆想和杜撰。世人对文辞的膜拜和对殇者缅怀的激情不可遏止,使这座仿制物(仿古建筑)成为文本的另一种实体,人们通过对实体的抵临而完成对于千年文化不死的想象再造,让坍塌的记忆在精神和物质上获得双重重建,以便在现场找回多少个世纪里迷失的尊严,以此抵抗如死般的遗忘。尽管人们从不同年代建造的滕王阁里可以明显看到记忆的缺损,但更能得到记忆的安慰。而最近的重建乃是以钢筋水泥埋葬木质的速朽与火焚,并以此作为对二十九度兴废的补偿,希冀永恒的时光在钢筋水泥的滕王阁里固定,抑或换取脆弱记忆在将来坍塌前的相对完整与持久。

鬼才八大的南昌断代史

因为一个人我看见众灵的生活。

——海男

一

此前好像还没有人说过八大山人是"鬼才",但反复观摩他的画作,思考他的人生,进而联系他所处的时代与南昌地域文化的特点,恐怕得出这个看法是难免的。或许这是通向八大的另一个入口。

外地人喜称南昌人"南昌鬼子",却不知真正"鬼"在哪里,真正的"南昌鬼子"是谁。时下为了炒作某商界或文艺界人士,常先给人戴上一顶"鬼才"帽子,以此说明他的才能别具一格,曰"商界鬼才""文坛鬼才""画坛鬼才"等,数不胜数。其实我想,这顶帽子是不好戴的,可以说是荆冠,当年钉在十字架上的耶稣戴着荆冠,荆棘刺得他满头淌血,这是他殉难的一部分。我说"鬼才"这顶帽子也是货真价实有棘刺的荆冠,是一点没错的。范曾,人说他是"鬼才",好,拿一顶有棘刺的荆冠让他伸一颗好端端的脑袋出来戴,这不折腾人家吗!贾平凹,你也戴"鬼才"这荆冠试试，人家不待见。我说八大山人是"鬼才"，他倘活着，还真不乐意呢！可依我对他的认识，他就是"鬼才"，恰如其分。

此前能与之在文化气息上对应的，是李贺（790—816）——"论长吉每道是鬼才，而其为仙语，乃李白所不及"（黎简）。他的"石破天惊逗秋雨"与"老鱼跳波瘦蛟舞"，非鬼才之人，谁写得出？再看八大的画，分明是一同修炼的，非鬼才不能为之！然而李贺的鬼才是天生的，八大的鬼才来自后天，来自其独特的命运遭际，就像"文革"期间被打成"牛鬼蛇神"的人，人的尊严剥夺了，是人而为"鬼"，不得不以"鬼"的身份示"人"，"他看见一个给人剥掉外衣的世纪"（里尔克），这是历史对个人最大的嘲弄。八大恰恰在地狱的入口处叩响了天堂的门扉，他寻求到了独特的水墨符号，暗藏自己天才的火焰，点亮了一条艺术的幽径，反过来嘲弄了那个世界。他的智慧就体现在"鬼"的幽绝、孤寂、荒寒、冥漠和一意孤行上，这成就了他的艺术，印证了他生命的价值——在看似荒诞中他领先了这个世界的艺术先锋水平至少一千年。同时，八大山人的艺术也印证着泰戈尔的一句话："人类的历史是很忍耐地等待着被侮辱者的胜利。"

不要看低了那些不起眼，甚至被大多数人鄙夷的小人物，他们的内心可能有一个强大的宇宙。八大山人在明室覆灭之际"东扑西颠"，和所有明皇室子孙一样隐姓埋名，"窜伏山林"，惶惶如丧家之犬。他出家为僧也好，出家为道也好，其最初动机绝不是出于他的宗教信仰，而仅仅是为了隐姓埋名躲避清朝对明皇室子孙的剿杀，为了苟延残喘地活命。八大山人逢家国之变，他的亲人（妻儿）皆死于骤袭而来的变乱，他尊贵的皇室血脉此时成了耻辱的胎记、生命的"原罪"。可以说，作为朱元璋第十七子朱权九世孙的他已经死去，他在动乱中捡起一副没有尊严的躯壳而让灵魂寄生其中，丑陋、黑暗、孤独、污秽、诡谲、疯癫、非僧非道、半僧半道、半人半鬼,他活在人鬼的交界处,他行不由径,装聋作哑,看似清初社会的一个卑微低贱之人。但又恰恰是在这里,他将"南昌鬼子"的"鬼才"在生存和艺术智慧上都发挥到了极致。

看上去,出没在北兰寺或寤歌草堂的八大山人绝对与"牛鬼蛇神"无异,他行为怪诞,像个清朝的"嬉皮士",又像个"神经病",是吊诡的历史使他如此"吊诡"。作为画家,他不能说"不雅",只能被归属到莫扎特、凡·高、马蒂斯、毕加索、达利等艺术的魔鬼之列。

说到"吊诡",历史上还真发生了一件巨大的吊诡之事。哈佛大学的历史学家孔飞力先生在他所著的《叫魂》一书里写道:公元1768年,亦即八大离世数十年之后的清乾隆三十三年,是康乾盛世的顶峰——就在这年春天,江南发生了几起控告石匠、乞丐、游方僧割辫叫魂的案件,从江西小县德清开始,"叫魂"的妖术大恐慌突然在中国爆发。这一妖术从大清帝国最富庶的江南发端,沿着运河和长江北上西行,迅速地席卷了大半个中国。愚夫愚妇们受这种妖术的支配,相信巫师可以通过人的发辫、衣物,甚至姓名来盗取其灵魂为自己服务,而灵魂被盗者则会立刻死亡。从春天到秋天的大半年时间里,整个帝国都被这妖术动员起来。百姓忙着寻找对抗妖术、自我保护的方法,各级官员忙于追缉流窜各地频频作案的"妖人",而身居庙堂的乾隆皇帝则寝食不安,力图弄清叫魂背后的凶险阴谋,并不断指挥全国的清剿。折腾到年底,在牺牲了许多无辜的性命、丢掉了许多乌纱帽后,案情真相终于大白,所谓的叫魂只是一场庸人自扰的丑恶闹剧:没有一个妖人被抓获(因为他们本来就是子虚乌有),没有一件妖案能坐实,有的只是造谣诬陷,屈打成招。沮丧失望之余,乾隆皇帝只得下旨收兵,停止清剿。应该说,这场"清妖"运动是清人由于精神怯弱而极度放大了对自身安全感的疑虑,从而使全国迷失在捕风捉影中。同时它又是对"假想恐慌"的放大,是以"恐慌"来制服"恐慌"的一种可怕预演:"值得悲叹的是,这种丑恶的全社会歇斯底里在近现代中国还一再地重演,并在二十世纪六七十年代达到了登峰造极的境界。相信任何一个经历过那个年代的人都会有似曾相识之慨。更为重要的是,造成这种全社会歇斯底里的社会历史根源似乎仍旧深植于中国社会的土壤。"所以"牛鬼蛇神"的帽子在不同历史时期可能以不同形式扣在不同的人头上。

二

　　八大山人所处的时代正逢明清换代之际。政治大变革的时代,必将使一批与政治相牵连者的运命逆转,由"人"而"鬼",由"鬼"而"人"。南昌明宗室弋阳王府仿佛一夜之间成鬼域,侥幸存活下来的宗室子弟也成了"流放者",身抱重忧,跌跌撞撞,在乾坤颠倒的世界里晕头转向,仿佛在蛛网上挣扎的飞蛾,又似向死而生的游魂孤魄,在历史的隧道里不小心就会碰到他们的身影,屈原如是,太史公如是,曹雪芹如是,八大山人亦如是。于坚在《秭归祭屈原记》里写道,太史公曰:"离骚者,犹离忧也。""离忧",这是一个永恒的主题,永恒的诗歌主题,"终古之所居",一次次地被时间、文明、历史连根拔起,流亡、放逐,一直激发着各时代诗人的灵感。一次次地"去终古之所居",使一代一代的骚人墨客悲伤忧愤,也成就他们作为文人的不朽生命——八大山人由此开始了自己真正的书画创作。他切入世界的视角是"另类"的,他的眼睛犹如透视镜,可以看穿华丽的外表,直抵五脏六腑。美女在他眼前,也是一副骷髅,而骷髅在他眼里则可能是美女。他的艺术使他从世界的另一面重构世界,他笔下的一切都成了喻体,他的每幅画都仿佛鬼魂附身。

在八大面前,"人间很小,鬼国很大,天国不远。而这三者似乎都潜藏了无边的隐喻和生死互换的可能性。不是简单的人、鬼、神共居的问题,而是生活的现场几近于虚拟。混浊。紧张"(雷平阳《地名记》)。于是,从八大的画上我们看见了"岁月飘下孤叶或尘土充满了记忆",而他的书法使我们感受到"狂书的身体摇曳着大地的灵魂"。人们谈"鬼"色变,唯恐守不住体内的心魂。而八大山人早在此之前就把自己当成了一种"另类"的人,他当然不会惹"鬼"上身,也不会自认为鬼,但他的人生、他的艺术、他的行事,仿佛完全来自人们所不知道的"陌生世界",人们有理由对他不解,对他无知,对他形如陌路,视他所作所为不无"鬼气"。"鬼"是他与那个世界无法达成和解的一种姿态,更是他的智慧和才华体现的一种特殊形式。

虽然说人生如戏,但并不是人人都有勇气把自己当作一个演员放到人生的舞台上去演一出戏的,无论是扮演帝王将相、贩夫走卒还是神仙鬼怪,哪一个角色都由不得你自己挑选,唯有历史和命运才是总导演,也只有高人、大智慧者才能让自己扮演一个角色,哪怕是扮演一个"鬼怪"。八大山人显然是被动进入角色,当他意识到角色的分量、人生的分量、命运的分量时,他明白自己不可能逃出这个角色,如同无法逃过宿命,他只有把这个角色演得精彩,以此来完成自己的人生。他把自己的人生视作一场行为艺术,他不放过任何一个细节,把它表演得扑朔迷离,让人中蛊一般被他迷惑,被他牵引,哪怕被领上绝顶,哪怕被带入深渊!他要的就是跟世界开一个玩笑,他知道自己被世界所玩,他不得不以此报复世界,也造就世界。

八大山人名朱耷,为僧时,法名传綮,字刃庵,号个山、个山驴、驴屋、雪个,又号人屋、驴屋驴、书年、驴汉、八大山人等。这一串稀奇古怪的名号,如同无理性的字词组合,又似调皮的文字游戏,更像现在电脑上随手敲出的一个意料之外的词,总之这些词充满怪诞、荒寂、嘲弄。旁人对他的名号百思不得其解,而我以为他在不同时间段给自己取的不同名号不过是一张张不同的人生面具,他在人生的舞台上不断以此示人,是他对待世界的态度,也是他内心的暗喻——他的名号、他的书画、他的行为,是浑然一体的,他就是要以"鬼怪"的心理调侃这个世界,让这个世界猜谜!

真正的谜底则永远藏在猜的过程中,现有的种种对于八大的阐释和索解与他内心的答案可能都差之万里,但人们还是很乐意跟他一起做这个猜谜游戏。当有人报出八大的人生或书画的谜底时,我仿佛一次次看到他躲在暗处露出"鬼脸",发出嘎嘎干笑。老家伙,真鬼!人们为他的隐居地,为他的身世,为他各色名号,为他诗画的含义,甚至为他的疯癫,为他的装聋作哑,以及种种神鬼莫测的高深,不倦地考证、索解、辩难,甚至不惜上法庭打官司,或一举拍出数千万,为他一纸书画做出震惊天下的豪掷。他若知道,必发出诡秘一笑。

三

"南昌鬼子",心中幽壑,不似北方人,一马平川,这样的心理构成与这方水土密切相关。每次到北方出差,在火车上醒来,已在山东境内,冀中大平原,高粱地平铺到天边。这样的地方当然出豪客,土地不藏不隐,什么也瞒不住,喜怒哀乐自然都挂在脸上,路一条条清晰地写在大平原上,说话就不可能绕弯子,河流出现的时候也只是河流,没有时隐时现的逶迤曲折,没有灵性的缥缈与幽微,而且更多的大地见不到湖、水塘、沟溪和水洼,平坦、干燥、空旷,一嗓子吼出去,就传老远。泰山虽为五岳之首,也是突然出现在平地上的一座山,山上没有幽深的森林和云雾,有的是似天宫坦荡的庙宇和碑石,这样的地方可以出讲"大道"的孔子,出圣人,却出不了"鬼才"式人物。哪像江西的山水曲里拐弯,山里藏山,云里藏树,水是躲在石头和树木后面走的,土地让山和水分割、隔开,高低、斜倚、陡峻、凹凸,这是藏着掖着的地方,这是半灵半神的地方,这是世俗的疆场,这是巫风鬼雨的流放地。加速城市化之前的南昌地界,城里湖多水多桥多,再往前,清朝初年,南昌依然是三湖九津的水城,而"七门九洲十八坡",已把这方水土概括得淋漓尽致。

宋代的南昌城区"周三十一里",城辟十六门,南为抚州门,绕西依次为官步、寺步、柴步、井步、章江、仓步、观步、洪乔、广恩、北郭,这十一座城门皆临江,"步"与"浦"同义;绕东转则依次为琉璃、坛头、故丰、广丰、望云五道城门。宋太宗淳化元年(990年)秋七月,赣江涨大水,毁坏城郭三十多处,淹没民舍两千余户。到仁宗朝时,知州赵概调集民力以石砌堤,堤高一丈五尺,长达两百余丈。这是南昌建城史上用石料砌江堤的开始。宋时城区面积达十四至十六平方公里,比汉时扩大八倍多,城内人口十一万多。为了解决人口稠密积下的污水排放问题,人们还在城北修筑了长二里多的"豫章沟",与城内东湖相接,引湖水东折出城,通过城东南北三面城壕排入赣江,成为古代的一项大型市政工程。北宋嘉祐年间,洪州知府程师孟于望云堤上建亭纪念,名豫章沟亭。城区东湖五里水面,建有大量亭台楼阁(褒贤阁、临湖阁、羡鱼亭、史隐亭、涵虚亭、皆春园等),形成了以水面为主的风景名胜区;城东的南园,唐时已有盛名,曰桃源洞,到宋代又进行了扩建,饮誉一时。据史料记载,南昌西山万寿宫"每至中秋,车马喧嚣十里。若豪家游,多名姝善歌者"。靖康之后,由于金兵入侵,北方人口大规模南移,南昌也一度成为北方移民避难定居之地。相传著名女词人李清照就曾辗转江西,最后逝于洪州。当时南昌城北的江边沙堆高与城齐,不利军事防守,故南宋绍兴六年(1136年)将北城墙内移三里,城区规模缩小,废去广丰、北郭、永泰、故丰四道城门,剩下十二门。

明初,作为江西首府的南昌改筑全城,将沿江城墙"去江三十步"。城周约十四里,辟七门,分别为永和门(即宋时的坛头门)、顺化门(即宋时的琉璃门)、进贤门(即宋时的抚州门)、惠民门(即宋时的寺步门)、广润门(即宋时的柴步门)、章江门(与宋时相同)、德胜门(宋时望云门)。当时南昌城墙为全省之冠,高九米多,厚七米,坚实高大。明弘治十二年(1499年),因"州城西南属章江,有汛溢之虞",南昌兴建了富大有堤,"作石堤二百丈,高一丈五尺,以障其冲",用以抵御赣江洪患;万历年间,修通城内九津,整治湖泊,形成"三湖九津"排水系统。清代南昌古城仍保持明代规模,城内以东大街为中心线,城西为官署、商行所在地,城东为一般百姓所居。现保存下来的清末南昌地图中,可见全城城墙蜿蜒形成封闭城区,章江门、广润门、惠民门、进贤门、顺化门、永和门、德胜门环绕城墙。明清以后南昌城区面积逐步缩小,到新中国成立前仅八平方公里,人口二十二万。比之宋代,市区人口多了一倍,城区面积则少了一半。二十世纪二十年代至三十年代中期,南昌城市建设萌发现代气息。1915年,南浔铁路通车;1936年,浙赣铁路通达南昌。在旧城改建的过程中,最可惜的是1927年至1928年间南昌老城墙的拆除,在原来城墙地基上改建和后来扩建的马路大致为今日之沿江路、永叔路、船山路、榕门路、阳明路、八一大道一带。

在南昌的世俗生活里,明清时流传的"七门谣"尤其鲜活——"推进涌出广润门""驮笼挂袋进贤门""接官接府章江门""杀进杀出德胜门"

"跑马射箭顺化门""挑粮卖菜惠民门""哭哭啼啼永和门"。在这样一座城里,南昌人的性格也像其山水一样半隐半藏,人们好读书、农耕、信道、拜佛,小街小巷里也搁着老书院,湖水边少不了有庙观,河里放着粮船、木排,现在却只剩一色的"铁驳子"运沙船,岸上还有人在为鸡毛蒜皮的事纠纠缠缠,人说话,说半句,留半句,让你猜,也形成了多疑的性格。看似超脱实则浮躁、计较、偏执,看似敬神实则暗藏弑神之念。所以总在家门前公鸡似的争斗,互不宽恕又谨小慎微。然而,青云谱留隐士,梅岭藏隐士,高桥出隐士,外省的人也吧嗒吧嗒跑这里来做隐士。魏晋时期的玄学和精神在这里生根发芽,徐稚、陈蕃、桓伊等"魏晋名士"在南昌很有"市场",他们具有了悟生死、超越鬼神的旷达精神,遁迹于山水之间,向后人注释着生命的虚无与洁净,而道教在这里又有了适应于时势的变革,佛教也进行了本土化改造。千年的古风塑造成了南昌人野逸而又独辟蹊径、不入主流的深层文化心理。南昌文化是"隐"而不"显"的,这种"隐逸"即南昌人潜藏下的所谓"鬼",狡黠、机智、敏锐、灵气等,这也是"鬼才"八大山人产生于南昌的先天条件。而八大身处明清交替时期,他身上所有的仍是晚明文化习气。小说家格非对晚明的历史有如是看法:"那时比现在富裕、浮华、复杂、豪华得多。今天的人已经不可以想象了,那个时候的人怎么生活的?歌伎吟唱、品茶,为了一点雪水、泉水,会去筑院子、造庄园,无数的游戏。""晚明文化发达,同时国破家亡,社会腐朽,同时有一种苍凉混杂在一起,浮靡肮脏,肮脏得有种美感。"然而,八大山人似乎又从中跳脱了出来,他用那种肮脏与苍凉为自己勾勒了一幅孤傲、乖戾、冷逸的造像。

四

瑞典学者喜龙仁在《中国绘画史》中说:"八大山人是中国绘画史上那些最具吸引力的特殊人物之一,这类人物是难以把握和明确地予以分析的,因为他们被他们本人的怪癖和作品的鲜明特性所组成的令人眼花缭乱的传奇色彩包裹着,历代围绕这类人物编织出来的传说和故事,使他们显得更为扑朔迷离。"

比如八大的名号竟几乎成了人们琢磨的一个课题,你能说他不"鬼"?此前我在写《文化青云谱》一书时,著名学者傅修延先生就提醒我将有关八大名号新的研究发现写进去,这既是一个热门话题,又是一个争论颇多的话题。在此不妨引述一下我的朋友、学者胡迎建先生《五十年来八大山人研究综述》里对八大名号研究情况的概括,也从另一角度看看八大的"鬼迹",以及一个个解谜者的苦心孤诣。

关于八大之名"朱耷":"过去有些记载如曹茂先的《绎堂杂识》及白璜的《西江志》载其姓名朱耷,但'耷'之义实为'大耳',含有贬义,故此说引起一些学者的怀疑。启功先生认为'耷'为'驴'的俗体字。也有一些学者认为朱耷是乳名或庠名。"关于八大之名号:"八大本人在不同时期改用不同名号,表现其思想、生活的改变。其自号驴、驴屋等以自嘲,许多人对此有误解,甚至说他'自称为驴、驴汉、驴屋……一鼓作气做下如此释教中人不可能做的事'(叶叶《论胡亦堂事变及其对八大山人的影响》)。这些误解,是因为不明白'驴'字在禅门的意义。饶宗颐先生在《禅僧传繁前后期名号之解说》一文中找出了八大的灯统,自曹洞宗三十八世上溯,又从禅宗语录中找出许多言'驴'的出处。八大采用

'驴'字命名,正是他还俗而不愿放弃禅门灯统的一个标记。他不同意启功'奄'盖'驴'字的俗写之说法。其理由是:清代阎尔梅号白奄山人,事实上与驴并无关系。但饶氏所引《五灯会元》一则材料中,将南泉与鲁祖山宝云禅师混为一人,是其疏误。"关于"八大山人"之号,也解释不一。清代张庚《国朝画征录》说:"每观山人书画,款题八大二字,必联缀其画,山人二字亦然,类哭之笑之,字意盖有在也。"此说流传甚广。但蔡星仪据其书迹考证,八大早年与晚年有不少款题并不联缀而写,并无哭笑之义。而同时代人陈鼎说道:"其言曰:'八大者,四方四隅,皆我为大,而无大于我也。'"此说是据八大乡亲对其含义的揣测,与八大狂癫后恢复平静的心境不相符合。而龙科宝《画记》"尝持《八大人园觉经》,遂自号曰八大"的说法,似更符合八大心理发展的历程。其题跋云"山人陶八,八遇之已"(《关于八大山人研究的几个问题》),也可能有信奉此经已八年的意思在内。饶宗颐一文中认为哭之笑之,可从"道谛"方面加以观察,他从《五灯会元》等书中找出禅林中忽哭忽笑的例子来印证,如百丈祖师"适来哭,如今笑"等。而八大在胡亦堂座上"忽痛哭、忽大笑竟日"应是一种顿悟后的心理变态,并非精神错乱。

关于八大之印章"掣颠""刃庵"之义与《个山像赞》所云"白刃颜庵"之语都出自洞宗法门。饶宗颐考证《八大人觉经》为后汉安世高译,而认为"八"是佛门一个重要法数,"山人深通禅理,他陶醉在'八'的法数里面"(《禅僧传綮前后期名号之解说》)。也有学者根据八大山人自书"山人陶八",认为此语是指道士。而萧燕翼则认为"陶"为朱字的隐语,因范蠡功成后隐居经商累家产巨万,自号陶朱公;并以八大《陶颂》一诗为证:"小陶语大陶,各自一祖宗。烂醉及中原,中原在何许。"(《八大山人之名号》)近年来,朱良志认为其号应将"八大山"与"人"断开读,"八大山"是佛教中的词语,佛教认为以须弥山为中心,四周有八座大山围绕。至于"个山"一号的意义,见于《个山小像》蔡受的跋:"个山个山,形上形下,圜中一点。"萧燕翼据此认为其义为:"个有个,在个个之中,个无个,反而超出个个之外。个字成为圜中一点,又仿佛普天下一人般的独大。"(《八大山人之名号》)

那么多的比喻在八大的画上出现,他的画幅上常常可以看到一种奇特的签押,像一鹤形符号,有人读解是以"三月十九"四字组成,借以寄托怀念故国的深情(甲申三月十九日是明朝灭亡的日子)。他如同一个符号大师,吸引着无数试图走近他的人为之解码,这些读解是否能准确印证八大的内心指向,也许都不重要,重要的是八大山人给世人设置了一个谜一般的世界。他是"越轨者""叛道者""鬼语者""不守法的使者"。

最近有学术文章说"八大"乃"朱耷"去掉"牛"与"耳",即失势之王孙,此说应该是接近那个"谜底"了。

五

也许东方艺术和西方艺术的明显不同就在于,东方艺术的隐喻太多。山水是隐喻——看山是山看水是水,看山不是山看水不是水,又复归看山是山看水是水。花鸟是隐喻——此花与汝心同归于寂,你来看此花时,则此花颜色一时明白起来,便知此花不在你心外。这是禅喻,是心学,是天人合一。西方艺术还是建立在实学的基础上,无论油画还是雕塑都必须建立在手上,从手上一点一点毫无遗漏地让画布完满,让大理石或青铜能够不偏失哪怕最小的细节——"人类的手是多么渺小,多么易倦,它们能移动的时间又那么短促"(里尔克)。但西方艺术语境里更讲究并执着于阐释,我在与西方作家交流时总是发现他们为一首诗里出现的意象各执一词。一次我和几个欧洲作家乘一辆车行驶在直抵希腊的公路上,我们是去看塞尔维亚的一处古罗马遗址,车上的欧洲作家不知疲倦地讨论的一个话题却是:秦砖。他们认为秦砖在当代语境中代表的已不是秦砖本身,而是一个隐喻。我和另一位中国作家笑了,他们太在乎东方的隐喻,认为每个中国艺术家都是鬼谷子。我告诉他们,在我的家乡南昌,有一位堪称艺术巨人的画家八大山人,他才是隐喻大师。他隐居作画的青云谱就是一个充满文化隐喻的地方。而里尔克在论他十分了解并为之做过秘书的法国雕塑大师罗丹的时候写道:"关于罗丹的误会很多,要解释起来极其困难,而且,这是不必要的。它们所包围的只是他的名字,而绝不是那些超出这个名字范围的作品——这些作品已经成为无名的了,正如一片平原是无名的,或者像大海一样在地图上、典籍里和人类心目中才有名号,而实际上只是一片汪洋、波动与深度而已。"

八大的人生经验告诉他,对于眼前的世界他早已处于弱者的位置,摆在他面前的只是种种"不可能"。明熹宗天启六年(1626年)他生于南昌,十九岁之前也曾对世界抱有"可能"的想法。这个皇族后裔曾放弃世袭爵位,参加诸生考试,并在崇祯十三年(1640年)获得诸生衔。1644年明朝覆亡,1645年清军入南昌,宁王府血腥冲天,整个世界变了,山河变色,朝代更替,他的身心都产生了时间和空间的断裂感。他逃离留下金色记忆的王府,变易姓名,顺治五年(1648年)出家为僧。1653年入进贤介冈灯社拜弘敏为师,取僧名传綮。1661年又入奉新耕香院。1680年,他五十四岁时突然疯癫,撕裂裟裘,一路大哭,一路狂笑,出现在南昌的市肆间,一把鼻涕,一把眼泪,自称"驴",不再用释号。1684年,少交游,和江南明遗民失去联络,自号"八大山人"。六十五岁

鬼才八大的南昌断代史　　179

到八十岁,是他造诣的成熟期。如此的人生境遇使他知道"征服"这个词有多么可怕,又有多么奢侈。"征服"世界是妄想,"征服"他人也不可能,他只有往内求,求自己——写自己的"心象",写意水墨,用水墨精神来与这个坚硬的世界周旋。外在空间逼仄了,内心世界就无限开阔。最近,北京举办了一次明遗民画展,这个"画展"因"遗民"的特殊身份及其绘画所形成的特殊语境,在当今也有一种特殊吸引力。一位年轻的清代艺术史研究学者对这一特殊"艺术群落"(包括八大山人在内)做的如下概括,颇对我的胃口:"对于物是人非,山河仍在却已变色的无奈,在他们的绘画中以一种疏离、虚无、扭曲甚至病态的方式体现出来,这似乎是对不可言说的苦闷、精神上的自我放逐,以及无可作为的控诉,或者说抵抗。在观察明遗民的生存状态和政治选择的时候,我看到他们在逃禅、隐逸、游走、痛哭等生活样态中,如何成就了一种'抵抗的艺术'。"也许"抵抗的艺术"用得还是过于激烈了,我宁可把它看成一种对内在精神秩序的重新寻求与构建,亦即"彼岸"的普度。

再看八大山人的绘画,在中西绘画史上我只能找到凡·高作为参照,在诗歌史上,我还能找到法国的波德莱尔与之相互映照。有趣的是,在多年前一个八大山人真迹展上,看着一幅幅八大山人的作品,我和余光中先生及其夫人范我存女士,不约而同提到了凡·高。余先生说,八大的画在当时不是每个人都会欣赏的,就像当年凡·高在世时,人们欣赏不了凡·高,觉得怪、丑,有人家里甚至用凡·高的油画盖泡菜坛子。这又令我想起成都画家陈子庄(1913—1976),他说:"齐白石画虾的目的是什么?为什么不去画蚂蚁?齐白石自己觉得好笑,说:'买我虾的人特别多,他看得懂?'他把虾的两个大钳画得比真的还大几倍,实际上他的寓意是说这个世界是个鱼虾世界。他画的螃蟹懂的人多些,因为他曾题有'看你横行到几时',反正结果是油炸下酒,不然就画个笆篓,爬出去也跑不远的。"陈子庄虽如此说,可他在世时,一位据说敬仰他的晚辈,二十世纪五十年代初毕业的大学生,热情邀陈子庄到他家吃羊肉。陈子庄拄着手杖上了楼,一抬头看到自己十几幅画作全被主人用来裱糊了窗子,面对一派"花窗"图,陈子庄猛抡手杖把"花窗"轰然击碎。他痛苦地说:"你可以看不起我,但你不能侮辱我的画!"更惨的是,陈子庄去世十几年后,举办"陈子庄遗作展"需要筹集展品,主办者听说成都某市民家有陈子庄作品数百幅,便火急火燎赶去。女主人说得实在:"有的,好几百张。那个陈疯子,死前几年,总到我们家头来,坐下就画,几天就画一摞。每次吃过午饭,他就回去了。"人问:"画在哪儿呢?"女人说:"糊在墙壁上喽,还有天花板上!"人看过去,天花板和墙壁上都是《四川日报》《人民日报》。女人说:"年年贴一层,都好几层啰,陈疯子的画儿压在下头。"人就小心去揭,一层层揭开,什么也没有。女人一拍脑门:"哎哟,忘了忘了,几年前春节,我们两口子把旧墙纸统统揭掉,都烧掉了,这几层纸是后贴上去的。"女人还说:"陈疯子说他的画好值钱,跟齐白石差不多,要我放好!乱讲!他的画,一张也卖不脱。那时候,我家娃儿又小,画画的纸软得很,还吸水,他丢下的画儿,我顺手就给娃儿擦屁股了!"(蒋蓝《爱与欲望:小历史的蕾丝花边》)

  陈子庄的画在当今拍卖市场,其小品每平方尺三十万,精品每平方尺五十万。中央美院研究生院院长薛永年著文称:"当世画坛人亡业显者,江西南昌有秋园黄氏,四川成都有石壶陈氏,率皆偕古开今,独出手眼,论者谓黄繁陈简,各擅胜场。"这样的玩笑,在中外艺术家身上已经不是第一回,过去有,现在有,将来还会有。凡·高的向日葵,现在是无价之宝,当年有谁懂得?其实从凡·高将它们画在画布上开始,那向日葵就在燃烧,仿佛有着"彻底焚毁世界的绝望的激情"。而八大山人画中的意象在我看来却是燃烧冷寂后,世界毁灭前的记忆残骸,仿佛众神离开后留下结局的启示录。

六

  这样的画家用的已经是世界性的艺术语言,他出现在清朝的南昌如同一个神迹。南昌在当今人的眼里好像从来没有勇敢地前卫过,大胆地率先突破过,引领过潮流。为什么?南昌人肚子里有的是想法,生活中不乏鬼聪明,偶有大智慧,只是从来没怎么放手实施过,南昌人古灵精怪有的是小点子,大手笔却是罕有的。南昌人总是盯着别人的好,心里却在泛着嘀咕的"酸泡"。南昌人喜欢跟别人的风,这样少担吃亏失败的风险,却想着捡人家的好处。南昌人"鬼"就"鬼"在小心眼上,南昌人的"鬼"是为了躲避失败与风险而给自己留的后路。这"鬼"的心理结构与态势,使南昌人相对保守,不仅落于人后,而且甘心落于人后,长期以来会有自卑心理,甚至觉得这儿那儿都不如别人。南昌人喜欢以上海为参照,还看不上周围的合肥、武汉、长沙、福州。南昌人羡慕上海的开放新潮,又揶揄上海人的小气,却没有看清"海派文化"的广纳众长、兼收并蓄,使之成为文化的巨轮、经济的巨轮、时尚的巨轮。如果我阿Q一回地说,上海固然不错,但它拿不出一个八大山人!八大山人在艺术上把南昌人的"鬼"发挥到极致,他就可以领先世界千百年!对此,我认为绝不是说大话。

  八大山人的画是往"内"求的,是打开内心的宇宙,在宣纸上重建一个毁亡的精神体系和艺术体系,"这个世界最厉害的鬼,在他的身体里九曲回肠"。他的灵魂骑着画笔的马君临宣纸的世界,而"鬼"是内在的隐喻,不可能出现于光天化日之下。八大山人如《哈姆雷特》里出现在城墙上的王的幽灵,他逡巡在画纸上。

墨汁是他的血,黑的血。寂冷。荒凉。幽暗。死亡。拒绝。傲慢。尊贵。与红的血相区别,与热烈的血相区别。黑的血,泼在宣纸上,大片垂死的墨荷使宣纸在暗沉的死亡中与再生的力量相遇——八大的墨荷有着被人忽视的万物所含有的宿命和灵魂里的暗影,仿佛等待着来自自身之外的秘密意图,"那就是将来的一天以烈焰将毕生的历程焚毁于瞬间,那是收割者的烈火,将这烈火引向自己,只是在到来之前,谁也不可能看懂"。墨荷向天空打开的大门后面隐藏着不为人知的冷酷,如同一张布满皱纹的面孔,那是时光焚毁的痕迹,带着对岁月的沮丧与绝望,向着那不可逆的结局老去。

八大画荷的水墨中有着一种与生俱来的神秘,那是藏在万物背后的灵魂的缩影。他用孤独和破碎的生活哺育着他的墨荷,那是一个世界塌陷后形成的床,所有的梦想无处安放,它随着世界塌陷,又好像意味着"人与自身,与不可捉摸的巨大时空所达成的最后和解及妥协"。荷的归宿暗喻着一切肉体的归宿。有多少人能够探窥墨荷的秘密,有多少人能够看清八大的奥义!

黑色的血,死血,滴在纸上便是浓酽的墨,能够从柔软薄弱的纸上伸出冷铁般的枝干,扎痛内心或刺穿阻碍内心的壁垒。黑色的血,落在纸上变为最冷最硬最顽固的石头,丑陋、狰狞而倨傲。黑色的血,洇在纸上化成了鹌鹑、葡萄、水仙、鳜鱼,带着冥界的气息,不胜枯寂,仿佛是来自另一个世界的密码,冥王的宠物。黑色的血也有与水相遇时的柔和,仿佛对俗世的垂怜与心疼。八大山人的大写意如同医院抽血检验出的身体真相,世界之病被他一笔点穿了。这就是山人的厉害。大师常有,八大山人却只有一个,这就是他的唯一性和不可复制性,别人哪怕试图通过对他的临摹以示敬意,也必是败笔,都是倒在他笔墨下的尸体。他画于1684年的《秋山图》是一幅大挂轴,有人在看后写道:"八大山水中沉郁、幽暗、回旋、倾覆的力量更是深沉动人,它给人带来一种惊心动魄的视野,那是一个混乱的世界,一个失调的宇宙。"(方闻)

七

从八大山人的画里,我看到的是"一个诗人对他的时代令人难以忘却的大审判","他所认识的整个人生是无名而且无意义的"(里尔克)。八大山人是毒,只有他自己是免疫体。

那一年在省博物馆八大真迹展的同一个大展厅,在八大数十幅真迹后面,是一位当代"大师"临摹八大的数十幅书画。一眼看去,狼就是狼,犬就是犬,狼是野狼、饿狼,犬是家犬,甚至不如农家犬,是宠物犬。我眼睁睁看着那些可怜的犬被八大那些野狼,那些魔鬼般的家伙噬食殆尽。多么可怕的一次展览,多么不自量力的一次狭路相遇,多么不幸的一个当代"大师"之死,我又一次目睹了"魔鬼"的力量。过后我想,这次"相遇"本是不应该的,"大师"惨"死"的原因首先在于还是没有读懂八大,没有读透八大,不知八大为何人。他真以为八大是个画家,而非"另类",而非"异类",而非"魔鬼"。但"大师"太像"大师",他是个又大又胖、面有霸气之人,所到之处有大批崇拜者、女粉丝、垂涎他的书画而盛情款待他的官员。他是画家,他画的画也没错,他的画能卖几百万是他的幸运,也是他的"媚俗"。他想在八大的真迹跟前展出他对八大的临摹,以此表达对八大的致敬,这就太不知斤两,太不地道,太想把自己和八大靠一起了。你谁呀!真不明白还是装糊涂假不明白?我看了,"大师"是真不明白,比我这看客还不明白。"大师"比八大生前"有钱",

"太有钱了","大师"像赵本山说的那样"不差钱",差的是水准,艺也好德也好,整个一水准缺失。看来"世风"把"大师"宠坏了,"大师"就像个被豢养的"宠物",已经没有了艺术的真气、元气和捏得住拳头的丁点力量——他的画太像当今画家的"画",技术都有,唯独缺一幅画特有的生命,是人是神是鬼,画一出来,都是有气场、有命运的,他的画没有。我看见他宣纸上的笔墨在追索八大之意,但那完全是乞丐的乞讨,而不是僧人的化缘,甚至没有卖艺者的谦卑。他的笔墨有着世俗的圆滑与娴熟,就是没有自信,并非来自灵魂,或灵魂根本就不在场。他在下笔时没有遇到心中的天使或魔鬼,也就是说,神不在他那一边,他的画苍白无力,怎么能与八大在一个展厅里形成同构?如此不自量力。我看到那一一与八大真迹相对应的"大师"临摹品,都是倒在八大脚下的死尸。

我想,南昌这座城市之所以还有文化的尊严,就是因为有八大这样的艺术"魔鬼"在镇着,在守着,外地人到南昌来没有大敬畏,必是无知的。

八大山人长着一张"老南昌"的面孔,那是留在过去泛黄的照片上我的祖父、外祖父式的脸孔,老旧的日月在他们的脸上堆积着时间的灰烬。八大山人,他是南昌之子,历史在这里给了他奇崛的命运与苦难,也用这命运与苦难喂养了他的艺术。他坎坷于此,他悲苦于此,他哭笑于此,他创造于此,他辉煌于此。尽管他的坎坷悲苦几乎伴随了他的一生,而辉煌又来得如此之迟,像凡·高一样,在他死后才来临,但谁能说他生前所承受的坎坷与苦难不是一个大艺术家行世的深刻预言呢!谁能说他隐居其中进行艺术创造的道观和草堂不是大师的摇篮与圣殿呢!

在八大山人的时代,南昌确实不似明清的北京、明清的金陵,其经济和艺术环境甚至不能与明清的扬州相比。今天的南昌也不似北京,不似上海，不似巴黎，不似纽约，不似东京。但八大山人的艺术就是生在这里，长在这里。南昌和金陵，和北京，和巴黎一样，能向整个世界提供一流的世界级大师、世界级艺术。我们南昌人嘴边总是挂着一句话："南昌人在南昌是爬虫，出去就是一条龙。"可当米开朗琪罗在佛罗伦萨创作大卫雕像时，八大山人也在南昌开始了他世界级的伟大创作。他在南昌就像任何艺术的王者一样风从虎、云从龙。他画的山水是南昌周边青云谱、梅岭、梅湖、抚河都能见到的，他画的山石草木都是南昌的寻常物，他画的荷花是南昌池塘里的荷花，他画的鳜鱼就是南昌人寻常可以吃到的，他画的鸟兽都是南昌本地拥有的。可以说，南昌人在南昌所熟悉的一切事物，经过八大山人心灵内化之后创作出来，就有了全新内涵，有了神奇的质地和艺术的意义。八大山人将这一切从南昌人寻常的世界里提取出来，作为金子和上帝或魔鬼做了交换，他获得的是不朽。引用里尔克的一句话来形容我对八大山人的画的看法是非常到位的："走进他的作品里正如回到故乡一样。"

八

八大身上有着所有南昌人的性格的影子，八大的话语里有着与所有南昌人相同的口音，八大是每个南昌人邻家性情古怪的老头——老朱头，八爷，夯子——却又是一生一世都没有坐下来和我说过一句话的陌生人。他不和常人谈内心的艺术，那是他的隐秘世界，是魔鬼的疆域，他跟遇到的街坊谈酒水、猪头肉，就是不说一句内心的真言，他把它留在宣纸笔墨间。他和我们同处一个城市，却未必是同一个世界，八大的世界在我们的世界里，可那是我们看不到的世界、看不见的城市——

他灵魂的栖居地,他精神的处所,王的世界,我们看不见,并不等于它不存在。艺术家的世界是他独有的精神建构,是一个大师所在的地方,他的艺术国都就在那里,他就是王。

像八大这样的人,是在消逝中成长的,他的荣耀与声誉就在消逝中获得。"总有一天,人们会凭空架造这生命的历史——它的迷误、它的琐事和逸闻"(里尔克),所以我尽量避免引述那些学究气的发掘与低廉的传奇,而直抵艺术家的魂魄,以期构成一种心灵感应的对话。尽管这是一滴水与海洋的对话,一片树叶与森林的对话,但至少可以在一个平实的基座上,回归我们的本籍,回归我们南昌人共同的身份,那就是一个老乡与另一个老乡,一个"南昌鬼子"与另一个"南昌鬼子"的对话。尽管这中间隔着三百多年,也发不出声音,但八大的每幅作品都蕴藏着无比丰富的语言,都是包容了一个世界的符码,都是有可能和任何一个时代发生对话的生命,它们的存在和传世就是为了寻找与等待对话者的出现。八大山人"哑"着,他能言而不语,他等了三百多年,他等得太久了。一个明清时代的"旧精魂",徘徊在现存的世界里,行走在无尽的时空中,"要普度一个几乎所有的冲突都在冥漠中进行的痛苦时代"(里尔克)。因此,他穿越所有时代,他触及了人类的根性,这就是八大的伟大之处。八大是南昌本土的艺术家,又是世界性的大师,他的画是人生经验的产物,"他升华、神化了这些经验"。山石草木、鸟兽鱼虫本来是寻常事物,八大将它们升华成神奇世界的人神鬼怪式存在,以及众多的生命隐喻与象征。但这个象征的源头是南昌和江右大地,八大山人的生活史离不开这里,他作品里的山石草木、鸟兽鱼虫无一不流露出他对这块土地的热爱,故乡世界在他看来是与天地精神往来的"灵所"。

他的笔端即便高蹈于艺术的天庭,也不失故乡的大地之象。

我很乐意引用诗人里尔克在《罗丹论》结尾写的一段话来提供一个

让世人进一步认识八大的视角,那就是:"人们终有一天会认识这位伟大艺术家所以伟大之故,知道他只是一个一心一意希望能凭雕刀的卑微艰苦劳动而生存的工人。这里面几乎有一种对于生命的捐弃;可是正为了这忍耐,他终于获得了生命。因为,他挥斧处,竟浮现出一个宇宙!"

羊子巷：坏小子们的夏天

我听到了夏天的青草的歌声。
还有爱，我发现，没有认定的终点。

——伊丽莎白·詹宁斯

一

每个人的内心都有那么一座城，你每次身在其中都能被它安抚。这种安抚，以我身在的南昌来说，往往更加具体，它就是一条老街，一条旧巷，一处院落，仿佛秘而不宣的皱纹，暗示着过往岁月留下的印痕。所谓时光静好，一切在静中默化，那些老街旧巷在变为城市皱纹的同时，也化作了我们的无声感念。像棕帽巷、射步亭、桂旺厂、小金台、后墙路、校厂西、羊子巷、水观音亭、城隍庙、洋船头、豫章后街等。可以说，南昌的这些地方都有我生活的印记，我个人的身体史甚至就是由它们来完成的。从孩童时代、少年、青年一路过来，我有个奇异的感觉，便是原来觉得似乎大得如同一个世界的巷落，竟是又小又窄。这是由于我们童年时期身体幼小而放大了事物，随着身体的成长，尤其在成年人的视角,事物回归其本真状态,然而这种本真也是相对的,如果换至远远比我们身体高大的"巨人"视角,比如姚明,可能一条街、一条巷、一间房的大小感觉还会不同。我们主观视觉上的认识与物理上的界定完全是两回事。英国人查尔斯·兰姆说得好:"童年的朋友,像童年的衣服,长大就穿不上了。"有人的童年生活是朵幽暗之花,我的童年生活因为一条羊子巷,却仿佛有着一种寂静与喧哗。印象中,那时大人都不在身边,街道显得空荡,却是孩子们撒欢的乐园。路不是柏油或水泥的,是土的,里面有碎瓦片,赤脚走在上面,硌着硬的,生痛。多年后,我读到福克纳在小说《我弥留之际》中写着"路面像砖头一样硬",感觉极似。那时的阳光是慵懒的,时间是缓慢的,仿佛大把无聊的光阴抓在孩子们手上无从打发。人也就慢吞吞的,从春到夏。一段时空倒是真的也可以成为精神故乡。

"太阳疤子闪金光,走到哪里哪里亮"——那年头,我等屁孩嘴里常唱着无聊的歌谣,在寂寞的破巷里闲逛,见到头上生疤的人也嘴犯贱,这般奚落人家。若是逢一胖子,无冤无仇,也调笑着:"胖子胖,打麻将。输了钱,不还账,坐犬车,到九江。九江发了火,烧死了胖子不怪我!"那人一听,便大怒,作势发作,屁孩四散,落荒而逃,把一条幽静的巷子跑得辣响。在孩子们的眼里,那时的南昌人真不知都在忙啥。大人仿佛都不见了,把一条条又老又旧的空巷留给孩子们戏耍。好像时间缓慢而悠长,把南昌人一个个都弄得慢慢吞吞,巷口偶尔出现一个老人的影子,在黄澄澄的阳光里和绿油油的青苔上贴着,半天才能晃过那条巷子。南昌人其实有慢性的毛病,往往到火烧眉毛了,方死赶,把一件事做下来。记得当年住羊子巷,外祖母手里总是捏一根从竹扫帚上折下的篾子。当时南昌的"崽仂仔"①是极不听话的,尤其是如我这般长在羊子巷居民区的臭屁孩,既顽劣又十分讨人厌。吃起饭来,手端一碗,要从东家走到西家,在羊子巷晃荡,一碗饭是要陪着几家人,吃完饭也不愿回转的。这时我那等着洗碗的外祖母,就捏着一根篾子,嘴里发出斥责之声寻来了,猛然那一篾抽在穿开裆裤的光屁股上,十分毛焦火辣。"叫你慢性!一碗饭吃到什么时辰?"外祖母手舞篾子,作势欲抽,我赶紧把碗里剩的几口饭扒入嘴里。外祖母将篾子当头一举:"走!跟我回去。"我只有老搭老实在外祖母那根威武的篾子下,被押回家。现在想来,外祖母手上那篾子,起码我们这一代南昌人,小时候都领教过它的厉害。现今南昌中山路一家大型家电销售店的老板老洪,是我发小,当年住我隔壁,那家伙出奇地淘,我那时的毛病多半是跟他学的。热天下午,常见他外祖母(人称"豆腐娘子")把他剥光上身,在太阳下抽得他手舞足蹈,哇哇乱叫。我外祖父每每威胁我说:"这叫吃'夹湫子',你不听话,就请你也吃一顿'夹湫子'。"见我哥们领赏的"夹湫子"那般狠辣,我自然点头如捣蒜,以示绝对听话,绝对不想吃那"夹湫子"的。外祖父于是老怀大慰,以手摸摸我的头,说声去吧。我如遇大赦,便兴高采烈,照旧去做些翻眼剥皮不讨大人喜欢的事。

　　我那外祖父虽是军人出身,却心软,属于胆小而谨慎的那种。他对淘气且顽劣的我,多半以话语相威胁,却是从不真正动手的。他说的那一顿"夹湫子"的吃法,便是剥光衣服用篾子猛抽一顿,非得犯了大事才有资格领赏。我当年没老洪胆大,他不是用石头打漏了人家屋瓦,就是踩死了人家的鸡崽,弄得总有大人上他家告状。而"状"一告上去,人是不走的,就等你家大人把如何处置"作案"的"坏酒药子"做个交代。不知

---

① 南昌方言,男孩之意。

怎的,当年羊子巷的外祖父们一般对外孙们犯的这类事,都不出面处理,他们缩在里屋,不吭声,这时只有外祖母们挺身而出。对此类"事件",外祖母们一般是对外"安抚",对内"严惩"。当然内外都有个度,因为没准哪一天"原告"又会变作"被告",谁保得准他家的臭小子不干坏事啊!

二

南昌人对外祖母的记忆绝对是慈祥的,小时候外祖母虽对我严,却总是像老母鸡一样呵护我,我也常偎在她怀里,那是温暖而安全的"避风港"。当年南昌居民陋巷里的孩子,多是散漫无聊的,玩沙玩土,一堆泥土也玩得天崩地裂,直到自己像个"土人"般脏兮兮地回来。我的手指甲几乎都是黑乎乎的,满是污垢。外祖母总是边责备,边为我洗干净,又让我伸出手来,一根指头一根指头地剪指甲。我常为自己的指甲剪得溜圆光滑而心生快意。有一回,外祖母照例用那把老掉牙却很好用的剪子为我剪指甲,我发现外祖母剪得残缺不平,要再剪。外祖母说:"将指甲到墙上去磨平吧,我再也剪不平整了。"我的心"咯噔"一下,感到外祖母老了,她的眼睛看不清了,我突然有了心疼的感觉。外祖母的头发不知何时起,竟像缕缕银丝。外祖母从早到晚操持,像做苦役,似乎从来没善待过自己。饭做好了,她唤一家老小上桌,自己退到一边。偶有好菜,她从不下筷子,都是添给我们。她只吃粗菜(当时市场上便宜买来的叶子发黄的青菜),外祖母会像老牛吃草那样,一筷子叉一撮,塞进嘴,使劲嚼着,我印象极深。外祖母晚年信天主教,是个极虔诚的信徒,她不识字,认不得经书,每周都穿得洁净且体面地去东湖边的教堂做礼拜,认真听教,回来将经书放枕边。后来外祖母中风,不能去教堂,心里总过不去,手捧经书,嘴里念念有词,求天主宽恕。母亲开玩笑地劝她:"天主若知道你的情况,不会怪罪你的。"外祖母便望着母亲,天真地笑,像个纯真的孩子。

南昌的孩子一般"作兴"放到外祖父外祖母家带养,孩子们叫外祖父外祖母为"阿公""阿婆",羊子巷邻居几乎都如此。有趣的是,那时南昌人时兴叫几岁的屁孩"老某",像老洪、老文、老憨、老满这些童年伙伴,我自然被叫老维,姐姐叫老菲。我熟悉他们每个人的阿公阿婆,多是旧军人、药店老板、旧企业主,而今灰头土脸的,却还真没全见过这些伙伴的父母。老文的父母据说在乡下。我一次在他家偶然碰到他母亲,一个白皙且瘦弱的病恹恹的女人,很像后来读到的巴金小说《家》中描写的梅,满身都是旧时期的气息啊!萍萍的父母在武汉,老满、老洪、老憨、小丽诸人的父母不详。

我和这帮孩子几乎就是当年羊子巷的"小霸王",经常闹得鸡飞狗跳、飞沙走石。羊子巷那年头没咱这帮小兔崽子,还不热闹。于是乎三天两头就有小兄弟受罚挨揍,为他们犯下的事儿付出点皮肉"代价"。老洪这坏小子,是老"中标户"。这哥们也怪,没事摸块破砖就往人屋顶上扔,就听屋瓦"呱"的一声,矮屋里猛蹿出人来,老洪是时已让人瞧见,人大呼一声:"别跑!"他才拔腿往老财经厅大院方向跑。人是抓不住他的,只有气吼吼上他外祖父家告状。老洪外祖父原是开店的,似乎驮了不好的"成分",便有些灰溜溜,只靠做豆腐为生,人又叫他"豆腐老板",他也"嗯"着,却不跟人多言语。我外祖父和老满、老洪外祖父一样,也都是驮了"成分"的,或在羊子巷一带扫大街,或推板车之类,反正都底层得很,在人跟前说话都少底气。所以有人来告坏小子们的状,都由外祖母出面,像老洪这样的,人不站定等他吃一顿"夹湫子",是解不了心头之气的。老洪被篾子抽得上蹿下跳,痛得鬼哭狼嚎时,旁边肯定是有人在大出"申冤"之气的。我在这边厢却听得心惊肉跳,浑身起鸡皮疙瘩。那炮制"夹揪子"的篾子是何等神奇之物,简直如姜太公的"打神鞭"。

每至夏日,有丰城人来南昌走街串巷打爆米花,南昌人俗称"打冻米",丰城的冻米糖又脆又酥又香,是南昌人喜欢的。丰城人打的冻米孩子们趋之若鹜,每听到巷口"嘣"的一声响,赶紧出门,便见一股蓝色烟雾腾起,随风飘来冻米机打出的脆香味。回头央外祖母,好歹量半碗米,也打些来吃,外祖母多半会满足要求,我便像过节般快乐雀跃。逢着生活吃紧,也是不会答应的。只有瞅着老洪、老满们吃得喷香,满脸得意。某回我实在馋得厉害,恬不知耻地尾随端着半脸盆冻米的老满到了他家。老满娘过意不去,便出奇地慷慨,满满塞了我一衣袋。未及我将冻米落嘴,就听我那大嗓门的外祖母在屋后威严召唤:"维维——"我一慌神忙将满袋白花花的冻米抖落满地,应声而去。老满娘见到外祖母便埋怨:"你家老维够听话的,不肯吃我家东西,一听你声音,将东西撒地上就跑。可惜了大好的冻米!"我哪是"听话",是奈何不了外祖母的那根篾子。

三

我每每朝自家碗橱上外祖母明目张胆挂的篾子瞄上一眼,心里都会打个寒战。那赫然在头上高悬的竹篾,如同羊子巷坏小子们头上的达摩克利斯之剑,谁不畏惧?

那篾子,俗唤"扫子",南昌人多半将"篾子"称作"灭力",将"扫子"唤作"扫力",我觉得就其对皮肉发挥的作用而言,颇精准。篾子取自竹扫帚,那扫帚多为外祖父扫大街、扫厕所、扫院子用,尤其对积水中的污泥与垃圾,一竹扫帚过去,煞是厉害,既不拖泥带水,又能将秽物清扫起来,大见其"灭力"。篾子尺把长、细黄、白亮,有骨牌麻将之色,韧性极好,呼呼生风,犹如空气中藏着看不见的猛虎,极具威势,对十岁左右的小子们极具威慑力。但这并不影响小子们在街头巷尾惹是生非,有时还招惹年龄大过自身的小子们。

有一次在东湖边上的百花洲电影院门口,我们竟然为了捡冰棒棍子和香烟盒的事,跟算子桥的屁孩发生了冲突。那时的小孩寂寞无聊中总是自寻乐趣,夏天赌冰棒棍子,一年四季则赌香烟标。谁拥有的冰棒棍子和香烟标多,谁就不仅是"富翁",也是在孩子中颇有地位让人心生崇拜的。于是那些卖冰棒与扔香烟盒颇多的地方,是孩子们"打着灯笼"去"捡漏"的地方。羊子巷孩子们出没的"地盘",是位于巷口斜对面的百货大楼。百花洲电影院显然是算子桥一带孩子们的"地盘"。那时,我们这帮屁孩常蹲坐在百货大楼楼梯转弯过道上。那是五十年代初的苏联式建筑,地面是嵌了金黄铜条的水门汀,不仅光滑,而且阴凉。夏天南昌奇热,中午时分老人孩子往往来此避暑,一屁股坐在水门汀的地上,煞是阴凉舒坦。孩子们捡冰棒棍子,往往席地而坐,两两对阵地玩起来。我此生第一次摔破头,就是在百货大楼,在洒了水的光滑地面滑倒,送医院缝了针,也着实在外祖母的细心看护下,老实几日。

跟算子桥的坏小子们发生冲突时,我已是好了伤疤忘了疼。老满带头,不服算子桥坏小子们的地盘划分理论,咬牙不承认越了界,其理由是,羊子巷到百花洲电影院比算子桥近,怎么就能让你们把这一地的烟盒和冰棒棍子独占了?那时的烟标是分档次的,最好也最稀有的是"中华",接下来是"牡丹""上海""大前门",次之是"三门峡""壮丽""黄金叶",再次之便是"欢腾""飞马""芒果"和"庐山",玩起烟标来,是按品级,一级压一级的。我在百花洲电影院门口捡到过"牡丹"烟标,这就算了不起且能得意很长一阵子的事。争执一起,算子桥的小子们嘴皮子似乎没老满利索,但领头的老鬼长得乌头黑壳,个子比老满大,身子较我们结实,便提出两边的小子以比"杠(碰)拳头"论输赢,解决事端。老鬼把黑乎乎满是污垢的拳头一伸,老满的"斗鸡眼"就有些恍惚起来。我知道老满一到冬天就生疮的"肉包子"拳头,定非老鬼对手,便一马当先,拦在老满前头,提拳呐喊:"这第一拳由我来杠!"

老鬼见我个儿小,甚是不屑,我也不多说,握紧拳头,朝老鬼的黑拳就杠,老鬼没料到我会主动进攻,那一拳杠过去亦不乏杀伤力,老鬼脸上明显扭曲了一下,疼。不只是他疼,我的手也钻心地疼。但转瞬老鬼脸上就出现了不屑的坏笑,嘴里直嚷:"杠呀杠呀!"我自是不能退缩,只有提拳再上。

南昌坏小子们的"杠拳头"来自端午的习俗。每年端午,那是南昌酷夏前的一个颇热闹的节日,小子们不仅可以大快朵颐,过一过吃粽子和茶叶蛋的老瘾,还可以"杠蛋"。所杠之蛋是端午节吃食之一的咸蛋。那蛋不似茶叶蛋在炉上久煮得香气扑鼻,吃起来咸淡适口,而是由于在罐中腌藏久,咸得入骨,我辈屁孩简直没法下嘴。好在那蛋久于盐泥里浸藏,居然修得一身老壳,大人称之为"藏蛋",须得端午之日"起藏"。我常见外祖母从床底下取出乌黑发亮的陶罐,小心地从罐中取出一发发"藏蛋",仔细剥去封泥,洗净,放在锅里加水蒸熟,再将一个个光洁雪白的咸蛋放入盘中染红。小子们早准备好了丝线织的蛋袋子,以便将红蛋吊在胸前,讨个吉利。但这于羊子巷的坏小子们,便是讨战的借口和战斗的武器。端午大早起来,就有小子们胸前吊着红蛋在巷子里招摇。那样子十分欠揍。那年我事先在吃完的一只空蛋壳里封注了水泥,固化后染红,手握住破的蛋屁股,仅将前半部分露出。我碰着胸前吊了两只蛋袋尽显摆的老满，便讨战，老满见我手握的红蛋甚不起眼，大大咧咧应战，本想一战成功，没想二度皆败。老满见自己两只不可一世的蛋突然之间身败名裂，露出满脸哭相，怕回去挨揍。老洪冲过来要为老满报仇，哪是俺的对手！那个端午节，俺的"红蛋"大展神威，所杠必破，在羊子巷坏小子们中间所向披靡。

此时，我面对的不是老满的蛋，而是算子桥老鬼的黑拳头，我手里也没有坚硬的水泥蛋。咬着牙硬着头皮跟老鬼杠了几个回合，我的拳头皮破血出，不得不败下阵来。老满、老洪、老文亦尽铩羽而归。

羊子巷坏小子与算子桥坏小子杠拳头以惨败收场，不得不撤出百花洲电影院。但后来我还是到那里看过阿尔巴尼亚电影《海岸风雷》和国产战斗片《南征北战》，出电影院见算子桥小子们仍在那里溜达，对我怒目而视，我混在大人堆中，对他们便有些鄙夷。与我年龄相近的余华，说他小时候想看电影可是没钱买票，只好翻越电影院围墙，翻越进去后怕被捉住，用最快速度向厕所冲刺过去，然后从容不迫走出厕所，以一副电影看到一半去一趟厕所的表情步入电影院，找个空位坐下。他们说这个过程叫"洗钱"。我当年常夹在老舅的破大衣里混进电影院，看到中途，见查票的来了，赶紧躲到厕所去。七十年代初，洪都电影院放日本片《啊！海军》《山本五十六》，都是早晨五点的电影。我半夜起床，虽然有票，却进不去，成人才能看。我以票收买一没票的大人，让他持票，我藏于他大衣后，如同偷越成人之境，既紧张又兴奋，再次成功进去。然后大大咧咧坐自己座位上，环顾满场，都是大人，皆严肃，因为是来看批判军国主义的电影的。我看得大呼过瘾，逢臭小子们就手舞足蹈吹嘘一番，弄得他们对我崇拜有加，仿佛我是跟日本鬼子打了一场大战回来的英雄。

四

那时国产战斗片《南征北战》对孩子们是有很大蛊惑力的,我是百看不厌。从电影院出来,一回羊子巷,立马召集老洪、老满等,分两边,模仿电影展开山头抢夺战。老满扮演解放军的指导员,我扮演凶神恶煞的张灵甫,两边小子往往冲到一块,打成一锅粥,胜负难分,不得不重来。

后来才发现,《南征北战》里塑造的愚蠢且穷凶极恶的张灵甫,曾作为抗日铁军74军的一名将领,连年对日血战,屡屡出生入死,多次负伤却不肯下火线,取得了辉煌的战绩,被大家公认为"常胜将军"。他的腿被鬼子机枪扫断,在抗战中悍勇甚至忘死。1947年内战期间命丧孟良崮。看到史料中张灵甫的一批照片,我尤其吃惊:小时候龇牙咧嘴学电影里张灵甫凶神恶煞的样子,极尽丑化之能事,没想到他真正是位美男子,有着大学生般干净的漂亮面容。这面容男人会忍不住赞叹,女人会动心。这自是后话。我们这帮臭小子只知道凡是"坏人",都相貌奇丑,"好人"便浓眉大眼,个个像京剧里的杨子荣。当时我自恨眼睛生得不大,怪父母怎么没给咱杨子荣般的"浓眉大眼"呢!好在而今兴"韩流",不大的眼睛反而开始走俏。好在当年我从没受到过别人的耻笑。羊子巷那帮坏小子只管淘,哪知什么审美呀!

想来是因为觉得身体太过弱小,羊子巷的坏小子们聚一起为自身境遇愤愤不平,老满便提出,不如拜师学武。南昌人一般叫学武为"练打",称会武的人为"打"的人。这叫法似乎凶蛮,但还没见过两个有"打"的南昌人真正动过手。只是耳闻绳金塔的三法子大罗汉有"打",扫平了十字街一带的所有罗汉,当了老大。又听说罗汉老K在八一公园"摆场子",十几日没一个敢出来叫阵。这些罗汉隐约就成了羊子巷坏小子们心目中的好汉。只是这些"好汉"掌故只限于在老舅们的嘴上飞来飞去,眼前却是无踪无影。我们既无胆子跑到绳金塔去拜三法子大罗汉为师,更不得擅去八一公园一瞻老K的"风采",进公园是要二分钱的,环顾羊子巷这帮臭小子,谁也掏不出这笔"巨款"。那时,外祖母挂在嘴边的话是"一分钱银毫子也要掰成两半用"。一分钱可以买一盒火柴、一包五香豆、十粒珠子糖。羊子巷有个金角铺子,专做一两分钱的小孩生意。偶尔我听话,外祖母奖给我一分钱,我会乐颠颠跑到金角铺子,踮起脚尖,将手够到木板柜台上,很豪迈地将一分银毫子拍在上面,扬声说:"来一包五香豆!"那感觉,特爽。只是,这样的事不多,也就两三回。在那"没什么好吃的,又没什么好玩的"年代,羊子巷的坏小子们仅是苦中作乐,淘气作乐。想拜师"练打",却两眼一抹黑,找不到有"打"的师父。住对屋黑黢黢门洞里鱼老板的二儿子,外号"橘子皮",生得粗黑,黄昏卖完鱼回来,会穿条短裤露半身黑肉,没事把院里一漏了气的板车连双轮带铁轴双手举过头顶,博得不少喝彩。可老满的五叔对此甚是不屑,他从早到晚躲在屋里举石锁,据说是练肌肉,中看不中打的那种,我常背地里当老满的面嘲笑,老满也觉得他五叔不是有"打",只是玩"花架子"。因为我们都目睹过他五叔跟"橘子皮"相互不屑而起冲突,一方瞧不起对方的小石锁,一方耻笑对方的破车轮。结果"橘子皮"放言:"拿你的破石锁出来,我一口气能连举十下,你举得起我车轮一下不?"老满的五叔就僵在那儿,不敢吭声,弄得老满在我们这帮臭屁孩中也极没面子。

  羊子巷的罗汉天热时往往跟算子桥的罗汉发生冲突,羊子巷的头条好汉不是"橘子皮",更不是老满五叔,而是聋子。从前羊子巷罗汉与算子桥罗汉开战,聋子总是冲在最前,脚踏人字拖,手舞青板砖,张开黄牙大嘴,仿佛要吞下半条街。聋子从街东一直冲到街西,如入无人之境,后头同伙跟不上,喊他也喊不住,聋子听不见,喊也白喊。他终是被兜头暴打一顿,头破血出,连缝十三针。百花洲一带提到聋子,没谁不知道的。聋子就是羊子巷的神。两条街发生争执,聋子大马金刀,往街口一坐,雷打不动,整条街鸦雀无声。只有脚下的香烟头烙一地印痕,两边的人则渐渐散了。老一辈人还记得,当年聋子挨揍,简直是自投罗网,谁喊得住一个聋子?他天聋地哑,人再打,也一声不吭。直到人打得手发软,不得不承认聋子是条好汉,把他抬进医院,赔上三个月营养费,两条街从此出现了和平。聋子死了,说是喝劣质酒醉死的。派出所破天荒为罗汉送了个花圈,所长叹口气说:"又有事忙了。"这是后话。

五

当然,最厉害的,让南昌人既敬畏又迷醉的,是丰城的点穴功"五百钱"。那功夫只将指头轻轻往人身上一点,几天后便使人气绝。那时我们最想拥有的不是"橘子皮"举板车轮的本事,而是一手"五百钱"。那样就用不着跟人杠拳头了,只需伸指头朝算子桥老鬼身上一点,老鬼应声倒地,何等痛快!环顾天下,既然无师可拜,那唯有自学一途。自学,就学那最厉害、让人闻风丧胆的"五百钱"。我出任总教头,叫众小子钻过破墙洞,到财经厅空落的院子装了些细卵石沙子过来,装到老洪贡献的破脸盆里。每天坏小子们轮流将手指往沙石里插,练指头功夫。每回我带头插十下,虽疼得要命,还装一脸轻松。小子们轮番来,一个个痛得直叫唤,幻想着有朝一日个个身怀绝技,一雪前耻,不仅要拿下百花洲电影院捡烟标的地盘,还要去八一公园打老K的场子,去绳金塔坐大罗汉三法子的交椅。想虽如此想,只是未及三日,臭小子们都坚持不住,个个都打了退堂鼓。老洪也称他外祖母发现他偷了破脸盆,得收回去,不然逃不过一顿"夹湫子"。一场"宏伟"的武术狂想,又草草收场,那个夏天也由此显得沮丧。

好在每至日西时分,小子们都有些事可做:忙着泼水,在巷子里占竹床位。有时为寸土,会跟邻居吵起来,那情景类似现今小区占停车位。谁早谁先占着,来晚了,只有委屈地斜在路口,且要担被刮花与遭人咒的风险。然后赶紧吃晚饭,或干脆将晚饭端到外面,坐在竹床上吃,饭吃完了,屁股上还粘着饭粒,弄不好,屁股上又要挨箅子。南昌夏天酷热难捱,人心一不顺,往往此时发作,两口子打架摔碗的事常有。一听那不同凡响的动静,屁孩们赶紧下竹床趿拉着拖鞋板子,踢踢踏踏循声过去看热闹,还没走几步,有可能被外祖母拎着耳朵拎回来,让你在竹床上好生坐着。于是只有坐着。眼睛便顺着外祖父搭的豆棚瓜架,顺藤摸瓜,看到几朵干瘪的喇叭花,还有几只挨了揍般总长不大的南瓜崽子。有趣的是见一条褐色壁虎,从秀清叔家黄色墙缝里钻出来,沿藤条爬上葡萄架作散步状,又突然停住,定在那里。另一头也出现了一条壁虎,施施然拖着尾巴滑过来,顿住。但见前一条壁虎一昂头,吃进一只飞蚊。那壁虎过来,快活地趴在它背上。多年后在荒凉的山间寒夜,读"豆棚瓜架雨如丝",竟会想到羊子巷外祖父的瓜架,想到那些夏天里仿佛吃着阳光疯长的豆角、南瓜、瓠子和丝瓜,藤蔓上绿油油的硕大的叶子、金黄的喇叭花,以及出没其间的黄蜂、蜻蜓、黑蝴蝶、麻头苍蝇和壁虎,排着队兴高采烈攀爬在藤蔓上的蚂蚁。似乎那样一个世界,有着自身的秩序与丰饶,却只有孩子才能看到,才会把心思放到里面。

天渐暗,眼睛也盯得吃力而乏味了,便连哄带赖要老舅讲故事,老舅只是敷衍,说点破笑话权作打发。但也有来兴致的时候,那是要我和姐姐手把老蒲扇轮流为之打风,他便悠悠然、笑眯眯道出一段故事。老舅的故事,都说是从三伯那儿听来的,是真事。外祖父有四兄弟,他排行老四,三伯是外祖父的三哥,我母亲和老舅唤三伯。我出世时,三伯就成了传奇人物。三伯是弹棉花的,行走于城乡之间,经常走夜路,也就多有奇遇。然而三伯之死是意外。当时外祖父羊子巷的房子逼仄,便让三伯帮忙砌间灶屋,两人去挖土方,不料土方坍塌,三伯半截身子压在里面。待外祖父将他刨出,已奄奄一息,外祖父大哭,三伯竟突然大骂:"短命鬼,哭什么!还不把我拖回去!"外祖父哭着用运土的独轮车(南昌人叫"鸡公车")推回家,三伯就断了气。我小时候便知道外祖父家那半间又矮又简陋,人在那里做饭要弓着身的灶屋,是付出了一条命的。老舅每讲故事前,必说这些作开场白,他讲的,也是三伯的奇遇。三伯一回在幽兰乡下赶夜路,去为一户将嫁女的人家弹棉花,黑天野地,乱坟岗上却见一拎红布包袱的女人走出来。三伯头秃,光亮,说自己阳气盛,焰子旺,是不怕鬼的,鬼却怕他。三伯朝女人大咳一声,女人也不睬他,只闷头不响走在三伯前面,急匆匆的样子,像在赶时辰。三伯觉得蹊跷,方圆十几里地的女子,没他不熟的,这女人面生,心想撞邪了。那女人只与他相隔一箭之遥,似无伤害他之意。三伯心是怯的,却还是赶自己的路,没料那女人和他去的是同一个村子。眼见村口一户人家灯亮着,那女人进了门,他就听得新生儿一声啼哭。三伯也进了那家,里面竟没见那女人。主人说妇人难产,痛了一夜,没人来过,婴儿刚生下来,他就进来,硬要煮鸡蛋给三伯吃。三伯不作声,心道:"刚才遇到生产鬼了。"老舅讲鬼故事,也不一惊一乍,他娓娓道来,却让人听出一身冷汗。"在黑暗南方乡村的大地上,前半夜行走者多是木匠与泥瓦匠(他们周游各处帮人砌房打柜,每天在主家吃完饭回去),而在黎明未至的浓重后半夜,则是杀猪佬。他们带着沾满血腥的皮围裙、锋利的剔骨尖刀、雪亮的去毛刮子以及黝黑细长的吹气铁杆,穿村走户,屠杀拼命哀号的肥猪。"(黑陶)三伯身为弹棉花匠人,只带着会发出音乐节奏的乐器般的弹棉器具。我见过那弹棉花的弹花锤和大弓,极神气且有震慑力,在荒郊猛一弹奏,鬼神俱骇,是至阳之物,能辟邪。

六

羊子巷外祖父家门口有半截红石条,那是屁孩作乐的地方,可在石上涂鸦、下棋、睡觉、赌烟标等,神奇得很。夏天身子一懒,便躺在阴凉的石上,外祖母见了便一把拖起来,道:夏不睡石,秋不睡板。这石上懒不得身子,就转身躺竹床上。夏夜没事躺在竹床上,数星星也是一桩乐事,那时南昌空气好,能见度高。我前些年到内蒙古锡林郭勒草原,夜宿蒙古包,半夜出来撒尿,一抬头,仿佛把脖子伸进了太空里,那星星就围着脑袋闪,满是钻石。南昌当年似乎也如此。迷迷瞪瞪睡着了,夜半听到老洪的小姨惊叫捉流氓!拖鞋板子在地上跑得辣响。竹床子一阵骚动,流氓跑出了羊子巷。听说有热烘烘的手趁老洪小姨熟睡,竟伸到人家裤裆里,这还了得!又听说,老文姐姐夜晚上厕所,脱裤子蹲下身来,竟有只红手从屎坑探过来摸了她的屁股。人们七嘴八舌议论,渐渐声音轻下来,人又睡去。转眼就七月半了,那时不许烧纸钱、点烛之类,也清净。但人似乎还是怕鬼,南昌人说:七月半,鬼乱窜。尤其这前后赣江总会溺死人,羊子巷有的人家干脆不搬竹床出来乘凉,关门躲家里睡,热出一身痱子也在所不惜。老满事先跟我约定,再怎么着,我们也到外面睡。信誓旦旦,胆气十足。我外祖父是不信鬼怪的,他说:"你有胆就睡我脚下。"上半夜还有几家的竹床在外面,陆续就有人往家里撤,

羊子巷:坏小子们的夏天　203

老满家是头一拨。七月半的夜晚比平常热,南昌人偏说是热鬼作祟,我觉得是人热。我缩在外祖父脚下,身上冒热,心还是怯,有些睡不稳,一有竹床搬动就醒,外祖父却打着响鼾。直到整条巷子只剩我们一张竹床露宿在月光下时,外祖父的响鼾反给了我安全感,我索性放胆躺着,耳却竖着听有无异常动静,但除了虫鸣和外祖父的鼾声,只有满天满地的好月光。有首"七月半"的歌谣唱的是:月光光,心慌慌。我的心反而平静,只无端担心会被月亮晒黑,据说月光晒黑的皮肤是白不起来的。终究睡去,一宿无事。次日起来,对满巷屁孩连着吹牛三日。

在那个悠长而暴躁的夏天,羊子巷的坏小子们头上难以幸免地晒出了疖子,每每疼得龇牙咧嘴。加上顽皮翻墙上树、追打嬉闹,没有不挂彩的,我的膝盖手肘年年夏天搽满了蓝汞,结着痂,不小心弄破了,便露出红肉,不到长夏结束好不了。然而,羊子巷坏小子们当中最惊心动魄的一件事,莫过于某日老满竟向我们出示了一枚子弹。黄澄澄、金闪闪的手枪子弹。此前我拥有过"炮子筒",步枪子弹壳,红铜的,嘴唇贴上面一吹气,可发出哨声。老满的子弹是有火药有弹头的真玩意儿,没抠火药的。众屁孩围着又爱又怕,尽情想象着这有可能是一把怎样的枪的子弹。让臭小子们惊艳的是,这子弹还带着一个夹子,呈"T"形。煞是稀奇!杨子荣的盒子炮不是打这种子弹,少剑波的"鸡腿子"也不是,小兵张嘎的"撸子"更不是!电影和连环画里的李排长、张连长、敌军军官用的家伙似乎与这子弹都不搭。真不知老满这龟孙子从哪儿偷来这么颗子弹,弄得羊子巷的坏小子们羡慕不已朝思暮想。再次见老满不无炫耀地得意把玩子弹时,老洪就故作不屑地挑了话,说没准那是颗打不响的臭弹,才落老满手里。老满就急,跺脚说:"不是!"老洪便说是。两下争得满头大汗。老文就出了个馊主意:"不如咱用锤子将钉子对子弹屁股敲下,看它响不响?"这话一出,两人不争了,老洪说行!老满便有些舍不得,怕万一敲坏了,但又极力想证实这不是一颗臭弹,只说:"没有钉子和锤子,敲不成。"我接嘴说:"这事包我身上,中午等外祖父外祖母睡了,我把锤子、钉子都偷出来。"众小子齐声说好,老满也就没话可说,猛揩一把鼻涕,说饭后在院中红石头那里见。只是没等正午我们聚到太阳底下的大红石前,我偷钉子锤子不慎被外祖父逮着了。他用篾子对我"严刑"逼问,我扛不住,终于招出了老满那颗子弹的事。外祖父是军人出身,听罢吓出一身汗,忙知会老满外祖父,强行把那颗令羊子巷坏小子们牵肠挂肚的子弹缴了。外祖父说:"那一敲还得了,是要你们小命的!"所幸被外祖父察觉,否则羊子巷的夏天真会发生一场悲剧。至今也没弄明白老满当时从哪里得到那么一颗子弹。我那"炮子筒"是从老舅那儿得来的,他们参加民兵训练,练习打靶,是能捡到子弹壳的。而且那时,过了八一桥城北的瀛上坟葬地据说有打靶场。过去每年年节前都处决一批犯人,先是在广场或体育馆开万人公审大会,然后五花大绑,由民兵和军人押上卡车缓慢绕城游行一圈,让人围观,以起威慑作用。我每见那押在车头的犯人胸前牌子上的姓名打着红色大叉,就知其必死无疑。挂牌却没打红叉的犯人,是陪刑的。卡车一近八一桥便加速,匆匆驶去刑场。过后,街头巷尾的南昌人便拥着去看白纸布告了,接着会议论,谁是犯何罪被枪毙的。大人往往以此为题,教训自家孩子一番。据说胆大些的坏小子会跟到打靶场,事后,能捡到弹壳带回来。这种事一般不会发生在夏天,夏天是属于孩子们的。我小时候,羊子巷的那帮坏小子,现在想来,真像阳光一样欢腾。另外,马尔克斯有句话说:"天太热了,连脑子里的螺丝都生锈了!"这句话用在今天的长沙、成都、上海、南昌,都适当!

  读到一首题为《肋骨》的诗:"你(夏娃)失去了纯真,可你知道了果子的味道。"

南昌人的吃,豫章后街(蛤蟆街)

一

南昌人好吃,能吃,会吃,却不以吃出名,是属于关起门来自吃自的那种,也懒于将自己认为好吃的,拿到外面去传扬。南昌人有一副好肠胃,也有把肠胃侍候得舒舒服服的本事,哪户南昌人家没一个"好煮妇"或"好煮夫"呢!如我这般不谙柴米油盐之道,乃至吃过美味转瞬忘干净的人,确是绝少。朋友当中凡不会做菜的人,多半对哪样东西好吃有好记忆,谈起南昌哪处有好吃的东西来,头头是道,津津有味。

正如南昌人所调侃的:"拿张北京地图,用针扎三下,可能点中一个厅局级单位;拿张上海地图,用针扎三下,可能点中一个世界五百强在沪的分公司;而拿张南昌地图,用针扎三下,居然戳中了十个拌粉店子、八个花甲摊子、五个夜宵大排档。"

粉店、摊子、排档,这些散布于南昌各处的食点,还是不足以上得台面的。南昌而今美食街便有好几条,孺子路、绳金塔街、福州路,都是挤满酒家的地方,也是南昌的饕餮们流连忘返之处。而如暗娼般躲藏在不起眼之处的特色酒家,在老牌吃货的大脑里是有幅秘密地图的。这种去处多半有固定食客,店面不一定讲究,里面晦暗,卫生也马虎,甚至够呛,但几味特色拿手菜绝对地道,让你不做虚行,南昌人吃过这些店后,会叫"绝煞"。我印象里去过专吃赣江水煮鱼的、吃蛤蟆(青蛙)的、吃狗肉的、吃向塘土鸡的、吃王八(甲鱼)的,还有吃河豚的。这类店,有的有名字,但你记住的是吃,名字记不住,地址也往往七绕八拐,不好找,店子如地下工作者的接头地点,有的干脆就没名字,这倒好,让你留下吃的记忆,回味无穷。这类店有的貌似水泊梁山人开的"黑店",是无营业执照的,多是夫妻或兄妹店,经营的主食如蛤蟆(青蛙),本身就是严禁的。但有些人就好那一口,吃得不仅鲜美,还够刺激。

"色泽艳烈的红辣椒,赤瀑般倾泻入露天的灼热油锅,煎熬、翻炒,腾起呛人香味……锅、铲碰响,油水剧烫,人声吆喝。暴雨一样积聚在白色方形搪瓷盆内的炒熟红艳的辣椒,仍在发出滋滋的、火焰和油的余响。"(黑陶)

南昌人的吃,如猪蹄烧蛋,又称"猪八戒踢绣球",有着世俗的幽默,藜蒿炒腊肉、辣椒炒油渣、腐竹烧肉、猪血粉、炒粉等,皆具草根性。吃这等事,其实最能反映人的性格。比如吃蟹,再好的大闸蟹,南昌人如我辈,多是一顿乱嚼,顷刻便见一堆残渣,把好端端一只蒸蟹速战速决,再懒得去吃第二只。在上海人看来,这绝对暴殄天物,是"把蟹轻薄了"(陈村)。"轻薄"这词用得好,亦颇堪玩味,怎么才算对蟹不轻薄呢!上海人吃蟹,则如同上海人的陈村所言,是"边说闲话,边慢慢地拆,不放过一点蟹肉,吃完摆出一个好样子"。这在南昌人看来,绝对欠揍。不是对蟹轻薄的问题,而是吃过的蟹还能"摆出一个好样子",这等精细的小家子气,南昌人受不了,而生起了鄙薄。南昌人是南方人中颇为粗豪的,故鄙薄精细与小气,说起话来粗放、大声,不是太讲究,有麻利劲儿,做事也像吵架一样。

　　南昌进贤县青岚湖,好大片的水域,也引入上海大闸蟹养殖,颇见成效。每年秋风起,皆有螃蟹节,一是批发给上海人,二是培养南昌人由吃益虫蛤蟆(青蛙),改吃害虫螃蟹。然南昌人依自己的性格,将大闸蟹的吃法做了本土化改良:将大闸蟹一刹为二,扔锅里红烧,猛撒红椒、姜、蒜、葱,倾泻酱油,爆炒。大盆端上桌,浓烈,火爆。南昌人持蟹啃嚼,吃的是咸辣河鲜味,方呼痛快。哪有耐性去吃清蒸,像伺候领导般小心翼翼剔蟹肉丝而食啊!南昌人吃起来生猛,平民化。但一桌饭吃下来,却大有奥妙,即便是吃蟹或蛤蟆,精明却未必精细的南昌人也往往可见形而下的智慧或狡黠。南昌人有这样的本事,明明为别人办事,别人请客,他却叫了一桌自己要叫的人,谈的是自己心里要求对方帮忙的事,也稍带把别人的事办了,买单的却不是自己。这叫"吃价",南昌人又叫"平整"。当然也可以说有欠厚道,但不得不承认,这是透着精明的算计本事,非"老江湖"而不能,南昌有这等"老江湖",上海人精打细算,在这方面也未必玩得过南昌人。

　　南昌人吃蛤蟆,绝对没有对它轻薄的意思,而是激情汹涌,赤膊上阵,拿出了鲁智深倒拔杨柳的劲头。

二

　　二十世纪八十年代末,蛤蟆街应该是南昌无人不知、无人不晓的。

　　那是南昌老饕们的乐园,肠胃的狂欢之地,此街因吃红烧蛤蟆而"跑火"(兴旺),反让人将它的本名豫章后街忘了。每至夏天傍晚,仿佛全城的食客都呼啸而来,晚上不行的,只有利用短暂的中午,呼朋引伴,三五成群来蛤蟆街撮一顿。一桌撑手撑脚的被酱油烧红的剥皮蛤蟆，散缀着绿椒黄姜丝白蒜头，浮着咸辣的热汤，是有些惨不忍睹，但人下起手来，嚼着剥脆鲜猛①，灌下啤酒，即便是淑女也会疯狂，不吃得粉汗淋漓，不肯罢休。这边厢狂呼："再上一盆！"那边厢猛吼："这头还没上来呢！"

是的，这条污水横流、油渍斑斑、黑乎乎、肮脏而火爆的街，是如此藏污纳垢，却又如此让人痛快地解除全副武装，无论是道貌岸然，还是花枝招展，凡往那爆棚的破屋一钻，一顿红烧蛤蟆吃下来，绝对红光满面，粗口不绝，大呼过瘾。

邻近南昌晚报社的哥们姐们没事来个电话，一帮人就在蛤蟆街会齐，开进小店。一首小诗的稿费就能让众人尽欢，不亦快哉。是时我家住在豫章后街中段的芭茅二巷政协老宿舍过渡房，每天早上骑自行车歪歪扭扭，拿出闪躲腾挪的功夫穿过菜贩子与买菜人拥挤不堪的蛤蟆街，一点也不敢延误地去上班。我总是杂技表演般一路揿着破自行车铃，扎入各色蔬菜、鲜鱼、一网兜一网兜的蛤蟆、水桶里的黄鳝、木档上的猪肉，以及人群，在阳光与沸腾的吆喝叫卖、讨价还价声中泅渡。早晨的空气里混合着鱼腥和老屋散发出的霉湿味，让嗅觉敏感的我总是扔下一串喷嚏，狼狈逃窜。

近午时，菜市散了，蛤蟆、黄鳝的贩子从街道退后一步，就进了自家的店门，之后便可开火，准备烧菜迎来食客了。

蛤蟆是益虫，南昌附近原先都是稻田，蛤蟆生长于水田稻丛小溪里，捕食飞蝗、蚊虫之类，实在是人类的朋友。过去，新建一带的乡下人不吃蛤蟆。南昌人下放，到了乡下，夜晚便打着电筒，提着篓子捉蛤蟆，

---

① 南昌方言，形容好吃。

一夜捉几斤，养在天井里，天天当作荤菜吃。那时吃肉是稀有的，南昌周边水塘水田多，盛产蛤蟆，后来乡下人也觉出了它的好处，便捉了给城里的菜贩子，人又发明了烹炒蛤蟆为绝品的手艺。由是吃蛤蟆的风气在南昌一浪高过一浪，直到吃出一条鼎鼎有名的蛤蟆街。

　　蛤蟆街虽又脏又乱，但没上蛤蟆街吃过一回的在南昌似乎就不是个人物。人一问，不知道蛤蟆街的，绝对土鳖。没吃过的，跟人谈起蛤蟆街，也装一副蛤蟆街常客的模样，显得有面子。否则，便觉得自己拿不出手一般，十分不好意思。这就是南昌人，仿佛那破烂不堪的地方也是吃货们另一种档次和身份的象征。那时，我有一哥们，在蛤蟆街旁边的大众商场上班，一月几十块钱，收入不高，却盛邀我去蛤蟆街，他跟那家店也熟。吃的房间就是人家的卧室，坐床沿上，放一圆桌，烹饪蛤蟆却在街对面黑乎乎的公共厨房里，蛤蟆烧好了，店主端过街来。这是见开蛤蟆店赚钱眼红的住户，土法上马，把家当店开出来跟趟赚钱。那时蛤蟆街真是开店开疯了，哪个住户沉得住气？只要一摆桌，就有食客坐过来，能不动心吗？我那哥们也绝，先将一搪瓷碗炒米粉往桌中间一放，说早上食堂的，留着现在吃，正好。我想这哥们是经济不宽裕，省这一口来请客，心下感动。待一盆红烧蛤蟆上来，哥几个就着这米粉和一口凉啤吃下去，是会吃出文字和记忆的。果不其然，二十多年后，兄弟们见面，都记着呢！

　　人的味觉与嗅觉的记忆，往往胜过大脑，那种始于感官终于感官的记忆，是终生的。而大脑的记忆，常常误判。所以我喜欢克洛德·西蒙那种用感官文字写出来的小说。

三

爆炒。红烧。咸辣。是极其感官的！这口味强烈、极致，符合南昌人的另一种性格特征。南昌的气候是有两个极致的，冬天冷到骨髓，夏天热得要命。和武汉、长沙一样，南昌冬天湿冷，吃辣驱寒。夏天酷热，南昌人天热吃爆炒红烧，有些以暴制暴的意思。便干脆吃出一身汗来，也叫痛快。但这等痛快在像模像样的酒店里是享受不到的。进那种酒店是吃个体面，吃个排场，吃个装潢，像过去江湖人说，当老大的，得能吃三碗面：人面、情面、场面。那儿吃的就是这个。蛤蟆街偏是个让开始体面起来的南昌人吃得赤膊上阵、汗流浃背、无比放松的地方。那些东倒西歪的老屋里的壮汉美女，门前停满的光鲜车辆，与这条破街看似不相称，可正是这种不相称里透露出来的大大咧咧的自在与放松，抓住了南昌人骨子里的性格，诱惑着南昌人对这里趋之若鹜，而不屑高档酒店和佳肴美馔。

蛤蟆街是南昌饮食业的一场革命，虽因经营违禁食物（青蛙）而关停乃至消失，但南昌酒店草根化、市井化的"两室一厅"的派生，即源于此。

蛤蟆街以火爆的吃而闻名，也因"脏乱差"而成了南昌创文明的重点整治地段，其症结就在于"蛤蟆"。蛤蟆（青蛙）属益虫，贩卖且吃蛤蟆是要打击的。若断了蛤蟆贩子，让蛤蟆不流入蛤蟆街，豫章后街必正本清源，恢复本来面目。

南昌老饕在这里吃蛤蟆时，忘了这条街上有个叫裘家厂的小巷，清乾隆年间的大学士南昌人裘曰修和他的夫人——皇帝之妹裘皇姑曾居于此。老裘是《四库全书》的"总裁",是南昌人的斯文主子,想到他,那些南昌老饕是要汗颜的。

整治初期,蛤蟆贩子由明转暗交易。白天有戴红袖箍的城管转悠,人皆隐蔽,玩"坚壁清野"那一套。入夜了,暗中交易的店家,仍操起灶盆红烧爆炒不止,满足贼心不死的食客的胃口。动静一大,城管连番夜袭,终是禁了店家的妄举,也彻底斩断了那帮老饕的念想。

食客们火爆的南昌夏天好像也在这里暴毙。今天再到安静的豫章后街,恍若一梦。

"古老的小街,陈年的房子拥挤在两边,跛子街是一道幽深的长廊,众多油腻的脸,浪花般拍打过来,商人的吆喝从过去传到现在,那是生的喧嚣。"(苏小和)

现今南昌老饕想重温那种吃法,多往近郊或乡下跑,就着新建区大塘的"清明酒"或昌东罗家镇的"土茅台",别具风味。尤其那酒,入口甜柔里带有暗藏的火焰,仿佛"温润女性之躯,欲望深藏,淫荡都在骨头里",人吃起来抱着不放,纵是有酒量的汉子,半斤过后,亦必跟跄,不扶墙走,还出不了鸡毛小店的门。我读鲁院,有个同学雷平阳,他说云南有个叫雨河的地方,"雨河"这名字好!那里人是"半斤酒,一斤鱼,身边跑着拖拉机"。我想那拖拉机也敌不过当年夏天踢踏来去于蛤蟆街的南昌人的拖鞋板子。那爆栗般的脆响,定可佐酒。

蛤蟆街关张的时候,我家的邻居老钱歪着嘴笑了。他龇着牙齿说话,带着江浙的口音:"蛤蟆是益虫,吃蛤蟆的人是自甘堕落,把自己当害虫哩。像我专吃害虫,就老好老好了!"

老钱姓钱,偏没甚钱,却是一把吃的好手。没甚钱也要在吃上做文章,吃蟾蜍、吃老鼠、吃野兔、吃山猫、吃毒蛇。老钱每次拎回稀奇古怪的食物,街坊皆一脸惧色。老钱敢吃,他率领老婆孩子一家大小吃得破釜沉舟、豪情满怀、以一当十、气势磅礴——百二秦关终属楚,三千越甲可吞吴,如此经典的句子,不挂在老钱家,可就浪费了。老钱边吃边龇着牙说:"好吃,你试试?"邻居忙谢着往回缩,老钱便歪嘴,笑出一脸噌瑟。仿佛整条芭茅巷,唯独他是一个成功者,一个王侯,一个提前进入小康生活的人士,一个鲁迅赞美过的真正的勇敢者。我觉得老钱仿佛会在心里笑话不敢吃的南昌人:"你们都是败寇知道吗?都是怯弱的失败者!"老钱永远在那张破餐桌上吃出成就感,也因此在芭茅巷扬名立万。他吃的胆色令豫章后街开蛤蟆店的小老板都咋舌。老钱二女儿叫古兰丹姆,是外号,双眼皮、鹅蛋脸,像个电影演员。邻居小强偷过她晒在屋后的三角裤,藏在被窝里整一个月。小女儿有羊角风,偶尔发作,吓死人,倒地上浑身抽搐,头叩石板,口吐白沫,爬起来拍拍灰对别人说:"没事。"她的额上却在渗血,邻居议论是老钱把孩子吃出毛病了。老钱的大儿子人老实,后来有了出息,仿佛跟钱发生了关系,当上了某银行胜利路支行信贷部主任,每周日还会带妻到芭茅巷与父母共餐一次。老钱一早经过巷口,不知从什么地方拎回一只土鳖,龇着牙说是野生的,不是人工用避孕药养的。人竖起大拇指说:"老钱,你,能吃!"老钱竟突然变得谦逊,歪着嘴说:"儿媳——怀孕了。"

忽然想到钱锺书说的话:"洗一个澡,看一朵花,吃一顿饭,假使你觉得快活,并非全因为澡洗得干净,花开得好,或者菜合你口味,主要因为你心上没有挂碍。"

四

南昌人吃虽不似老钱胆大,却还是会吃,且不乏创意。南昌人最钟爱的一种食物乃鄱阳湖的草,被外人轻贱着,南昌人却视之如宝。那草叫藜蒿——藜蒿炒腊肉,绝对厉害!传说南昌人古代用来招待过明太祖,后来周总理尝过,评价也不低。鼎鼎大名的藜蒿十足是南昌酒桌上的"明星",不下于央视春晚的赵本山。北京奥运会,藜蒿炒腊肉当选为国菜,招待世界各国运动员。南昌饭馆放起了鞭炮,鄱阳湖的草,这回可要露大脸了。等到奥运开幕,藜蒿已下季,多少南昌人为藜蒿与奥运失之交臂扼腕叹息。面对乡人的痛心疾首,我以为大可不必,且外国人要吃藜蒿还是得来本地,那味道才叫个正宗地道。另外我觉得,如果下下下届奥运能在南昌举办,最好改在春季,那时鄱阳湖的草堪称茂盛。招待外宾,绝对让人吃得咂嘴,爱上南昌,不虚此行。谁说南昌人拿不出本地的"国菜"。自个儿闷头吃,外人当然不知道,请人家来吃就不一样了。

南昌人的红烧肉也该属江右名菜,老毛爱吃,俺也紧随其后。肉需五花,精油下锅,猛火爆炒。老抽、姜丝、蒜头、料酒、米醋、白糖、油、盐俱下。施水红烧,文火半小时,问鼎天下。红烧肉与东坡肉乃兄弟。前者凶狠猛悍,后者敦厚儒雅,都是文人福利。武者也不放过,箸下就擒,舌苔打滚,味蕾呻吟,牙下粉身,如穆桂英大战洪州,杨家将喋血金沙滩,西门庆肉搏潘金莲,岳元帅就义风波亭,何其壮哉的命运!饭局豪客纷纷失败于高血脂、高血压、高胆固醇,无异于高官落马石榴裙。红烧肉乃领袖和人民的至爱,老毛逝后,这舌上摇滚之物,俺亦当下箸小心。

今人爱吃红烧肉,又畏之如虎,辛苦一辈子,当然是怕贪吃几块红烧肉整成脑血栓,玩残玩死。这又令我想起南昌人对绝顶美食河豚的态度,过去南昌老饕是有"拼死吃河豚"一说的,那种决然赴义的气概,是让我等动容又惭愧的。河豚,貌似鱼中的猪八戒,危险的美食,仿佛引诱食客犯险的诡计。"拼死吃河豚"是老话,我最早听自我已故岳母之口。她年轻时,看见同村的老歪不怕牺牲,从村前赣水里捕河豚,食肉取子,油烹下酒,味极香鲜。赣水流至今日,河豚似乎去了新马泰,江边只有远东酒店。十数年前,同学老安当副局长,动用权力资源,邀十数文人,到如今已经关门的"唐人街",算是进行了一次拿性命赌上的味蕾冒险,首先吃了一回河豚。河豚上桌,众皆小怪与大惊,厨师微笑上前,亲自尝汤,将吾等心中毒意去尽。待吾等小心翼翼将河豚伺候下肚,其鲜美不过尔尔,却有虎口脱险,侥幸未死,仿佛不负此生之感。众皆雀跃豪勇,如同入虎穴、摸敌营、炸碉堡,得胜凯旋。十几年后,吾等侥幸未死,年前在广东中山又吃了几次,无惊无险,感觉平平。

那日,摸到二纬路三号一酒家赴饭局。二十世纪三十年代蒋介石设立南昌行营时,这是戴笠公馆。若不是才女蒋为农的爱人李哥介绍,俺虽与人合作写过《南昌行营》一书,却还真不知道戴公馆在此。赶紧用手机拍了几张片子,以存之。这里应该是作为历史旧迹好好保存的。民国时的别墅建筑,南昌尚有不多的几处,阳明公园的熊式辉公馆是保留了。还有几栋有可能被拆,真该手下留情,不然,我们的城市就没历史了!不该沉重,朋友相聚是开心的。这家菜确是不错,以野味鱼蔬为主,味蕾昨天在半岛酒店吃麻木后,到这里又恢复了鲜活感。酒过几巡,诗人意兴大起。原本是一个欢宴,竟弄成了个小小的"五一"文艺联欢晚会。凭借长篇小说《八大山人》火爆了一把的孙海浪兄意气风发读起了刚写的历史随笔。诗人蒋为农朗诵起了《梅花中的女子》,十分婉约。女作家黄夏君花旦出身,原本想来一段《苏三起解》,我嚷着要她来了一段正宗的南昌采茶戏《方卿戏姑》。

那里,在改为酒家的戴公馆唱起《方卿戏姑》,真是有点"今夕何夕"的意思。

这里,我却想到,有一次白先勇到上海看上昆的《长生殿》,散场后拉着主创们吃夜宵,居然四处爆满,便将一行人引到汾阳路越友酒家,不想,那酒家的房子竟是白崇禧当年的公馆。白先勇小时候就住在这里,触景生情,说:"这人生真是太戏剧化了。我写了篇小说叫《游园惊梦》,这下可真是'游园惊梦'了。"

看来,吃这事,牵涉到的事往往在吃之外。

双城记

母亲叫胡景芳。母亲五姐妹的名字中都有一个"芳"字。

由于母亲生在景德镇，所以叫"景芳"，大姨生在南昌，就叫"兰（南）芳"。身为南昌人，我最初对景德镇的印象，便是从母亲的名字里得来。似乎听母亲说过，当年外祖父在景德镇报馆做事，于是母亲便在那儿出生。母亲说那时在报馆做事还是很吃香的，外祖父抱周岁的母亲到瓷器行，母亲不慎打碎不少瓷器，人家都极给面子，很是包容。这事母亲至今念念不忘，觉得亏欠了人家。

母亲年轻时是个美人，父亲幽默地说，是沾了景德镇青瓷的光，才生得好看。父亲也仪表堂堂，放在古代，完全是对璧人。现在看两人当年的照片，我和姐妹都忍不住夸父母真是俊男美女，而今都高龄了，二老走出门去，也自有一番风度。父亲一辈子都在机关上班，当年同事们都说他娶了一位电影明星。我十几岁，也能从母亲所在的胜利路妇儿商店知道，那里的女同事都把母亲看作最有气质风度的人，明里暗里都有些崇拜的。母亲年近四十，走在街上，都是有回头率的。现今母亲七十多了，我每次把相机对着她，她都像怕狗仔队的明星般极力躲闪，说老了，拍出来难看死了。这是因为她知道年轻时的自己漂亮，老了怕丑。我说你又不是明星，怕什么！话虽如此说，心里还是有些悲伤。母亲毕竟老了。但她出门上街,仍着装整洁,注重仪表,根本不像她那岁数的人。在我的印象里,景德镇是和母亲相连的。

我初到景德镇,见到的是满地瓷器。那是二十世纪九十年代初一个冷得掉牙的冬天,从上海乘辆大货车返南昌,我一路上肚子阴疼得厉害,几个同伴却缩着脖子笼着手兴致勃勃地穷聊,其中讨论颇热烈的一个话题就是路过景德镇时去买几只大青花瓶。那时南昌人家里结婚或新装修房子,除了买大彩电、录音机、空调、沙发,就是立两只半人多高的景德镇大花瓶,以求"平平(瓶)安安",跟当今酒店宾馆大堂差不多。特别是做生意刚淘了一桶金的人,忙着把陋巷的旧房装修一下,破板壁上贴墙纸,漏缝的地板上铺地塑,抱进彩电沙发,急不可待享受"小康",即便走在一脚陷一坑、令花瓶摇晃的地塑破地板上,人还是兴高采烈,初尝物质幸福的兴奋不可遏止。仿佛南昌人家里没有两只立地景德镇花瓶,便根本不好意思让人进家门,乃绝对"土鳖"!所以这次车上几个同伴是铁定要从景德镇抱几只花瓶回去的。车没进景德镇,路两旁就满是瓷器,同伴眼发光,赶紧喊停车,先后狼奔而下,一问价,回头兴奋地压低声音交换共识:比南昌便宜!便王老虎抢亲般,一头扎进花瓶堆里。我跟人一搭话,竟是南昌口音,问是否南昌人来做生意的。回答是当地人,世代都做瓷器活。我才发现景德镇人跟南昌人说话口音颇相像。想到母亲是景德镇出生的,觉得南昌与景德镇缘分不浅。当年一批批南昌中学生随校迁往农场务农,后来安排进城,那么多务了农的学生,是不可能回南昌的。是景德镇张开怀抱,接纳了这批南昌的孩子。老舅当年就是那样进了景德镇印刷机械厂,每至春节回南昌休假,都大包小包带回许多瓷器,那时是七十年代,印象里景德镇瓷器都是国营的,比现在的瓷器要精致,胎质也好。老舅带回的有日用瓷,也有造型生动的摆件,如一套"长命富贵"的瓷罐、"红楼人物"瓷,皆精美得很,至今难忘。

过去南昌有条老街叫"瓷器街",专营景德镇瓷器,南昌人有"打碎瓷器街,堆起瓦子角"之说,瓦子角在中山路与象山路交汇处,乃闹市。据说昔日瓷器街店老板惹毛了一进城后生,被一根扁担从街头打到街尾,满街瓷器都被砸成了碎片。那后生也真了得,想必是从梁山上下来的。

诗人沈浩波诗写得有意思,图书公司也做得不错,他写家乡沈家巷:"沈家巷消失在时间里,这个名字已经不存在,我们喊不回它的灵魂。"我想的是南昌瓷器街的灵魂,那些"声如磬"的瓷声,以及破碎时的尖叫。

瓷器街没了,南昌胜利路却曾有一家专营景德镇瓷器的江西瓷器店,临街的玻璃橱窗里都是当时景德镇的艺术瓷器,有老农放牛、华南虎等,一尊披纱少女像令人印象尤深,几乎成了南昌人对老胜利路的一个"集体记忆"。我想,那一代不少南昌人对景德镇的认识是从那尊披纱少女艺术瓷开始的。日前,从小在射步亭长大的女作家梁琴从北京打来电话,竟聊到老胜利路,聊到东方红餐厅、妇女儿童用品商店、真真照相馆、亨得利、太阳升理发店,她心心念念的却是那家瓷器店:"一个披纱的女孩,努起嘴……那一个轻盈的梦,是所有南昌孩子成长中的梦……'披纱巾的女孩'痴迷于那一格一格的瓷器纱巾,薄如蝉翼,像真正的纱巾,那么轻柔地披在女孩的肩上。你头抵着玻璃橱窗……挤扁的鼻子努力想接近那张粉嘟嘟的笑脸……"这是梁琴的回忆文字。现在想来,那尊瓷像应该是出自一位景德镇瓷艺大师之手,但是我清楚,那时瓷艺这行,没有省级、国家级的这个"大师"与那个"大师"之称,只有精湛的技艺、精湛的作品,他们只有一个统称——景德镇。

几年前,为了寻找儿时的梦,我和同在这条街长大的妻子一起寻找过那尊瓷像。当初的江西瓷器店早撤出了已改为步行街的胜利路,居然蜷缩到步行街拐入中山路的老供销社二楼一个不起眼的地方,楼下也无店面,只挂了个瓷器店牌子,上楼,在昏暗中能发现一些熟悉的老瓷器。令我吃惊的是"披纱少女"还在,且不止一尊,皆灰旧、残破,那一格一格的瓷器纱巾,薄如蝉翼的网纹,已然破烂不堪。我原本和妻子商量,若找到这尊瓷雕,一定买回来,用丝绒为垫将它作为珍贵的记忆供奉起来。而这次"邂逅",大大出乎意料,仿佛梦中情人见面时突然变了丑陋老妇,情何以堪?且完全不似印象中那么完美,甚至工艺粗陋,有可能是仿制品,但那种陈旧和时光留下的痕迹,使人又怀疑它就是旧物。店主报价五百元一尊,有求之不得让人买走的感觉,使我和妻子决意把那个"梦"永远留在心里。希冀有朝一日,景德镇能奉献出不负一代南昌人"记忆"和"梦想"的瓷艺精品。

南昌人与景德镇瓷器的感情和文化纠结,绝不止于一条街、一家店,或者记忆和梦想的纠结。就如同我与我的母亲,那是亲人的纠结与连带,是无法割舍的。我也注意到,有研究者推断南昌八大山人的大写意,似乎从景德镇青花那里借鉴了许多。"只要见到元明时代景德镇的青花瓷绘,就会吃惊地发现八大山人画松、石、鸟等种种变形的特点,与景德镇的青花瓷绘上的松、石、鸟十分相似,八大山人所追求的简拙二字,瓷绘艺人早已掌握。"有专家认为:"八大山人必然见过这类瓷绘,并且有意识地吸收了青花瓷绘简拙、生动的长处,并以此为基础发展他自己的花鸟变形。元末明初的青花影响了八大山人,他也影响了后来的民间瓷绘。否则,为什么瓷绘艺人多用八大山人之名,而不用其他画家之名呢?"已过世的吴子南先生说:"曾经有过一把茶壶,上画一石一鸟,署名八大山人。"专家由此得出结论:此类"仿八大山人笔意"的瓷绘在民间多有流传,说明八大与瓷绘艺人在艺术追求上存在强烈共鸣。

对此，我借去景德镇拜访一些开艺术工作室的朋友之机，专门与画家云一先生交换过看法。云一是不错的画家，他的写意画文人气息浓郁，更难得的是他从事过绘画研究与教学，悟性极高，见解独到。他在景德镇从事瓷绘创作，是我见过不多的有真正艺术品位的艺术家。云一认为，像八大这样独步古今的大艺术家不太可能会受瓷绘的影响，尤其不会影响到他艺术创造的关键点：变形。而民间瓷绘绝对会受八大的影响。我赞成云一的看法。写作之余，我也画画，这是多年的爱好，且画的多是大写意，我深知大写意画家的看家本事就在变形上，通过有个性的变形，从普通物象中提炼出有自己特点的造型符号，这种才能在八大身上绝对是天赋。依八大的眼界和秉性，瓷绘或许入不了他的法眼。那时的瓷绘绝不似现在市场上"炒"得这般热闹。八大也不会把瓷绘与其绘画等量齐观。如云一，他作为一个成熟的画家，只是以瓷绘的形式介入市场，不一定是以瓷绘来提升自己的艺术创作。在一个朋友的工作室，我尝试在瓷上绘画，深感大受材质的束缚，在宣纸上可以挥洒自如，在瓷坯上竟无法施展。与我同在瓷上初试身手的，还有一位中国美院的老教授，他边画边摇头，说他的艺术水平在瓷上大打折扣。

开工作室的朋友提笔为我们在瓷坯上示范作画，我发现他用的更多是技术，而不是艺术。比如他提笔是用另一只拳头支着的，方不至于悬空。而且瓷吸水快，你根本不可能用笔来渲染出水墨效果，我见朋友完全是把水墨般的画料用水拧在上面，让它形成自然流淌、吸收出来的效果。即便如此，你全部在瓷上画完了，还仅是做了一件瓷绘的一半，另一半必须全部交给窑火，通过非你之手产生的窑变来完成。如人所说，"广义的'窑变'包括变质、变形与变色"，基于此，瓷绘作品仅仅就是工艺创作，而不是画家一支笔就能完成的。在景德镇从事瓷绘多年的郑云云说："瓷绘是在生坯之上落笔，生坯吸水性大大超过宣纸，落墨即被吸干,要求迅速走笔一气呵成,这种情况决定了青花之类瓷绘的简笔与写意风格。"我亲手画过瓷绘,对郑云云此说深为认同。但我认为,这种由景德镇特定材质决定的"写意",与一生都没有从事过瓷绘实践的八大的"写意",完全是两回事。前者(民间瓷绘)在技术操作的层面,绝对会模仿八大的简笔写意。但八大发于心的创作,不会受瓷绘影响。也就是说,是南昌的八大山人影响了景德镇的民间瓷绘,而不是景德镇的民间瓷绘影响了八大山人。

我当时发过一条微博:"到景德镇,拜访云一兄,领略了他工作室的'自在',平生第一次在瓷瓶上作画,不得要领,主要是书画材质转换的不适,自信有可为,隐约觉得一个艺术的新天地已在不远处。"

艺术评论家陈政兄看到,当即发评论:"坚决反对程维在瓷上绘画!"

于是,我们在微博上有如下对话。

陈政:"陶瓷艺术主要成就还在工艺本身,简单地将纸上绘画移上陶瓷,是认识上的一种错位,何况前人在二十世纪初业已完成。目前许多画家蜂拥而去画瓷,银子之魅为主要诱因,很难在艺术创造方面有什么指望的。弟大才,涉文人画可为,涉瓷画不可为也。"

程维:"景德镇瓷绘虽然大半是工艺技术,艺术含量不是很高,但还是一种艺术载体,不能说是艺术形式,它的材质技术相对束缚了艺术的主观创造力,但景德镇还是有好的、人文气息较浓的艺术。"

陈政:"既有此感觉,那就尽人事,听天命吧。"

我知道陈政兄是对我鼓励和爱护,他既是一位具有文化使命感与艺术良知的学者,又长期担任江西美术出版社总编辑、社长,对中国美术和景德镇的陶瓷艺术有深刻了解与思考。他是最早整合景德镇陶艺资源的出版家之一,为景德镇的传统和当代陶瓷艺术整理、编辑出版了大批有价值的资料，为重振瓷都号症把脉，写出了《警惕景德镇的精神塌陷》之雄文，针对日趋市场化、商业化从而导致平庸化的景德镇瓷绘乱象，开出了一剂猛药。这是从南昌发向景德镇的声音，也是骨肉相连的呼号。

在南昌广场东侧省政府旁边，这些年倒是鳞次栉比地开出了一溜景德镇陶瓷店。记得上次去北京开文代会，梁琴要我为她从那里拎两套景德镇的"水点桃花"过去，说人家很喜欢。我没事走在步行街，看见铺了一地瓷器，说是景德镇厂家在南昌搞直销，有名家瓷，也有日用瓷，我也会走进瓷阵挑挑拣拣一番。

南昌与景德镇似乎一直就是这么纠结着。我心里也一直想着，母亲离开景德镇也有数十年，合适的时候应该陪她回去看看。

遍地泡王

有一老友,得一外号:大梭子。梭,乃"唆"也!

何意? 南昌人称好拿大、说空话、吹牛且带忽悠性质的,为"唆泡"。泡——空且飘忽的,如气球、肥皂泡,随时会破灭。梭,在南昌新方言里乃名词作动词用,有不费力、张口就来、游刃有余的意思。大梭子,多半是泡王级的牛人。我有一兄台在衙门里混,牛皮吹破天。珠宝街街口"老南昌"茶楼,乃哥几个没事唆泡的常去之地。那次外省一诗人来昌,自称喝倒了五省的诗界牛人!豪言搁在茶桌上,哥几个急,老友乃拎酒瓶上阵,大有杨子荣一撂盒子炮,舍我其谁的豆渣劲儿,给一个排,老子立马拿下威虎山,活捉座山雕!那晚斗酒,自是两败俱伤。老友醉得不浅,面对饮起酒来比动物还凶猛的诗人,他能吹,但二十几瓶冷啤吹下去,还是酒瓶把老友吹趴下了,胃下垂,进工农兵医院打吊针,一躺半个月,这才面有起色地仿佛回转人间。日前又见他在电视上吹,在报纸上吹。我这兄台便有这本事,在官员里他吹文化,在文化人里他吹官场,他自许官场文坛"双栖动物",所吹内容视不同群体而变,决不在同类人中吹同类话题,以免露怯,他每扼准人的知识盲点下嘴,大吹特吹,让人无还嘴之力,只有服气,转而起敬。此为"他山之石,可以攻玉"。

南昌人是以低调著称的,却不想一早起来,酒楼茶肆,街头巷尾,报刊电视,泡王遍地。仿佛一夜之间,南昌人从一个极端走向了另一个极端。一向老实的南昌人,似乎突然不想让自己再老实了。"老实"成了个不名誉的词,"唆泡"反成了南昌无处不在的热门词语,一个南昌人每天嘴里不重复几遍这个词,反而不像是南昌人了,好像吹牛唆泡成了南昌人生活的一部分。一日不吹,便生寂寞,泡王不在,便不热闹,于是你唆他唆我也唆,皆蠢蠢欲动,加入泡王大军。于是口才有了,忽悠水平长进了,泡唆大了,仿佛能量、气场也不弱于他人。这就是我们这个世界顶顶好玩且有意思的地方,像是出了什么问题,又似乎平安无事,但人人都焦虑着,且莫名其妙地猴急,怕自己被甩了,跟不上趟,且不管这"趟"是什么货色。这便浮躁了!

过去有生意人,能以孬充优,卖货于别人,将"稻草说成一金条",往小处论,此为不诚信,往大里说,是欺骗。南昌人向来是瞧不起这种人的,宁可不吹,不赚钱,不忽悠,不炒作,也要坚守本分。就有人说南昌人老实,愚笨,头脑不好使,不得转。商场上总遭外地人骗,痛定思痛之后,南昌人似乎很得"转"起来。是为了摆脱愚笨老实的标签,还是为了迅速超常规"崛起"?抑或南昌人本质里就有唆泡的天赋。我那过世的岳母,实在是个善良而肯吃亏的人,计划经济时期,缺吃少用,一大家子人都顾不全,她竟"慈善大使"般周济找上门的乡下人,嘴边挂着的两个字是:我有! 其实她比有田有地的乡下人还穷,但她身为南昌城里人,硬要撑这面子,忍着肚子痛,也要吹两句。现今南昌人唆泡,不限于"面子",有的是要图实利的,比如做生意的要赚,先将不好的"唆"为好的,才能卖到价钱。当官的要"唆"政绩,否则别人哪知其能耐,要会做,更要会说,终是把"说"看得比"做"还厉害。于是"官员明星""学术明星"都有了,其实都是南昌人说的"泡王"。

书院街过去是读书人的所在,二十世纪老洪都大学在那里,我大叔和一个姨都从那里毕业,师范学院原先的老宿舍也在那里。书院街居民里的子弟走出了几个读书人,也确实为败落的书院街扳回了一些面子,但也出了一个"泡王",让我的朋友写入了小说。名字不提,彼兄现在纽约,常以出身书院街的"国际美术家联合会"主席的身份现身南昌,先是作为美国贵宾受到市政府"金秋经贸节海外招商引资会"邀请,好吃好住好玩地款待,受领导接见合影,以国际艺术家身份回母校演讲,被列入校史英才录。我也在一些文化活动场合见过他,轮到彼兄发言,他只说马上就要赶航班返回美国,便匆匆说两句,他说的都是显摆自己在美国如何风光的话,然后离场,仿佛美国那头离他一日也不可。次日,朋友组饭局,我们又在酒桌上不期而遇,方知昨日彼兄是虚晃一枪,糊弄人的。而酒桌上他又向众人出示他在美国与前总统布什、克林顿及众多老外的照片,以及其美术作品。我也浸淫艺道,自以为还算美术"票友"。但即便以一个美术"票友"的眼光,我也觉得这位南昌老乡的艺术水准与其"国际美术家"的头衔相距万里。巧的是,一次看香港凤凰卫视拍的"唐人街",反映漂泊在美国的华人的艰难生存状况,却赫然见彼兄在镜头里。天将黑的纽约街头,彼兄背着画板正溜达,好不容易逮着个肯坐下来画像的。彼兄哈着气,面露喜色,将脏黑翻毛的画板展开,开始素描,与在南昌冠冕堂皇被政府礼遇的"国际美术家联合会"主席,判若两人。我不明就里地问朋友,朋友解惑,说彼兄移民美国,穷困潦倒,靠一点小时候的爱好,在街头为人画像谋生。某次生意清淡,便躺在椅子上睡着,被街警当流浪汉送去难民收养所,与两位墨西哥流浪画家同居一室,三人一拍即合,当即成立了"国际美术家协会",彼兄做主席,坐了头把交椅,另两人分别做了副主席。彼兄回国来昌不仅以一副"衣锦还乡"的模样混吃混喝,很受各部门待见,且以发展"会员"的名义,收费赚钱。回到美国,他用那受到地方政府官员接见及礼遇的照片

书院街

忽悠美国人，又用电脑合成的与美国前总统的"合影"，忽悠家乡人。朋友与彼兄是发小，自然不点破。我不由感叹，南昌人什么时候竟长了这等本事！"泡王"一词在南昌流行，成为改革开放以来南昌话里的一个"热词"，还真不是空穴来风。

过去人，对天地万事万物，皆有敬畏心。明清小说里英雄上阵得了胜或箭中靶心，都会暗道声惭愧来。元曲里人升了官或发了财或得了良缘，皆说天可怜见！今人反之。

我有一乡下侄子，是做泥匠的，跟带他上路的包工头师傅混了十几年，活得仍困顿。忽一日，师傅念其忠厚，给他包了一个小工程，多少赚了一点，他便不知南北，仿佛自己是"杨百万"了，逢人就吹自己有钱，惹得无数人找他借钱，不胜苦恼。我这侄子还是老实人，穷怕了，自卑得很，有了点钱，便想扬眉吐气一把，却是不会唆泡，不在泡王之列。南昌泡王，所唆之泡，皆铁板钉钉，死无对证一般。如彼兄，若不是偶然被我从凤凰卫视看破，别人不说，谁明究竟？即便随处可见的南昌唆泡客，也知所唆之事往往无法印证，且说话皆对正听者心思，自是撩人得很，那功夫，也算是有的。有人不过一科级小官，偏唆自己天天和大官打交道，这也是有的，他再唆，跟书记、市长都是哥们，你也无法印证，不明就里者，只有仰望的份了。这等唆泡者，一是抬高自己，二是糊弄他人，在社会上急于得到别人的确认。实际上显示的是一种和我乡下侄子无二的内心的自卑与身份焦虑。

南昌人有钱了，不一定吊在嘴上，却是变着法子显摆，唯恐别人不知，面孔跟某些官员般，挂着戾气，都是暴发户嘴脸。买七八上十套房产，一个霸气十足的土鳖，趴在"路虎"方向盘上，会是什么样子？读胡兰成，方明白，有钱了，不一定就做暴发户，须"有钱的华丽深邃，还比官家清洁"，才是大好，才有贵族的"贵气"。只是现今南昌人一有钱仿佛都一个德行,全然"老子第一"似的,男的开"路虎",气势汹汹,斑马线不减速,女的遛狗,狗也像个贵妇。女人不单行,跟几个同样有钱的"富太"与"官太",嘴里必定还在炫耀着什么,一截苦瓜脸净是脂粉。这样的景致,我每天晚上在红谷滩散步都能见到,不好,大煞南昌风景。

过去南昌人胆小、谨慎、保守、穷。没有底气,是不太敢说大话的。从官方到民间几乎少有吹牛唆泡之事,这些年到外面一看,南昌人并不差,似乎还说得过去,虽然未必比人家强,但跟过去比,还是有些"天翻地覆慨而慷"的意思。尤其外地来南昌为官的,都能说会道,一套一套的,把南昌人先是说得一愣一愣的,心生佩服,一些新概念、新理念,未必在实际操作里多管用,却说得人不得不点头称是。南昌人多以"说得水点得灯着"形容人巧舌如簧。这几年,南昌确曾来过一些"说得水点得灯着"的官员、学者、专家,着实让老实巴交的南昌人的"死脑筋"开了些窍。加上这几十年来外地人来南昌做生意,开始南昌人多受骗,买到人家的假商品,或见人家成本低廉的商品,能翻十几二十倍的价格赚南昌人的钱。南昌人渐渐从中看出了一些道道,便开始仿效跟风。话慢慢往大处说,事却朝虚处做。牛皮是吹起来的,"泡王"是唆出来的。一旦凭唆泡忽悠到了人,图上了实惠,便愈发胆壮起来,不仅在陌生人前唆泡,熟人间朋友间也唆得天花乱坠,好像不唆不能显示本事,不唆不能抬高身份,不唆便显得自己无能。一唆便唆溜了嘴,不唆还难过,一唆就收不住。唆泡弥漫于饭局、聚会、研讨会、讲台、电视,各种大小场合,南昌人以唆泡为乐,以唆泡为能,已成恶习!

与"唆泡"一样,当今南昌话中出现频率居高的词还有:路皮(无赖、贱人),脱神(不守信用、出尔反尔,南昌人说"这人好脱"),端人(说献媚话),懂眼(领会别人意思,主要是领导意图),印点(投其所好),操角(拉关系、走后门),发轮子(暗示给好处),捏万(作假),识得、全识(立马全懂他人意思),得转(脑筋活络,会见风使舵),玩得转(场面上有人脉,吃得开)。

到南昌来,须懂南昌这些话,否则便如南昌人所说,是"墨鱼"一只,亦即菜鸟一个,是没人瞧得起的。反之,如果是既"懂眼",又会"印点"和"操角"的南昌人,那绝对是"玩得转"的。这种人跟泡王不是一个级别,但有些泡王具备这些能量,市井人看来便能"风生水起"。

说句笑话,当今南昌的茶馆,低档的搓麻打牌,所谓高起来,牌不打,麻不搓,一个泡王带几个泡客常驻般猛唆。茶也罢,禅也罢,悟在心里,不在嘴上。"文化嫖客"出入,仿佛让茶馆有了文化。所幸有人在做回茶本身,草木之香,自在之妙也。这些日来,一边写《南昌人》,一边读胡兰成的《今生今世》,仿佛也在感受自己作为一个南昌人的今生今世,而胡兰成那个浙江嵊州人的"生世",尽管"韶华胜极",满是寂然欢喜,却也是"他生他世"了。胡兰成的世界如何与今日相比?农耕的胡村与后工商时代的南昌,一个草木淳朴,一个浮躁物化。南昌人肉泥凡胎,烟火气重,在俗世中打滚,不吹一次牛,不唆一回泡,有时觉得便是一种缺陷。南昌人说:"这人连吹牛唆泡都不会,还怎么做人!"如是,泡王则似乎总认为自己掌握了开启人世的钥匙,在人肉世界游刃有余。竟不知泡是上了天,身子却往下坠。

世人皆知"吹牛不上税,吹牛不犯法",便死命吹去。南昌人的唆泡小则是开玩笑,大则是不诚信。玩笑自可笑而忘之,不诚信却比较麻烦。吹牛本不是南昌人的专长,唆泡则是南昌人将外地的"吹牛"和"忽悠"本土化了,又有其独到处,有世俗江湖习气,更兼庸俗与势利,说到底还是一种身份焦虑症的发作。南昌人这二十年老实本分者固是居多,但露头脸者多是唆泡客。大致有两方面的原因,不可忽略。唆泡而外,便是"捏万"。其实二者互为表里,往往弄虚作假者,嘴上必吹,把泡唆大,把假说真,这真是颠倒乾坤,却还有人信了。南昌毕竟还是老实人的土壤,不老实的人跳起来一唆泡,老实人自觉煞是可观,且当今人心本浮躁,都在糊涂着玩世,谁还较真?温床有了,泡王自是横行。胡兰成说的"贞静",仿佛不在今生,而是往世烟云。

寡酒清欢

> 往事有若异乡,他们在那里做的事情都不一样。
>
> ——哈特利

在南昌生活了半世,若说给我印象最深的南昌人,莫过于我的祖父和外祖父。从我出生到他们离世,甚至在我出生以前,他们都在南昌。满嘴南昌话,从没听他们说过一句普通话,我甚至怀疑除了南昌话之外,他们还真没第二种话可供口齿支配。他们的人生遭际、性格习性乃是最典型的"南昌人",活在当下的南昌人基本已丧失了南昌人的本色。这种"本色"虽非什么有继承价值的传统,但至少是一种"南昌人"的南昌味。

祖父程玉华,貌清癯,内向、少言,颇有酒量,竟从未见他纵饮。外祖父胡信诚坎坷一生,却是乐天派,印象中不太沾酒。当他难得端起一盏瓷杯,桌无一菜,便道出"寡酒"这个词时,我才三岁,穿着个脏乎乎的反罩衣,两条鼻涕一吸一吸地垂在唇上,心里是想让外祖父撮点什么送到我嘴里的。见外祖父嘴一抿,眉微皱,应该是很受用地将一盏白酒饮落肚,欲寻点什么解酒,桌面空空如也,便笑笑,对我用地道的南昌话说:"寡酒。"馋虫在肚子里钻的我自然也没沾到一星名堂。只是这个词,我记了四十年。"寡酒"是南昌方言。祖父饮酒,就一只咸鸭头,或一小碟花生米之类,这已是上品。但鸭头之于祖父,几近道具,解酒,或在啜上一小口至下一小口之间,有一个过渡的程式,祖父是拈起鸭头,舔一下,以咸味下酒。现在想来,那鸭头的咸是重要的。酒饮罢,鸭头几乎原封不动用托盘装着,搁上悬空吊在厅堂的菜架。那菜架是由几根竹片做的,八角形架构,两层,可放八碗大菜,记忆中,架上除了经年不少的一碗腌菜之外,偶尔就还有祖父独享的一只咸鸭头,其余便空空荡荡的,常常轻飘飘地晃秋千。那鸭头,两角钱一只,悬在空中,馋得我要命。总盼着祖父能从上面撕一丝肉下来,塞到我嘴里。爸爸却对我说:"你知道那只鸭头祖父要吃多久?半个月。"我努了努舌头:"天呐,那不要坏吗!"爸爸不答,以轻慢表示对我的责备。其实我知道每次鸭头搁上菜架前,祖母都要很慎重地热一遍的,或放点酱油或加点盐,所以那鸭头也就不愁无味。

　　祖父饮酒是很有趣的,只独饮,不说话。若以花生米佐酒,一次,也只一粒入口。边嚼,边搓手,像是满嘴滋味,好得不得了,仿佛嘴一张开,滋味就会跑掉,哪有空说话?祖母话多,每回说得"水都点得灯着",祖父也不搭一句。他是个好听众。没有这样的听众,祖母也寂寞。妈妈曾对爸爸说:"天是将人搭配好了的。"祖父是艺人,三十年代就开始在南昌采茶戏班子里拉胡琴,多少年下来,已是南昌梨园的胡琴圣手。他老人家早起第一桩,便是饮一杯酒,空腹,然后夹一把胡琴去戏园子。半夜散戏,要在茶铺坐上一会儿,才用油纸包一些点心回家,他要将老母从床上扶起,让她高高兴兴把点心吃下,才休息,街坊们都说他是孝子。祖父是胡琴名家,圈内人都知道,只是他老人家处世低调、平和、淡泊,将胡琴拉到六十岁,才从采茶剧团退休。祖父从此不摸胡琴,只饮酒,看书。他是那种能将《汉书》下酒的人,常见他一册书看得起劲,蛮有兴致地倒上一杯酒放在手边,读几页,啜一口,其中的滋味与快乐,怕是旁人难以体会。祖父读的是上下两卷的《虞初近志》,饮的酒是三花。祖父实际上是雅士啊。

印象中没有听过祖父拉二胡,却记得读小学时,他领我和姐姐去看过一场戏,戏开演前,他将我们领进后台,先让我们在幕后等着,自己就跑去忙了。我和姐姐没见过世面,都是胆小的人,来看这种没票没座位的戏,心里总是虚的,祖父一走开,就更没了底。恰巧这时一个剧场人员过来问:"哪儿的小孩?敢在后台。"我一慌神,张口道:"我是吴清华的孙子。"那人知道是家属,也就晃着手电走了。姐姐一扯衣袖:"刚才你说谁的名字?""吴清华。"姐姐用指头点点我的脑壳:"那是《红色娘子军》里的人哩。""哦,对对!祖父叫程玉华。应该说,我们是程玉华的孙子。"那晚我们看的就是采茶戏《红色娘子军》,想必在这出戏的伴奏里有一把拉得很漂亮的二胡,就是胡琴圣手程玉华拉的。

那时候我和姐姐总嚷着要父亲讲故事,父亲就说叫祖父去讲,他看的书多,满肚子的故事。这话很诱人,看看祖父坐在躺椅上读得专注的样子,一日难有几句话出口,我和姐姐终没有提出心中的请求。祖父是寡言的。读中学时,我借过一套《镜花缘》回家,祖父有滋有味地看了,但那时候,他身体不好,已不能饮酒,否则,一套好书总要就上几杯酒的。祖父去世前曾问我:"还能借《镜花缘》来看看吗?"我去问那同学,同学说书是他爸爸的,已经锁起来了。多么遗憾!

祖父牙不好,嘴里是一口假牙,睡前必取下来,用牙刷,刷干净,然后浸在玻璃杯里。我小时候不知怎么却把那雪白的假牙从杯里取出来玩耍。祖父起来见杯是空的,仿佛假牙飞了,也不吱声,只自寻找,却不知怎的他老先生竟能从黑乎乎的煤球堆里将假牙找到。

祖父有个习惯,他住的屋子总在木柱上挂个温度计。祖父是好静也能心静的人,他可端本书一坐半天,忽然站起身,瞅瞅温度计,自言自语:"哦,气温又升了几度。"他那温度计几近古董,一条五寸木板,刷了灰漆,上面是根细玻璃管,内有水银柱,板上标着数字。这么个破玩意儿,祖父形影不离,视如宝贝。我从小就在桂旺厂老屋见到,后来他退休,随祖母迁厂去湾里,我见那东西又出现在厂宿舍。父亲请他到家里来小住,他也将那玩意儿随身带来,在墙上敲枚小钉,挂上,没事就看。南昌气温两头恶劣,冬与夏都要命,这两个季节,老人最难熬。那时没空调电扇,祖父仿佛是以自我心理调节适应温度变化。只是我年幼淘气顽劣,某日无聊,祖父外出,我划一根火柴朝温度计屁股上烤,那水银柱往上贼蹿,一下便从那头炸出去。我知道做了坏事,赶紧溜外面玩,回来也若无其事。祖父是何等有涵养功夫的人,他知我有悔色,便不吱声。也一直让那废了的温度计在那儿挂着,只是不再瞅,也不念叨气温的高低。我心里自是有了一份不敢造次。

外祖父的性情与祖父截然不同,他达观、超然,是那种能把苦日子当好日子过的人。由于早年做过旧军队的军官,从我生下来,他就在低着头做人,却不见他向人哈过腰。我出生前,他大概劳改过,我稍有记性,他就在扫大街,总是外祖母让我到街上去叫他回来吃早饭。饭后,他又挂着要打倒自己的牌子,站到自己刚刚清扫过的大街边,接受行人的蔑视。记忆中,他除了挂一块硬纸壳做的牌子之外,头上还要戴一顶同样用纸壳糊的高帽,把自己弄成个历史小丑和垃圾的样子,很认真地站在那里。每次见外祖父站在那里低头认罪,我并不难过。因为每个晚上关起门来,一家老小为外祖父做高帽子,总莫名其妙像过节似的快乐。这或许也就是外祖父的不老实,他把自己挂牌子戴高帽看成游戏。别人都整日哭丧个脸,他老先生回到家,一叩门,还跟没事似的。现在想来,这是他的洒脱啊!

写到外祖父,忽然发现近二十年没提画笔了,当年弃画从文是心有不甘的,今日午睡做了一梦,似是接通了往昔画脉。梦境是在外祖父家后院,藤条瓜架下,阳光浸染,杉木板的篱墙是小朋友常常涂鸦的地方。是时我用舅舅从课堂带回的白色粉笔头,居然像模像样在板墙上清清楚楚画出两个人儿,一男一女,画完后,小伙伴几乎都惊呆了。那时的三四岁小儿都是鼻涕搭过嘴,以扑苍蝇与捉蚂蚁取乐,连本像样的图画书都没见过,突然见其中一同类居然把他们自己或父母画了出来,想想看,自是吃惊不小。于是在院里传开了——老维会画画。(自我一岁起,舅舅叫我老维,一直叫到二十岁,后来却不叫了。)老维画了一男一女,真像。我外祖父闻讯过来,很认真地看了看,一点不吃惊。他老人家向来以有远见卓识而在老南昌羊子巷一带闻名。他一边扫大街,一边预言他这个被人称为"大头壳"的外孙,脑袋里有对金鸽子,将来非同寻常。所以外祖父见三岁的我无师自通画出两个人来,并不惊奇,对邻里小孩大人的小怪与大惊却是甚为不屑。与此同时,我涂鸦竟涂出两人来的"声名",还引起了篱墙里的一位剃头匠的注意。这位剃头匠我众唤他"秀清叔",我印象中"秀清叔"也是外祖父辈的人,其实我的叫法是套用了我母亲、姨母、舅父们对他的称呼,现在看,有点"乱",但那时南昌穷街陋巷里如我这般的土娃,是有些不讲究的。我的不讲究往往让"秀清叔"乐,这个年过半百的老鳏夫,反而对我的画开始了点拨,让我起码越画越像回事。我在他的鼓励下,甚至在整面墙和地上的大红石条上画出了如同蚁阵般的士兵,以及飞机坦克开打的场面,煞是壮观和热闹,当然,那蚁兵,是"秀清叔"教的简笔,否则我画不了那么多人,更画不出那"热闹"劲。后来才隐约知道剃头匠"秀清叔"非一般人,他是老上海艺专的高才生,又入过"青帮",混过旧军队,才沦为剃头匠。四十余年后,板墙上的白色粉笔画有鼻子有眼,如在面前,阳光灿烂。

这是我的梦,抑或是一种启示。我几乎就是从三岁的一次不经意的板墙涂鸦而开始了绘画,直到十七岁,从宋人刻版翻印的唐诗的画意里发现了文字的诗意,从此写诗行文到如今,将十几年绘画的历史几乎掩埋。午睡醒来,铺开宣纸,连画数幅水墨。画艺荒疏久矣,权作当年儿戏再现。相信我能捡起画艺,找回一些感觉,自娱亦娱人。说实话,看了一些画家,包括一些所谓一级美术师和美术教授的东西,他们的平庸给了我自信。不过,我无意与他们争名分,他们是混世欺世,我只是好玩,玩票而已。这皆是题外话。

外祖父乐观,人也长得英俊。去世前,脸部的轮廓也没大的变化。据外祖母说,他年轻时是有荒唐的毛病的。想那么个倜傥的人,不荒唐倒怪了。据说外祖父当年的荒唐不只是逛逛青楼,还把姑娘带到家里开的米铺来,而那间米铺全靠勤劳的外祖母内外张罗。可见他的荒唐是伤害了外祖母的。

外祖父年轻时又是个全副戎装的英武男子,且有一肚子的风流想法。他少年时让戏班看中,说他长得漂亮,人又有灵气,劝他学戏,他也大为动心,若不是他老爹带着三个哥哥兜头截住,他就跟戏班子一干红男绿女闯江湖去了。后来当兵做了军官,且又常驻外地,自然少不得有风流情事传回来,贤惠的外祖母只是隐忍,忍不过了,她抱着幼小的女儿就去投水,被人拉住,但从没听说外祖母有过离婚的念头。我从小在羊子巷随外祖父外祖母在一起,那时外祖父已是一个被打成另册的"四类分子"。说到往事,印象中他提到当年见过蒋介石,不过是作为万人大会里的一个听众,他甚至说看见过宋美龄。宋美人住在百花洲边上的老图书馆,亦即"南昌行营"原址,又常陪夫君过胜利路(原中正路)到子固路浸会教堂做礼拜。而在蒋、宋二人步入此教堂的数年前,这里是蒋手下的军官贺龙指挥义军攻打斜对面朱培德驻军司令部(今省京剧团大院)的指挥部。至今该建筑作为"红色历史基地"保留,墙上尚有南昌起义时的弹痕。不知道"新生活运动"期间身穿长袍马褂挽着宋美龄的蒋先生在里面向上帝祈祷时,心里有何感想。

　　我说过外祖父不太吃酒,或是当时没有条件吃酒,却着实记得外祖父对吃是有大兴致的。有一回他扛回来一只猪头,从动手割毛、清洗,到一劈两半,然后下到锅里去蒸,我都充满大快朵颐的渴望守在祖父旁边。看他有条不紊,一个程序接一个程序下来,把一只黑乎乎毛茸茸的猪头,收拾得干干净净,待蒸熟出锅,已是雪白喷香,令我不住地吸鼻子,且啧啧赞道:"好香。"外祖父不顾滚烫就伸手切猪头,嘴咝咝地吸着凉气,那指头却像跳芭蕾一样被热猪头烫得弹跳不已。我摩拳擦掌跃跃欲试,才探出脏乎乎的手,就让外祖父拍了一下,他看出我的心思是想趁机捞一块塞入口中。但外祖父只说:"洗手去。"我知道这等于批准了我可以染指猪头,便乐颠颠到木脚盆里搓了几把,将手往衣上揩揩,满怀欢喜重返案前。外祖父没容我下手,就将案板上一坨碎肉塞到我嘴里。"嗯,香!"我在不停嘴地嚼时,惊讶地看见外祖父用两根指头狠劲抠出猪眼睛,一口一只,说:"吃眼睛,补眼睛。"外祖父的眼睛也一直不错,不知跟这等爱好有没有关系。他吃猪眼睛的壮举,是令幼年的我叹为观止的。那时,我人小,头却大,邻家大些的孩子便时常嘲笑,叫我大头壳。外祖父却对那些孩子冷笑,说:"别小看他的大头壳,他的大头里藏着一对金鸽子呢!"邻家孩子就不叫了。吃饭时,见我总是嘴下掉饭,外祖父就举筷子点着我的头,用一口地道的南昌话念叨:"大头壳,鸡妈啄,吃饭掉一桌,毛主席说的要节约,坚决打倒大头壳。"外祖父说的是当年南昌人的一个顺口溜,他的声音由低至高,由和缓到严厉。我便明白这是他老人家对我的批评教育,只有露出一脸灿烂的傻笑,手指头不停将落在碗外的饭粒撮进嘴里,再扒饭入口,就格外小心。外祖父有胃病,似乎很早就做过手术。记得夏天他赤膊裸胸站在自搭的瓜棚下乘凉,汗从他胸上淌下来,沿着一条蚯蚓般的疤痕透迤。外祖父手上的蒲扇便扇得呼呼响。他下放到贵溪山里,环境极恶劣,胃病突发,痛得在床上打滚,只有十六岁的儿子(我的小舅舅)在身边。他交代:"我死了,不要惊动家人跑到这里来,堆些柴火,把我放在上面烧了就行。"这话小舅舅写在给妈妈的信里,妈妈一读到,哭了,弄得在场的我和姐姐也跟着落泪。跟爸爸一商量,就决定不顾一切将外祖父接回南昌来治疗。结果是进行了胃切除,手术很成功。我和姐姐随爸妈到医院去看他时,外祖父高兴得手舞足蹈,说:"我又活了!"

乐天派的外祖父偶尔也会忧郁,那是他为后辈产生的担忧。"人怕出名,猪怕壮"是外祖父的一句口头禅。他说:"人出名了,便遭嫉;猪养壮了,便挨刀。"这也是南昌人的心态,仿佛看透了,所以没什么好争的。虽然外祖父一辈子没出名,也没发财("肥壮")过,却没少受罪。当他发现我从画画转而写作,是不太赞成的,不止一次流露出那个年代的内心恐惧——"白纸黑字留下的东西,人是洗不掉的",意思是别授人以柄,提防人抓小辫子。他是反对我做作家的,"文革"期间,他见过太多文人挨整。我想,乾坤朗朗,日月正大,他的人生,自然使其内心有恐惧的影子,而光亮的文字应该是破除阴影的。只是外祖父没看到我出版的书,就离开了这个世界。他的"口头禅",却是对后生晚辈的一种谆谆教诲与提醒,让我存有谦卑与对人世的敬畏。

南昌人天性里具有乐天的一面,这在外祖父身上体现得淋漓尽致。是的,他一生里总是一次次从艰难中快乐地活过来,留在我脑海里的形象都是鲜活的。现在想来,祖父和外祖父他们的一生,何曾有过什么真正的物质享受和大快乐,不过是一杯寡酒,苦中清欢。然后,就是这寡酒清欢成了雕凿在我记忆里,他们曾经存在、曾经在这个世界活过的生命证据。

老 表

永远看到人的最好的一面。

——菲茨杰拉德

一

外地人可能不知道,你叫南昌人老表,南昌人是会有受侮辱感的。

不明就里的外地人,尤其北京、上海等地人唤南昌人老表,还以为是显亲热。其实南昌人是极不高兴的,心里绝对会骂你龟孙子。在南昌人眼里,老表是土鳖、落后的象征。你唤南昌人老表,无异于骂南昌人。小时候我们觉得那人土、墨鱼一条,就干脆叫他老表。

当年羊子巷街坊多连带不少乡下亲戚,人便说那家人老表多,当然是市民瞧不起乡下人。且南昌是一座既有草根性、又有市民性的城市,对乡下人自有些鄙夷。记得是时邻家一乡下侄子来城里大姑家玩,突然肚子不舒服,便道:"姑啊我想呕啊!"大姑说:"想呕你就呕嘛!"哗——就呕一地。这事为城里屁孩所不齿,挂在嘴边,作为嘲讽老表的笑话,每仿效着说一回,作呕吐状刹住,皆笑得栽跟头!

七十年代末,上海人在南昌开衬衫厂,想创出有南昌特色的品牌,居然就取名"老表",南昌人乃至江西人没一个买那"老表"衬衫,厂家倒闭。这开厂的人按南昌话来说,是"吃错药了",连南昌人起码的想法都没摸清,犯了南昌人之大忌。在这点上,南昌人极度有自尊心,毫无商榷余地。你在南昌叫南昌人老表,是不是跌破头了?

时下的宣传喜打"老表"牌,玩土特色,说江西人是湖南人的老表,某某、某某,祖上都是江西人,不是江西人也与江西人有表亲关系,属于"老表"之列。就算此事当真,也不宜挂在嘴上。这般攀龙附凤,南昌老百姓不高兴。江西人攀龙附凤的传说古已有之,说当年江西人救过明太祖朱元璋,进京要见朱皇帝,报知江西老表来了,朱元璋当即接见并厚待,"老表"之名于此得出。

但南昌人心里压根儿不承认自己是什么"老表"。过去外地人,尤其大城市人叫南昌人老表,是居高临下,有心理优势地这么叫,南昌人听来,如芒在背,不无鄙薄。

只是南昌人对南昌人也往往不买账,好挑刺,喜欢争执。有事争,没事也争,总要争得人牙滴血。日前一市民挑起事端,说滕王阁大门口的《滕王阁序》一文,首句出现错误,原本是"豫章故郡",竟写成了"南昌故郡",建议滕王阁景区进行更正!便有南昌专家挺身而出,称"豫章故郡"是误传,"南昌故郡"才是正确的。市民又说,不对,分明人教版语文教材中是"豫章故郡",景区就得更正!专家便道,这是一个文化传承问题,豫章郡在灌婴筑城之前已建立,但非严格意义上的城市,筑城后初取名为灌婴城,置南昌县为豫章郡的附郭,寓有"南方昌盛""昌大南疆"之意。固认为,"南昌故郡"才是正确的说法。"南昌故郡,洪都新府"的释义应为:南昌,是汉代豫章郡郡治(省会之意)所在地;洪都,是唐代洪州府府治(市府之意)所在地。市民仍摇头。省文史馆馆员出手要纠正

老表

市民的"偏见",称,《滕王阁序》从来都是"南昌故郡","豫章故郡"版本是错误的,包括苏轼、文徵明、祝枝山、董其昌、翁方纲书写的版本都是"南昌故郡",元代《唐才子传》、明代《醒世恒言》、五代《唐摭言》等著作都是"南昌故郡"版本,所谓的"豫章故郡"是后人在注释《古文观止》时误读并进行了篡改,致以讹传讹,连语文人教版教材也将其误写成了"豫章故郡"!市民更觉此说无理,没有本质的说服力。就有师大文研所教授出来打"圆场",说,原刻本《王子安集注》的确为"豫章故郡",《古文观止》等为"南昌故郡",这两个版本都可以。此事争了数日,还是一南昌网友在微博上放一冷枪,令众口哑然。微博云:为避唐代宗李豫讳,方改豫章故郡为南昌故郡。问问这个所谓专家,"道可道也,非恒道也"是不是误传?是不是从来就是"非常道"?

我"百度"了一下,答案早有:南昌,为汉豫章郡治。唐代宗当政之后,为了避讳唐代宗的名(李豫),"豫章故郡"被篡改为"南昌故郡"。所以现在滕王阁内的石碑及苏轼的手书都作"南昌故郡"。南昌人却争执不下许久,仿佛没事找事。

南昌人喜欢打"嘴仗",与过去江西多出讼师一脉相承,嘴上功夫了得,却未必能实打实发挥作用,缺乏究理的深度,所以多沦为空论,过嘴皮子瘾,往往两下尴尬:一是好挑刺,二是虚荣、护面子。挑刺也浮于表面,护面子又出于自尊心,便都没太多理性。这种争执反而浅表化,与市井茶楼斗嘴无二。

二

南昌人嘴里叫的老表,特指过去那种进城就找上门来"落脚"的乡下人,也不管人家一间七平方破板屋挤了一大家老小,他厚脸,硬要插进来,让人又不好拒绝。这等乡下人,当然有的是表亲,有的仅仅是老家人,更有不知拐了多少弯的沾亲带故者。那时南昌人穷,住房紧。一床被子盖四五个人,常常这个一扯,那个就要露在外面,或者盖得左边,盖不了右边。即便是吃饭,也要算着米下锅,过了上半个月,下半月就得去向东家借一筒米、西家借一筒米来打发家人的肚皮。这种时候,老表往往上门,有时是进城卖只鸡,落个脚,厚着脸蹭几顿饭,有个免费"旅馆"。有的农闲时干脆来城里一住七八天不走,你还不便赶他。南昌人这叫"死要面子,活受罪",一家老小忍得肚子痛,当家的还待老表客客气气,把留着过年,一家老小唯一指望打牙祭的半条腊肉,也拎出来款待了老表。小孩伸到肉碗里的筷子会被大人凶狠打飞,老表却嘿嘿笑,心安理得享用,仿佛南昌人餐餐吃肉。这种经验,每个从当年过来的南昌人应该都有。这就是南昌人眼里十足的"乡下老表"。你说歧视也罢,睥睨也罢,就是讨厌。绝对的乡巴佬,土老八,落后,自私,且狭隘,寡廉鲜耻——这就是南昌人对老表的理解。有意思的是老表吃上肉了,不会送你一口。

　　射步亭有户人家,常受乡下亲戚骚扰,每月至少接待一批,有时那批没走,新一批就到了。我中午下班,一见院子大门口靠着一溜沾满红泥的二八自行车,且车后架经过改造,焊了铁筐可超量载物的,必是有老表吃饭来了。一桌的老表,还只有个把沾亲,其余都是同村的,进城卖了土产后,赚了钱不说,嘻嘻哈哈叫声城里的"大姑",居然就可大大咧咧,坐在堂屋等饭吃。这时对身为"姑子"的老人来说,便似着了火一般,要赶紧着人去巷口粮站买几斤面来,家里没有好菜,也得以"秤砣蛋"煮上大锅的面,一碗碗端上去款待这帮老表。乡下人饭量大,一锅不够,还将一家人未开吃的饭菜"扫荡"精光,然后咧嘴笑笑,拍拍屁股

老　表　　243

走路。

当年我确实搞不懂,乡下来的亲戚明摆着辈分要比城里的"大姑"小,却怎么总是弄反了似的,小辈的乡下人反而当了"爷"。乡下是讲辈分尊卑的,城里却反了头,也使小孩对乡下老表愈发厌恶。我亲眼见到这家乡下亲戚来时车上是载满鲜美白净的梨瓜的,竟不见将一个梨瓜孝敬或礼节性送给"大姑"家。逢春节上门拜年,也是大呼小叫一大路,不仅侄甥辈,便是刚出生的侄甥孙辈也来了,名曰向"大姑奶奶"拜年,实则是要"大姑奶奶"给红包下"赏"的。这一下手头紧巴的"大姑奶奶"脸上笑着,又不得不硬着头皮跑到隔壁邻居处低声下气央求借点钱,讨点红纸,按侄甥孙辈人数折红包,将钱折整齐,还是会发出"刮刮"叫声的崭新票子,小心装入,揣围裙里,笑吟吟出去,当众老表面,往候在堂屋的一个个土娃口袋塞进去。乡下人也泰然受之,待享用完"大姑"将近积蓄了一年的"年货",吃饱喝足了,又摇头晃脑出去逛街。这"逛街"实是有讲究的,实是让城里人背地里将乡下人带来拜年的礼物"换财"——从包里取出来,然后将城里的礼物换进去。乡下人带的往往是一包糯米粉子、一包壳硬的海生饼、一小袋地里种的花生、一瓶三花酒。这里面又有讲究,花生和糯米粉子,可以拿出来,酒和饼却不动。南昌人要拿两样更好更值钱的东西换下那两份乡下的土产。拜年的人一大路,就有十几个包要"换财",每年这项节目,往往很费"大姑"的脑筋,是烦恼事一桩。乡下人留下的都是地里种的、手上做的,城里人拿出去的都得花钱买。对经济拮据的"大姑"而言,"过年"如同"过命"。乡下人进城拜年也特别,是初五之后来。这就使一家人从年三十开始,在吃和装盘待客上得预留很大余地,否则你还真没法办。而乡下人一瓶酒、一包点心,可串十几家门拜年"换财"。真正接单的是"大姑"这样实心眼的南昌人。现在明白了,"大姑"是要面子,强撑一个城里人的空架子,这份无以言表的虚荣放不下来。

三

说南昌老表,不对,实则是南昌人家的——"老表"。东北"二人转"演员小沈阳有段话颇"经典",他说:"什么是善良呢?看见别人家的墙要倒,咱们没有能力去扶,但是咱们不推,这就是一种善良。别人在吃咸菜喝粥,咱们在吃肉,咱们没有能力分给别人一块,但是咱们尽量不吧唧嘴,这也是一种善良。"射步亭的"大姑"啊,正好相反,她不仅"天降大任于斯人"般,舍身上前,把要倒的墙扛住,任一身老骨头咔叭响着断裂,还要将自个儿碗里仅有的一块肉送人,自己啃咸菜。小沈阳说的,恰是老表的心态,他比"大姑"更是明白人。所以,我是绝对不敢小瞧南昌老表的,他们实是掌握了生存的"大智慧",这智慧在城市和城里人出现前就有了。

由此也可以看出,身为城里人的南昌人,还没全然脱离乡土气,与乡下老表的联系还很密切。谈及城里人的生存智慧,南昌人似乎还缺乏机智与圆融,既提不起,也放不下,自是很累。"大姑"不仅接待乡下老表累得喘,乡下亲戚有事,也必请她去做救急队员,她是无私无畏扑在老表身上,堪为"楷模"。射步亭的老邻居多知她的苦处,认为不划算。"划算",是城里人的生存之道,"大姑"这样的南昌人似乎还欠成熟。不似成熟的上海人,上海话叫"划算"为"格算"。木心在《上海赋》中写道:"上海人在'格算、不格算'中耗尽毕生聪明才智,这就不是金嗓子所能唱得清楚了,所以周璇的抒情一转转为指控:'双脚乱跳是二房东的小噢弟依弟',想必是楼板缝里下来的灰尘落在泡饭碗里了。"

南昌人与上海人比,两下鲜明。上海人是殖民文化哺育的,城市人格早已形成。南昌人是乡土文化(老表文化)哺育的,虽然南昌建城两千多年,但两千多年都被南、新两县乡土包围,老表渗透,气象不大,格局有限。江西本是盆地,眼界更是没有太打开,习惯性的因循守旧一时还存在。上海建城不过数百年,却吹海上风,纳百川流,承欧风美雨,受世界文化熏陶,上门的是洋人买办资本家牧师,不是乡下穷亲戚。乡下亲戚到南昌人家里来是落脚、蹭饭、借钱的。牧师进上海里弄是来布道建教堂的。最早的上海人就不知乡土为何物,他们打鱼为生,鱼不打了,跟西方人学做生意,知道锱铢必较,没田没地,城里谋生,一滴水、一根菜都要钱,一分钱掰两半用,这就是"格算"。这就是城里人的生存之道。

"在中国传统的亲属关系中,兄弟姐妹的子女之间互称老表,年龄大的叫表哥、表姐,年龄小的叫表弟、表妹。表亲之间,虽不是直系亲属,但也有一定的血缘关系。"(刘上洋《江西老表》)我以为这种表亲关系,像土地里的农作物,有着彼此依存与连带的关系,它在农耕文明与小农经济时代,是人与人之间重要的生存关系链,确曾有着重要作用。那时人的信任度首先建立在血缘亲情上,但随着时代发展,尤其在工业文明、商业文明、科技文明形成的城市文明中,它显然是落后的代名词。南昌人从一开始心里就排斥,不愿让人贴上"老表"的标签。

然而,当今的乡下老表远不是人嘴里叫的"老表",乡土中国在急速向城市化中国转变,老表自然也在变。《中国在梁庄》的作者梁鸿说:"在这种急进的城市化制度和进程中,'乡土中国'肯定会消失。主要是精神结构的消失。"这种"消失",让人亦喜亦忧,抑或从长远看,忧大于喜。

但多少年来,南昌人仍有着草根的本性,一头连着泥土,一头奈何草细根薄,半为乡土,半为城市,也难怪人称"老表"。

南昌的风花雪月

风

南昌猛夏过后,入秋,还有十八天悍热,南昌人说:"十八只秋老虎,只只会吃人。"于是掰指头数着,一日日挨着,忽至夜半,凉风来了,人心暗喜,这是南昌人熬过苦夏盼来的风。身上如浆的热汗开始消停,窗上有树影摆动,扇子搁到床脚上,慢慢可以不动了,有那么点秋的意思。

秋风来时,是南昌人最舒服的日子。清爽是清爽了,小时候却往往在这时起风疱,自手始,遍身起红疱,如映山红盛开。剧痒难煞,吃"扑尔敏",止得一时痒,却整日昏昏欲睡。便穿长衣,挡住那风。记得那风是令我又爱又恨。

南昌的小南风是讨厌的,回潮。南昌水系发达,人若居于低矮潮湿之地,家具极易发霉。六月暴晒棉衣棉被,加樟脑丸装入樟木箱。南昌人嫁女,陪嫁必有一口大樟木箱,以便将贵重衣物放入,抵抗潮湿天气。但南昌的潮湿无处不在,即便是高大楼盘,墙上瓷板经熏熏然南风一过,也会挂起水珠来,床单、布艺沙发都潮乎乎的。这时北风一来,如解放军到了,顷刻收潮,将人解放出来,真好!南昌人皆欢喜。

　　南昌人喜欢跟风,常作集体无意识状,哪怕是恶俗的流行,也少判断。跟风,另一说法,随大流,不用承担太大风险,即便吃亏,也大家一同兜着。跟风从俗,一个地方的人的习惯往往如此形成。南昌人有很多不好的习惯,是让人跺脚的。本是胆小怕事,却偏要唆使别人出头,有好处,他占一份。倒起霉来,他躲后头。南昌人的小聪明造就不了大才,独创性也欠缺。总算还老实,仿佛乡下人的狡黠是有的,但多在基本的生存能力层面。要让南昌人闹出大动静,那如同拖去杀头,怎么也是不肯的。到茶铺喝茶可以,夏天拖着拖鞋,老太阳从街那头冒出,也便让拖鞋拖到街的另一头,慢慢蹲下去。

　　　　这样的下午,我应该将案上的诗册读上几行
　　　　垄断窗台的阳光,把诗一句一句植入心房
　　　　这个时候,风吹过来,内心不慌
　　　　学一个诗人,背一袋口粮
　　　　说满嘴胡须一样的土话,从容不迫回到故乡

花

　　南昌是"桃花盛开"的地方,有大小桃花巷、桃花村、桃花河、桃苑等。胡兰成说:"桃花难画,因要画得它静。"此言一语中的,南昌桃花,多见其夭,而夭里似乎藏着无限的静意,仿佛寂静的爆裂——唯其才现璀璨。这也应了胡兰成那话,桃花的"春事烂漫到难收难管,亦依然简静"。"简静"是民国风格,南昌的桃花自是在"寂静的爆裂"后归于内敛的品性，因而它能结果。否则，谢也就谢了，南昌人是吃不到桃子的。但南昌人一般不给自家女儿取名为桃花。桃花不轻薄，却活得贱，一点薄土也能生长，有些像南昌人，非关富贵，却自烂漫，决不颓败，还是要结出果子。

南昌算是出美女的，有桃花白里透红的水艳，灵气也不弱于苏杭女子，却不出柳如是、苏小小这样才气与风情兼具，可以把名声弄得很响的女子。南昌美女是小家碧玉，仿佛"一花可可，半梦依依"，算是恰到好处。一般南昌人对可以娶回家的女子的理想标准却是：上得了厅堂，下得了厨房。这标准是男人定的，不排除南昌男人某种"大男子"倾向，而南昌女人也以能符合"上得了厅堂，下得了厨房"为荣。演员刘嘉玲是苏州美女，玉女歌手杨钰莹是典型的南昌美女，以杨钰莹为参照，到南昌街头转转，会有大把被惊艳的机会。由于水土关系，南昌女人皮肤细腻白嫩，相貌也大多算是姣好。南昌不是富贵的地方，不可能养尊处优，历来南昌女子都勤劳、顾家，虽然要面子，也有虚荣心，但婚前是顾家人、父母的面子，婚后是顾老公、孩子的面子，南昌男人应是有福的。南昌编有旅游类杂志，列出美女经常出没的一些街店，这倒有些胡兰成所说的探访花消息的意思。

雪

多雪的冬天，使这个季节如此漫长，就像长篇小说，读了很久，才只是三分之一。翻到下一页，雪再次来临，白纸上的字迹，发出咯吱的声响。重叠交错的脚印，如同艰难的叙述，或向春天的逃离。没有一辆车经过这里。雪，抹去了车的踪迹。

丰和大道的雪,自然跟象山路和叠山路的雪有所不同,尽管都是老天下的,也厚薄不一。这里人迹稀少,车辆鲜至,只有几声鸟啼。那边行人不断,车辆密集,雪一落下就在车胎和脚下碾碎、消失,路面湿黑,冒着白色热气。而丰和大道白雪皑皑,仿佛北海道的雪,有人滑倒,有人栽跟头,我必须小心翼翼,车辆慢速行驶,雪斜着飘下来,像在进行一场仪式。

现在好了,每个人都可以留下足迹,不管脚大脚小,以所穿鞋形、鞋号为准,如果光着脚,不怕冷,那才是真的脚印。我看没人打算这么干,留下脚印的几乎没有,目光所及,都是鞋印。

> 江右的雪总是这么守时,覆盖肮脏与污渍
> 比任何一次清洁卫生都彻底
> 只剩几只麻雀,若无其事在雪上
> 啄着一些细小的颗粒。仿佛孔明的空城计

月

像随手扔在天上,落不下的一块洁白的石头,什么时候没留意它,可能会砸在谁的头上。我在赣江边散步,抬头看天,这样想。仿佛杞人忧天。

这是南昌红谷滩新区中心地带,高大建筑仿佛都是从纽约复制来的,还有新楼盘在不断开建,地铁工地也跟老城一般遍地开花。是的,我要写到这个修地铁的、吵吵嚷嚷的沙井的秋天,二十四小时马达轰鸣,尘土在我书房里无一遗漏地侵占,我抹了又抹,哦,这是秋天的尘

埃。月色的暗影、光阴的碎屑,我要把它拾起来,好好收藏,像收藏情书和她的发丝。我做错了什么,虚掷了这个秋天,它散落在我周围,看我如何把它打发,它嘲笑我,对沙井的秋天,束手无策。

南昌的月亮不似彼得堡的"月光照亮斧头",不似阿赫玛托娃诗中的月亮。它仿佛起自赣江,我在江边散步,每晚都感觉它是河流的产物,是农耕文明的脸,而"照亮斧头"的月光,是哥特式的,升在教堂尖顶,或从城市建筑里乘电梯升上来。南昌的月亮夏夜出现时是椭圆,仿佛立起来的一个鸡蛋,再细瞅依稀见了眉目与鼻嘴,就极似一张人脸上的银面具,又像日本能剧里的面具。近中秋时,便圆得更可观了,几回抬头间撞见,疑似一铜锣,头撞上去,会发出嘭嘭轰响,光亮有点像古铜屑。过去南昌人过中秋节,是要等月亮出来,才让孩子吃月饼的。多好!

胡兰成写他家乡夏夜胡村:"只见好大的月色,渐渐起了露水,人声寂下去,只听得桥下溪水响。"

昨晚梦见一首写中秋的诗,皆是拆散后组装的句子,不是苏老髯的,没刘长卿那么造作,像一辆中外合资的跑车,驾车的是个嫩模,浩荡巨乳,仿佛肥艳之秋月,教谁给逮着了。嚼半块"乔家栅"月饼,一嘴甜腻,离中秋太远,不是月色的味。我到赣江边,对滕王阁吐了一口跨江而过的长气。一只仙鹤在上面耀开白翅,如同张三丰的太极,别一番洞天福地。

沙井的秋夜开始有了那么点意思,一株桂树的影子在路边打出租,想回到古代去。司机拒载,直到半夜,他仍然没有停止跟影子拉拉扯扯。

徘徊系马桩

有人把老城的系马桩街区在南昌的地位,比作"布鲁克林区之于纽约"。此话虽大,但细一想,这也是个观察视角,把一处南昌人烂熟的街区换了个新鲜且陌生化的角度来打量。"这条狭长的老街前通羊子巷,后面贯穿船山路直至绳金塔,它的躯体是具象而庞杂的……巷子在街道两旁铺展开来,同时又与三眼井、书院街、松柏巷交接得十分精彩,这些都让系马桩这条夜市的巨兽血肉丰满,甚至让它白天不至于乏味。"(程玥)陈丹青说布鲁克林区"地面广,居民多,世纪初即有自己的历史",这与系马桩却是暗合。

系马桩,名词,直观、感性,有陈年旧事的味道,至少在当今南昌人本地域的视野里,这是个消失的物件。南昌城里已见不到一匹马,系马桩也就不复存在。但它作为一个街名,嵌在南昌人的语词里,是个繁华都市里的古典意象。尤其在汽车拥堵,交通阻塞,协管员与行人无不咒骂、怨气冲天之时,系马桩,让人怀念那个逝去的平静年代。

汉朝的风,把大将军灌婴的马吹到了此地,他的马饮水洗刷之处,现在叫"洗马池",是南昌商业街地段。这匹马缰绳所系之处,便是我所写到的系马桩。古朴、纯粹,也许诗意是简单的。地名的最初来由几乎与人的思维无关,它或是一个简单的近乎本能的动作。那就是一次千年的命名。

如果翻开城市史,就复杂多了:"系马桩街,在市区中部。南起永叔路,北至中山路。明清时附近有乡试贡院,此处是考生拴马之地,清光绪三十三年《南昌县志》与宣统二年《江西省城地理白话教科书》均称此为系马桩。"(《江西省南昌地名志》)这应该是"系马桩"街有籍可查的出处。也许不那么诗意,我从三眼井走到系马桩,脑海里浮现的是,灌婴的马缰断了,马匹下落不明。仿佛达利的画,时间也像缰绳一样,在断裂时,弯曲、飘浮、风逝。马的脸,马的眼睛,马的毛皮和长鬃在发生变化。它让我看到了庄严的考场,贡院。众多的贡生,由进贤门而来——"进贤门(前称五桂坊大街)"(《江西省南昌地名志》),"五桂坊"是科考功名的固化物,我在赣中腹地山坳中的古村流坑见过。南昌人读书厉害,有"五桂齐芳",并不奇怪。此前,明正德年间宁王朱宸濠建的阳明书院就是贡院所在地,而此处的江西贡院还可追溯到南宋,可见其文脉厚重。大戏剧家汤显祖就是在这里参加乡试,中举第八名。与汤显祖有过交集的意大利传教士利玛窦,1597年记载了他在同年九月九日见到南昌举行乡试的场面:"人山人海,考生都带着佣人和书童,应考的秀才多达二万。""街道为之充塞,连走路也不可能。"这就是系马桩当年的真实情景,今时读来如临其境,仿佛每年南昌考生高考是其翻版或叠印。

近期正参与编南昌作家十年作品的一个文本,我提议这文本该有个比较南昌的名字,不如就叫"系马桩",众皆响应。南昌人把"系马桩"挂在嘴边,不仅仅是翻炒它的记忆,也是念兹在兹于这片地气深厚的乡土,提醒自己是个接了千年地气的南昌人。

"推开窗子,镶嵌在木框内的秋天,古气仍暗自绵延。"(潘维)

系马桩街道包括的南昌老居民区有:松柏巷、青云堂、干家后巷、南

系马桩

老贡院,市井气息

海行宫、桃花巷、仁寿里、应天寺、干家巷、廉让里、干家大屋、罗家塘、天主教堂、永叔路、骆家巷、骆家花园。这都是一些年深日久的地方,南昌人的信仰(观音、天主)、德行(廉让、仁寿)、崇文(欧阳修,字永叔)、生态(水井、桃花),从中皆可观照。不论是在晦暝的雨天还是日照明亮的下午,我经过这些街区,那些仿佛潜藏在南昌人生活内部的品质都会熠熠闪耀而出。墨汁,饱经枯淡浓瘦的沧桑。古意无处不在。厅堂里洁净的铜镜,红木深沉内蕴暗香的椅子,发黄且整饬的字画,以及天井下阴凉的水缸。古旧的大屋,荒芜的花园,一个家族的秘密香气,仍在木柱上残留。而在这一带密如蛛丝血管般的老南昌巷道里,有南昌人最本真的生存状态。

曾经在天灯下菜场开肉铺的老段,人称校厂西肉蒲团,嗜酒,肉食动物,一嘴烟臭,两块面包脸,一圈圈肥膘垂于下半身。早起到天灯下忙完营生,回校厂西的老屋,拎把竹交椅往巷口一坐,俨然一尊罗汉。饮浓茶,抽纸烟,猛擤鼻涕,咳嗽三两声,一黑狗过来,仿佛老友,蹲在腿边。老段慈颜悦色,极显亲昵状,偶作犬语交谈。一旗袍妇人经过,黑狗紧随其后,极下流地嗅人家屁股,旗袍飘如惊烟。老段无耻地笑,抱黑狗入怀,戏耍再三,以示鼓励。老段打盹,身后冒出持刀贼影,雪亮的砍刀,仿佛一牙新月,将落未落之时,邻居一声尖叫,一个蹲厕所少妇赶紧提起裤子。老段暴喝:"狗流氓,大胆!"

女厕所的墙轰然倒塌了半边。

人的有趣,便在于是一种会怀旧的动物。天天念叨"人往高处走,水往低处流,凡事向前看",却每每多愁善感,沉湎于往昔,沉湎于回忆。我甚至发现六十年代这批人近年开始提前进入"集体怀旧",尤其在对当年的"公共记忆"与感受上,惊人一致。无疑,"六〇后"是近百年来目睹且亲历国家巨变的最后一批人,他们的心提前"沧桑"了,而现实的暴躁往往修改我们的冥想。系马桩之所以会被人视为近似于"纽约的布鲁克林",是因为它直观而粗粝的变化,是视觉、嗅觉与听觉的感官呈现。

我游荡在系马桩大街,发现它像个枯坐于阳光里的老人,印花布慢慢吸收着悠闲的蓝色,对烦冗而市尘交织的热闹充耳不闻。如果由南往北直线走,它的南端绳金塔在望。绳金塔,我把它看作南昌这座城市的通天塔,是南昌人接近神的另一种方式。诵读《金刚经》,读一页如登上它的一级阶梯,七级浮屠,塔高七层。在唐朝,南昌没有比它更高的建筑。它高出临江巍然的滕王阁,高出西大街的布政司,高出章江门的宁王府,高出瓦子角的上谕亭,高出东湖西岸的钟鼓楼,高出杀进杀出的德胜门。它是神赋予的,人只能膜拜、攀登,与神对话,通往神殿的阶梯,永远向上伸展,瞭望台、望火塔、彼岸,同是为神迹而生。绳金塔不如西安大雁塔有名,大雁塔藏着玄奘从印度取来的佛经。绳金塔基挖出了神圣的铁函,内藏三百舍利、四道金绳,以及驱风、镇火、降蛟三把古剑。是先人所藏,还是造塔人所编?都不重要,关键是炒作一座塔的名声。南昌和尚没有长安玄奘和尚有名。这里没有来过比玄奘名气大的和尚,这里来过日本兵,爬上爬下试图盗取塔上的金顶。那金顶像个光头,苍蝇落在上面也要拄根拐棍。我怀疑那顶不是金的,塔顶不过是几层水泥刷上金粉。苏州诗人车前子称"苏州没有高僧,往往是精神上的嫖客",连"精神上的刺客也找不到"。此说厉害!

南昌人没有做和尚做到高僧的,做得有名的都是文化和尚,像僧巨然,是五代时画罗汉图的,那画实在是好,活脱脱禅定而成,画的高僧都凸额凹眼鹰钩鼻子,显然是梵人(印度人)。清初画坛"四僧"之一的朱耷,明宁王朱权后裔,明亡后削发为僧,画大写意,独享巨名。我倒愿意将朱耷喻为一个艺术上的"越矩者",其异端和先锋,接近一个"精神上的刺客",仿佛明末清初的鲁迅。

不久前绳金塔重修,地宫里重新封存些东西:我熟人写的一幅字、工艺所的一幅瓷板画、市政府编撰的一套建设成就年鉴(上有书记、市长、若干官员的手迹和照片)。只是现在的天高夜总会比绳金塔高出两层,锦峰大酒店比绳金塔高出十层,海关楼比绳金塔高十二层,邮政公司大厦比绳金塔高二十层,在周边建筑中,绳金塔是个矮子。只有塔下梅瞎子的南昌炒米粉和张驼子的狗肉,还算地道。

站前西路拐角入系马桩,街口有煌上煌烤鸭店、绳金塔老汤店。沿街连续几家是清明期间生意最为旺盛的,卖鞭炮、纸钱、香烛、花圈和寿衣的店铺,金箔纸折的元宝成串在风中飘摇,打眼的金光仿佛在人鬼之间虚拟出一番纸醉金迷。老菜市场辟成的馆子店、烟酒店、体彩销售点、白铁店、烫发店、水果店、中国联通收费点、浴足城鳞次栉比。街道两旁陈旧的居民楼,灰色水泥墙面被油烟熏得乌黑,每家每户阳台的竹篙上挂着大号帕兰朵内衣和松垮的乳罩,打扮如半老徐娘。我有位同学,生得一表人才,当年常穿一身黄色军装,拉得一手小提琴,是个有浪漫梦想的文艺青年。离开学校后竟顶替母亲,进了此前的这家菜市场,混在一群大妈大婶中间,胸围灰布围裙,双手套土色袖子,一手拈秤,一手熟练抓一大把藜蒿往秤盘上称,一斤二两!后来考上了合同制交警,忽一日全副警装骑摩托猛刹在我跟前,吓我一跳,还以为罚款的来了。这兄弟摘下墨镜,咧出白牙哈哈大笑,说请我吃饭。那得意劲儿,仿佛前世今生已做了一番轮回。

写到这里我突然想插入一个诗人的一小段《德国纪行》:"我们向城里走去,依然看不见人。房子漂亮,道路整洁,这里属于西德无疑。它的很多小城镇都是这样的,美轮美奂,就是没有人气。就像是发生了什么神秘事件,人口一瞬间都蒸发了,留下一座无任何搏斗痕迹的完整空城。更准确地说就像一部鬼片。我们找不到人问路,唯有各种鲜艳的花朵在路边的花园里兀自开放。"

再回到南昌人的系马桩。穿过永叔路,沐英城巷歪斜的路牌还在,沐英是朱元璋手下大将,曾与陈友谅在此大战。只是"沐英城"当年的战略要塞已变为狭窄且死路般的穷巷,被一家倒闭后出租做洗脚城的房子挤成了一条缝。可惜了一个壮烈的名字。经过电大、小桃花巷、黄秋园纪念馆(门口停着黄秋园长子黄良楷兄的一辆车头似的玩具般的迷你车,他用大量精力收藏了各式老钟表和收音机,陈列在纪念馆的一间房里,那些过去的时间和声音仿佛凝化为古董)、老贡院(江西教育出版社宿舍所在地,红色墙院的九十年代仿西式建筑)、洪都无线电厂、三眼井、干家巷①、松柏巷(巷内天主教堂,疑似利玛窦落过脚,邻市委党校、南昌一中)、过孺子路、羊子巷、蒜子桥、消防队、中山路、东湖(曾经被大面积硕大翠绿荷叶包裹的湖水,而今暴露出它的凝滞,以及夏日熏风中水下淤泥的腥臭)。

系马桩,老贡院巷口一条街。我哥们的堂弟蓝嘴家住老贡院,因偷其父蓝过滤嘴香烟,给哥几个抽而得名。蓝嘴经常在系马桩溜达,让人揍得鼻青脸肿。要不是他堂兄,早就被人揍扁了,哥们解救他一次,他回报一盒蓝嘴金圣。哥们读体院前,唯一放不下的,就是蓝嘴。他把我叫到老贡院,忧心重重地看着系马桩的夜晚,用交代后事的口吻,拜托

---

① 明代严嵩在干家前巷建宝翰楼藏书,楼高二层,书库十六间,藏书巨丰,多为秘阁抄本,世称"万卷书库"。严氏败落,江西学使将其位于书院街的明远楼改作"豫章书院",把宝翰楼部分秘抄本与其购求书籍,均移藏至"豫章书院",惜管理不善,至乾隆年间遭火灾,藏书尽毁。严嵩历来被人视为"奸相",近年亦有江右学人想为之"翻案",以为还是"权臣"。有一点固不可否认:严氏喜诗文,好藏书,写得一笔好书法。南昌原"东岳庙""佳山福地"匾额,皆老严手笔。照理来说,像老严这么个读书人,不至于变得那么为人所不齿。渐渐发现,原来是权力教会人用权力,用好用坏却还是在个人。

我对蓝嘴罩着点。我接过他的烟,点头称是。其实,哥们走后,蓝嘴过得落花流水,照样偷他老爸的烟,骑着二八脚踏车在系马桩大街飞奔,没有谁阻拦得了。作为系马桩的小罗汉,蓝嘴一呼百应,俨然系马桩(庄)庄主。党校门口杀点子的事,一天也没中断。年初,我遇到蓝嘴,他身着灰色布大衣,急匆匆的样子,说是赶去上班,我说怎么这么忙,他说他在红谷花园做一名全日制保安——从古到今,这就是"白云苍狗"。

南昌人熟悉的一切,看似庸常、平静,然人的聚散哀欢都在日复一日循环上演。往事如幻,让一根缰绳从岁月里牵回来,拴在此处,老城区,系马桩。"在青瓦下,在空旷的室内,会有人用灯把意义点燃,会有人惊醒,独自在黑暗里,听风吹雨。独自在窗下,会有人看清点燃的街景,马车驰过,似乎有千年,早已在一片夕照里入海。"(《暮卷朝云》)这是陈东东的诗。他在上海。

我的南昌哥们

明亮的清晨。我所求越多越一无所有的日子,
只要这一生,再不要更多。

——雷蒙德·卡佛

一

南昌的哥们得知我放下小说不写,埋头在写《南昌人》,并扬言不想只写过去的人,得逮几个身边活生生的南昌人来写,且要好坏全拎出来曝光,不贴金,反而多盯着毛病,便都躲得远远的,仿佛唯恐被我逮着,把哥们写得遗臭万年。此前我是写过几个朋友的,当然多是把哥们写得乐颠颠的,便有朋友请喝酒、送茶叶,希望也写写他,甚至摆出一副死猪不怕开水烫的样子,好像不能流芳百世,也要遗臭万年。其实我心里明白,他们还是巴望我能用文字给塑个"金身",尤其有些哥们常在媒体上露头脸,也自以为是个"公众人物",至少是南昌当地的"土"名人,那是一门心思变着法子想将自己炒个热乎。有时我就想,当今的南昌人和过去的还真不一样,似乎就没有甘做隐士的。低调的都让人看作傻

逼了,谁还敢低调?不会忽悠就根本不被人当个事。南昌人一贯鄙夷的"唆泡"(吹牛)大王,而今仿佛遍地都是。"泡哥""泡王""大忽悠",人反而觉得是一长处,南昌人"作兴"。这让我糊涂,好像白琢磨南昌历史文化这么些年,今朝全不灵了。日前,一老友从广州打来电话,说哥们发了,做医疗器材,名车都有了四五辆,且在东莞买了地,打算盖庄园。那口气,绝对"气吞万里如虎",我自然为哥们高兴。逢着朋友便传扬,人就感叹,又说起那句老话——"南昌人出去是一条龙,窝在本地是一条虫"。

说那话声音最大的自然是老桂。放古代,老桂绝对是梁山上的一条好汉,搁当今就有些腾挪不开。

老桂自小生长在南昌齿轮厂工厂区,是六七十年代的工厂子弟。那是"工人阶级领导一切"的年代,老桂自然也牛,逢人不说南昌话,只卷着舌尖说普通话,却是南昌味的,人称"南普"。那年头说"南普"的,多是大工厂的子弟,像"洪都""南柴""江纺""江氨"之类。另一类说"北普"的,便是省府和军区大院及部分行政事业单位的干部子弟,他们的父辈多是北边来的"南下"干部。但那年头,讲"南普"的子弟,是不屑讲"北普"的子弟的,彼此都有自矜的理由,都不买对方的账。说"南普"的老桂而今年事已高,跟老哥们在一起泡茶馆,连"南普"也懒得说,卷舌音让咱南昌人去弄,毕竟麻烦,不如南昌话来得利索。说到"刺青"时代,老桂就来劲儿,仿佛青春的热血还在沸腾,打板砖的日子还捏在两手,那被烟卷熏得焦黄的手指,打起响指,撮嘴唇吹口哨,照样脆响。

在抚河桥头贮木场打群架,老桂当年勇冠"三军",尽管头破血流、缝针打石膏是常有的事,但他五兄弟在老桂的率领下,硬是打出了威风,周边厂区的"老短"(南昌人又称后生仔)都被老桂打乖。老桂也便成了个"人物","义气"二字也便挂在嘴边,好出头打抱不平。后来参军去了老山,由于生得机灵,一副眼眨眉毛动的样子,便做了侦察兵,退伍后进了父辈的工厂,没几年逢着企业改制,一向是"主人翁"的人们,皆面临下岗回家。厂里开的条件极苛刻,老桂带头跟厂方谈判,为众人争到了些实利,好歹自己也争到一套老宿舍。此时老桂三十已过,还是孤家寡人一个。老桂身边似乎不缺女孩子,缺的是能跟他吃苦的女孩子。老桂如今年近半百,仍会偶露"情窦初开"般的少男情怀,说当年做"老短"的时候,厂区一漂亮丰满女子如何对他有意,尤其夏日着薄纱般连衣裙,对老桂极尽卖弄风情之能事。老桂说在部队生病,一美貌如《林海雪原》里白茹般的女卫生员对他是怎样含情脉脉,当年出差太原艳遇的山西省歌舞团女演员又如何喜欢他……此类"情事",只要一坐到珠宝街"老南昌"茶楼,老桂就格外怀旧。我看着老桂满脸烟云,只有赔笑的份。但老桂的"押寨"夫人,确是老桂最值得夸耀的一桩。其时咱也三十郎当了,老桂仍在外面打架,一日,头又挨了人家的板砖,上医院,护士为他缝针包扎,老桂仍关公刮骨般神情自若与人说笑,护士便佩服他,几次换药下来,就把两颗心给交换了。老桂大龄成婚,哥们皆去捧场道贺,喜宴未开,老桂用沙哑的烟嗓高歌一曲《一无所有》。

其实哥们知道,老桂这是有了,玩矫情而已。不久,果然诞下一子。

老桂多坎坷,少小丧父,为不遭人欺辱,率四兄弟在厂区打下一片天地立足,当兵玩命好不容易混进工厂做了正式工,没想又下岗。怎么办?九十年代便跟浙江人在叠山路租一门面合做机电生意。那回他来我办公室坐,见面我就说他面色灰暗,似有晦气。他只笑,抽烟,跟我谈卡夫卡、波德莱尔,此前我约他写了几篇读书札记,在我主持的小报发表,他仍似意犹未尽,聊得开心。几个月后再遇老桂,问他怎许久不见。他说:"'读研'去了!"原来那天他从我办公室一回机电门市部,便以"诈骗"嫌疑被抓去老福山看守所关了起来。原来与他合伙的浙江佬以机电门市部名义骗了人家的钱跑了,人便来抓门市部经理老桂顶缸。老桂"受冤"出来,直说我眼睛厉害,当时就看出了他的"晦气"。只是"牢饭"一吃,对世界又有了更深的认识,胜似读研究生。老桂后来一直做生意,间或写诗,赚了点钱就请人喝酒,人请他喝酒,他也抢着买单。我不善饮,酒桌上凡有向俺挑衅者,老桂皆一马当先,仿佛一夫当关,万夫莫开。老桂一直没发大财,赚了房子,没去住;赚了车子,基本上为朋友服务。他也想发大财,买彩票,想一下中五百万,结识彩票中心旁开烟酒店的小老板。小老板是北方汉子,膀大腰粗,一瓢头,老桂站他旁边像根南方小葱。老桂没事请人家喝酒聊天,也叫我作陪,人家能喝,酒里仍兑水,老桂一杯杯白酒直往肚里灌。"别看烟酒店小,老板却是在北方做过大生意的,有钱,来南昌开小店,装低调,总是避事。"老桂眨着小眼睛,以一副"老江湖"的口吻对我说。可见老桂的豪爽中有精明。可老桂偏说,他生就一副"眼眨眉毛动"的精明相,让跟他做生意的人多了提防,所以难赚大钱,亏没少吃。他谦称自己其实是个粗枝大叶的"草包"。但我知道,老桂是自视甚高的,常环顾左右而放言:"如今南昌的'鼻涕炮'(南昌人指窝囊废)都发了大财,独我老桂命不好,不憨不傻就是发不起来!"我劝他:"是机缘没到,没准哪天就腰缠亿贯哩!"老桂便叼着烟,歪着嘴瞅哥们笑,嘴里直说:"你说话一向是灵的。"我就说是是。其实我知道老桂的"没救",就在于他天生的义气和天生的好读书。他有书生的情怀、梁山的义气、老"愤青"的眼光,人又说他背上有"反骨"。他确实在酒桌上鄙夷一切、气吞山河,跟咱聊文学,他放"豪言":"老桂是不写,一写谁也不是对手!"我由此推想他在生意场上会如何。

老桂是典型的、可爱的、豪爽又聪明的南昌人,他身上充满了悖论式的东西,他纠结,他生猛,他有让北方人也对南方人另眼相看的意气。

二

北方人来南昌生根,南昌人多似老桂般"笑纳",非但不排斥,反而有些礼敬。南昌人过去总觉得南昌地偏,不东不西,既非中原之土,又非沿海之属,更非都城大邑,所以内心不无自卑,这自卑包括对南昌话也缺乏信心,觉得老土。当年蒋介石设"陆海空三军南昌行营",常坐镇南昌,对南昌人说的土话很不感冒。有天深夜,暴雨骤至,围墙一角也哗啦被冲倒,蒋介石梦中惊醒,便听外面喊叫:"匪来了!"南昌土话发音叫"水"为"匪",他还以为"匪"来了,虚惊一场。南昌人也觉得这些发音难听,往往造成词义混乱,后来自觉地吸收一些普通话,对南昌土话有所改造,故对讲普通话、上海话、广东话的人很有些羡慕。扩而广之,对外地人往往高看一眼。近年南昌城市发展了,南昌人明显有了自信。街上说普通话的人虽然越来越多,但这里面有很多外地人在学南昌话。人说南昌人精明,不会说南昌话反被南昌人当外地"猴子",宰你没商量。过去是南昌人挨外地人宰,现在是南昌人宰外地人。每次我出差回来,一出机场或火车站,就有过来拉我住店的,或拉我上出租车的,我赶紧说南昌话,人立马就客气了。而今,南昌人对街头说普通话的人多不屑起来,认为十之八九是进城的"乡下人"。现在南昌年轻人从孩子出生就让讲普通话,根本不允许孩子讲南昌话,只有中年以上的,反倒彻底不讲普通话了,如我和老桂之辈。可也有例外的,哥们老舵相反,年岁越熬大,越讲普通话。

老舵这哥们是父辈"南下"过来生根的南昌人,因为老父的原因,没能进入军区乃至转业进机关,而是在赣江边的航运公司任职。南昌是江城,古来跑水运的多是南方人,老舵的父亲是北方的"旱鸭子"被"赶"下了水。所以老舵生在南昌,自小就没讲普通话的土壤。水上反讲"行话",绝对方言,比如在水路上跑的船老大姓陈,人不叫"陈老大",而唤"彭老大"。"陈"谐音"沉","彭"谐音南昌话"膨",即"浮"的意思。这几乎是江湖"黑话",是地地道道跑江湖的语言。

南昌位于江西中部偏北,濒临赣江和抚河,境内各干支流北入长江,是全省水运交通中心,既有广大腹地,有四通八达水运网与省内各县镇相联结,又邻近鄱阳湖,北出长江可与长江流域各省市沟通,因此南昌水路位置十分重要。本省的粮、棉、麻、茶、糖、烟草、土布、纸张、皮革、瓷器、煤炭、钨、铜、木材等都集散于此。由长江与毗邻各省进入江西的食盐、棉纱、卷烟、绸缎、棉布、南杂、玻璃、西药、五金、颜料、电器、机械、苏杭厂货等,也须经南昌中转分运各地。过去南昌人有相当一部分是跑船和吃码头饭的。我中小学的同学中有的父亲是开船的,有的是管航运的,凡此种种,不一而足。过去南昌有水陆码头数十个。水运码头,南昌人又叫驳船档帮,专事水上货物驳运,以小型木驳船,在港区水域内进行商货短程运送。陆运码头,南昌人又叫沿河扛把,过去沿江路自下沙窝至炭巷,沿岸简易石级码头有三十八座,皆为水陆档把所控制,民间称为"在水曰档,在陆曰把",档有档主,把有把头,操纵所有生意。各档把有管理人,各管辖路段长短不一,互不越界。而为争码头、夺地界,各档把也常发生殴斗。

据说当年争夺码头地界相持不下时,便由各档把派出一人,以"穿铁鞋"的方式来定界。把专门铸造的铁鞋在炉火里烧红,由人迅速穿上,左右两人协扶疾行,直至行者不支倒地为止,所经之地,皆为该帮码头地界。过去南昌中山路码头最有名的是"罗家把"。罗姓是本省大族,南昌的罗姓人同姓同宗抱成团,也就在码头上形成一股势力。南昌把头拥有的把权叫扁担权,某人有扁担一条,即有把权一股,若无扁担权,须租赁或订购扁担一条,才能入把,享有码头分润的权利。这是码头的规矩,不是任何人都能进码头挑货的,否则别人也不敢雇请。民国时期,罗家把共有扁担108条,一根扁担就是一份在码头吃饭的权利,也是一个帮把的一股势力。南昌码头把权可以买卖、租赁。拥有把权多者,可为把头代表,坐得干股。陆运码头最多的是妙济观把,有329人。少的是黄泥洲把,仅23人。过去码头为争界线、货运常发生冲突,引起械斗,酿成血案。有记载的就有:民国二十一年(1932年),柴巷口码头与小档帮为争夺承运食盐发生械斗;民国二十三年(1934年),圆觉寺与浮桥两水运码头为争商货发生大规模械斗,双方均造成伤亡。后来罗家把的大把头罗春柳被政府判决镇压。

老舵的父辈"南下"过来,就是整治南昌码头,打击湖匪船霸的。

老舵自然从小就跟着跑船,出吴城,入鄱阳,在赣江上做"水上漂",勇闯"九曲十八滩",一身历练,满嘴"黑话"。由于爱文学,发表了小说《黑浪枭雄》,便被港史办看中,留在办公室抄抄写写。老舵被南昌水土养育出一副锦绣心胸,基因却还是有北方的粗犷,这粗犷没让他真正成为匪类,竟是把小说写得匪气十足。后来进江西师大读作家班,人念其水上经历和所写鄱湖水匪颇具传奇色彩,便干脆叫他"舵爷",他也自得,后来人一叫溜嘴,索性叫他"老舵",反少叫其真姓名。只是当人叫起他"老舵"时,他写的电视剧开始火了,一年到头总被全国各地影视公司"绑架"。玩命地写,玩命地拍!偶尔回南昌碰上,哥们普通话都转不过来,仿佛把南昌话忘了,直接"返祖"回了北方语系。这么个南昌土生土长的人物,似乎有了出息,成了腕儿了,竟又成了"北人"。哥几个年过半百,面对面泡在"老南昌"茶楼里,是南昌人不说南昌话,却卷个舌头说"南普",实在有点累,但不能怪老舵。只怪咱南昌人舌头生得不利

我的南昌哥们

索,一说普通话就打结。

两年前我在南昌人惯称的"工农兵医院"住院,患的是胃病,自然住的是"消化内科"病房,却不知这病房"水"的深浅。紧靠里面一床位住的是位八十多岁的老人,我打点滴,人家打点滴,他也打。我不打了,人家不打了,他仍在打。边打点滴边哼哼,痛,痛得难受!向他女儿一打听,胃癌,晚期。没多少日子了!点滴打的都是止痛药,仍痛!再一问,是航运局的,认识老舵,他们从小一块长大,说老舵现在是名人了,前日《南昌晚报》还采访他,说是"洪都大侠"。我就说老舵是哥们,老人似乎便对我有点起敬。但让我真正起敬的是作为父亲的他,女儿每次来,都买些好吃的,老人就不高兴,用一口地道的老式"南昌话"埋怨浪费钱,女儿喂他吃,他也乖乖吃。总是问到儿子为什么不来,女儿说弟弟忙,晚上下班会来。晚上来了,老人又心疼地埋怨儿子,要他注意身体,将女儿带来的好吃的给儿子吃。儿子晚上挤在他身边睡着了,他尽量压低疼痛的哼哼声,怕惊扰儿子的睡眠,儿子一早起来就去上班,女儿来病房接班照料父亲。我注意到每天这个时候,老人会起来,梳洗穿戴停当,卧床时的一团白色乱发总见他认真细致地梳着,还戴上镀金眼镜,颈上围一银灰围领,上下一丝不苟地下床,也不让女儿扶。他一个人很缓慢地在住院部走廊上踱几个来回。与病床上整天蜷在一床白被子里打着点滴、痛苦不已哼着的老人相比,判若两人。我想老人身体好时绝对是个极有自尊的人,这样一个人在他生命即将走到尽头时,在巨大病痛的折磨下,仍每天从病榻上逃下来,找回几分钟的尊严。不久,我出院了,某日在胜利路遇上老人女儿,问起其父,她说,去世了。

后来我一直想问问老舵,打听一下这老人的过去。但往往春节时老舵回南昌,哥们见面都在酒桌上,也就不谈那有些沉重的话题。但老人身上那种特有的上一辈南昌人的节俭、隐忍、自尊,是我熟悉而又不能忘怀的。他们节俭一生,隐忍一生,在最艰难时仍保持不多的、能争到的一点点自尊,这是南昌人虽悲哀却非常了不起的地方。他一辈子也许都没做过发财梦,一辈子都守着南昌的老房子,几个退休金,还考虑尽量省着用,死后留点给孩子。我经常在老街旧巷听有人吹唢呐为老人办丧事,就想到这样的老人。他们就是老南昌。

三

只是我这辈南昌人大不一样了。有一住老胜利路,现步行街与铁街交叉口的哥们老熊,有二层家传老屋,楼上住家,楼下是正对胜利路的店面。老熊接手时,是开旗子店,主要经营锦旗之类。九十年代,国企改制,人也不兴动辄送锦旗了,生意渐冷,老熊又不知转营他业。彼时南昌人有想法的都动脑筋出国"淘金",花个八万十万出去,过几年赚个几十万回来"享福"。老熊瞅准一路子,下狠手,将楼铺九万卖出,转手用钱把自己"办"去了日本东京。那时"国外打工"是很让南昌人艳羡的,老熊加入那行列后,也让人"艳羡"地谈论了许久。

人想着老熊肯定在东京大把捞钱,出入光怪陆离的繁华"银座"。当人渐渐忘了老熊,走到铁街口原旗子店(现珠宝店)也记不得老熊时,有人说到日本旅游,在东京街头凑巧撞上老熊,瘦得像个猴子,你当干什么?他一个在南昌当老板的人,竟提着饭盒,整天辛苦地蹬自行车,给人送外卖呢!于是南昌众相识多有唏嘘,以为老熊何苦。不久前,听说老熊回来了,不似人传的那样"瘦得像个猴子",发了福,五十多了么!说带了两三百万回来,打算回南昌像富人那样幸福地"安度"晚年。终究是在日本打拼吃了苦的。到步行街铁街口一问,他当年卖出的那店面就已值四五百万了,坐地吃租金每月都数万。老熊跟人比,还是穷人一个,满腹异国打拼血泪史,一把皱纹,跟原来转手的买主两下一碰面,人家红光满面,愈发滋润,伸手与老熊相握,嘴上净是感谢老熊让他发财的好话。老熊无言,肠子都悔青了,几乎崩溃。以后常见老熊一人落寞地在步行街溜达,我遇见他几回,人都神不守舍的模样,说老婆跟他离了,拿走了大半的钱,孩子大了,各奔东西,亲友也越来越少,自己孤家寡人,没事只在步行街逛。我想安慰他,但又找不到合适的话,只有叫他想开些。他看一眼当年狠命低价脱手的店面,只有摇头。

这也应了南昌人挂在嘴边的那句话——"南昌人在外地是一条龙,在南昌是一条虫",老熊在日本打拼有龙的精神,回来还是"虫"了。这似乎不是老熊的错,只是命运捉弄了他。但南昌人在这一点上,跟大多数地方的人一样,只为成功者鼓掌,不太会去为一个失落者奉上鲜花。如果老熊腰缠亿万美金回来,开发步行街一商厦,南昌人绝对把老熊视为凯旋的"英雄"。多年前,我也曾想过,若我获了诺贝尔文学奖,将奖金投在步行街中心地段,原来我老婆家所在地射步亭,把巷口花木店老房买下拆了,盖一栋诺贝尔文学大厦,也扬眉吐气一把,让南昌人爽一下。没承想莫言获得诺贝尔奖,那奖金还不够在北京买套宽敞的房子,更遑论用那点钱在南昌黄金商业街建大厦!

九年前,温州男子朱景外出经商,因经营不善变成乞丐流浪九年,近日他回家,却获得七百万元土地补偿金,再度成为富人。看来这温州的老朱跟南昌的老熊还真不一样,人家命好,注定是富人。老熊原想富贵归故乡,不锦衣夜行,把锦衣当面子白日过市,也虚荣一把,没想一头撞在老屋上。晕得慌!

南昌人无疑是极要面子且好虚荣的,如果两个女人在街头遇上,一个会说:"刚去了银行,存款到期了,办了转存手续。"另一个说:"我也去银行呢！"这种炫耀带攀比的劲头，二十世纪七十年代就露了端倪，那时很多上海人随工厂迁到南昌，带来一股"上海风"。女人烫发，穿涤卡"漏斗裤"、丁字形皮鞋、的确良白衬衣，戴上海表，成了时髦。穿不起的确良白衬衣的年轻人，也会到裁缝店做一对白的确良假领，平时穿在里面把白领翻出来，也很时髦。这等土鳖的事，当年我亦求而不得。八十年代常有五大三粗的汉子手持"大哥大"趾高气扬，几乎一路吼着，唯恐他人不知他拥有一台"大哥大"。九十年代比"BB机"，无论男女，腰部皆敞着，让人看到其腰间连着"BB机"呢！现今南昌人比汽车，红谷丰和大道上跑的车，一辆比一辆高档，奔驰、宝马、路虎，随地都是。我到成都，人家跑的还是极普通的车，权作代步工具，看不出炫耀、攀比、暴发户的意思。南昌同一个楼盘的住户，一家的车比一家贵，你买二十万的，我就三十万，以此类推，最贵的自然最有面子，停在小区里，人皆艳羡，啧啧称道。南昌人仿佛真的一夜之间都暴富了，但其平均收入水平在成都人之下。

四

　　身家过亿而不骄矜的哥们老树，身上是有不少南昌人的美德的。他能把一口硬邦邦的南昌话说得轻言细语，仿佛对情人耳语，分外好听。南昌话不好听，南昌人自己也承认，语调生硬、短促，不似吴侬软语。熟人说话，声音一高，若不夹杂笑声，痛快爆出的脏话，就像吵架。南昌人有夏天高温般的暴躁、冬天苦寒的忍耐，只是往往该暴躁的时候过于忍耐，该忍耐时又暴躁起来。

　　老树是个例外，能把南昌话说出意境，也能把原租在关张的胜利剧场破办公室的一小广告公司,经营成总部设在北京CBD整层楼,分部遍及深圳、广州、上海等地的全国十大广告公司之一——"东方船"。

当年跟我一样戴一副圆框眼镜的老树,而今仍一口轻言细语,却蓄了满脸大胡子,是业内闻名的"大胡子船长"。清明从北京回南昌扫墓,约我到民德路花园大酒店顶层旋转厅喝茶聊天。这里是原市政府办公大楼,南昌八十年代最高建筑物,二十一层,顶层旋转厅可以俯视整个南昌中心地带,子固路、胜利路、中山路、象山路,甚至八一大道、赣江等尽收眼底。现在南昌的楼已突破六十层,南昌人当年挂在嘴边的"旋转厅"早已过时。但老树怀旧,他说每次回来都会一个人到旋转厅来喝茶,看看下面所剩无几的还熟悉的老建筑,比如现在还在的象山路厚福巷口的市电影公司,他的老工作单位,现成了一家药店。看着这些,坐在来客不多的旋转厅,仿佛往事和老南昌也在随时光倒流,随空间慢慢旋转。他说在北京吵,周围一帮俗人,都是做生意的。不似南昌反而远离商业、政治中心,难得有一份安静,可以想想事,觉得活着真实。有一次他从北京给我来电话,听得出那头确实嘈杂,电话里有许多声音,明显是在酒桌上。老树声音却挺亢奋,说跟一帮朋友喝酒,其中有个诗人,想必我认识,要我跟那诗人说两句。那诗人嘴凑手机便传来嗡嗡大舌头的东北口音,彼此都说了些"神交已久"的客套话,说完后我也不知他是谁。老树只说,他做生意之余也在写,有几百万字。我内心于是大有钦敬,几百万字,我也达不到那数啊!何况老树还是一如此大的公司的董事长。

老树本质上是艺术家,内心除了生意就是浪漫诗情,这点我知道。南昌人细腻、有才情又有商业经营头脑的部分在他身上,几乎是独一份。我没见过第二个像老树这样的南昌人。他"下海"之前是画家,先是在爱国电影院画海报。我尤记得他画的罗马尼亚电影《橡树,十万火急》,那时这票难搞,哥们寒冬腊月都是裹着厚大衣买晚上九点半以后的"深夜场"才看上。他画于是之演的电影《丹心谱》等,由于画得出色,便借到电影公司,那公司是座五十年代的苏式老楼,里面有放映厅,供审片用。其时我对那房子是非常崇拜的,据说里面经常有供领导和部分文艺界人士看的"内部片",一般南昌人都看不到。老树画的大幅电影广告海报立在电影公司门口的象山路当中,上面却是《第二次握手》。老树大我几岁,有着南昌人少有的含蓄,他只画他的广告画,知道我爱电影,写诗也写影评,却没给我透露丁点"内部片"的事。其实那会儿南昌年轻人里已传得神乎其神,"内部片"多是未经剪接的"毛片",开放尺度大,往往最精彩的部分在公映时剪了。

七十年代末八十年代初,文艺在解禁,人们对西方的电影尤其感兴趣,总希望透过银幕的窗口,把脖子伸长,恨不能将脑袋钻进去探寻到一些资本主义国家的人不同于中国人、不同于南昌人的生活。看了日本电影《望乡》《追捕》,南昌人就开始跟电影里的人物学穿喇叭裤,戴蛤蟆镜。老树仿佛近水楼台,却闭口不谈"内部片"的事。只有一回,他指着街对面走过的一女孩,说他喜欢,想在她身上下点功夫。其余一概含蓄到除了轻言细语,便是微笑。后来他画得更好,便调去群艺馆搞专业创作,再又入画报社,然后"下海"。再见到他,是我住三眼井,每天早上送儿子去友竹花园上幼儿书法班时,便见一箱式面包车,车身喷着显眼大红"东方船广告"字样,一大胡子戴变色近视眼镜的哥们从驾驶座伸出头来,直呼我名字。是老树。由于都赶时间,招呼过后,面包车碾过三眼井泥浆,各奔班点。那时老树想必也住三眼井一带。再之后,接过他一次电话,他说代央视做"感恩四特"广告,要重新包装"四特酒",问我有没有兴趣为之写些广告词,赚点钱。我当时尚一门心思写诗,根本没想过写别的。再后来老树做大做强了,就成了一个"在外是条龙"的

三眼井

南昌人。但这些年在外地待久了,岁数也"奔六",老树明显自觉与不自觉间在找一种家乡的归属感,地域文化的归属感,他写的不少文字似乎都是表达其内心与南昌的纠缠,这样一种纠缠不是乡愁,胜似"乡愁"。当然,老树不是海外游子,他对南昌的那点念旧,还上升不到乡愁,所以我打了引号。真正有乡愁的人,离故土大半世,一朝回乡,仍"乡音"未改,那未改的"乡音",恰是乡愁的精神寄托。南昌美女章亚若和蒋经国生的儿子蒋孝严,幼年跟母亲和外祖母住在南昌章江门边的井头巷,1949年蒋经国派人将其接去台湾。去年他回南昌出席赣台经贸会,六十多年后重回故土,居然还能和亲戚们讲一口流利的南昌话。音节生硬的南昌话此时是温暖而悦耳的。

五

能把南昌话说得格外温柔的老树身上，大概多是南昌人的优点，低调，默默努力干事。他一做广告的，个性却不张扬，内敛，竟有敏锐的商业洞察力、创造力和经营执行力。这种人在南昌人里虽非凤毛麟角，却还是有限。而他们的成功也确乎多成就于外地。我还有一哥们古月，早年写诗，灵得很，也能侃，坐下来，张嘴就是主意。谈什么，都能到点上。绝对南昌人精一个，沉稳，目光深邃。和老桂一样参过军，八十年代是热血沸腾的"文青"。我们一块搞过"新时期"南昌最早的文学社，拿着一叠诗稿，骑着"除了铃不响，哪儿都响"的破旧二八自行车，披满身阳光到抚河桥另一头的桃花村春游，本想寻一处桃林坐下读诗，没想连点桃花的影子也不见。只有坐在江畔贮木场发了一阵呆，被太阳晒得焦头烂额，蹬车回城。口干舌燥路过书院街，跑入一老屋讨水喝。老屋阴凉，我边喝水边打量，就见眼前有一陈旧的匾，上有"章水文渊"字样，当时不知这就是乾隆皇帝为此街的"豫章书院"题的匾，只觉得南昌老屋里类似的东西不鲜见，也便不稀奇。哥几个喝了水，一抹嘴，道声谢出了门。晚上又跑到老福山，翻墙进原冶金设计院，一兄弟在这儿做"临时工"，我们利用他的资源，便在油印室印"阿波罗诗卷"。古月有"诗选"占显著版面。诗印出来了，哥几个便坐在造船场赣江大堤上吹着江风大声朗诵，那时觉着自己就是南昌李白，就是南昌普希金。仿佛一把赣江，舍我其谁！而今古月用南昌普希金的大脑做到了上海一家上市公司的老总，一手做生意，一手写诗。他的作品竟大有阿多尼斯之风，意象现代，思想深邃，词语往往一击而中。

有时静下来想一下，人生一桩大安慰就是拥有忠诚可靠的朋友，那种无功利目的的纯粹朋友，现今虽然少之又少，但我所幸还有。像几十年交往至今的忠伟，过去我家住象山北路市委招待所，他家住距我很近的小金台巷，每天我们结伴上学放学。后来他上班也在与我单位隔一条街的电政路邮局，我在商店站柜台，总借口上厕所溜出来，跑到电政路，隔窗朝里一招呼，忠伟满脸是汗抬起头来，哥俩说两句玩笑话，也十分快活，又回头去上班。我结婚，他包二十六元礼金来市委食堂喝喜酒。他成亲，我加几块钱，还带夫人去北味时鲜楼喝他的喜酒，为他娶到贤惠的妻子而高兴。转眼人到中年，他又来喝我儿子的喜酒，我也等着喝他儿子的喜酒。日子就这样过着，他得了新茶会拎来送我，我画一张《老友记》赠他。一切仿佛岁月静好，只是各自把人生的诸般滋味都慢慢品尝。

留守在南昌的哥们，自然是这座城的"死党"，这辈子注定要在南昌死磕。固执也是南昌人的特性，像我这种人基本这辈子也就抱定跟文学死磕了，不管这玩意儿赚不赚钱，我反正不会变了。昨日跟南昌青苑书店万总聊天，发现她也是个固执的南昌人，人家开书店的不赚钱都改行了，唯有她"一根筋"，因为喜欢，也没有野心，所以甘愿经营着，给"无限的少数人"守望着一座精神家园。

诗人老德长得就像一根筋，这家伙和我同岁，都年过半百了，哥们多有发福，老德却精瘦，一把抹布似的长发被一年四季压在脑门上的棒球帽扣着，刀条脸半边明媚半边阴郁，是一典型诗疯子，一个月曾写诗百首，虽多似口水，亦有出彩的。日前酒后，哥们从青山路立交桥边菜肴故事四合院出来，驱车前往南昌老化工厂区改的樟树林文化创意园天宫歌厅K歌。我没想到的是，老德这家伙能忘乎所以地把黄家驹的摇滚粤语歌《大地》，唱得惊世骇俗地阴阳怪气，大有南昌市井泼妇骂街式的酣畅与凌厉,仿佛哥们瘦削的身子被芭茅巷一阵凉风刮得直打喷嚏,还在哆嗦并顽固地摇滚着。众听家笑得屁滚尿流,不得不佩服老德修炼的这身本领。也可见南昌话音若真正发挥得如老德这般极致,是绝对与粤语有得一拼的。我想,老德本质上是个地道的南昌摇滚诗人,他的某些口语诗里确乎吸收了南昌市井泼妇骂街的节奏,这节奏在他K歌时释放得更彻底,不愧为南昌民间的先锋艺术家。那种自由与果敢,在老德的歌唱中绝对毅然决然,他酣畅,我们过瘾。

而老徐那胖子努力想"深情"地唱邓丽君,一嘴湖坊乡的口音要把调子带到火星上去,然后"水流长——"又一跟头栽地球上,两下相撞,十分要命。这绝对都是"固执"的人。

如果写南昌人,不把这些"南昌活宝"写进去,能是写"南昌人"吗?如果真打着歪主意,把这几个哥们当南昌人的"标本"来说事,也不对。只有暂且打住,对于我们而言——"城市是我们心里的故乡,我们的人生之源,这也是为什么,城市直到今天,仍在我的梦里发亮"(金宇澄)。

书店记

广场书店被拆之前,南昌读书人是可以为拥有一家面积广大且高五层的书店而自豪的,南昌人很讲究面子,广场书店就是南昌人的文化面子。我到过国内外不少城市,皆留心书店,还是觉得南昌这家书店大气,可随着轰然一响,为建地铁站,广场书店炸除让位,南昌读书人心里也轰的一下,空了。当然,我对地铁站落成后,原地会有更好的书店留有期待。

南昌人的书店在某种程度上是南昌人的读书史。父亲说老南昌的戌子牌街,即象山路天虹商场那一片,原先是有名的书街。民国年间,书店书铺一间挨一间,穿灰布长衫的先生和着深色青年装的学生,在街上逛着,一低头就进了书铺,郭沫若、傅抱石、张恨水早年在南昌生活,都在那里进出。那些金色小虫一样飞舞的老时光,停在纸质粗糙的铅印老书上,我藏有一部那个年代的陈老莲绣像三国,翻翻那些叶子,仿佛老时光还会作响。只是那些时光的翅膀,不会飞舞,它脆薄、陈旧、霉黄。

二十世纪七十年代我读初中时,南昌有四家书店让我疯狂追逐——市中心胜利路有两家,位于妇儿商店、排笔合作社与公安局之间的新华书店,是那个年代南昌的一个文化地标。我在民德路三中读书,放学时必与三五同学绕道入该店一趟,那时书少,文艺书是《渔岛怒潮》《虹南作战史》《剑》,店深处有节外文柜台,里面摆着印刷精美的《红楼梦》英文版和大开本连环画《孙悟空三打白骨精》,封面字体是烫金的,英文,古代中国的精美线描人物、腾云驾雾的神话,这些在那时是充满隐喻的。尽管人们不去做深层读解,只让目光暗暗抚摸。但暗香,便在那一刻径自吐露。1978年首批名著解禁,那是个五一节,得知有少量"名著"在胜利路书店销售,我一大早赶往那里,胜利路还行人稀少,书店门口便排起了长龙。那年月,凡有紧俏商品,人们都要排队,秩序井然,这回"禁书"首开,求知若渴的南昌人自是不会错过。店门未开,书店先从铁栅栏门里按排队前后,发购书票若干,没轮上的当然失望。好在我在幸得之列,开门后,凭票购"名著"两册,是雨果的《九三年》和狄更斯的《艰难时事》,两本书每本不到一元钱,当时我还在上中学,钱是向在隔壁妇儿商店上班的母亲要的。当年工资不高,我每到书店见新书,都迅速跑到母亲柜台前要钱,母亲手头再紧,凡我买书,都二话不说,尽量满足。今时想来,感恩至深。可以说《九三年》和《艰难时事》,是我首次接触到的世界名作。雨果——这个扉页上比马克思的络腮巨胡更雄伟的狮子般的老头,身体斜倚着坐在那里,目光定定地注视着他的读者,其汪洋恣肆的浪漫主义如漫天风雨震撼着我,比狄更斯的睿智与深刻更符合我当时的心境。

胜利路书店甚至可以说是二十世纪"西风东渐"登陆南昌的一个标志性站口,它让南昌人呼吸到了西方文化的气息。后来在亨得钟表店边的一栋三十年代的欧式老建筑里又开了一家外文书店,白天没灯,里面该是很暗,进到里面,发现有个拱顶,居然全是明瓦的,灰尘般的白色光线便从上面照下来,感觉有些置身旧时光的味道。是时已至八十年代,南昌人跟全国人一样疯狂学外语,用从《英语九百句》中学到的词汇,试着读英文简编本的《鲁滨孙漂流记》,年轻的南昌人谁都想乘着英文到大西洋去"漂流"。与胜利路新华书店历史几乎相同的,是在中山路翠花街口津津汤包隔壁的青年书店,主要卖连环画、年画。全国掀起旧城改造浪潮时,该书店随翠花街一片老式破败的欧式建筑一起,悉数被拆除,建起了小商品批发兼销售的万寿宫商城。

青山路古籍书店、青云谱书店、青山路百货商店里的书店,都是星期天我与同学骑自行车必"扫视"一遍的地方,尽管常常两手空空,但精神愉悦,内心充实。一个星期不去"扫"一遍,便总觉得仿佛有件事没做,失落而怅然。青山路古籍书店的精彩在店门口人行道上,每周日上午,这里自发形成了南昌读书人的一个书籍交易市场:将自己读完的书与别人交换,或将自己不要的书卖给别人。也有的人通过关系搞到"抢手书",多为世界名著,如雨果的《悲惨世界》《九三年》《笑面人》、司汤达的《红与黑》、朱生豪译本十一卷的《莎士比亚全集》、托尔斯泰的《复活》《安娜·卡列尼娜》、巴尔扎克的《幻灭》,还有《莫泊桑中短篇小说选》《契诃夫中短篇小说选》,都很受追捧。有渠道搞到这些新书的人不排除有赢利目的,当时一套定价四块多的《基督山伯爵》,可以换到一辆紧俏的凤凰牌自行车和两副木头铺板。铺板,是当年南昌人用来打结婚家具的紧俏木材。现今想来,这简直不可思议。

广场新华书店是在这几家书店后出现的,它如同航母,无论体积还是书的储量,皆可谓博大。是时书市正逐渐开放丰富,南昌书店走在各地前面,开始请作家签名售书。记得我们省作协常务理事首次集体"亮相"、签名售书便是在广场书店。我刚出一本不足百页的巴掌大的诗歌小册子,居然得到热情读者的青睐。南昌有个性的、可爱的民营书店是八十年代末九十年代初出现的,八一大道省文联门口的3S蓝色书屋(席殊书屋),其连锁店陆续在一经路、北京西路等处开花,再遍开至全国,极盛时有三白多家。青苑书店傲立文教路口,是南昌读书人的精神高地和文化地标,是南昌人的骄傲。

一家好的书店之于一座城市的重要性,远在名牌店之上。商品繁华,紫陌红尘,也只是繁华本身,以满足肉身的感官需求为要旨。而精神的游走,总要寻找到栖居地。一个城市的人精神生活如何,人文关怀何在?可能还是得看书店。但城市的发展似乎并非如此,南昌的书店原来都在主街最好的铺面,这些年边缘化了。人们对物质的追求如饿狼一般,而把精神生活撇到一边。"天虹""百盛"等商场位居要津,名牌精品店繁华照眼,都市人仿佛热衷于在物质中漫步,渴望将肉身牢牢揳入物质里,这便是人性可怕的物化。而以精神追求为高标、以思想交流为灵魂抚慰、以书香净化世间浮尘的书店,却变为一种悲壮的坚守。南昌曾经兴盛的席殊书屋仅剩一家在一经路惨淡经营。保持文化品质而不妥协的青苑书店一撤再撤,撤到外环的金域名都。图书馆也撤出市中心,群艺馆、博物馆、科技馆,也是如此。这些"馆"虽然越建越可观,却地处城市边缘,即便有好的展览,因为远,光顾者也就寥寥,徒然成了个好看的摆设。我倒是在青苑书店见到南昌读书人编的一本小册页《文笔》,从中窥见南昌这座城市的精神火焰还在,南昌人骨子里尚留存着一脉珍贵的书香。日前到文港,见到《文笔》的主编邹农耕先生,他领我看花费巨大心血和财力建起来的毛笔博物馆。一支小小的毛笔,在邹农耕先生的介绍下,竟是中国人文化精神的纪念碑。

在"文化嫖客"横行的江湖,我却看到了南昌人里还藏有若干比较纯粹而干净的"文化侠客"。我想,有他们在,南昌人的精神不会沙化。

乱　雀

南昌人想对外面吐露点啥事,多半会得到旁人某种善意的小敲打:莫乱雀呢!雀不好,会驮搭子。写这话的时候我在笑,笑咱南昌话和南昌人的可爱。先简单"翻译"一下南昌方言"莫乱雀"的意思,不深奥,就是"别乱说",意指说不好就会惹来麻烦,过去是指"驮生意",本意是做买卖亏了,吃不了兜着走,现在变为"驮搭子"。搭子是什么?闩门的,铁做的,嘴不牢,门没闩好,嘴上挨一铁搭子,不让你一嘴血牙往肚里吞才怪哩!这话狠。南昌人往往用作警告语,当然是善意的,朋友间半开玩笑式的,可谓某种规劝。此话几乎是南昌人的口头禅,暴露了咱南昌人由来已久的胆小、心虚、保守,以及总是处于"驮生意"和"驮搭子"境地的尴尬与恐惧(经济落后,"驮"上面的"搭子",事没办好,"驮"领导的"搭子")。所以一贯不敢"乱雀"。前些年,几个朋友坐在一起,想策划一套书,名曰《乱雀》。此题一出,都兴奋异常。"雀"就是说嘛,乱说成书,还不痛快!尤其像咱嘴上长期贴着胶布的人,梦里都想"乱雀"一气。日前到席殊书屋,见一书,名曰《乱来》。哈,这比咱南昌人的"乱雀"还厉害。谁写的,这么大胆!掏银子买回家一拜读,作者乃上海华东师范大学的才女毛尖老师。毛老师不"毛",却总弄得我发毛,上回买过她一册电影随笔《非常罪,非常美》。这回却是"尖"了,上海在搞"世博"了,她还敢"乱来"。毛老师一"乱来",咱只有佩服的份了。怀着观"世博"的心理,观《乱来》。当然,毛老师的"乱来",是发乎情,止乎礼的,绝不像南昌人高希希导的《三国》电视剧里的董卓,一见美女貂蝉就要乱来,噢不! 绝不像潘金莲一竿子打到帅哥西门庆,就傍上了,不,绝不是那样。至于哪样? 咱不置评,否则走题了,又要"驮"约稿编辑的"搭子",字码得再多,也换不来银子,白忙乎。

  话说回来,深圳《万科周刊》约我写一写南昌,编辑发给我一份组稿关键词,那些关键词自然是跟过去和现在南昌的人与事密切相关的,读罢我断定这编辑应该是在南昌"潜伏"已久的"资深人员",否则就是地道的南昌人。不然他怎么那样清楚南昌的"底细",连咱市长李豆罗的南昌方言笑话也一清二楚? 他甚至发了一个关于咱敬爱的李市长的笑话过来。说某次有个日本考察团来南昌投资,李市长一看对方资金宏巨,不由兴奋,脱口而出一句南昌方言:"撮达西,格么多钱。"翻译不懂,问南昌官员,"撮达西"是什么意思。官员自然知道这是方言里的脏话,但告诉翻译,"撮达西"就是热烈欢迎的意思。不日,李市长回访日本,刚下飞机,日本小朋友手持鲜花两侧迎立,齐声高喊:"撮达西李豆罗!李豆罗撮达西!"咳,这笑话可不是我编的,否则我会"驮"李市长的"搭子"。我倒以为这是别人在"乱雀"咱李市长。李豆罗是个干实事的南昌人,也的确是位有着乡土气息的可爱的市长。他说没说过"撮达西"我不知道,但此句"撮达西"无恶意,而是为了表示惊叹与隆重,没想到成了南昌人不甚文雅的口头禅。那年,诺贝尔文学奖评选,尚在《江南都市报》的诗人杨君给我打来电话,他以问句开头:"你知道今年诺贝尔文学奖的得主是谁吗? 你绝对猜不到,是中国人,你猜是谁?"我一连报了几个名字。杨君说:"都不是,是个很多人都不知道的家伙,撮达西!"他感叹后报出了那个"家伙"的名字,我不禁回了一句"撮达西"以表示意外。为了让他人也"意外"一下,我拨通了朋友老王的电话,他正在家里炒菜,我先按杨君的语句如此那般问了一番,叫他猜那"家伙"的名字。老王忙,怕火上"巴了锅",干脆说:"你说是谁吧!"我灵机一动,大声说:"老王你脚跟站稳喽!今年获得诺贝尔文学奖的中国人是我!"老王似不相信自己的耳朵,问:"谁?"我作狮子吼道:"我,程维!"电话那头静了几十秒钟,方传来一个如同从地震中苏醒过来的声音:"撮达西!格下(这下)你发了!"我一听这话便笑得栽跟头,知道老王信了,赶紧告诉他是跟他开玩笑的。老王反不信这是假的,迷迷糊糊五六分钟,才被我从"撮达西"的惊奇状态中拎回来。老王回过神来,眼珠子一转,立马跟三四个朋友打了电话,弄出一连串"撮达西"的既隆重又艳羡的惊叹。后来我想若我真获了诺奖,那些朋友的反应便会是如此的"撮达西"。

"撮达西"也许跟咱李豆罗市长没关系,但我知道他确实幽默诙谐,除了一嘴让南昌人感到无比亲切的方言,还有说一嘴顺口溜的本领,偶尔有诗人般的狂放的激情。他在职十五年,"创卫"十五年,每年春季到来,鸟语花香,李市长的"创卫"激情就不可抑制,他像位将军似的,在各种场合一遍遍做"创卫"动员讲话。他在市科级以上的干部大会上讲:"你们都是各个部门的头,你们要当牛头,要当马头,不要当猪头、羊头和狗头!在创卫中一定要带好这个头!"这种话语出自一个市长之口,远比那些官话套话生动有力千百倍!李市长个子不高,矮墩墩的,常穿方口布鞋,梳个大背头,旧称"飞机头",在正式场合总一丝不苟,可见他的严谨和认真。一次他在全市"创卫"万人动员大会上讲话,表现出诗人般的奔放激情和拿下全国卫生城市的决心,他的嗓音慷慨激昂,声震屋瓦,在座领导的耳膜都被他的声音震得嗡鸣。书记及时觉察,不得不忍痛让可爱的豆罗市长"驮"了一下"搭子",让他把分贝降下来。李市长的幽默还表现在他工作的智慧上,南昌绳金塔下拆迁是个头痛的事,硬是让李市长办下来了。过年的时候,他去看望那些拆迁户,请他们吃饭,饭后给每户人家发了一个锅,他说:"我拆了你们的老窝,一定会送给你们一个新锅(窝)。"李豆罗去年退休了,南昌人不会忘记这位市长。中国这么大,比李豆罗更有趣的市长肯定还大有人在。遥想两千多年前,汉朝开国名将颍阴侯灌婴在南昌筑城。他筑的土城虽不宏伟,也不似后来那么规范,却也不算违章建筑。虽然历代拆除、改建的工作从灌婴到李豆罗一直没有停止过,但正是在这样的拆拆建建中,留下了一座城市的历史,也让拆建动静最大的市长留名。灌婴建城时,不会想到在赣江边修个滕王阁,李元婴也没想到一不小心,供人吃喝玩乐的滕王阁会被落魄文人的一篇文章变戏法般造就成一座文化圣殿。经二十九度废兴,现在立起来的虽是个钢筋水泥的"伪古建筑",却也是千古名楼。《滕王阁序》使之名享中外,牛得很。不牛不行,不牛南昌还能叫历史文化名城吗!不牛,我的朋友老宗,原滕王阁管理处处长也不会当着人大代表、政协委员的面,大声提出:"什么时候炸掉'凯莱'?!什么时候炸掉'新东方'?!"

"凯莱"是距滕王阁不到百米却又远高于滕王阁的南昌首家五星级酒店,"新东方"是滕王阁边一高档豪华的现代酒家,都是极为"跑火"的去处,是南昌达官贵人光顾的地方。老宗为什么这么牛?是滕王阁给了他底气。相关保护条例规定了对滕王阁周边建筑高度的限制。滕王阁是梁思成按天籁阁收藏的宋代滕王阁老图纸重新设计建造的,虽然不算古迹,但也是名胜呀!是名胜,而且是这么有名的名胜。曾参与过滕王阁重建的老宗就是这么牛!他是在替当年的李元婴牛,他是在替当年的王勃牛。只是老宗的"炮轰",轰了也白轰。十几年过去,"凯莱"和"新东方"安然无恙,生意"跑火"如昔。老宗的"炮弹"虽连蚊子也没打着,却为他赢得了些许敢于"直谏"之名。而今老宗英雄暮年,满腔豪气化作如诉如泣的"楚调唐音"。日前和老宗喝酒,老宗以"楚调唐音"唯一嫡系传人的标准音调,吟唱李青莲的《菩萨蛮》:"平林漠漠烟如织,寒山一带伤心碧……"苍凉、凄楚,令俺感叹。我想,南昌有一老宗等于有了第二座滕王阁,千古文化未绝。我这么写老宗,老宗不该怪我"乱雀"他吧。

除了扬州之外,南昌也是个出美女的地方,说不定哪一天好莱坞就会到南昌来"选美"去美国拍大片。如果要我来说一说南昌美女出现率最高的地方,还是要首推中山路和胜利路步行街。为什么这么说?因为二十世纪三十年代南昌发起"新生活运动",美女宋美龄就经常绾着发髻穿着旗袍在这里出现。我已故的外祖父当年在那里一睹过宋美人的香鬓云影。外祖父年轻时英俊风流,曾当过旧军官,上年岁了,也不忘与尚是毛孩子的我大谈对宋美人"惊艳"的感受。后来我想,他不可能近距离看到宋美人。宋美人出入常随老蒋,老蒋侍卫如云,哪是一般人能接近的。八成是外祖父吹牛过干瘾。而今不同了,在中山路随便逛逛再踅入胜利路步行街,如果恰好还在"百盛"转了转,没看到美女,原因只有两种:一是你瞎了,二是你今天肯定在麻将桌上火得一塌糊涂。说实话,二十世纪八十年代我在胜利路上遇到过一个美女,她后来成了我老婆。今天走在胜利路上,发现很多美女都是我老婆的翻版。只是我老婆已经很"资深",她们尚"桃花"初开。我这样说,没别的意思,更没有歪心思。

行文至此,我还得申明一下,上述文字,非我"乱雀",实在是人家深圳《万科周刊》编辑提供了关键情况。为什么我这样说呢?因为我写的南昌的这些人和事,人家比我更清楚。所以我怀疑《万科周刊》派了人到南昌来"卧底",可一问,人家没"卧底",而是好风吹千里。这年头,人家关心咱们的城市,对南昌了如指掌,南昌的名气也就大了,这是好事。咱南昌的城市精神不是"大气开放"么？有这种鼓励,再加上《万科周刊》约稿,且稿酬不薄,我就以"大气开放"的姿态"雀"一下南昌。

我在南昌虚度光阴

诗人柏桦说,光阴是用来虚度的。这话好,仿佛一下就根除了我这等志大才疏者的心病,剩下的都是平实,也就好办多了,除了求己,犯不着求人,不然只闲坐发呆也挺好,没必要挤人精堆里故作聪明。这世界能人太多,我什么都不是,所以轮到我时,只有虚度光阴。隐约有歌手这般唱道:早知浮生若梦,恨不能一夜白头。黄永玉说:世界长大了,我他妈也老了。黄老头说脏话,挺好玩。电视的字幕却把那脏话删掉了,也好玩。我没老,不姓黄,没有说脏话的资本,但又想说脏话,尤其是南昌话,不说"撮达西",就觉得口中没味,而普通话里的"他妈的",南昌人认为是打官腔,只有摆架子的人才说,南昌人不屑得很,所以我觉得还是说"撮达西"过瘾。等我九十大几了,也会仿黄永玉的语式说:世界长大了,撮达西我也老了。

虚度,并非一个不体面的词,它是佛、道两家的核心思想,其本源是佛家的自在和庄子的逍遥,且暗合西哲两部大著——海德格尔的《存在与时间》、萨特的《存在与虚无》——讨论的主题,以及儒家传统的乡梓性。而在当下,所谓"虚"是排除生命负重的杂质,从物化中解放出来,让生命苏醒,让思想苏醒,让灵魂苏醒;"度"是由此岸到彼岸的过程,令我们获得一种内心的从容与曼妙、自信与悠游。"虚度"就是苏醒的人生,而非被物欲折磨、被世俗遮蔽、被科技异化所导致的痛苦与苟延残喘。

年少时读过几本坏书,总想着,一觉醒来,白发满头,成了不折不扣一世纪老人,可以像聂鲁达那胖子在自传中吹嘘的那样——我承认,我历尽沧桑!这话够牛,对乳臭未干的青葱少年乃至年轻女子,绝对火力强大,有十足杀伤力。但现今南昌人一听就明白,这不明摆着唆泡吗?当初俺年少,不明就里,崇拜得不得了,似乎老聂一自传标题这么吹牛皮的话,就把我扫倒,下拜连叩三响头。便也幻想着,早点老起来,白发如云,沟壑满脸,仿佛一生就快过完了,也仿佛历经了烽烟战乱,跟德国佬交过手,端过鬼子的炮楼,做地下党在百乐门与穿《花样年华》般旗袍的美女对过暗号,还蹦嚓嚓了一阵,化装成敌军军官混入江防炮阵跟敌军上尉扯皮,掏情报,什么都一行家里手——你说曹操,咱跟他手下猛将典韦打过架,你说貂蝉,咱装成吕布跟那样的美人谈过风月。好了,有了这些经历后,回来躺沙发上,手上夹着哈瓦那大雪茄,嘴吐烟圈,往事历历在目,像过美国大片一样,想写什么都信手拈来,跟回忆录一般,简直洞悉了世界和历史,是世故且智慧又无比沧桑一老人,受人尊敬与爱戴。现而今,年过五十了,一想还真没那人,除非一大傻,熬到那分上还不干尸一具啊!

小时候有一哥们,叫射子龙,不是赵子龙,却也打架特猛。咱逢着打不过的主儿,就赶紧朝空气里喊一声:"叫射子龙来!"胆气便大了十倍,人家却怯了,知道射子龙在街头名气响。射子龙打架,两手各掐一板砖,红的,目光斜视,竟直线扑向劲敌,板砖准确拍在该落下的地方,使咱那条穷街陋巷威风大长,人还真不敢小觑。二十世纪"严打"时,射子龙险些漏网,跑广州避风,还是被南昌公安兜头截了回来,戴手铐关老虎(福)山,判了。近日在红谷滩碰到,哥们戴一金丝小眼镜,西装笔挺,夹一名包,从白色"路虎"上下来,竟先叫了我名字,我先不敢认,他自报家门,才叫出:"射子龙!"哥们嘿嘿笑,递我一支"中华",嘴努向左边的绿地大厦,说:"我公司在 21 楼。"我目光不由引上那高处,险些掉帽子,哥们便面有得意之色,还故作一番往事不堪回首又不无骄矜状,说:"若不是当年,我的命运就不会这样了。"我想,哪样了?那架一直打下去,打到五十岁,还不成黑道大哥啊!抑或遭"严打"了,打掉一黑老大,成就一新土豪。真叫"士别三日"啊,咱还真不好再叫他射子龙,那股生猛劲在金丝小眼镜后面,早没了。这就是变化!毕竟改革这么些年了。

当初也想过,我若是上海人、北京人多好,再不然也得是个长沙人或武汉人,那时不敢想自己是香港人、台北人,更不敢想东京人、纽约人、巴黎人。我在南昌三中读书,同桌有位蔡同学,住大井头那边的老房子,男的,大嘴,能吃,跟我挺合得来。一天哥们突然心事重重而又兴奋难抑地小声对我说,他要举家离开南昌,去香港接遗产。在二十世纪七十年代末,南昌专营港货的"小香港"一条街还没出现,隐约风闻的是香港的繁华,还有电影《生死搏斗》里的暴力。当时我是在阳明路市委礼堂里看的那电影,那些南昌人土鳖得很,我注意到多少人在寒风中好不容易花重金三毛五分钱守来电影票,原票价一毛五,宽银幕两毛,《生死搏斗》非宽银幕。哥们坐后排伸长脖子,皆看得目瞪口呆,仿佛中邪一般,似严重痴呆患者。那些高楼、小车、长发、牛仔裤、蛤蟆镜,把哥们弄得眼花缭乱,香港,那是个怎样美好又暴力的世界!蔡同学举家投奔,在俺心里牵起的与其说是小哥们分别的惆怅,倒不如说是无限的羡慕加神往。蔡同学走后,同学们羡慕嫉妒恨,绵绵不绝。半年后,俺收到蔡同学来信,并夹照片两幅。一幅中是一瘦长西服领带尖皮鞋披肩发男子,脸黑黑凭栏而立,身后是蓝色维多利亚港和华丽高楼,总之满眼陌生。若不是那张熟悉的大嘴,我还真不敢认那就是蔡同学。没想到才离开数月,哥们在香港一住就蹿高了那么多,就由南昌大井头区区少年蜕变为一港式男子,那黑瘦貌,也很香港。另一幅照片更令吾等南昌土鳖少年惊艳,那是幅有立体效果的小照片,乃一金发少女,两眼珠朝人晃里晃荡,那小卷发缠缠绕绕,搞得哥们想入非非、心思很乱。班上男同学们一看皆垂涎三尺,同学心中原本不起眼的蔡同学俨然成了天王巨星。男同学一致推测,蔡同学既然已是香港资本家大老板的少爷公子了,那照片上的金发女子必是他家为蔡同学安排的对象。女同学则看法不同,认为金发女是蔡同学的香港妹妹。但是男同学都先后面带羞涩且小心翼翼向我提出,要借金发女照片回去看几天,借口是给家人邻居看。我也大度,权当大伙福利,全班几十号小哥们排队候着,每人可将香港金发女照片借去三天,众皆欢喜,我在班里地位也仿佛水涨船高,有人会主动给数学作业让俺抄。只是一轮高潮过后,有原和蔡同学为邻居的同学传来别样消息,说蔡同学和他爹到香港如入天堂,爹接了遗产做了资本家,竟一口气讨了三四个大小老婆,不仅把原配休了,还卖到了妓院。蔡同学也见死不救,一门心思花天酒地做他的大少爷。此等传言,令俺们对资本主义香港既爱之深又恨之切。

时过一年,蔡同学衣锦还乡,联系上我。我原本打算一解狐疑提两个问题:那金发女是不是你那个?你母亲的下落如何?但一见面又感到难以启齿,我们在八一公园长椅上干坐了一下午,仿佛有千言万语,又啥也没说。

说实话,我当时倒不完全是惦着蔡同学的家事,而是对那时仿佛与南昌不同的另一个城市、另一个世界充满好奇。

后来自然明白,那金发女照片不过是街上买的一明信片,蔡同学父母均安好,人家也没发大财,只一普通小店主而已。都是当年人的好奇与想象,歪曲并放大了香港的好与坏。要说咱南昌人当初也确是老土得可以,而今想来皆好笑。

人说南昌是座颓废的城市,咱不是六朝古都南京,亦非西京(西安)、北京,连洛阳、开封、杭州也不是,有资格颓废吗?倒是南唐迁都在南昌待了三个月,感觉不爽,一拍屁股走了。南昌还是草根,还是市井,想颓也颓不起来,都是起早摸黑卖豆腐的命。小时候我住羊子巷,邻居街坊不是磨豆腐卖的,就是到抚河贩"铲鱼子"的,再不就是烤红薯的、理发的。我少壮时也绷着劲,牙口好,腿脚好,脑子还利索,想着干番大事。跟毛泽东上井冈山吃红米饭喝南瓜汤是不可能,跟日本鬼子拼刺刀也似渺茫得很。咱就琢磨着拍电影,在电影里指点江山,调动万马千军,大干一场,弄得鸡飞狗跳,还是有可能的。树这么一壮志,想干导演,先从写影评入手,以便跟电影挨上边,见有电影上演就看,就故作内行,以一电影老手的口气写评论,豆腐块也上了七十年代末的《大众电影》和影协的《电影艺术》,著名影评家、《电影艺术》主编秦裕权还来过信。这让咱有了点梦想照进现实的光亮,遂开始写电影,像当时罗马尼亚那般壮阔的历史片《斯特凡大公》似的,俺动手就写关于楚汉战争的《长剑饮恨》,投过长影,有一纸打印退稿单,一腔热血壮怀,换来一身冰凉,罢罢罢。近出的两长篇,有影视公司找过我,俺提出自己改编剧本,人家说有职业刀手,不劳俺费心,俺纠结。五十一过,方明白咱就是一观众的命,好生在观众席上坐着就不容易,日子一久,不颓也颓了。

西蒙娜·薇依道,距离是美的灵魂。这话对艺术而言挺靠谱,对肉体来说挺焦急。

我发现这世界上越是当回事的东西,越要当作玩儿来做,只有好玩或做得好玩了,它没准就成了,一本正经咬牙切齿反而不成,累死也活该!

云南雷平阳有诗:"有些风物不可以聆听,不可以让它们静止。"这写什么呢,写他的老家欧家营。心里有故乡扎着,久之,它就是片高地,谁也推不动,谁也攻不下,它是理直气壮的。我知道一女诗人,她的婚姻就是穿了三个小时的婚纱,吃了一斤糖。为了这三个小时的幸福,她付出了一生的代价。这三个小时的幸福就是一件婚纱和一斤糖的味道。老公是诗歌编辑,性无能。她只嫁给了文学,而不是男人。他瘦,像个鬼一样的影子,暗喻着他操持的诗歌一样无用,其精神建立在有用的反面,对任何实利都可以理直气壮宣告无效与不屑。别人看她虚无得很,她自己却认定是活在精神故乡。

南昌是很现实的地方,吃饭住房比北京更现实,有梦想的人可在北京漂着,没梦想的人退回老家,比如在南昌这样的地方娶妻生子做庸人。像我这般年过半百之人是再不敢硬着头皮装嫩聊发少年狂,把乡愁打入背包去为所谓梦想流浪他乡的,这辈子也就认定南昌了,只是这种认定也偶有恍惚。近日见到一则预告:当北京还是北京的时候——《乡愁北京》新书沙龙。1984年到2006年,作者沈继光行走于北京的大街小巷,拍摄了五千余幅照片,不倦地"记下在废墟上看到的一切",讲述着"消逝的古城"。沙龙同时有相关老照片展览。我想,把北京换作当今任何一个城市,恐怕都有类似的"乡愁",现今我把文学权作乡愁,这样反而踏实。找朋友们涂鸦穷聊,一心爱着城市的每一条街道和巷子,爱着那些把喝酒吹牛当事业一样认真对待的哥们。比如每回文人酒聚,哥们也都挺正能量,喝酒买单也不推三阻四,像黄继光堵枪眼,尽量挡着不让老程上。酒喝完了,老程量浅,不胜酒力,有酒力的哥们执意把俺全须全尾送回家,都是豫章好儿郎。常见的是酒桌上戳四五瓶老白干儿,一帮哥们抱着舍身成仁的豪气,大喝一气,皆为一堆光荣的烂泥。而今老了,哥们也开始相互怜惜,有怕喝成肝硬化脑血栓的,有怕变痴呆半瘫或壮志未酬的,异口同声说少饮为上,点到为止。干云的豪气似作鸟兽散矣。我还真不能把南昌当成十九世纪的巴黎,把抚河臭水畔当作塞纳河左岸的咖啡馆,有各类艺术家在那儿聚首,这是南昌的白日梦。但我又想,文学这东西还真不是纯一己之私的意淫与梦遗式的满足,否则就下作了,它当有更高的精神趋向,大作家必然将人生引向宏阔、庄严与崇高。我即便是一只蚂蚁,也想扛起比自己大十几倍的粮食,这就是自我超越了,咱没那么大劲,也该有那精神。

摄影家肖全写陈凯歌:"在他留意我镜头的一刹那,我清楚感觉到,站在我镜头另一端的人,是一个多么有教养的虚怀若谷的艺术家。""虚怀若谷"这词击中了我,令我感动。在当下的生存境遇里,我们丢掉了许多好词,也忘掉了人身上曾有的许多好品性。用这词观照一下自身,的确有自惭形秽之感。肖全拍北岛年轻时的照片,那人二十世纪八十年代初有鬓发,像片南方屋顶上常见的土瓦,趴头皮上,不怎么有型,戴当时流行的变色眼镜,镜框过大,与他的瘦脸不成比例,上唇两撇拉碴的胡子,仿佛我中学班上一位数学每回考一百二十分的同学,貌猥琐了些,却写了冷峻且硬气的诗句。有些诗句真好,没法让你不感动。"我若在你心上,情敌三千又何妨"——这话让我掉泪啊!我自是明白,咱没傻到找那么多情敌来跟自己过不去,也没女人为咱去和三千情敌较劲不顾死活,但我还是感动!那是生命里的一种伟大情怀,秦皇汉武谁的,另说!李嘉诚说了一段很经典的话:"当你放下面子赚钱的时候,说明你已经懂事了;当你用钱赚回面子的时候,说明你已经成功了;当你用面子可以赚钱的时候,说明你已经是人物了;当你还停留在那里喝酒、吹牛,啥也不懂还装懂,只爱所谓的面子的时候,说明你这辈子也就这样了……"

这是国人的"面子学",老李有学问,咱一对照,就知自个儿修炼到了第几层,没法装。我喜欢阿多尼斯的诗,他在《我的孤独是一座花园》中写道:"世界让我遍体鳞伤,伤口长出的却是翅膀。"向我袭来的黑暗,让我更加闪亮。孤独,也是我向光明攀登的一道阶梯。

这是对生活的态度,我不能说是对世界。世界对我的这副肉身来说,庞大而无名,生活却具体得多。况且,我不做诗人已多年,所以对生活的态度基本上是设法从庞大的世界中摆脱出来,回归肉身,回归自我,找到某种足以虚度的借口和方式。说老子的无为太土,说庄子的逍遥太飘,咱是就地取材,内心平淡,无波无澜。不把发呆叫作深思,不把唆泡叫作口才,不把酗酒称作海量,不把外遇当作浪漫,不把涂鸦当作美术,不把坑人当作事业,不把懒散叫作超脱,不把没钱当作清廉,不把小聪明装扮成智慧,不把拍马屁称作"得转"。凡事不夸大不变形不颠倒,各安本分,心平气和,也就跟世界达成了和解,苦大仇深也没有了。

杨绛先生在一百岁感言中说:"我们曾如此渴望命运的波澜,到最后才发现:人生最曼妙的风景,竟是内心的淡定与从容……我们曾如此期盼外界的认可,到最后才知道:世界是自己的,与他人毫无关系。"2003年最后一天,看梅艳芳告别演唱会视频,她让我们知道了什么叫风华绝代,在这时代存在过然而又逝去,让我们有缘目睹。一个人的生命告别,原来可以那么华美,那么精彩,那么令人动容,留下不会磨灭的记忆,这是天鹅的绝唱——华美的结束是新的壮丽开始。恨自己没有歌唱天赋,不能跟她同台,同声相惜。也许下一世。我们活在世上,若不做点什么,便对不起今生了。祝福所有人,祝福!包括我自己。

细　雪

细雪。

这个词总是容易使我想到女子和细腻的瓷器。想到日本女子雪似的面孔,或身穿和服脚踏高跟木屐在沙沙作响的细雪上行走的样子。从字面来说,"细雪"是我喜欢的词之一,总觉得这个词足以代表或说明什么,是一种极致的美的符号。

此刻当我从这个词的字面意义,跳到现实中时,南昌的雪连招呼也不打一声就下来了。

南昌潮湿,冷,冬天的冷沾在身上由外入里,深入骨髓,很是要命,土生土长的南昌人也对这湿冷的冬天心怀恐惧。尤其是南昌老人,可以用"畏冬如虎"来形容。近年很多子女在外成家立业的老人,干脆纷纷避难般逃到外地过冬,直至来年开春才返回。年前我去福州参加笔会,上火车一落座,就听到乘客对南昌湿冷的抱怨。有去外地过冬的老年乘客,言语间简直有乘上了挪亚方舟逃过一劫的感觉。但是南昌人,满城的南昌人还是要面对自己的冬天。

"凛冬将至,长夜漫漫"——这是美剧中的一句著名台词。南昌的凛冬,不似北方,没有供暖,室内外温度相差不大,寒冷的昼夜也就觉得漫长,很是难挨。虽然家里装了冷暖两用空调,但不低的电费,让普通家庭的南昌人冬天几乎不敢问津。炎夏无处藏身，不得不在高温时段开开空调；冬天毕竟晚上还有被窝可钻，精打细算的南昌人还是会把这开支省下来。冷得身如一根冰棍时，我常常从书房而客厅而卧室而厨房而卫生间，尽量扩大范围地跑几圈，仿佛可以抖落身上的寒气。再就是抱一杯热开水，猛灌之取暖。这不失为南昌人一种原始的取暖方法。

昨晚电视台气象预报还说阴有小雨呢，一早起来便见窗外细雪霏霏。从我家二楼窗口看出去，校厂西老居民区一带远近屋顶上都蒙着薄薄一层白。那些老旧的灰黑色的瓦，仿佛在慢慢敷上白色，慢慢把破旧的屋顶小心翼翼地掩饰起来，让我心疑已身在川端康成的小说里，走得烂熟的狭巷，也随即令我有些诗意的想象。意象派诗人艾米·洛威尔的《飘雪》，颇符当下的一点小感觉："雪在我耳边低语/我的木屐/在我身后留下印痕/谁也不到这条路上来/追寻我的脚印/当寺钟重新敲响/脚印就会盖上/就会消失。"

我站在楼上的窗前向外看，是一条旧得看不出年代的小街，街两旁居民的木屋高低不一。已然雪白的屋顶之间的街道上，那撑着伞走动的人们脚上穿的一定不是木屐。洛威尔诗中所写的倒像是行走在江户时代雪坂上的日本人，那步态与踏雪的屐声及屐痕，无疑别有一番风情，令人神往，总也想在雪国里"川端康成"一回。

我所看到的是入冬以来的初雪，它的洁白细薄接近纸张。这种感觉是足以让人激动的，使人产生在上面书写的欲望。

当我匆忙中披衣出门从楼上下来，钻出校厂西1号的院门，准备去享受一下踏雪的乐趣时，却发现地上只是湿漉漉的黑色。雪，在地上竟没留一点白色的痕迹，它在空中飞扬着：细小、湿薄、寒冷而脆弱，一触即融。它只能沾上你的衣，沾上你的脸，在上面稍作停留，等不及你伸舌尖一舐。而从三眼井至象山南路的地气、车轮、脚步更是容不得细雪的须臾停留,这真叫渴望领略新雪的人们沮丧,也大煞了风景。

　　人们嘴里呵着寒气一个劲地说冷,象山南路来往的汽车扔下一股股只有天冷时才像白烟的废气。站在这霏霏细雪之中,只能感到雪轻轻击在脸上、额上的微疼,这是除了冷之外,雪或冬天和我们的肌体最直接的相遇。看雪花静静地漫天飘下,那么从容、优美,大音希声,一种旷然大气的境界临于身。在感官印象里,与雪对我们身体逼近的方式最接近的是剑。剑光飞舞时绽开的朵朵剑花最接近的也就是雪花了。

　　试想当年赴秦前的荆轲,与此时站在细雪中的我们感觉有什么不同?那一班白衣胜雪在易水边为他送行的人,也一定使他想到了雪。只不过不是南昌的雪,南昌的雪薄,湿气重,似乎更加寒彻骨。那冷锋可以穿透咸阳宫里秦王的袍服。

　　雪的寒冷、雪的严酷、雪的无情,都在编织着一种凝聚于天地间的冷光。那冷光只有用史家的眼光才能见到,有这种眼光的人才能执笔如刀剑,以高出大众的见识来冰裁历史。我们读到的《唐诗三百首》,更是编者以不逊于史家的"无情"眼光,在浩如烟海的万千唐诗中猛砍猛杀后所余下的三百虎贲。

　　史家与编者的眼光是比剑更冷更锋利的东西,那东西不是别的,正是识见。

　　想到这里,便感觉漫天的雪花都是一只只眼睛,是上天对大地最为深切的投注。在这样的时刻,落在我身上的雪也不再是它本身了,而是上天对我的种种垂怜、慈爱与眷顾,使我弱小的生命能够感受到天地博大的支撑和庇护,作为人类的我们是有福的。一边冷得哆嗦,一边还如此想,似乎是矫情的,但南昌人从一个个炎夏寒冬熬过来,修炼过来,自是有一份从容和豁然,由此生出一种精神力量与解脱方式。这也成了南昌人性格的一部分。

回到书房,呵口气,搓搓手,转身便自然会去翻那些咏雪的诗词。唐朝人从厚厚的经典里推开门,伸出手来扯我的衣袖相邀:"晚来天欲雪,能饮一杯无?"

叫我如何作答?我应邀而去,一抬腿真能越过书的封面到唐朝去与人家对饮吗?如若拒之,显然有负人家美意。

对此,我只有笑而不答,看窗外校厂西街的细雪,渐渐落下。

唱歌记

南昌人泡歌厅飙歌，由于多是"南普"，又称"塑料普通话"，便多有意趣，每每让人笑个半死。南昌人的可爱性格也每见淋漓，或忸怩，或豪爽，或木讷，或灵秀，无非在一阕半阕歌之间。

近来觉着年纪大了，有小友在微博上呼我老头，其实俺也不过四十有余，说不老是欠揍，说老又太矫情，就有些尴尬。可有一桩确实觉着不比以往了，比如写文章不爱动脑筋，取标题直接用上了什么什么记，要在过去，脖子上架刀也不会这么写。今日提笔，原想接着写长篇的，脑子里也还留着前日晚上在歌厅吼的快活情景，哥们死活吼歌的表现让我心里还一直乐着，便又生了偷懒的念头，没心思写小说，就不动脑筋，写篇《唱歌记》吧！反正脑子进水了，也不怕得罪哥几个，你们也是特欠揍的主儿，咱都是南昌弟兄，谁的斤两也都清楚，别怕俺在这儿将你们晾一回。说实话，人老就变懒了，写文章的事，一般还真不愿干，若不是看在钱的分上，我还真不写什么了。这里写的字全免费，算友情演出，为哥几个做宣传。若你们还打上门来，兄弟练过降龙十八掌九阴白骨爪的老拳便在这儿候着，谁身子骨发痒，兄弟连扁带揍打包奉送——别怪老弟下手无情！话说过了，休嫌俺啰唆，人老就这样，算打预防针。

那歌厅是青云谱八重天娱乐会所。那日晚上哥几个在苏圃路"江湖味道"灌饱了黄汤,乘兴开车,一上八一大道便狂奔。朱宇兄弟把破桑塔纳开成了宝马,一奔奔过了头,奔到南昌东郊,过了象湖梅湖差点冲进八大纪念馆。嘿,这地儿冷清清,据说是当年八大山人修道的地方,后来人一考证,八大根本没在这儿待着,也就改作八大纪念馆了,只是冷清,哪来什么歌厅呀!莫非而今城市大变样,八大纪念馆华丽转型,改成歌厅了?好创意。这点子恐怕只有老杨工作室才弄得出来。俺往车屁股后一看,舵爷老杨老褚老徐的车根本没跟上来,后排两才女(蒋为农和黄夏君)中间的老王虽满是幸福却也两眼模糊。倒车倒车!老朱玩车有些年,握方向盘手腕活络得很哩,一倒一扭,破桑塔纳掉头冲一灯火隐约处扎过去。是了,这回错不了。

八重天是新开张一歌厅,设备都好,哥几个一进门就大呼小叫有了感觉。人端来两箱凉啤,老王憋不住,就在半明半暗中瞎撞。俺说:"厕所在进门处。"

谁知还有更急的,就见老杨一个箭步过去,猛浪若奔,直扑厕所,门一拍,将急颠颠的老王拍在门口。还有老徐,他身子胖嘟嘟的,不声不响十分可爱地跟在老王后边,排队上厕所。

这里朱宇大呼喝酒,舵爷就把满满一杯端手里,我和褚兢老哥往边上坐,尽量离酒远点。不是俺爱惜身子,实在量浅,酒桌上已有几杯下肚,天凉,肚里还直犯咕嘟,哪敢再喝。老朱过来,挨个儿干,老褚的小身板儿眼看又放了一杯进去,俺也只有舍命陪君子,喝!呛死算了。

这时老杨叼着烟屁股从厕所出来,趁黑坐到蒋、黄两才女中间。老王出来已找不到位子,又不便将老杨赶开,只有到角落坐下,暗中"咔"了两泊老痰清清小嗓儿,准备露一手。老朱就叫点歌点歌,谁开唱——话音未落老王早把一首歌点好了。小嗓儿老虎般蹿出来:"穿林海——跨雪原——"老朱说一声:"杨子荣。"忙落座。老王一句革命样板戏,未及喘气,便博得满堂彩:"好!"老王便得意,小嗓门一提,又高了几度,哥几个都竖着耳朵跟着他的嗓音往高处爬,不想绊住了。老王的嗓门儿突然巴住了喉咙,像汽车上坡轮子直打滑,空转悠,偏上不去。舵爷幸灾乐祸一声怪笑,招致哥几个都跟着幸灾乐祸为之捧腹。俺嗖地站起来为老王打抱不平,说:"老舵,你这是咋的了?老王嗓子比我好,没有错,比你好,也没有错,比哥几个都好,应该佩服人家才对!怎今日他一小高音上不去了,就抓到人家错似的发出那样的笑声!哥几个也不想想老王小嗓子能穿林海跨雪原打虎上山,容易吗?杨子荣,浓眉大眼的,容易吗?!你这么笑,人家多尴尬。"哥几个一听,更笑。我说:"俺唱的时候若唱不出,谁也不许笑!"老舵嘴一咧,更笑。

令俺肃然起敬的是,哥几个虽在乱笑,老王却一点没受影响,扯着小嗓儿硬是把一段难度比较高的样板戏唱了下来,鼓掌,喝酒。

按说老王唱得好,是因为他并非纯南昌人。老王的老爹乃辽宁人,跟赵本山是半个老乡,老王母亲是南昌校厂东人,老"老王"早年来昌行医,与校厂东的老王母亲喜结连理。老王不讲"南普",他常以不正宗的"北普",纠正我们南昌人的"塑料普通话",而他尤得意的,是嗓门高,得其父真传。南昌的哥们一张嘴,舌头一打结,连人家的半"北普"也招架不住。

好,样板戏老王立在那儿,哥几个,谁拼得过人家!老徐,你用南昌塑料普通话唱邓丽君唱得过人家?老杨你一烟嗓子,像背了满麻袋煤上山似的,就唱得过老王?还耻笑人家,惭愧不惭愧?俺当年虽在全南昌市商业系统唱歌比赛中拿过亚军,但现在嗓子巴了锅,是决不敢充好汉的。没人时会躲在自家洗澡间,很不要脸地模仿某男歌星的嗓音乱唱,也纯属业余又业余的爱好。老王唱其他歌曲也带样板戏腔,这固然是很欠揍的,但他的嗓门是哥几个中最棒的,不甘拜下风是很不谦虚的表现嘛。

老舵这哥们就不谦虚,他不仅在老王高音上不去时带头怪笑,这回还接老王的麦克风,来一首蔡琴的《恰似你的温柔》。别看老舵一生猛汉子,写过几百集电视剧,演过精悍警察,喝酒不带醉的,唱起温柔歌曲来,嗓音低沉,既磁性又深情,若身边坐了小娘子,真会被老舵这一手撩倒。俺不知蒋、黄二位大姐做何评价。老舵那里款款深情地唱着,老徐就探着头来对俺耳朵里说:"老舵才是玩家,哪像老王,只会扯喉咙吼。"言语间充满了对老舵的钦佩和对老王的不屑。俺也以为此话不无道理,老王有条好嗓门,擅长高音,这是不错的,但他的嗓音缺磁性。俺也听过行家说,会唱歌的人善用嗓子,不瞎吼,尤不乱飙高音,只是往安静里唱,唱得你小心儿受不了,你不感动还真不行。我喜欢赵鹏的歌,他是个安安静静唱歌的人,他的嗓音很有魅力,很有味。老舵唱歌,是玩这一路,我懂。可见老舵是有不谦虚的资本的。他的老爹当年也是"南下"过来的,走的是"水路",在赣江边的航运局当干部。老舵自是生在南昌,长在水边,北边血统一到南昌水边生根发芽,就有了灵气,所以老舵唱歌像在伺候感情、伺候声音,这是对的。

老舵唱得不似老王张牙舞爪,给了同志们自信。在一边呷茶的褚哥儿从容点歌取麦克风,来了一首德德玛的歌曲,似乎是《父亲的草原母亲的河》。老褚的声音似从屋顶上飘下来的,老杨用布满血丝的眼睛打量着老褚,好像不相信这飘逸、空旷而又有韧性的歌声,是从老褚那瘦小单薄的身体里发出来的。歌毕,老杨歪着嘴咬着香烟,真心实意地为老褚的成功演唱鼓掌,老朱过来敬酒以示祝贺,老褚满脸快意,半推半就把一杯酒干了。

轮到俺了。俺平时觉得自己挺会唱歌的,跟着电视,觉得有许多歌会唱,在歌厅也玩过上百回,临了还总是点不到自己能唱的歌。弄来弄去,点了多年未唱过的姜育恒的《驿动的心》。这歌过去是唱得挺溜的,今儿一动口,南昌塑料普通话的口音就往外跑,像是这歌平白无故跟俺过不去。好歹把它唱下来,哥几个很礼貌地鼓掌,体现了他们良好的涵养。我满怀感激地跟朋友们碰杯,仿佛是他们给了我重新做人的机会。唱歌这事,听起来容易,指指点点说三道四也容易,真要唱出味道来,难。老舵老褚懂一点,当然不是太多。老杨在老褚"放歌草原"时就对俺说:"老褚要唱的歌绝对是他心里有底的,没底的不会轻易晾出来。"他这是在善意教育我:心里没底就把《驿动的心》往外抖,干吗呢?我忙说是是是。

老杨趁哥几个唱得不亦乐乎,暗中邀请两位才女在歌声中跳了几轮舞。见屏幕上出现《兰花草》,老杨忙吐掉烟头,拿起麦克风,好一会儿,竟没声。俺知道他没捺到开关,就代他开了麦克风。老杨清清破嗓子,就耸着肩走上前几步:"我从山中来……"老杨声调浑厚、浊重,像东方红推土机,勇气可嘉。毕竟老杨是正宗南昌人,虽长得憨厚,却绝对有着南昌人的灵秀,至今仍活跃在单位春节联欢会的排练场上,是不折不扣的老"文青"。

歌唱得轻松且有感觉的是老朱,他的南昌方言版《小薇》,一口纯正的"土话",每一句皆有笑点,堪称一绝,每回他唱,俺都笑翻了。老朱是南昌采茶戏世家出身,祖父、父母都是南昌采茶戏名角,在"老南昌"心里有"天王巨星"的位置。而今位于中山路西头的采茶剧院已卖给人开茶楼、泡脚屋,一帮怀旧的南昌老头、老太太,只能拎个老式录音机,在八一桥下公共厕所旁,边晒太阳边听老朱父母辈唱的《南瓜记》《方卿戏姑》的盒带。老朱兄妹仿佛有预见,死活不承家传学采茶戏,但这不影响他的天赋。这次他献唱《小薇》，完全得益于南昌土戏的"家学"，十分了得，令俺和老杨这等南昌"土著"与有荣焉，且鄙夷了老王的北方唱腔。其实老王也是南昌土生土长的一根葱，只是好"京剧"那一口，仿佛在歌厅里一摸麦克风，便认祖归宗，怎能怪人家这份"乡愁"？老朱南昌版《小薇》唱过后，意犹未尽，还慷慨赠送了一首大气磅礴的《我还想再活五百年》。老朱是土戏世家出身，唱歌基本到位，但还是那话：毕竟人到中年，唱到高音就有点"巴锅"，比如唱到"我真的还想再活——五百年"。一到"五百年"那儿就气不足或岔了气，音提不起来。可见五百年那岁数，还真不一般。

听别人唱歌时喜欢偶做点评的老徐，别看他身高最多五尺，生得肥头大耳，仿佛仪表堂堂、人模狗样，歌，他却喜欢唱婉约细腻的邓丽君情歌，且采用绝对"塑料"的唱法。平时他满嘴南昌方言，连一句普通话也不会，出门去外地，还真得带"翻译"。每见老徐肥头大耳这么个人拿个麦克风，像啃鸡腿般细声细气唱《月儿像柠檬》，我就笑。老王私下会说："你看你看，这老徐又要让我起一身鸡皮疙瘩……"

唉，哥几个都不是歌星，别以歌星的标准来要求我们。又想杜甫兄曾有诗："痛饮狂歌空度日，飞扬跋扈为谁雄。"真好！走出八重天歌厅时夜已深，哥几个一通纵酒狂歌后，顾盼自雄。只是春寒的小冷风一吹，都不免有些哆嗦，颈就往衣领里缩，多少还似威虎山的匪类。

在南昌

> 我凝视流逝的水,又抬眼望那城外群山。
> 幽暗的轮廓,没有什么暗示我。
>
> 雷蒙德·卡佛

一

朋友六月天来南昌出差,发微博:"如果有一天我不幸热死在南昌,你们一定要来把我接回贵阳。"我一见,便笑得栽跟头,留言道:"我出票钱,直接送你去南极与企鹅相见!"

有人调侃南昌说:"春天跟夏天似的,夏天跟火炉似的,堵车跟北京似的,马路跟伊拉克(被炸过)似的,上班累得跟孙子似的,挣的工资少得跟非洲难民似的,但一个个穿得像明星似的,物价高得跟纽约曼哈顿似的,节日去逛商场的人跟看演唱会似的,买东西的像大款似的,打车跟求爷爷似的,下雨跟发洪水似的。"是的,是的。身为南昌人,你不能因此鄙薄南昌。有些可以改变,有些改变不了,正如走得再远,都不能改变我是南昌人这一事实。南昌人常年如此生活着,不能说南昌是地球上最好的地方,也不能说是最糟的地方。早年,人总想做故乡的"背叛者",追求物质或精神上更好的出路,这都无可厚非,正如一句老话所说,大丈夫四海为家。这些都鼓动人去做一个漂泊者,去做一个旅人、探险者。九死一生之后,或焦头烂额,或富贵加身,人便想做一个彻头彻尾的思乡者或还乡者。这其中起码的一点是,人的寻根性在起作用。说到底,人永远无法背叛自己,无法背叛生存着的土地,无法背叛他的乡村或城市。即便你生活在一个可诅咒的地方,即使它不需要你赞美,它也给了你生命。我当然想投胎做个北京人、上海人,当然想做个巴黎人或纽约人,可我就生在南昌,就在服务质量和态度都一直遭人骂的南昌工农兵医院的妇产科出生。二十世纪六十年代,我母亲在距此家医院不远的胜利路妇儿商店上班。她怀胎十月,感到要生时,居然是自己一个人匆匆从商店出来,过马路,经黄庆仁栈,拐入民德路,老邮政局对面就是工农兵医院的围墙,那墙正巧破了个洞。母亲说,她当时是钻过墙上那洞入院的,这让她少跑了一些路。当晚八时许,我就来到了世上。我属虎。母亲说,晚上出生的虎是温驯的。但我似乎知道我的体内有虎的力量。

  大半生过来,我几乎没有迁居外地,即便童年随父母下放,也是在南昌的新建县的松湖和湾里区,那三四年,算是离开了南昌市区。此后一直住在市内,这期间有过数次搬迁,也只是从这条街到另一条街,或从老城昌南到新城昌北。这些年,我自然到过国内外许多城市,跟不少地方的人打过交道,我不能说南昌是最好的城市,南昌人是最可爱的人,但于我而言,南昌是最能给我以归属感的地方,南昌人是最让我感到亲切的,也许这就够了。我写过:"在南昌,我不可能置身南昌之外写诗,逢张三说北京话,见李四作鸟语,我是个地道南昌人,在南昌我装什么,也没法装我不是南昌人。尽管这身份一般,跟遇到的大伯大妈、城管小贩、孬干部没有区别,尽管有时我恨这一身份,想自己若是上海人、北京人或纽约人、巴黎人该多好,可我就是南昌人,就这土鳖身份,不用装也是。一看模样,张一张嘴,动下脑筋,放个屁,都是。一点不像法国巴黎人或上海瘪三!"我这样的文字可能写得有点激动,但这就是我作为一个南昌人的真实感觉,这感觉别的什么都没法替代,我不可能装高尚,也不可能把南昌夸得跟一朵花一般,那是不真实的,是对南昌人这一身份的背叛。

在南昌,工资低,菜价高,夏天热得要命,冬天同样把命弄得很贱。外地人受不了,朋友梁一去北京就不回来,说做北漂,也比待南昌带劲。可我贱,就是不肯离开南昌,哪怕外出一小会儿都优柔寡断,不愿旅游,不愿去庐山、北戴河疗养,一去外地,仿佛赴虎狼之秦。南昌以外,任何一个城市我都不愿去,哪怕一小会儿,哪怕几天。我就愿待在南昌,从红谷滩到三眼井,说不出太大理由,我真觉得自己就是长这里的一东西,挪一下都不行。有时这种感觉令我被动而无奈,它仿佛又像一种惰性。我不会把这种惰性说成是我爱南昌的理由或借口,但当年不少大学同学南下广东或北上京城的时候劝我加入,我是不为所动的。像过去的老人一样,就是觉得待在故乡踏实。儿子在湖南读大学,毕业想在长沙或往外去,我让他去广州、深圳看看,还是希望他回到南昌。

我四叔当年娶了一位上海知青为妻,后来随妻一同"返城"回上海,在沪上居家,做起了"准上海人"。我知道江西,至少是南昌,有不少这样的"准上海人",他们生活如何,感受如何,且不去说。出于历史的原因,他们的大好年华都在"下乡"中荒废。随妻"返城"到上海,多是拖儿带女,也过了创业打拼的年龄。"返城"的妻子作为上海人,当地会安排工作,但他们作为本质上的外乡人,仿佛成了"寄生"的另类群体,他们的境遇如何,我可以不去想,但不可能太如人意。其间,我跟四叔通信,他说,南昌人有个特点,舍不得打碎身边一点都不值钱的坛坛罐罐,没有闯劲,不敢冒险。我现在想来,这似乎就是指我身上的惰性。如果南昌人跳出了这种惰性,自有另一番风光。尤其在这个不一定把"爱故乡"当美德的年代,世界经济一体化,地球也就是人类一个共同的村落,我们的视野和思想不能继续狭窄。但归根结底,你所立足的那个点,是实在的,它让你感到大地的尘埃从脚下漫起,栀子花香也就在附近,女人的笑声不是悬浮在空气里,而是在身边,熟悉的乡音在四周环绕。这就是存在,这就是生活,这就是故土。

二

外地人在南昌生活,是一种"打量"与"观察"的"他人"视角,在其心里还有一个参照物——故乡。只有南昌人对南昌的看法是亲人的看法,所爱所恨,爱恨交织,这才是真切的,但也永远说不清道不明,这恰是一种最正常也最真实的感受——如人饮水,冷暖自知。我一向不信古人的记游诗与散文,他们到一个地方写出的文字,即便有名,也多是浮观,多是偶感,多是即兴,多是应景。王勃到南昌,把南昌写得天花乱坠,阎都督自然高兴,文章也不错。王勃的目的也很明显,一边是拍老阎的马屁,一边是逗其才。他对南昌哪有什么真实了解与感受。这也是我到外地一般不写诗、不做游观文章的一个原因。如果我写《成都记》或《在成都》,再怎么写也只有几天的游观,不外乎写武侯祠、杜甫草堂、锦里、宽窄巷子、春熙路,再翻几本有关成都的书籍牵强附会一番,然后故作姿态地发点议论、感慨,弄点抒情文字。若是别人也这样写南昌,我一看便知道写的不是南昌,而是一腔矫情。

反之,南昌人写南昌,永远是一个"身在其中"的视角,永远是个人的、局部的生活。不是游客的情怀,没有客居心理,更不必过分赞美或责难。活着,在南昌,就是一条巷子,一条街,一处院落,一个单位,一家菜场,同事,朋友,亲人。这便是存在的"在",也是"在南昌"的"在"。有的老南昌人一辈子都没去过滕王阁,没进过八一起义纪念馆,没去过青云谱看八大山人的画,他们觉得这与日常生活无关。南昌人可能对墩子塘、建德观、钟鼓楼、天灯下菜市场更熟悉,对工农兵医院、大众商场、妇儿商店、三泰商场、洪客隆商场、天虹百货、黄庆仁栈药店、八一公园、孺子亭公园更清楚,这是与南昌人息息相关的生活"现场"。我七十六岁的老母亲,每天早上起来就去孺子亭或八一公园晃晃手脚,跟老同事碰个面唠点家常,然后绕道钟鼓楼菜场买点菜回家,这就是南昌人的日常。去洪客隆商场、天虹百货、黄庆仁栈药店,或到工农兵医院看病,孺子路与象山路交叉口经常堵车,京山老街一下雨就水深齐腰,师大南路立交桥下常浸水,使车辆熄火,这也都是南昌人的日常经验。与游记或《滕王阁序》里的南昌截然相反,完全两回事。这才是南昌人冷暖所在,这才是一日三餐的南昌,这才是南昌人上班下班头疼脑热的南昌。

对南昌人而言,一条街巷,就是一段光阴,一段记忆里的人和事,一截生命。棕帽巷,是我少年时期居住过的地方。棕帽巷的老六,是我少年时的铁哥们,射步亭学校初二年级的小流氓,他爸是老东湖分局的副局长(一个说话慢条斯理、婆婆妈妈的娘娘腔)。老六拉我到他家楼上,偷看过他爸掖在被窝底下的枪。吹牛唆泡、翻墙跳窗是老六的拿手好戏,隔壁院里的罗汉金根,是他崇拜得五体投地的偶像。大包头金根,每日黄昏勾着样子挺骚的浪妞穿街过巷,我和老六蹲在滋生青苔的潮湿墙根,恍恍惚惚的目光,被浪妞的小蛮腰拉得又细又长,直到一股骚味飘过了棕帽巷。老六总会缩回脖子,咽一下口水,说:"总有一天,老六会像金根那样风光!"天黑了,老六嘴里吐出那骚妞在女厕所小解时被他偷窥到的臀部。老六说得两眼迷离,手舞足蹈,仿佛他已将金根取代,是个功成名就的第三者。我打个呵欠说:"很晚了,明早还得上课呢!"老六抽出垫屁股的"人字拖",趿拉趿拉,走向巷口的金角铺。老六有四个姐姐,我只见过三个,大姐在"江柴",二姐迁校在郊外,三姐啥事也没干。二姐最漂亮,我常暗里犯嘀咕,破旧的棕帽巷,怎么长出这么个玉般的女孩?一次她以老六叫我为名,把我约到她家楼上,我一看四下无人,只有她穿着短裤背心,手拿扇子坐在竹床上。那两只乳房像两只不安分的小白兔,若现若藏。"老六呢?"我问。她胸脯一起一伏,仿佛一浪高过一浪。她毛茸茸的声音,绕我耳朵不着边际嘤嘤飞翔。她长得比我高大,皮肤白皙,蓝色的血管都能看见。这么个玉人跟我坐在一起待了半天,我知道她全家人都走亲戚去了,时间很对,人也很对,地点安全,可我还是个十六岁的懵懂少年。我后悔自己没有得寸进尺、当仁不让。后来她嫁给了个市委干部,干部他爹是副区长。老六后来犯事,送去劳教。那天,他的三个姐姐去送行,老六他爸没有露面。棕帽巷的金根义愤填膺,大包头一甩一甩,十分油亮,他怒斥小流氓老六,屡次偷看女厕所!若不是老六被他女朋友拎着耳朵揪出来,还有多少女人会在老六的眼睛里失身!他用哭腔夸张地喊:"政府啊,这样的小流氓,你管不管?"老六他爸终于一拍桌子大义灭亲。我躲在人堆里,打了个寒战。这段成长的经历,极像莫妮卡·贝鲁奇演的电影《西西里的美丽传说》。南昌的街巷对于南昌人而言,便是充满这样的"神话"。城市的肉骨跟他们的人生是连在一起的。它很老了,你才刚出生。你就是这棵大树上的嫩芽。

三

南昌对南昌人而言没有古典的诗意，却有"下半身写作"般的狂躁。有人说，南昌人有互相拆台和过河拆桥的习惯。其实过河拆桥并非南昌人的专长，外地也不乏此道高手。只是南昌水系发达，桥比外地多些，有的人将河一过，恐别人也过来抢好处，便下手快，把桥拆了，让别人干跺脚，自己将好处独享，用不光彩的法子排除了竞争对手。这一招损，不地道。后来南昌人把那类专门利用别人达到自己目的后便翻脸不认人的家伙，称为"过河拆桥者"。南昌人对此最鄙夷，言之为"雀薄"。这几乎是南昌人对过河拆桥者的不齿与责问。如果说南昌人惯于过河拆桥，恐怕有诋毁之嫌，其实南昌人是被过河拆桥惯了的。明太祖朱皇帝打江山，关键时候，几进南昌，是把这里当作根据地的，一旦坐上龙椅，便把南昌忘诸脑后。说他认江西人为老表，是一厢情愿，不过是乡下势利老表的梦。朱元璋的儿子明成祖朱棣借老弟宁王朱权之力当了皇帝，事后将朱权削权软禁于南昌。凡此种种，都是南昌人被拆桥的往事。南昌人应该清楚，这等拆桥高手，是他们望尘莫及的。南昌人的拆桥功夫还是小打小闹，市井上玩的，不过占占小利，人事上耍的，当然是利用别人图谋上位，目的达到，便摆老大面目，打压人家。这就是有些过河拆桥的南昌人的那点破本事，小气得可怜，简直就是南昌街巷阴沟里的老鼠，为人所不齿。

日前，我自昌北过桥到阳明路去赴一饭局，印象中是遇上了一场哑着下的夜雨，潮湿的黑，仿佛还是那个一成不变的老南昌。那雨涂改着三经路，一块黄、一块绿、一块红、一块白，积水，湿黑。往前走，通向名茶、名酒、名烟、立邦漆经营店,通向钟点旅馆、旺角饮食门市、791,十字路口,黑雨淫湿美人的皮草。一个吊儿郎当的人,闪过那辆大巴,仿佛芭蕾男星,踮脚跳跃在有水洼的路面,后视镜捕捉住灵敏身段。山珍馆,食用菌火锅,滚烫的脸涮满亢奋,男人的加油站,女人的美容院,为谁加油?为谁美容?上沙窝老街,夜雨,破旧,湿漉漉,伞。聆江花园左侧,大千食府,三楼,919包间,七男一女,八大金刚。扬子洲熊总,二十八岁的老油条,资深人精,调侃出满桌的丰盛。一个美妞以卖傻的方式,推销她的精明。老褚说,三经路一直走,不用拐弯。喝了一白三红之后,我才发现自己是个笨蛋!半夜到家睡不着,一直狂躁到天明。

是的,平静的、古老的南昌已经不在了,但陈旧的部分依然存在。校厂西街、干家前巷、石头街那些地方,似乎是当今日益现代的南昌被遗忘的暗角。这里的街巷房屋多数是半个多世纪甚至上百年的棚户屋,老屋里的老太太仍然穿对襟衣服,仿佛生活在旧时光里。堂屋光线幽暗,墙角青苔滋生,公共厕所的刺鼻气味可以吹上居民的饭桌。随意搭建的住房蚕食了人行道,居民索性当街打牌,当街吃饭,当街洗衣,晾晒的衣物和硬邦邦的腊肉悬挂在头上。端午可见熏黑的门户挂着驱邪的绿艾,燃着香烛。三十晚上这些老街巷里,南昌人更是装香燃烛于各户门前,一路走来,整条巷子红烛高烧,香烟袅袅,不知今夕何夕。我在澳门的老街巷里也见此情景,传统民俗的力量原来是如此坚贞而绵延,根本不理会时世变化,潜移默化在贞静的老街旧巷的门户里,如同居住在民间的神灵。胡兰成有言:"是这样贞亲的人世,不可以有奇迹与梦想,却寻常的岁月里亦有梅花消息,寻常人家的屋檐上亦有喜鹊叫。"这几日读胡兰成的《今生今世》,深有感叹,如斯好书,此时读得,方才明白。"明白"二字,只在今时今刻。

我现今居住的沙井原本是乡下,作为新区开发了,窗前还能听到喜鹊叫。老城区的喜鹊和"梅花消息",就是旧屋拆迁补偿费到了一万二,可正在建设的地铁一号线不通这里,公布的二号线、三号线也与这里无关。也就是说,这一带不在地铁时代带来的拆建与重新安置的机遇里,仿佛时代再一次将它遗忘。对于南昌人而言,这都没什么好说的。失去机遇,错过机遇,少有机遇,对于老城区的南昌人来说,早已习以为常。我甚至没有听到太多抱怨,他们只有对地铁一号线站口受到优待的拆迁户的羡慕。南昌人习惯对别人羡慕,而对自身的处境往往安之若素。如果还有一点别的情绪的话,也不过是由羡慕而上升到嫉妒。

但这些情绪对改善老日子般的现状没有丝毫用处,南昌人还是要低头过自己的日子,供奉内心的神。

我在校厂西巷经常碰见一个住在那里的精神病人,戴圆框眼镜,每天像一道地标似的戳在巷口,嘴里絮絮叨叨,说个不停,行人来来往往对他习以为常,几乎熟视无睹。他衣着还算干净,肤色白皙,仿佛少晒阳光,如同三十年代的旧式书生。他每天按时出现,按时站在巷口念念有词,指手画脚。有时面红耳赤,仿佛在跟一个看不见的家伙争论,有时心平气和,说的话都在情在理,让人怀疑他对面真的站着一个听他说话的人。他滔滔不绝,他言之凿凿,他体态规范,除了说话,看不出他有任何出格的地方。每次经过他身边,我都怀疑他并非胡言乱语。

他肯定看见了我们无法觉察的事物,比如天机,比如鬼神之类,他肯定是个高人。或许他看破了上帝的行藏,上帝竟对他实施了与小人无二的报复伎俩。人们只见他说说笑笑,吵吵闹闹。他只是在自言自语,仿佛神经出了故障,让人讪笑,让人同情。殊不知他比一般人更聪明,殊不知他代表人类,在面对一个比人类更强大的隐身对手,他在说地球问题、老鼠问题、天际问题、吃撒问题。

看似漫无边际,犹如痴人呓语,只有上帝知道,他在为人类生存的底线讨价还价——这当然是我的谵妄之想。但这人每天到了一定时辰，便进屋洗菜做饭，一日三餐，井井有条。他早晚洗衣，将身穿旧式衣裳的老娘服侍得细致入微，俨然一个孝子。但他不能正常工作，母子俩靠低保生存。他兢兢业业做的工作，似乎就是伺候老娘，如同天职。

这条破巷对他们母子和更多南昌人来说，就是安身立命之所，就是生命的常态，甚至就是南昌本身。我出生于工农兵医院产房，其时家住阳明路市委宿舍，一栋红砖两层建筑，院内多萧瑟的法国梧桐，腐叶堆积满地，阴湿的草本植物暗自丰茂，充斥麻雀的单调叫声，天空老旧，昼长人静。一口水泥砌着厚实圆圈的大井，上面盖着结实的木板，横一条生着红锈的铁闩，上着大锁。后院有扇落寞的小门，通向外面空寂的墩子塘陋巷，矮旧的房屋拼排出发黄的记忆。父亲和母亲当年总是推着一辆载着我和姐姐的脚踏车，从后门进院子。对我而言，南昌当时与我肌肤相亲的就是这个院子和两条路，它们是城市的细节。每个南昌人，都活在南昌的细节里。琐碎、庸常、重复，不是经历了几十年，轻易发现不了它的变化。然而从巷子里一眼便能看出岁月的深浅，雨水反复浸淫而洗旧的黑色屋檐、烟熏火燎的昧暗窗户，石灰涂白后再度剥落的墙，红漆刷的标语显出的沉滞与黯然，颜色与光阴的浓淡，潮霉和馊水混合的气味，街巷里的南昌人，大概无不熟悉。生活就是在常态下进行的，寻常的街巷，就是家。南昌人自报家门，基本上是简单说一街巷名。如皇殿侧、松柏巷、扁担巷、半边街、洗马池、凤凰坡、翘步街、将军庙、都司前街、塘子河、方井头、上谕亭、棉花市、嫁妆街、烟筒巷、筷子巷、射步亭、青山路、铁街等。对于南昌人来说，他们所报出的那条路，不仅代表他们是南昌人，也代表那就是南昌。南昌人爱南昌或骂南昌可能就是指他们生活的街巷。

在街巷里生活惯了的南昌人即便承受种种不堪，也能努力捕捉生存的安慰和内心的光亮，就如王尔德所说，"生活在阴沟里，但仍有人仰望星空"。这便是卑微平民与苍生的豁达和高贵之处。

四

　　生活对南昌人而言是具体而微细的，即便有隐士的性情，他们也要认准公厕的门在哪里。南昌人是实际的，不崇尚空幻，读书是为了谋饭，做事也是为了活命，少见志大才疏者，且自古没出过一个做皇帝的人。但琐屑庸碌的恰是众生啊！南昌人抱定"顺大流"的心理，打死也不出头，不吃亏就是赢了。我外祖父当年挂在嘴边的一句话是："人怕出名猪怕肥。"人出名了便遭众人攻讦，猪肥了自是挨刀的时候。虽然外祖父一辈子没出过名，也没发过财，但他的念叨，是对后生晚辈的劝诫与提醒，是典型的南昌人心态。而不出名、不曾肥过的南昌人活着，自是逃不出迁就和保守，过着多少有些逆来顺受的日子。

　　熊氏兄弟，是南昌最后一家理发店的主人。老哥俩年过八旬，在船山路为人剃头剃了大半生，从三分钱一个，到五角、一元、一元五角、五元。那些手指下摸熟了的脑袋瓜儿，逐渐凋谢。直到近几年，有的剃了一个光头、刮过脸后，再也不见，也都稀松平常。老式剪子，一把剃刀，一片刮刀布，近乎古董的铜脸盆。剃发、修面、洗头、按摩几下，老头们舒服得胜似神仙。理个头、泡个澡、吃碗肉丝面的日子，仿佛还在。只是剃光头的老人越来越少，熊氏兄弟的生意也面临彻底打烊。电视台上门采访，老哥俩有一搭没一搭的，满脸淡定。面对美发美容、桑拿按摩全面取代剃头匠的时代，老哥俩守着理发店，像守着一艘破船的船长，庄严地和船同时下沉。

府学前街开照相馆的大毛,世居南昌,人本分得很,娶的小七八岁的老婆却是外地人,照相生意一般,能维持家用。五十出头的大毛,是省摄影学会会员,仍一介文艺老青年打扮,留长发,穿钓鱼背心,浑身都是口袋,仿佛具有十八般手艺。大毛至为得意的,不是摄影。他说摄影这手艺不算本事,是人就会。他真正自得的乃是四十开外时,钓上了来照相的广西女人小燕,生下一儿一女。大毛忙着到抚河钓鱼,小燕网聊坐店。去年夏天,大毛钓了条大鱼进门。人说抚河臭了这么些年,又闸着隔开了赣江,早没鱼了,大毛硬是钓了一条回来,足四五斤,邻居围门口啧啧称奇,说大毛中了头彩,要发了。大毛却发现老婆跟网上后生私奔,卷走现金两万。大毛若无其事,照相、管孩子都没耽搁,还弄到办身份证的照相业务,只是折断了托朋友从青岛带来的心爱的钓鱼竿。奇的是,小燕在外兜了一圈,又回到府学前街,据说被后生甩了。大毛没有怨言,回来就一起过呗。小燕仍上网坐店,电脑还换了一台新的,日子好像又回到从前。大毛理了个光头,在照相机后面,如同一盏灯,对呆坐拍身份证半身照的顾客说:"预备,笑一个,啪!"

其实生活这事对南昌人来说,真没"预备"的时候,有时说停电,就停电,说停水,也一样。你"笑一个"也罢,不"笑一个"也罢,都得从容且淡定地对付着。在南昌,谁还敢把街巷里的卑微不当生活呢!城市的毛细血管里与大动脉里流的是一样的血。对于南昌人而言,世界可以是庞大而无名的,但他们生活的街巷是有名的。所谓街巷就是他们的南昌,所谓南昌就是他们的世界。街巷的气味、色彩、光影,告诉他们,感官在哪里,哪里就是南昌。而对于开放的现代人而言,身体在哪里,哪里就是家园,诗人大解甚至认为:"身体是唯一的家园,此外没有圣城。"我亦以为然,如同走到哪里,我都无法改变,自己是个南昌人。

后　记

　　六年前,在《南昌人》初版后记中我曾写道:"在诗歌和小说之间,散文写作于我而言,是中间地带。这是个比较舒服的地带,我固认为那些一生以写散文为己任的人,难成大器,但我承认,我喜欢这种文体。读和写全喜欢。也许由于它是没有写作难度的文体,什么人都可以写,但对于一个有文体意识的作家而言,没有难度,恰是难度,他必须创造难度,让它成为一种最有难度的写作。我相信,只有这种写作,才是好的写作,也唯有这种写作,才是有价值的写作。我可以大言不惭地说,《南昌人》的写作,是属于这种写作。我积累、构思数十年,就是想写一本这样的散文。写完了,可以接着一心一意去写我的小说。"现在看,这些话还适用,说明我还较着劲,还没有老。

　　我还说:"八大山人和黄宾虹,当年没几个人懂,后来怎么样?好的东西终有人知道好,比如这本《南昌人》,我是有担心的。可想想,都可以放下,也可以信赖,明白自己写作是付出了巨大诚意的,这就够了。我必须说这纯粹是一本个人化的作品,也是我一个人视角里的南昌和南昌人。不求得大多数人的一致看法,我只是如实写出了一个作家的认知和思考,这是我的血,这是我的骨,太多的别的什么,都无必要。好在出版社的司增斌先生当时找到我,就希望我根据自己的意思来写。

这是让我暂时放下手中打算写的长篇,而接受《南昌人》写作的一个诱因。虽然我心里,这本书早晚要写,或原先已在写着,只是它不一定就叫《南昌人》,而可能是《南昌鬼子》,内容却仍是这些,这是我注定要写的。"

《南昌人》问世六年,曾在一些大城市多次上畅销榜前三名,我也收获了许多热心读者,而且那一版已几乎售尽,这仿佛又印证了一句话:吾道不孤。《南昌人》出版前,我还说过:"我注意到由南京大学出版社出版的《南京人》(叶兆言)、《武汉人》(方方),书写得有趣,做得也漂亮,都买了。这像在做个品牌的样子,从中看出,南大社是可以让作家信赖并为之拼力付出的。基于此,我乐意接下《南昌人》的写作之约,并且把我的一些好东西都放到里面。"此言非虚。

我还想重申的是:《南昌人》,这书在写作过程中就让南昌人倍加关注,我知道他们心里都有对南昌人的认知,但他们不说。南昌人"鬼"呀!说好了,人骂,南昌人没那么好!说坏了,挨砸,南昌人有那么坏吗?但我要说,这本书,无关好坏,却又尽是好坏。因为我明白,无论写南昌人好还是坏,都免不了遭骂,没有中庸之路可走。索性按自己的想法写。这本书绝对独一无二,因为南昌人不同于任何地方的人,人说"南昌鬼子"——鬼!我的写作似乎也就在诸多如此诡谲的目光的注视下。好在,他们是我的乡亲,我是他们的同类,他们想看的,也就是我要写的。这是自己给自己照镜子,你的容貌美丑都躲不掉,既然要照镜子,自然没必要去怕镜子。镜子里当然有美好,那些不一定被人提及或为人所知的南昌的历史、人物故事、市井生活、风土人情,如同随世流转的南昌乡音,那些熟悉的街巷气息、光影、面孔,将一一呈现。而龌龊与阴郁,潮湿与不爽,在镜子里自然也无法逃脱。可能我们不是通过一个人的优点认出其是南昌人,可能恰是通过其身上固有的缺点,一下就认出了我们的同类。《南昌人》或许有这么点意思。坦白地说，我也会藏拙，我也会遮丑。因为我有虚荣心，因为我是书里写着的南昌人。

这本书写得舒服也挣扎，感觉其中有一些不知该不该去直面、不知该不该这样写的内容，但可能只有真正的南昌人才懂南昌人，那种可爱与厌恶，庄敬与鄙夷，始终是此消彼长。我对朋友说，这本书写完了，下半年只画画，彻底放松一下，以缓这口气。

好了，我仍然要说感谢。感谢张国功兄、万国英女士，感谢陈松。还要谢一下我的儿子程玥，他也是做出版的，一直在鼓励老爸这本书的写作。更要特别感谢南京大学出版社的司增斌先生，他的敬业，对我是最好的激励。感谢名字很可爱的王木鱼。希望读到《南昌人》这本书的朋友，也能对"南昌三书"的另两本——《南昌慢》和《南昌记》感兴趣。

对于读者，尤其是南昌读者，我准备接受他们的骂声。但作为世代在这块土地上生存的南昌人，我以为我的写作对得住良心，也对得起这座城市。

2019 年 7 月 2 日，南昌，墨艳山房